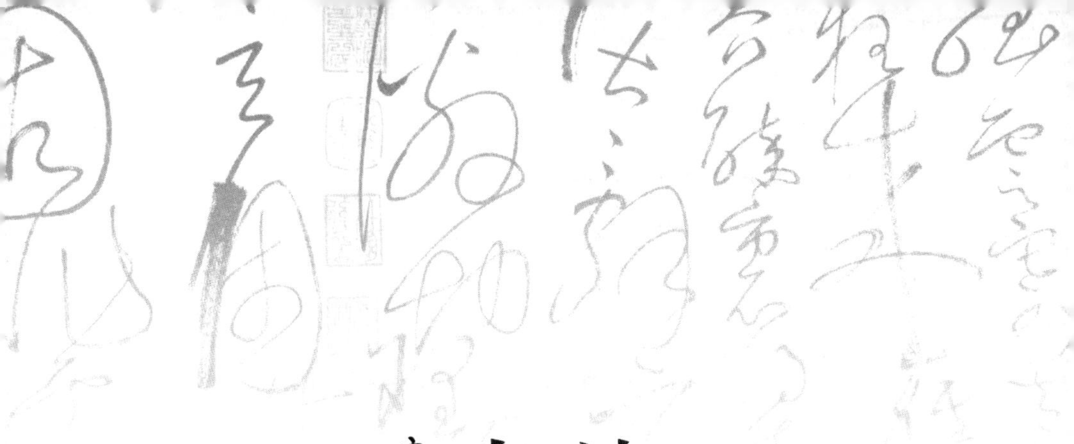

诗映大唐春

唐诗与唐人生活

尚永亮 著

北京大学出版社
PEKING UNIVERSITY PRESS

图书在版编目（CIP）数据

诗映大唐春：唐诗与唐人生活 / 尚永亮著. —北京：北京大学出版社，2017.5

ISBN 978-7-301-28048-5

Ⅰ. ①诗… Ⅱ. ①尚… Ⅲ. ①唐诗—诗歌史 ②社会生活—史料—中国—唐代 Ⅳ. ① I207.209 ② D691.9

中国版本图书馆 CIP 数据核字（2017）第 024348 号

书　　名	诗映大唐春——唐诗与唐人生活 SHI YING DATANG CHUN
著作责任者	尚永亮 著
责任编辑	徐丹丽
标准书号	ISBN 978-7-301-28048-5
出版发行	北京大学出版社
地　　址	北京市海淀区成府路 205 号　100871
网　　址	http://www.pup.cn　新浪微博 @ 北京大学出版社
电子信箱	编辑部 wsz@pup.cn　总编室 zpup@pup.cn
电　　话	邮购部 010-62752015　发行部 010-62750672 编辑部 010-62752022
印 刷 者	北京中科印刷有限公司
经 销 者	新华书店
	890 毫米 ×1240 毫米　16 开本　27.25 印张　337 千字 2017 年 5 月第 1 版　2024 年 3 月第 3 次印刷
定　　价	78.00 元

目录

第一讲

唐诗与诗人代群

唐代是中国历史上国力最为强盛的朝代之一，它的疆域非常广阔，政治相对开明，物质、文化也非常发达、丰富。所以，人们常常把唐朝和汉朝并称为“汉唐”。前人有一副对联写得好：“夏雨春云秋夜月，唐诗晋字汉文章。”把唐朝的诗和晋朝的字、汉朝的文章相提并论，而且认为它就像春天的云、夏天的雨和秋天的月色一样是恒久的，是光辉灿烂的。由此可见唐诗的魅力。王国维在《宋元戏曲史》的序里将唐诗与楚骚、汉赋、六朝的骈文、宋词、元曲并列，称之为“一代之文学”，可见唐诗是唐代文学的一个典型代表。

唐代自公元618年立国，到公元907年亡国，历时289年。当然，这289年只是从唐高祖立国算起，到唐哀帝亡国截止。实际上其实存时间还要更长一些。因为有些晚唐的诗人到了五代还在生活，还在创作，如果算上五代的几十年，则为342年。人们习惯上把这样一个时间段称为“唐五代”。

在这样一个漫长的时间段里，历史发生了一些比较大的变化，我们从唐代历朝帝王的更替，可以概括地了解这些变化，也可以简略地了解各时期诗人的存在情况。

图 1　南薰殿旧藏《历代帝王像册》唐高祖像

唐朝的第一个皇帝是唐高祖，下来是太宗，再下来是高宗、中宗、睿宗，当时中宗、睿宗主政的时间比较短，各不足一年，很快就过渡到了武则天时期。武则天之后，中宗复辟。所以中宗、睿宗又各做了一段时间的君主。再下来就过渡到了唐玄宗时期。玄宗之后就是肃宗、代宗、德宗、顺宗、宪宗、穆宗、敬宗、文宗、武宗、宣宗、懿宗、僖宗、昭宗、哀帝。如果把中宗和睿宗两次登基的时间各并为一次，那么整个唐朝是 21 位皇帝。如果把这 21 位皇帝按先后次序编成一个口诀，就比较方便记忆了。

这个口诀有三句话：

祖太高中睿武玄
肃代德顺宪穆敬
文武宣懿僖昭哀

这三句话反映了唐朝帝王的一个基本情形。我们要了解某个诗人在什么时期有什么样的活动、进行了什么样的创作，首先要了解他在哪几个帝王的时期生活，而不至于发生朝代的错误。

那么，唐五代这三百余年的时间里总共有多少诗人呢？传统看法认为有两千四五百位诗人，他们创作了四万六七千首诗作。这个数字的统计不是很准确。据我制作的唐诗数据库的统计，目前了解到的存世诗人和诗作是这样一个情况：诗人 3228 人，诗作 50454 首。应该说，这个数字虽不能完全反映唐朝诗人和诗作的准确情况，但作为一般了解，却是较为可靠的。

同时，以上这三句话，也可以基本概括唐诗发展的几个重要阶段。其中第一句话，“祖太高中睿武玄”，大体属于初、盛唐时期。其中玄宗之前都算初唐，历时九十多年。玄宗朝为盛唐的核心期，至于肃宗朝，虽早已不算盛世，但因不少盛唐诗人如杜甫、岑参等人还在世，所以文学史上一般也把它列入盛唐一段。二者相加，约五十年。第二句话，“肃代德顺宪穆敬”，大抵进入了中唐时期。其中除去肃宗一朝，历时六十多年。第三句话，“文武宣懿僖昭哀”，则已属于晚唐时期，历时七十余年。唐代的诗人们，主要就在这四个时间段中生活和创作。而五代，虽然仍有一些诗人在活动，但已是尾声了。

在唐诗发展的初、盛、中、晚各阶段，按诗人的生活年代、创作量及后世推许程度，可以将之大致分为若干代群。其中初唐九十多年间存在两个诗人代群，盛唐一个诗人代群，中唐和晚唐也分别存在两个诗人代群，这样算下来，整个唐朝的诗人就有七个代群了。

第一代群：指活动在太宗贞观到高宗龙朔年间（627—663）的一批诗人，其代表有王绩、李世民、许敬宗、杨师道、上官仪等人。

第二代群：高宗乾封到中宗景龙年间（666—710）的一批诗人，其中骆宾王、卢照邻、杜审言、李峤、王勃、杨炯、崔融、宋之问、沈佺期、陈子昂是其代表。

第三代群：主要活动在玄宗先天到代宗永泰年间（712—766），主要诗人有孟浩然、王昌龄、李颀、高适、王维、李白、崔颢、储光羲、杜甫、岑参等。

第四代群：以代宗大历年间（766—779）为标志，向前向后延展，其中不少诗人在德宗时期还在世。代表诗人有刘长卿、顾况、戴叔伦、韦应物、钱起、朗士元、严维、李益、司空曙、李嘉祐等。

第五代群：德宗贞元到穆宗长庆年间（785—824）的一批诗人，代表人物有孟郊、韩愈、张籍、王建、刘禹锡、白居易、柳宗元、贾岛、元稹、李贺等。

第六代群：敬宗宝历到宣宗大中年间（825—859）的一批诗人，姚合、许浑、张祜、温庭筠、陈陶、杜牧、赵嘏、方干、李群玉、李商隐为其代表。

第七代群：主要活动在懿宗大中到哀帝天祐年间（859—907），代表诗人有贯休、罗隐、陆龟蒙、皮日休、韦庄、司空图、韩偓、马戴、杜荀鹤、郑谷。

这七个诗人群及其代表主要是根据什么划分出来的呢？有三个标准：第一，诗人生活的年代；第二，诗人的创作量；第三，诗人被后代人们推许的程度。通过这三点，我们选择了若干重要诗人作为这七个代群的代表。下面我再稍微详细地解说一下这七个代群的创作情形。

经过第一代群的过渡和第二代群“初唐四杰”、沈佺期、宋之问等人的努力，唐诗发展迎来了一个小高潮。第一个诗人群主要是太宗旧臣，活动在贞观年间，到了高宗龙朔年间，他们仍然在诗坛创作。在这个代群里，除了王绩为在野诗人之外，其他的大都是宫廷诗人。宫廷诗人在宫廷里面主要的创作活动就是进行君臣之间的唱和，进行文酒欢会，他们的创作在很大程度上继承了南朝的一些遗风。又由于宫廷创作圈子比较狭小，他们的视野受到了相当的限制，而南朝的遗风又比较重视对华丽辞藻的追求，所以整个的诗歌风格就显得骨力不振，而只是在形式上展示才华，讲求辞藻。这样一种宫体诗风到了上官仪，形成了非常有名的“上官体”，其主要特点就是这样四个字——

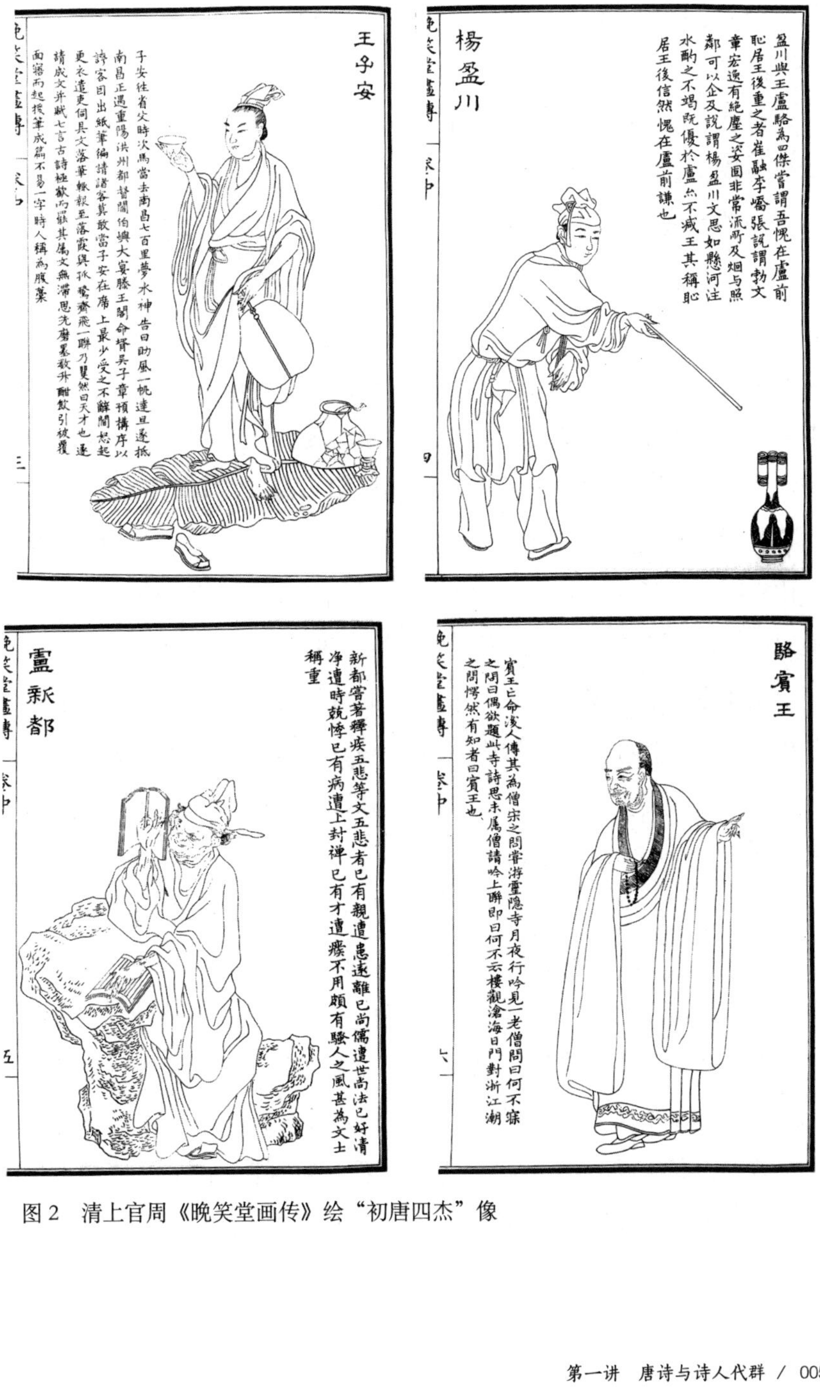

图2　清上官周《晚笑堂画传》绘“初唐四杰”像

“绮、错、婉、媚”。总的说来，这一代群知名的诗人不是很多，同时因为跨越了两朝，使得它内部的结合比较松散，所以只能算过渡性的一个群体。

初唐时期的第二代群，由初唐中后期的“四杰”和沈佺期、宋之问等人构成。这样一个代群比第一代群势力扩大了不少，而且出现了一些创作倾向的冲突和矛盾。“初唐四杰”也就是大家熟知的王勃、杨炯、卢照邻、骆宾王，合称“王杨卢骆”。这四位诗人非常不满意第一代群那样一种宫廷诗的作法，也不满意于那样一种绮错婉媚、华丽柔弱的诗风，他们把目光投向中国历史上诗歌非常辉煌的一个时期——建安诗歌。而建安诗歌的代表性特征就是风骨刚健，所以“初唐四杰”热切地呼唤建安风骨，他们希望用建安的风骨来充实自己作品的内在力度，给它们增加一些刚健之气。在创作上，他们的视野也比宫廷诗人开阔了很多：不仅描写市井生活，而且把眼光放到了大漠边关，以前诗人们不写或者很少写的一些题材，都进入了他们的笔下。比如骆宾王的《帝京篇》、卢照邻的《长安古意》，都是描写长安各色人等的生活场景的，真实、形象、鲜活。闻一多曾对《长安古意》给予了极高的赞赏，认为它宛如一声霹雳，在痛苦中夹杂着战栗，给人一种警醒。

这个时期还有一位诗人，他在创作方向上的要求和“初唐四杰”方向一致，而且影响更大，这就是著名的陈子昂。陈子昂在《与东方左史虬修竹篇序》里，明确地提出了两个主张：一是呼唤建安风骨，二是要求诗歌有“兴寄”。所谓兴寄，就是有比兴，有寄托，要将充实的社会内容和真实的思想感情融入自己的诗歌创作中去。若作一比较，前一代群注重形式、辞藻，后一代群注重真情实感；前者的诗风是绮错婉媚，后者的诗风是骨力刚健。这样一来，唐诗就从浮泛走向了充实，从单一走向了多元，从狭小走向了阔大。

值得注意的是，这个时期还有一批诗人，其代表人物是沈佺期、宋之问等宫廷诗人。一方面，他们基本上还是坚守着原有的宫廷阵地，诗歌在思想内容上没有多少可取的东西。但另一方面，这批诗人在诗歌形式、格律方面却有着非常大的贡献。我们知道，初唐诗歌已经进入了格律化的时期，这种格律化最早可以追溯到南朝齐代的永明年间，也就是大家熟知的“永明体”。“永明体”经过了长时段的发展，到了初唐，特别是到了沈佺期、宋之问手里，就实现了几个大的变化，一是四声开始二元化，二是黏式律已经形成，三是属对方面也出现了更细密的分类。

四声二元化反映了格律诗创作从繁到简的一种趋势。以前作诗“平、上、去、入”各自分开，上声、去声、入声彼此独立，互不统属，现在到了沈、宋这里，作诗只分“平”和“仄”两个部类，“上、去、入”全部归于“仄”声。这样一来，作诗就大大简便了。

黏式律是唐人发明的一种格律诗创作法则。以前作诗，一联之内的两句虽是平仄相对的，但联与联之间却往往出现问题，下一联只是上一联的简单重复。黏式律的发现，使得下联出句的平仄与上联对句的平仄大体相同，由此构成一个有机结合的统一体，就解决了这样一个问题。

在属对方面，也发生了很大的变化。诗人们在上官仪《笔札华梁》、元竞《诗髓脑》等专门探讨格律诗创作专书的基础上，进行各种属对实践，除以前的双声对、叠韵对、的名对、异类对、回文对外，还添加了流水对、隔句对等属对技巧，并使得律诗中间两联的对仗形成一种规律。

如果说，在诗歌格律化方面，上官仪、元竞等人更多地从理论方面加以探讨，那么，沈佺期、宋之问等人便主要将这些理论进行了创作上的实践，并使五言律、七言律得到了大体的定型。所以，文学史上一提起格律诗的定型，习惯上把它归功于沈、宋，应该是有道理的。

以上两个创作倾向不同的诗人群体，也就是陈子昂等与沈、宋，虽然有矛盾，但是他们之间又有交游，其中有些人之间还有着比较好的关系。应该说，是这两个群体的合力推动了初唐诗的发展。更何况，这一时期还出现了两篇非常有名的作品。一篇是张若虚的《春江花月夜》。这首诗，诗情之畅达、意境之优美、意义之精警，可以说都是前无古人的。这首诗一开始就说："春江潮水连海平，海上明月共潮生。滟滟随波千万里，何处春江无月明?"描写了一个明月初升、江潮涌动、江海相连、月光千里的阔大景象，令人于静穆中感到大自然的美丽和伟大。接着发问："江畔何人初见月？江月何年初照人？人生代代无穷已，江月年年望相似。不知江月待何人，但见长江送流水。"这样一种疑问，带有少年人的童真，夹杂着些许神秘，既是对外在自然观察后的疑惑，又是对人生、生命饱含哲理的叩问。它将短暂的人生与永恒的宇宙相比照，表现出不无伤感的心灵颤动，给读者以强烈的触发。闻一多把这首诗誉为"诗中的诗、顶峰上的顶峰"，认为这样的诗作包涵着深刻的宇宙意识。

与张若虚同时的刘希夷，写了一篇《代悲白头翁》。诗写得也非常好，其中有几句尤其动人，成为千古传诵的名句："今年花落颜色改，明年花开复谁在。""年年岁岁花相似，岁岁年年人不同。"这些诗句，杜绝了外在色相的描绘，直接由物到人，由观察到思考，展示了人的生命在自然外物的比照下，变化是何等迅捷；它借助"落花"这美好物象的陨落，深刻表现了时间对生命的销蚀力和破坏性。由于这些诗句流转畅达，含意惊警，所以极具影响力，也预示了一种新的创作方向。

这是几种不同类型的诗人，在这样一些诗人的合力之下，初唐诗的第二代群形成了一个创作上的小高潮。而正是这个小高潮的积聚，为盛唐大高潮的到来准备了充分的条件。

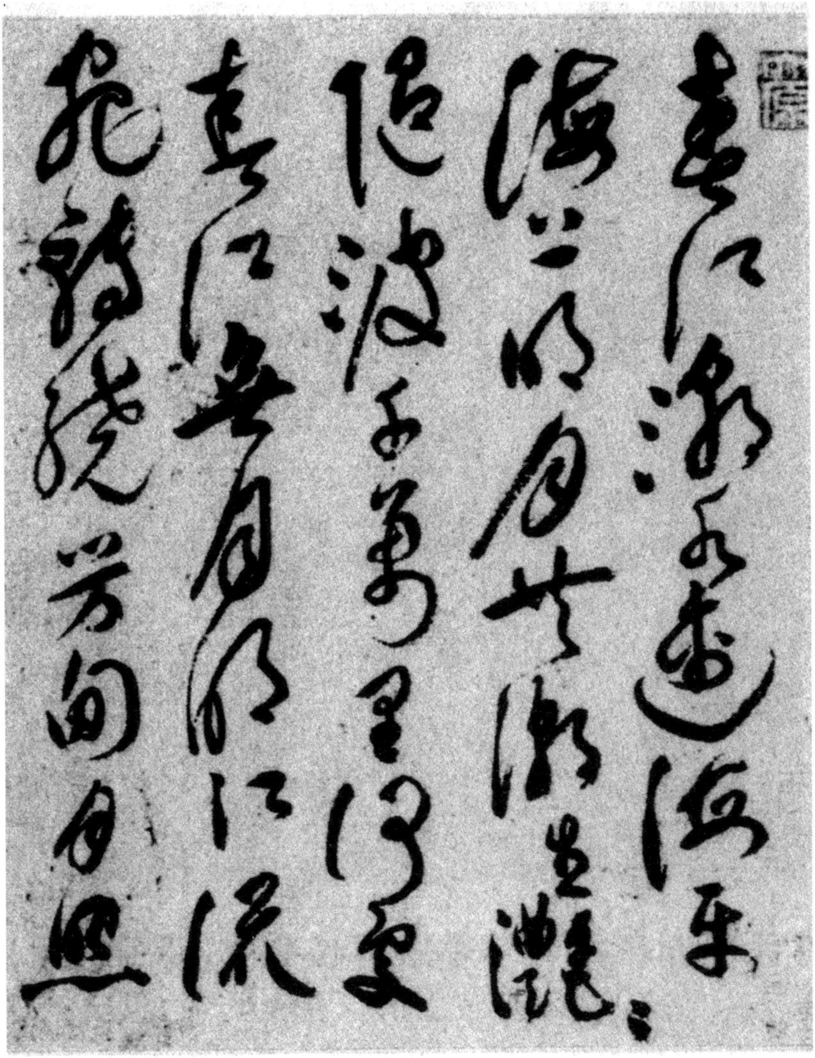

图 3　明祝允明草书《春江花月夜》(局部)

第二讲

代群变化及其特点

到了盛唐时期，便进入了第三代群。这一代群，大家非常熟悉，多是一些超一流的大家，是当时诗歌领地的巨星。像“李杜”“王孟”“高岑”等等这样一些在后世如雷贯耳的名字，都出现在这个时期。

以李白、杜甫为代表的第三代群诗人，在创作中声律、风骨兼备，对中国诗歌的发展做出了巨大的贡献。唐玄宗年间，政治比较开明，国力空前强盛，国家的疆域也非常广阔。受时代风潮的浸染，盛唐诗人大多都走出了家门，踏上了漫游的旅途。他们仗剑去国、纵横干谒，或者寄情于大漠，或者优游于田园，挥洒出了一份空前的自信和自傲。在诗歌创作上，则主要体现为两种主导性的风格，或雄浑悲壮，或闲逸自然，兼得于风骨声韵之美。在这样一个代群里，他们的创作数量非常丰盛，而且创作质量一流。

代群中最为著名的诗人是李白和杜甫。李白以浪漫、自信、豪放的情怀创作出了大量容纳自由心灵，或飘逸洒脱或大气磅礴的歌行体诗作，而杜甫则倾注全力于格律诗的创作，特别是在七言律诗的创作上，达到了极高的水准。律诗在杜甫手里运用自如，营造出一个个高妙的境界，以至于盛唐的诗歌评论家殷璠在他的《河岳英灵集》的序

图 4　清王时敏《杜甫诗意图》（“请看石上藤萝月，已映洲前芦荻花”）

里这样说道："开元十五年后，声律风骨始备矣。"也就是说，以开元十五年（727）为时间断限，盛唐诗人的创作在格律和风骨两个方面都达到了比较谐美的境地。至于他们在诗歌史上的贡献，用美学家李泽厚《美的历程》中的话来说就是：李、杜二人分别代表了两种盛唐，"如果说，以李白、张旭等人为代表的'盛唐'，是对旧的社会规范和美学标准的冲决和突破，其艺术特征是内容溢出形式，不受形式的任何束缚拘限，是一种还没有确定形式、无可仿依的天才抒发；那么，以杜甫、颜真卿等人为代表的'盛唐'，则恰恰是对新的艺术规范、美学标准的确定和建立，其特征是讲求形式，要求形式与内容的严格结合和统一，以树立可供学习和仿效的格式和范本"。这就是说，李白的创作更多地表现为破旧，是对旧有规范的一种突破；而杜甫的创作则主要在于立新，是对诗歌新形式的一种建立和确定。

以李、杜为代表的第三代群也就是盛唐诗人群的出现，无论在内容上还是形式上都为唐诗增加了夺目的光彩，一方面展示出作为个体创作的鲜明特点，另一方面则以群体的力量，合鸣出为后人所艳称的"盛唐之音"，形成了唐诗创作的一大高潮。在这个高潮之后，经过第四代群"大历十才子"的过渡，到了唐宪宗元和时期，以韩孟诗派、元白诗派为代表的第五代群，便接着掀起了唐诗创作的第二个高潮。后人论诗有所谓"三元"之说，即上元开元、中元元和、下元元祐，这"三元"成为中国诗歌史上最为辉煌、最令人瞩目的时期的标志。其中的开元和元和，便都在唐代。

从历史的发展和演进看，盛唐之后紧接着进入中唐。其所以由盛入中，最重要的因素之一，便是那场历时八年之久的安史之乱。安史之乱的烽火席卷了整个北中国的大地，不仅造成了社会生活、经济、政治各个方面的一种衰败、一种转折，而且刺激了一批有志之士的奋起，由此带来了唐宪宗元和年间短暂的"中兴"。伴随着社会政治的这种变化，也导致诗人创作方向的几度改变，并形成两个前后衔接但风格很不相同的诗歌代群。

一个是活跃在代宗大历年间，直到德宗贞元中前期仍在创作的诗人群体，即第四代群。此一代群以韦应物、刘长卿和人称“大历十才子”的一批诗人为代表，在创作中，他们已明显改变了盛唐诗人的创作方向，远远失去了那样一种阔大不羁、刚健有力的风格，他们多与青山白云为伴，面对衰微的国运，表现出沉郁、悲凉的个人感情，缺少骨力，也缺乏新变，创作成就整体上不够突出。与此前的盛唐诗人群和此后的元和诗人群相比，这一代群就好比夹峙在两座高峰间的一个低谷，是继第一代群之后的又一个过渡性群体。

另一个诗人群体，便是在唐德宗贞元年间已步入诗坛，直到唐敬宗甚至唐文宗时期仍有成员在世，而以唐宪宗元和年间为最活跃创作期的第五代群。这一代群，主要有韩愈、孟郊、白居易、元稹、张籍、王建、李贺、贾岛、柳宗元、刘禹锡等诗人。从知识结构看，这批诗人比盛唐诗人有了进一步的发展和拓进。盛唐诗人更多地是注重诗歌创作，较少学术和政治上的建树，而到了中唐时期，这些诗人不仅在诗歌创作上有着骄人的成就，而且在学术、政治上都走在了时代的前列。

这批诗人又分为两个不同的群体，形成了彼此差别很大的创作倾向：一个群体是以韩愈、孟郊为代表的“韩孟诗派”；另一个群体就是以白居易、元稹为代表的“元白诗派”。“韩孟诗派”走的是一条奇险、怪僻的创作道路，“元白诗派”走的是一条平易、通俗的创作道路。而无论奇险还是平易的创作倾向，早在盛唐时期的杜甫诗里就已经存在了，只是杜甫没有把它们作为自己主要的用力方向。孟郊、韩愈、元稹、白居易继承了杜诗中偶然一露的特色，并把它用全力推向了极端。推向极端之后，就使得他们的创作风格和盛唐时期非常不同了。

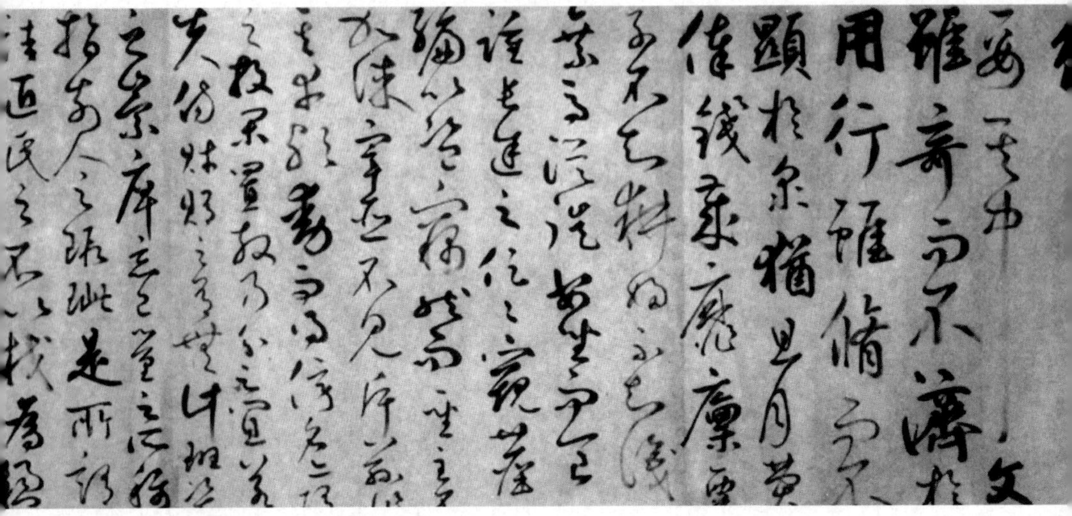

图 5　元鲜于枢草书韩愈《进学解》

盛唐诗歌讲究阔大、圆融、自然、飘逸，而这个时期的诗歌或者讲究通俗，俗得连一般老百姓都能读。比如后人就记载，说白居易作诗，常常读给老太太听，老太太能够听懂，他才把这些诗句写进诗里。韩、孟写诗则以奇险著称，有些非常奇特、险怪的诗句，都被他们写进了诗中。这样的一些走向，充分展示出元和诗歌创作上的新变，并形成开元、天宝诗歌高潮后的另一个创作高潮。

需要注意的是，元和诗歌这种新变是来之不易的。清朝有一位叫蒋士铨的诗人，曾经写了一首《辩诗》的诗，其中有这样两句话："宋人生唐后，开辟真难为。"为什么说宋人生于唐后就很难再开辟了呢？因为它前面有唐朝诗歌创作的这样一个高峰。如果跟在别人后面亦步亦趋，就显现不出你的独特面目；如果要超越它，你就要花费加倍的力气。中唐诗人就好比生在唐人之后的宋人一样，他们生在盛唐诗人之后，想要开辟出一个新的诗歌创作领地，创建一种新的诗风，那是要付出极大的努力的。清人叶燮在《原诗》中评价韩愈说："韩愈为唐诗之一大变，其力大，其思雄，崛起特为鼻祖。”又在《百家唐诗序》里评价中唐诗说：“贞元元和之间……后之称诗者，胸无成识……曰为中唐……不知此中也者，乃古今百代之中，而非有唐之所独得而称中者也。”这就是说，我们通常所说的“中”唐，是古今百代的“中”，是中国历史的一个转折点，并不只是有唐一代的“中”。从诗歌史来看，这个“中”，向上改变了盛唐的创作方向，向下开启了宋诗的创作路径，由此展示出它在诗歌史上的突出意义。

与元白、韩孟两个诗派相并行，这一时期还有柳宗元、刘禹锡等诗坛大家。刘、柳等人创作特色也非常突出，只是因为政治斗争的结果，他们被贬到了荒远、僻陋的南方，在贬所一待就是十多年或者二十多年，其创作影响在当时不像韩孟、元白诗派那么大。但作为被贬的“孤臣”，他们创作的贬谪诗文更具生命的力度和悲剧的色彩，是有别于韩孟、元白的另一种风格，并对后世产生了深远的影响。关于这一点，我们将在后面谈到唐人生活时再具体讲述。

元和诗群之后，就进入了晚唐时期。第六、第七两个诗人代群分属晚唐的前后期，他们的创作在成就上虽然比不上元和诗群，但在风格上也别具特色，有些甚至异军突起，戛戛独造，由此支撑起了晚唐诗坛的一片天空。

第六代群以敬宗宝历、宣宗大中年间的一批诗人为代表，其中特别以号称“小李杜”的杜牧、李商隐最为翘楚，他们或言志，或咏史，或写情爱，或抒幽情，将诗歌创作导入了心灵探幽和纯艺术的一路，可以说获得了绝不亚于盛、中唐一流诗人的高度成就。其他一些诗人，如姚合、许浑、温庭筠、赵嘏这样一些诗人也是四面出击，各具特色。

第七代群主要活跃在懿宗大中、哀帝天祐年间，就总体的成就来说，罗隐、陆龟蒙、皮日休、韦庄、司空图、杜荀鹤这样一些诗人，虽然比起前期的诗人稍逊一筹，但是作为一个代群，却有其充分的存在依据。他们常常借狭小的境界，表现细密的情思，借独具的意象，展示末世的怀抱。而在纯艺术的追求上，也投入了更多的心力。清人叶燮针对前人批评晚唐诗“衰飒”的意见，在《原诗》中为之辩解说：“衰飒以为气，秋气也；衰飒以为声，商声也。俱天地之出于自然者，不可以为贬也。”在他看来，盛唐之诗如同春花，固然是非常美；而晚唐之诗犹如秋花，“江上之芙蓉，篱边之丛菊，极幽艳晚香之韵，可不为美乎？”可以说，第七代群以其“秋花”之“幽艳晚香”，为唐诗发展画上了一个虽纤弱却醒目的句号。

以上，我们粗略地勾勒了唐代七个诗人代群的大致风貌。在这七个代群里，我们稍微深入些观察，就可发现其内部构成和前后更迭方面一些规律性的现象：

首先，创作量与诗歌高潮间存在一种正比例的关系。前面说过，两次大的唐诗创作高潮集中于盛唐诗人群和中唐的元和诗人群。我这里有一个创作数量的统计，由这个数量可以看出他们创作量之大、之丰盛。盛唐诗人群，现存诗作为 7651 首；中唐诗人群，现存诗作为 18384 首。将这两组数字相加，已达 26000 余首。这个数量在总共 50400 余首的唐诗中，已占一半以上。所以我们说，盛唐诗人群和中唐诗人群的创作高峰，主要是由丰富的创作量来支撑的。

其次，从内部构成看，在每一个代群中，知名诗人的年龄间隔一般在 20 岁左右。一般来说，一个代群内的年龄间隔越大，它的内部联系就越分散；年龄间隔越小，它的内部联系就越紧密。如果这个推断没有大错的话，那么我们可以看到在七个代群中，第三代群，也就是盛唐诗人群，年龄间隔从最长的孟浩然到最小的杜甫，仅为 13 岁；第五代群，也就是元和诗人群，如果从出生年较早，并且最具代表性的诗人韩愈算起，到最小的李贺，年龄间隔仅为 11 岁。这样一个年龄构成，利于诗人间的相互交往和切磋，利于增强代群内部的集约性和凝聚力。而从文学史的实际来看，作为第三、第五代群的开元、天宝诗人群和元和诗人群确实比其他代群更为集中，更多联系，也更具活力。

其三，代群与代群的间隔，无论是按诗人生卒年的起点或终点计，还是按创作年代的上限或下限计，上一代群到下一代群的发展时间大体上都是四十到五十年，这样一个时间间隔基本反映了文学史上知名诗人的成长历程。也就是说，在唐诗史上，每隔四十到五十年就会出现一次代群的变化更迭，就会出现一批知名诗人。

其四，在七个代群中，有两个强势代群，就是精英作者最多、创作量最高的第三、第五代群；有两个次强势代群，也就是具有少量精英作者、较多活跃作者和创作量的第二、第六代群；还有三个弱势代群，也就是活跃作者比较少，创作量比较低，并且具有过渡性质的第一、第四、第七代群。这就构成了唐诗发展史两头低、中间两度突起的一种格局，就像骆驼的驼峰一样。而就总的情形来看，这种驼峰形状说明，在每次诗歌创作高潮出现之前，都有一个相对低迷的时期为它铺垫、准备，而在高潮之后，必然形成明显的落潮。

不过细加分析还可以发现，两次高潮的出现规律又是有所不同的。比如第三代群，也就是唐诗第一创作高潮出现之前，经过了从第一代群的弱势期到第二代群的次强期，大约九十年的准备，呈一步一步走高的趋势。在这样一个时间段里，唐诗的创作数量和质量得到了极大的长进和提高。这样，到了盛唐诗人群那里才得以借助伟大的时代播演出了一场轰轰烈烈的剧目，而其曲终部分，因为政治上的剧烈变化，似乎是戛然中断，一个辉煌的时代，十分完整地宣告了结束。接踵而来的便是第四代群，也就是大历诗人群的整体沉沦。到了第二个高潮期，也就是元和诗人群，他们所需要的准备时间就相应短了很多。这恐怕主要是有盛唐诗人群创作经验作为铺垫，所以第二个唐诗创作的高潮就在不是太长的时间里形成了。从这样的一个基本规律可以看出，唐代的诗歌在创作上有起有伏，而且每次大的起伏都呈现出其不同于以往的特色。

明朝有一位诗评家叫胡应麟，他在《诗薮》里就盛、中、晚唐几个时期诗人创作的风格做了一个精当的总结：

> 盛唐句，如“海日生残夜，江春入旧年”；中唐句，如“风兼残雪起，河带断冰流”；晚唐句，如“鸡声茅店月，人迹板桥霜”：皆形容景物，妙绝千古，而盛、中、晚界限斩然。故知文章关气运，非人力。

图 6　清华嵒《杂画》之十一（“鸡声茅店月，人迹板桥霜”）

这段话说的什么意思呢？就是说诗歌创作，是和整个时代精神的走向紧相关合的，而不是人力所可以挽回的。盛唐是“海日生残夜，江春入旧年”，一个非常阔大、广远、积极进取的意象。到了中唐，就成了“风兼残雪起，河带断冰流”，其中的残雪、断冰，象征着衰败和零乱，尽管如此，仍有风起云涌、冰流急下之势，有一种内力在支撑着。它与盛唐的最大不同，在于从进取走向了坚守，从扩张回到了内敛。而到了晚唐，一变而为“鸡声茅店月，人迹板桥霜”，更多地流于对外在景物的精细描画和勾勒，景物写得非常好，但是诗的境界却表现得越来越狭小，越来越精致，其中所展示的诗人之心胸、格局，都远不能与盛唐甚至中唐相比了。

如此说来，从海日初升，到风舞残雪，再到晨霜足迹，就大体构成了唐诗发展的三部曲，也概略地反映了唐诗从初、盛唐到中、晚唐这样一种风格的变化。

第三讲

读书人与读书概况

了解了唐诗创作和诗人代群的情况，可以帮助我们对唐代诗人生活、创作背景有一个总体的认知。从这一讲开始，我们重点来谈一下唐代诗人的生活。

唐代诗人的生活是多种多样的，各人有各人的生活方式、生活境遇，其间是千差万别的。但这不妨碍我们从大多数诗人的生活方式中，总结出一些典型的、具有代表性的生活样式。在 20 世纪九十年代末，我曾经和广西师范大学的李乃龙教授，合作了三本小书，分别对唐代文人的精神风貌、仕宦生涯、生活样态作了些介绍。现在我就在这几部小书的基础上，根据我们这门课的特点，先来谈一下唐代文人读书的情况。

说起读书人，有必要从他们的社会文化序列说起。从政治角度看，封建政治建立在自然经济的小农基础之上。农业是中国封建社会的立国之本，而商业尽管便利民生，但它是以盈利为终极目的的。商人的眼光围绕的是一个“钱”字、一个“利”字，这样就有悖于中国传统的“重义轻利”的原则了。同时，商人的流动性大，不太容易管理，所以，传统社会的统治者一向奉行“重农抑商”的政策。顺理成章的社会序列，就形成了“士—农—工—商”这样的等级，也就是说士居于“四民”之首，而工、商则居于“四民”之末。从历史上看，传统文化早就把人给分成了两类，或劳心，或劳力，用《孟子·滕文公上》中的话说，就是：“劳心者治人，劳力者治于人；治于人者食人，治人者食于人；天下之通义也。”通俗点说，这里的“劳心者”，就是有知识的读书人，这里的“劳力者”，就是下苦力的农工百姓。由于要治人，这些“劳心者”就肩负着一项非常重要的使命——“修齐治平”。“修齐治平”就是修身齐家治国平天下，而要治国平天下，首先必须做官掌权，只有有了权位，你才好施展自己的政治抱负、自己的政治才能。然而官位却是有限的，而读书人又是众多的，什么样的读书人才能够走上仕进之途，才能够做官？答案非常明确，就是孔夫子的学生子夏说的一句话，叫作“学而优则仕”，学习只有达到优异的程度，你才能够做官。这样一来，就给天下的士子指出了一条必须通过苦读，才有希望达到自己政治理想的基本途径，同时也成为中国人歆羡“书香门第”的深层心理机制。

到了唐代，随着科举制度的进一步完善和发展，读书人更被抬到一个新的高度，政府的官员乃至宰相都是由读书人来担任的，特别是由通过科举考试及第了的这些人来担任的，所以科举考试就非常重要了。关于科举考试，我们下面还要详谈，这里只指出一点。根据史书记载，如《新唐书·选举志》《大唐六典》，我们可以知道科举考试方方面面的内容，其中有一条指出：“工商之家，不得预于士。”也就是说，做工的、经商的人家的子弟，是不能去参加科举考试的，不仅不能够入仕，而且连士人的边都挨不上。由此可见唐代工、商业者社会地位之低下，尽管这些人在经济上比较富足。

由于做工经商不能入仕，所以对青年人特别是占人口大多数的农家子弟来说，读书就成了参加科举、进入仕途的唯一途径。既然在读书人的面前摆着一条可以通过读书而飞黄腾达的大道，那么普通人家的家长自然非常歆羡这样一条道路，“望子成龙”，督责孩子刻苦勤读，悬梁刺股，不敢稍有懈怠。中唐的文学大家韩愈曾经写过一首诗，诗题叫《符读书城南》。符，是他的儿子。当时，韩愈在自己的城南别业，为了劝导儿子刻苦读书，便借此诗讲了一番只有苦读才能做人上人的道理：

> 人之能为人，由腹有诗书。诗书勤乃有，不勤腹空虚。

这几句话的意思是：人之所以能够成为真正的人，就在于你肚子里边有诗书。诗书是通过什么才得到的呢？是通过勤奋、勤勉。如果你不勤奋、不刻苦，那么你的肚子里面就会空空如也。空空如也之后会出现什么结局呢？就会出现尊卑高下的极大分化。所以他后边接着又说：

> 三十骨格成，乃一龙一猪。飞黄腾踏去，不能顾蟾蜍。一为马前卒，鞭背生虫蛆，一为公与相，潭潭府中居。

到了 30 岁的时候，也就是而立之年，学养就基本上成就了，这个时候，高下优劣，马上就分判出来。学习好的人，可以像龙一样飞腾在天，学习差的人，就像爬行在地上的猪或蛤蟆一样，无人顾视。换句话说，学习差者就好比任人拿鞭子敲打的马前卒，而学习优者则可以在高堂华屋享受富贵，享受公相之类的待遇。韩愈的这样一种说法，在今人看来显得比较庸俗——不仅是今人，宋朝的人就指出过这一点，认为韩愈以功名富贵来诱导子弟，这是非常不合适的。不过，这只是后人的看法，在唐代，人们发言论事往往非常直率，不像后来的宋儒那样善于遮掩。他们宁可在浅俗的议论中表现出一种对人生真正的看法。韩愈这首诗是写给儿子的，自然没有弄虚作假的成分，所以从他的言语中，我们可以看到两个方面的问题：一方面，唐代的士子们是怎么看待读书的；另一方面，唐代的这些做家长的人，是怎样去督责自己孩子读书的。而且，韩愈的这首诗，我们把它总括一下的话，实际上还是那五个字，就是“学而优则仕”，只不过韩愈把它做了一个通俗化的、诗化的转述而已。

图 7　清任薰《窦燕山教子图》

关于唐人读书，可以说的事情很多。我们先来谈一下唐人的书主要是在哪里读的。

一般来说，唐人第一个读书的地点是在家中，这主要是在他们的幼年时期。在家读书就要求家中须有读书的条件，这对于那些出身于书香门第的子弟来说，应该不成为大的问题。比如武则天时，官至宰相的狄仁杰就是一个典型的例子，狄仁杰就是在家读书的。《旧唐书·狄仁杰传》载："仁杰儿童时，门人有被害者，县吏就诘之，众皆接对，唯仁杰坚坐读书。吏责之，仁杰曰：'黄卷之中，圣贤备在，犹不能接对，何暇偶俗吏，而见责耶！'"说的是仁杰少年之时，有一个门人被害，县吏就跑到他们家里去查访。当时和他一起读书的孩子们，都跑去应对县吏的责问去了，只有狄仁杰一个人在那儿端坐不动，还在读书。县吏责备他为何不去，狄仁杰回答道：在我读的这个古书里，圣贤的那些道理都读不过来，我哪儿还有时间来应对你们这些俗吏的责问和盘查呢。由此我们也可以看出，在家读书的狄仁杰，是何等专注！

当然，也有不少人家境并不宽裕，但是他们却特别舍得掏钱来买书，在家庭的文化建设上投资，购置了非常多的书籍。实际上，这既是为自己的人格理想和出路进行投资，同时，也是为孩子的未来进行投资。《旧唐书》里记载柳公绰"家甚贫"，但是"有书千卷"。比较典型的是河南人杜兼常，杜兼常把自己并不丰裕的俸禄拿出来，购置了非常多的书籍。《南部新书》里说他聚书至万卷，而且他在每一卷后边都要题写几句话，这几句话很有意思，大意是这么写的："清俸买来手自校，汝曹读之知圣道，鬻及借人为不孝。"意思是说：我拿清廉的俸禄把书购买到家，买到家之后我还要亲自来校勘，你们这些孩子们读了这些书，就应该知道圣贤的道理，凡是把这些书卖出去或者是借给别人的，都属于不孝。这些书可是他拿从嘴巴里省出来的钱买的，所以他非常珍视，爱之如命。只有这样爱书的人，才会对孩子这样叮咛。而且他在每一卷的末尾，都要写上这三句话，三句话二十一个字，一笔一画要写上一万遍，即使打些折扣，所写的字数也非常惊人了。

杜氏能对买来的书籍进行校勘，说明他本身的文化水平是比较高的。和杜兼常一样，藏书很丰厚，并且自己进行校雠的，还有韦处厚、柳仲郢。柳仲郢对书的嗜爱，应该说，比他父亲，就是刚才我们

图 8　五代王齐翰《勘书图》

提到的柳公绰还要严重。他每本书都有三个藏本，一本收在书库里，一本供自己阅读，一本供孩子阅读。当时没有复印的技术，这样多的本子，每一本书都分三本，都是通过抄写而形成的。一笔一画地抄下来，而且要用楷书，也就是我们常说的蝇头小楷，写起来还是非常费劲的。由此可见他对书的爱惜程度，以及对下一代读书的关爱和重视。

藏书人家的孩子可以说是坐拥书城，受到的教育就非一般的家庭所可比，如果有良好的教育条件，这些孩子以后学能成才，应该是没有大的问题的。唐代还有一些少年丧父的文人是由知书达理的母亲抚育成人的。父亲早亡之后，教育孩子的重任就落在了母亲的身上，这样的家庭就相当地艰难了。但是，这些文人中有相当一批通过苦读，最后成了栋梁之材。比如，《旧唐书・薛播传》就记载：薛播的伯父叫薛元暧，他娶的妻子姓林。这个林氏非同一般，她是书香门第的闺秀，自幼精通群书，特别是博涉“五经”，善写文章。元暧死了之后，他的儿子彦辅、彦国、彦伟、彦云以及他的侄子薛播和薛播的兄长，总共七八个人，都是林氏一手教成的。这些孩子最后都中了进士，一家出了七八位进士，这在当时非常惹人羡慕，林氏之名也就传播远近。一个妇道人家照顾这么多的孩子，最后达到这样一种效果，应该说是非常不易的，母爱、母亲教育的力量，由此也就可见一斑了。

实际上，这样的例子还有不少，像中唐时期的元稹、柳宗元等，或是幼年丧父，或是父亲在外地为官，全凭母亲对他们进行早期启蒙，最后才成了著名的文学家。白居易小的时候也受过母亲的教育，而且读书特别刻苦，他后来在《与元九书》这篇文章里，说自己“二十已来”读书的经历，白天学赋，夜里学书，抽出一些间隙又来学诗，有的时候来不及休息，以至于口舌生疮，手上、肘部都磨出了茧子，没有到老的时候头发就已经斑白如霜，牙齿也动摇了。与他的情况类似，韩愈在他的《祭十二郎文》里写自己“年未四十，而视茫茫，而发苍苍，而齿牙动摇”，头发斑白，眼睛近视，看不清书上所写的字迹，牙齿都已经活动了。韩愈还写过一首《落齿诗》，说自己“去年落一牙，今年落一齿。俄然落六七，落势殊未已”，牙齿不断地往下落，使他感觉到命不久长了。诗写得很有趣，但内里包含着一种悲哀。为什么还是中年就会出现这样一种早衰的情况呢？当然和后天的生活境遇、个人的体质有一定关系，但是和他们早年非常辛苦读书的这段经历，恐怕也有必然的关联。

在家读书自然有说不尽的好处，但是在家读书又必须具备两个不可或缺的条件：一是家里必须有足够数量的藏书以供阅读，二是家中必须有知识水平足够高且有时间施教的长辈。这两个条件恐怕缺一不可。两个条件都具备了，在家里读书是不是就一定可行呢？怕也未必，因为大家都知道，那些真正有知识的人，不见得就能够教好自己的子弟。要么是对孩子过分溺爱，要么就是督责过严，以自己的标准来要求孩子，恨铁不成钢。这样一来，反而适得其反，就形成了欲速则不达的情况。所以，历来的家学恐怕都代替不了正规的学校。既然

图 9　隋展子虔《授经图》

如此，唐代文人读书的第二个地点，就不能不是学校了。

唐代学校根据等级分为几种，读书人在各等级学校的读书机会是不平等的，这受到社会等级制度的严格控制。关于学校，历史应该比较久远，从孔子兴办私学改变了“学在官府”的局面之后，中国的学校就日益繁盛起来。到了唐代，学校教育可以说达到了鼎盛的阶段。唐代的学校分几种，有中央一级的学校，有州学，有乡学，还有村学。就中央一级的学校来看，隶属于国子监的有六学，即国子学、太学、四门学、律学、书学和算学。玄宗开元后期设置广文馆，也隶属于国子监。在这几种学里，书学、算学、律学是属于讲究各科专业知识的教育机构，类似于今天的专科学校。其余的主要以讲儒家经书为内容，类似于今天的综合性学校，它的培养目标主要是进士、明经等等一些从政人才。中央级学校的入学资格规定得很严格，一般按照父亲或者祖父官职的品阶来进行录取。比如二品以上、三品以上的学生能进哪个学校，四品、五品以上的能进哪个学校，都有严格的规定。国子学只收 300 人，一般是文武三品以上的子孙才能够进入。太学收 500 人，一般是五品以上的子孙才能够进入。四门学收 1300 人，其中 500 个名额，专门留给勋官三品以上和文武七品以上的子弟；另 800 个名额，留给"庶人之俊异者"，即庶人中间特别优秀的人。至于专科学校录取的人数，那就非常少了，律学只招生 50 人，书学和算学各招 30 人。

国立的教学机构就这几种，招生的人数又如此之少，一般的子弟是很难进去的。为了补充这种缺憾，就有了州学和乡学。州学和乡学的数量就非常多了，各州都有州学，各乡都有乡学。州学、乡学之下还有村学，这种村学估计就是村民们自发设置的了。在唐高宗、唐玄宗下的诏令里，就有若干兴办州学、乡学的内容，每一乡之内都要谨慎地选择师资进行教授。《太平广记》里有一篇《窦易直》，就是记载一个名叫窦易直的学生在村学学习的情况。这段材料记载得比较详细，说窦易直年少的时候家境很贫寒，只能入村学就读。校舍很破陋，难以遮蔽风雨。有一天到了黄昏时分，风雪骤至，学生们都回不了家，只能挤在一起围着火堆烤火来取暖。这是一则典型的唐代偏远农村的村学生活图景。恐怕那个时候的学校，还远远没有普及到一村就有一个学校的地步，所以不少的家长只能把学生送到邻村，或者是很远的村子里的学校去读书，那么遇到这样的风雪之夜，这些孩子们就回不了家了，家长们的担心也就可想而知。

在这些村学里，学生都学些什么东西呢？相关记载不多，但是就可以找到的资料看，他们也学习当代一些著名诗人所作的诗歌。比如中唐时期，元稹在浙东任职，在平水市中亲眼看到村学的孩童们学习歌咏，一问，孩子们一起回答说："先生教我乐天、微之诗。"乐天是白居易，微之就是元稹自己。这是元稹在《白氏长庆集序》里说的一段话，由此我们也就大致了解了唐代那些村学的一个基本情形。

第四讲

读书于山林、寺院

山林寺庙的清幽景致与师从得道高僧的诱惑，使得寺庙与俗家的读书人保持着密切的联系，所以唐代文人多读书于山林。唐人读书的山林，主要是指建在山林中的佛寺和道观，当然也兼指山中的别墅或者是居住在山水之间的人家。关于唐代文人在山林里的读书生活，较早做出论述的是台湾学者严耕望，他的《唐人习业山林寺院之风尚》概述了唐代文人在山林读书的基本情形，又对读书山林的一些诗人、文学家进行了基本统计。大概有近百人，比如陈子昂、李白、岑参、李华、刘长卿、孟郊、李贺、杜牧、李商隐、温庭筠等等这样一批诗人，都曾经在山林读过书、习过业。

唐朝的寺院很多，这些寺院，多是在南朝盛极一时的崇佛之风的熏染下逐步地发展而来的。南朝的梁武帝，非常崇奉佛教，曾经数度舍身入佛，就是剃度了准备出家去，后来是他的臣子几次三番地把他给请了回来。杜牧有一首《江南春》绝句，其中有两句话：“南朝四百八十寺，多少楼台烟雨中。”这 480 寺只是概略而言，到了唐代，就远不止这 480 之数了。唐武宗会昌法难，开始大规模地毁佛，据说当时天下寺庙、招提、兰若多达 44000 余所。

图 10　明董其昌《春山读书图》

除了佛教之外，还有道教，道教把各大名山，分别列为神仙所居的“十大洞天”“七十二洞府”或者“七十二福地”，许多道观也就与佛寺为邻了。

唐代士子把寺观视为一个读书的好去处，恐怕有几个原因，其中一个原因，是寺院有可供师从的大德高僧，这些高僧饱读诗书，不仅勤习佛法，而且对儒学也有很深的造诣，对前来求学的士子，是可以答疑解难的。《因话录》里就记载了一个名叫刘彦范的和尚，说他“虽为沙门，早究儒学，邑人呼为刘九经。颜鲁公、韩晋公、刘忠州、穆监宁、独孤常州皆与之善，各执经受业者数十人”。刘彦范被人呼为“刘九经”，那就是博览九经了。身为沙门，又对儒学这么熟悉，这样的人自然可以教授一般的学子。而且刘九经和同时的一些著名的文人颜真卿、独孤及等相互游从，跟他学习的就有数十人。由此可知，当时的一些寺院确实具有学校的性质。

有的寺院为了提高本寺的知名度，还有意识地网罗一些水平高、才识出众的士子，包括有培养前途的儿童。比如晚唐的一个诗人名叫齐己，是长沙人。当时他们家乡旁边有一个同庆寺，这个寺比较大，齐己小的时候在寺周边放牛，放牛时不忘读书吟诵，一有所得，就在牛背上写出来。僧人们发现齐己非常聪明，就劝他出家，把他给招到了寺院里，借以“壮其山门”。这个故事记载在北宋陶岳编写的《五代史补》中。

除了招募学生，寺院还有一些办法来扩大自己的影响，就是招聘那些有通才的、知名度比较高的人士，让他们来寺院居住，或者做寺院的住持。颜真卿写过一篇文章叫《泛爱寺重修记》，其中明白地表示：我不信佛法，但是“好居佛寺，喜与学佛者语”。虽然他不是佛教中人，但是和佛教的关系很密切。中唐时期有一个著名的诗僧叫皎然，颜真卿和皎然的关系就非常密切，经常在一起举行文酒诗会。

寺院吸引士子的另一个原因是可以白吃白住。家境贫寒的士子在寺院读书，可以免费随斋寄食。我们知道，佛教是以普度众生为它的基本目标的，对那些贫寒家庭的孩子免费提供食宿，还是颇有吸引力的。所以，不少贫寒子弟为了改变自己拮据的经济状况，便来到寺院，通过这样一条途径来读书，增长知识。这些在寺院里苦读的贫家子弟，有的后来还真的成了大器。据《鉴诫录》记载，有一个叫罗向的人，原籍庐州，因家里贫困，到福泉寺僧房寄足，每天随僧一食，其他时间都用在学习上。这样学了几年，出去之后很快就当上了朝廷的命官。后来他“持节归郡”，“专游福泉寺”，在寺中住了两夜，并且题诗于寺院的墙壁上。诗中有这样两句：“二十年前此布衣，鹿鸣西上虎符归。”回想二十年前在此读书时还只是一介布衣，现如今手握虎符、威风八面地回到了当年的寺院，这该是一种什么样的感受！应该说，这样的故地重游，既表现了罗使君的得意，也会使寺院的僧人们感到荣耀的。

另一位从寺院走出的名人叫王播，王播这个人更有特点。《唐摭言》对王播有过比较详细的记述，说他少时孤贫，便来到扬州惠昭寺木兰院里住了下来。住上一个月、两个月，或者是半年、一年倒也罢了，但是他一住就是多年，白吃白住。这样一来，僧人们就有点厌烦了。寺院的常例是先钟后食，就是先敲了钟，然后大家去吃饭。因为和尚们厌烦王播，于是就改变了一下办法，先食后钟，先把饭吃了，然后再敲钟。结果听到钟响，王播就跑到饭堂去，却空空如也，一个人影都见不到了。试想一下，面对此情此景，王播该是一种怎样的心情？同时我们也可以由此看出，在寺院读书的这些学子除了要花费相当大的精力到学习上去，有时还要尝受"饿其体肤"的痛苦体验。后来王播也当了大官，当了大官之后，也是持节归返旧地，等到他回到寺院的时候，寺里的和尚已经把他当年题写在墙壁上的诗用碧纱蒙了起来。为什么蒙起来呢？因为现在王播的地位高了，把他的诗用碧纱给罩起来，表明对他的尊敬。王播于是在墙上又题写了两首绝句，第一首说："二十年前此院游，木兰花发院新修。而今再到经行处，树老无花僧白头。"第二首说："上堂已了各西东，惭愧阇黎饭后钟。二十年来尘扑面，如今始得碧纱笼。"两首诗都抒发了旧地重游、不堪回首的感慨，其中第二首第二句就写了遭遇"饭后钟"的痛苦和不满。当然，这则故事虽然包含一些曲折，但其主旨在于告诉我们：王播也是通过在寺院的苦读而最后出人头地的。

寺院吸引读书人的第三个原因，在于寺庙的环境清新优雅，是读书的好场所。"天下名山僧占多"，大凡寺院所在，都是好山好水、优雅清静、与尘世几乎隔绝的地方。这样幽静的环境，自然是读书学习非常好的一个选择。而且佛教、禅宗都重视"空""寂"，这里的"空"和"寂"，说的既是内心，也是外界。唐代著名诗人常建有诗描写寺院的"空寂"之状，其《题破山寺后禅院》说道："清晨入古寺，初日照高林。竹径通幽处，禅房花木深。山光悦鸟性，潭影空人心。万籁此都寂，唯余钟磬音。"这首诗，写了"空人心"的潭影，写了除钟磬音之外的万籁俱寂，特别是"竹径通幽处，禅房花木深"两句，深得后人赞赏，它将寺院里那种寂寥、空寂的环境刻画、渲染得十分形象。在这样幽独的环境里，不要说读书了，即使不读书，偶尔来此体验一下、品味一下，也是一种享受。

当然，除了环境好，山寺里的藏书一定要能够满足这些士子才行。不少寺院的藏书都是很丰富的，而士子们在寺院所读书籍也多与科举考试有直接关系。这些书籍包括经书、史书，以及历代的文章诗赋，同时还有相应的创作活动。中晚唐诗人李骘在他的《题惠山寺诗序》里就记载了在山寺读书的范围和所作诗歌数量：“肄业于惠山寺，居三岁，其所讽念：《左氏春秋》《诗》《易》及司马迁、班固史，屈原《离骚》、庄周、韩非、书记，及著歌诗数百篇。”从这段话可以知道，寺院藏书还是相当丰富的，包括经史子集等各个门类，而这样的寺院俨然就像一个小型的图书馆了。在寺院里除了读书，做文章、课诗赋也是士子们的题中应有之义。为什么要写诗作赋呢？一方面唐代有作诗的风尚，另一方面

图 11　清钱杜《虞山草堂步月诗意图》

就是唐代科举考试的时候，规定要考试诗和赋。据载，唐代科举考试最迟到开元十二年，也就是公元724年，就有考试诗歌这样一项内容了。那一年的进士考试的题目叫《终南望余雪》，按照规定，应考的诗要写成五言排律，也就是12句60个字。当年祖咏参加考试，只写了4句20个字，就是流传下来的这首："终南阴岭秀，积雪浮云端。林表明霁色，城中增暮寒。"诗写得很好。别人问他为什么不再写下去了，祖咏回答"意尽"，就是意思已经表达完了。虽然这首诗的篇幅比正规的要求少了2/3，但是因为写得出色，所以祖咏被特放进士及第。从那以后，进士试诗就成了定例。正是有了这些规定，所以作诗成为唐代士子在山中读书的一项必要内容。

士子们读书山林的内容还包括练习书法丹青、谙熟音律乐器等内容，这种文化熏陶提高了唐代文人的综合技艺。唐代科举考试也是要考书法的，如果你卷面写得非常潦草，那么考官首先就没有一个好的印象了，所以书法也很重要。而且在山里写字写得好，也有得到皇帝赏识的。《南部新书》就记载了这样一件事：唐代的一个文人叫柳公权，柳公权在后世的名声非常大，是著名的书法家，但在当时还没有多少人知晓。他在佛寺里看朱审画山水，朱审是一个著名的画家，画得非常好。柳公权看完画之后，就在画边题写了一首诗，诗这么写："朱审偏能视夕岚，洞边深墨写秋潭。与君一顾西墙画，从此看山不向南。"诗写得不错，字写得更好，所以就得到了很多人的吟咏和传诵。后来柳公权到一个幕府去做掌书记，因为给朝廷奏事，得到了穆宗的召见，穆宗就对他说，我曾经在佛寺看到你写的字，想你想了很长时间了，于是就给了他一个官。什么官呢？侍书学士，就是专门在朝廷里教皇亲国戚练习书法的官。

除了练习书法，士子在寺院读书时的另一项文化活动，就是观画，或者谓之为读画。因为在唐代寺院的墙壁上，往往画有很多与佛教故事相关联的图画，比如像地狱、天堂的一些变相、一些金碧山水。像《历代名画记》《图书见闻志》等等这些当时和后来的书籍里，都记载有这样一些图画的情形。观画是士子们在寺院读书之余的一个消闲的，也是增长知识的活动，在看了这样一些地狱天堂变相的图画以后，能够大大地开拓他们的想象空间。原来你在俗世之间意想不到的一些事情，在这些图画中都有表现。刘禹锡有诗说起在寺院看画的情形："看画长廊遍，寻僧一径幽。"韩愈也到佛寺里看过画，他在贞元十七年（801）农历七月二十二日，曾经到洛阳北边的惠林寺出游。等到爬到山上寺院的时候，天已经黄昏了，这时候就有僧人领着他去看寺院的佛画。韩愈写了一首《山石》诗记载其事："僧言古壁佛画好，以火来照所见稀。"僧人说那个古画画得非常好，于是拿了火把来照，看了之后，果然是天下稀有。

看画之外，还有一件事情就是听赏音乐。在寺院里的这些僧人，往往都精通乐理，也娴熟于弹奏，有很高的音乐水平。李白写了一首

图12　清黄慎《携琴访友图》

《听蜀僧濬弹琴》的诗，开篇就说："蜀僧抱绿绮，西下峨眉峰。为我一挥手，如听万壑松。"这首诗写得非常好，说有一个叫濬的蜀地僧人，从峨眉峰上飘然东来，来了之后，就给我弹琴。他不写弹琴，而用"一挥手"的动作大笔写意，表现了这个蜀僧弹琴的高超技巧。弹的效果怎么样呢？"一挥手"之后，就像万壑松涛在激荡鸣响一样。可以说，这首诗对蜀僧濬的弹琴技艺作了非常形象的一个表现。写在寺院听乐的还有一些人，如杨巨源写了《僧院听琴》，吴仁壁写了《秋日听僧弹琴》，而比较著名的就是中唐韩愈的《听颖师弹琴》。诗中写自己在听颖师弹琴之前，那简直就是白长了两只耳朵，听到颖师弹琴之后，自己的泪水就哗哗地流下来了，以至于把衣襟都给打湿了："自闻颖师弹，起坐在一旁。推手遽止之，湿衣泪滂滂。"能使人有这样的一种感动，足可见出弹奏者高超的技艺。既然僧人在寺院里修习了高超的琴技、乐理，那么，在寺院读书的士子耳濡目染，也必然会在乐理和弹奏技艺方面有所升进。这是一种文化熏陶，这种熏陶对唐代文人综合技艺的提高应该是非常有益的。

以上我们粗略介绍了唐代文人读书山林的生活状况，从中起码可以得出三点结论。

第一，士人在山林读书，确实丰富了自己的学识，为日后科举考试做好了前期准备。

第二，通过这种读书和修习，养成了热爱自然的心性。试想一下，整日在青山绿水之间，看白云飘拂，听流水潺湲，其心理性情就自然化了、诗化了，远非待在城市、坐在教室里听老师讲课所能比。我们现在的学生从小学到中学，再到大学，都是在学校里、在课堂里听老师讲，然后自己背、记，特别是眼下这种应试考试，在某种意义上可以说压抑了学生们的天性，也拘束了他们的自由，拉开了他们与自然的距离。而唐人就不存在这样一种情况，所以他们热爱自然的心性就比其他朝代，特别是比现代人要来得浓烈得多。

第三，养成了洒脱、豪迈的自由品格。这个问题和上个问题是紧密关联的。在广阔的自然界，没有长官意志，没有尘俗的干扰，独立人格、自由心性就容易得到滋养、得到勃发。在以后我们要讲的内容里，可以看到在唐人的生活和创作中，这种自由的心性和品格常常表露出来，从而构成了唐代文人有异于其他时代文人的一个非常显著的特点。

第五讲

隐者孟浩然

上一讲谈了文人读书山林的一些生活情景，这一讲，我们主要来谈一下与之有关的另一种情况——唐人的隐逸生活。

读书山林，实际上就是过着一种半隐逸的生活，由此也出现了一些高逸洒脱的隐士。其中不能不提的是大名鼎鼎的孟浩然。孟浩然（689—740）是湖北襄阳人，人称孟襄阳。作为唐代著名的山水田园诗人，他与王维齐名，人称“王孟”。孟浩然一生读书、生活于山林之中，实际上应该算是一个隐士了。

孟家位于襄阳城外，他的宅园叫涧南园。在《涧南园即事贻皎上人》这首诗中，孟浩然非常自得地写了这样几句话：

> 弊庐在郭外，素业唯田园。左右林野旷，不闻城市喧。钓竿垂北涧，樵唱入南轩。

这里写到了涧，涧在屋北，所以称为北涧。房屋和田园在涧南，所以叫涧南园。这个北涧是可以行船的，所以他经常乘着船只，从这条涧出发，到各地游赏。比如他的《北涧泛舟》等诗作，就是写他从水上眺望各处山川的感受。

襄阳除了有北涧，还有几处名山。这几处名山，有很丰富的自然和人文积淀。比如鹿门山，早在东汉后期就有一个叫庞德公的隐士，栖隐于鹿门山和旁边的岘山之上。据《后汉书》的《逸民列传》记载：庞德公是南郡襄阳人，居岘山之南，从来没有进过城市。后来荆州刺史刘表听说了他的大名，就来礼聘他，但是庞德公拒绝了。他平常就与诸葛亮、司马徽等人相友善，相过从。后来他带着自己的妻子来到了鹿门山，采药不返。孟浩然对庞德公怀着深深的敬意，所以常到此山造访。他有一首《登鹿门山怀古》，其中写道：“昔闻庞德公，采药遂不返。”从诗中所写情况看，孟浩然当时还没有到鹿门山隐居。但是从他后来写的《夜归鹿门歌》来看，他已经把家安到了鹿门山上。因为诗中用了一个“归”字，只有家在那里，才能说“归”的。

图 13　明黄凤池《唐诗画谱》之孟浩然《春晓》诗意图

鹿门山之外，还有一座山，就是岘山。岘山在襄阳城的东南，也非常有名。《晋书》记载说，西晋的大臣羊祜镇守襄阳时，经常与属下登临此山。每逢风景佳丽之日，他一定要到岘山置酒咏怀，而且终日不倦。有一次，他非常感慨地对部下说：“自有宇宙，便有此山。由来贤达胜士，登此远望，如我与卿者多矣，皆湮灭无闻，使人悲伤。如百岁后有知，魂魄犹应登此也。”从《晋书》所记这段话来看，羊祜对岘山的感情非常深厚，以至死了以后他的魂魄还要来登临此山，由此也可见出这座山的美丽。由于羊祜生前做了很多好事，所以在他死了之后，襄阳的百姓为了纪念他，就给他修了一座碑，每到节日的时候就来祭祀，“望其碑者，莫不流涕”，于是人们把这个碑称为堕泪碑。孟浩然来到岘山也看到了这个碑，在《与诸子登岘山》这首诗里，他这样说道：“人事有代谢，往来成古今。江山留胜迹，我辈复登临。水落鱼梁浅，天寒梦泽深。羊公碑尚在，读罢泪沾襟。”从羊祜镇襄阳到孟浩然登岘山，这个时间的间隔是四百多年，而羊公的碑还在。时间的巨手能够抹平一切，但是抹不平功在民心的前贤，所以孟浩然看到堕泪碑之后感慨不已。他还有一些诗作，表现了对岘山的爱慕之情。

与岘山、鹿门山相比，襄阳城外的万山没有那么大的名气，游人也少一点。恐怕也正是由于此，那里的白云就显得特别纯净，特别飘逸，更能衬托出隐士的性格。孟浩然写了一首《秋登万山寄张五》，这首诗写得非常好：“北山白云里，隐者自怡悦。相望试登高，心随雁飞灭。愁因薄暮起，兴是清秋发。时见归村人，平沙渡头歇。天边树若荠，江畔舟如月。何当载酒来，共醉重阳节。”一座山能够催生出这样一首诗，也不枉它在天地间矗立了一回。山峦有灵，它守候的应当就是这么一次诗意的注视。果然，名气不大的万山，经过孟浩然这么一次不算偶然的注目，便从地理走进了文学，从襄阳走向了世界。

孟浩然虽隐居山林、性格淡泊，但他并非全无仕进之想，只因机遇太差，没能走入仕途。孟浩然就是在这样一种美丽得让人几乎窒息的环境里，隐居、读书、作诗，悠悠的青春梦一直做到了 40 岁。所以有人就说，孟浩然非常淡泊名利，无意进取，他就是一个隐士。实际上是不是这么回事呢？应该说这话有一定道理，但是又不尽准确。说有一定道理，是说孟浩然的性格比较淡泊，他确确实实比同时代的其他人淡泊名利；说它不尽准确，是说孟浩然并不是全无仕进之想，在他的一生之中，仕进的愿望一度还非常强烈。

在唐代，一般的文人大约到了20岁，就对长安，对当时的帝都，有一种强烈的向往之情，而且把这种向往化成了实实在在的行动。比如高适，说自己“二十解书剑，西游长安城”（《别韦参军》）。王维到长安的时间更早，他有一首诗，叫《九月九日忆山东兄弟》，其中的“独在异乡为异客，每逢佳节倍思亲”两句特别有名，直到今天还在传诵。在这首诗下，他自注：“时年十七。”由此可知，王维17岁就已经到了长安。与他们相比，孟浩然竟然在家，也就是在位于山林的这样一个家中，一直待到了三四十岁。在“人生七十古来稀”的唐代，孟浩然半辈子住在乡下，住在山林，已经是不同一般了，更何况他还是一个从来没有走进官场的人，以至于《旧唐书》的编者在给他写传的时候，没有多少事可记，只写下了寥寥44个字。孟浩然的传是这么写的：

> 孟浩然，隐鹿门山，以诗自适，年四十来游京师，应进士不第，还襄阳。张九龄镇荆州，署为从事，与之唱和。不达而卒。

就这短短的44个字，概括了孟浩然的一生。那么对待仕途，孟浩然心里究竟是怎么想的呢？孟浩然说：“苦学三十载，闭门江汉阴。”（《秦中苦雨思归赠袁左丞贺侍郎》）在汉水之畔，独自苦学，竟达三十载。那么，为什么要苦学三十载呢？答案只有一个，那就是也在为应举做准备。只不过孟浩然由于很少外出，很少到城市里去，所以他结交的人相对少一点，在仕途上没有得力的举荐者。这由他的另一首诗可以看出来。这首诗是很有名的，叫《望洞庭湖赠张丞相》，其中有两句，说：“欲济无舟楫，端居耻圣明。坐观垂钓者，徒有羡鱼情。”诗中借无渡水之舟比喻仕途上无援引之人，真实的意思是：希望张丞相能够成为他驶入宦海的舟楫，让他也能在官场中一试身手。否则，总是隐居不仕，便实实在在地对不起这个已经给了人无限希望的圣明时代了。

在30岁的时候，孟浩然还写了一首《田园作》，其中把求仕的愿望说得更为明显："乡曲无知己，朝端乏亲故。谁能为扬雄，一荐《甘泉赋》？"在乡间没有多少知己，在朝廷又没有什么亲故，那么谁能够为像扬雄一样的我作一推荐呢？从这里看，孟浩然确实还是有相当强烈的出仕愿望的，只是他的机遇实在是太差了，幸运之光很少光顾到他头上。

40岁这年，孟浩然来到长安考进士，结果没有考中。在长安的时候，他碰到了王维。王维和孟浩然一直在文学史上并称，两个人相交莫逆。据野史记载，孟浩然来找王维，王维在朝中当值。正在两个人谈论的时候，唐玄宗来了。孟浩然就赶紧躲了起来，因为他是布衣，是不宜见天子的。但王维不敢隐瞒，便把孟浩然叫了出来，给玄宗作了介绍。玄宗挺高兴，说我早就听说过你的大名，最近写了什么好诗没有啊？孟浩然就给他朗诵了一首自己的诗，其中有两句："不才明主弃，多病故人疏。"意思是说，自己"不才"，所以被明主给抛弃了。这话让有心人听来，似乎含有讥刺皇帝无知人之明的意思，实际上等于逆了皇帝的龙鳞。所以玄宗听后就不高兴了，对他说："朕不弃卿，卿自不求进尔。"从这以后，孟浩然就告别了长安，回到了自己的故乡，仕进之情也就日渐淡薄了。

从长安回来之后，孟浩然接着就到了越中。他有《自洛之越》记叙行程："山水寻吴越，风尘厌洛京。"生性喜游山水的诗人，遍游吴越名胜，对吴越的美景非常歆羡，非常喜爱，但是平心想了一想，孟浩然还是觉得自己家乡的山水要胜过吴越。在回到家乡之后，他写了一首《登望楚山最高顶》，其中说："山水观形胜，襄阳美会稽。"——如果来看山水形胜的话，那么襄阳比会稽还要漂亮。于是，孟浩然就以对自己家乡、对山林无比留恋的这样一种情怀，继续在襄阳隐居，直到最后去世。

孟浩然的家乡实在是太美了，所以他一直流连到中年才肯出山。也因为他的故园太叫人陶醉了，所以孟浩然只应了一次举，落第以后也不像其他文人那样，一而再、再而三地向长安进发。他一去长安，即为诀别。如果说孟浩然不再去长安，对他的仕进来说，是一个不可挽回的损失，那么，从诗歌史的意义上说，长安失去了孟浩然，应该是长安的不幸，却是孟浩然的大幸，也是中国文学的大幸。孟浩然是唐代读书于山林的文人，诗名大，但从未踏进过官场，以布衣诗人、隐逸诗人的身份度过了一生。他的一生虽然有过失望，有过惆怅，有过不甘，但是没有大的悲愤。开元元年的时候，他24岁，开元二十八年，是他的卒年。他没有看到天宝末年社会危机的降临，他所遇到的是较为清明的政治风气，他的一生在唐代的花季岁月中度过。幽静的自然环境，清高的人格理想，所有这些，构成了孟浩然清旷自然的诗歌风格。

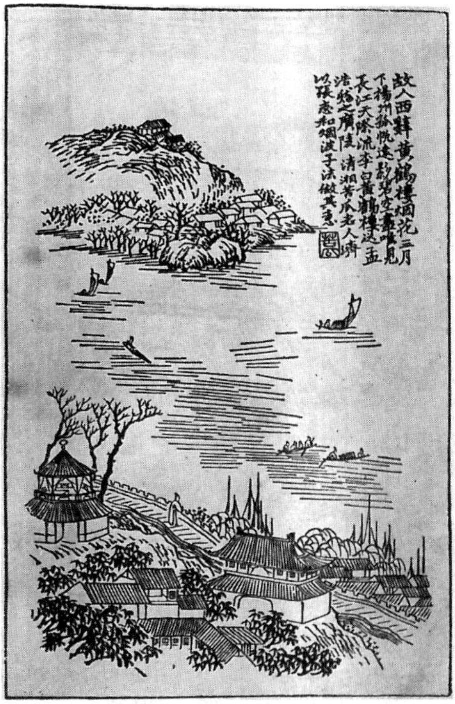

图14　清《名家画谱》之李白《送孟浩然之广陵》诗意图

关于孟浩然的人格和诗格，当时和后世都有很多评论，如杜甫在《解闷十二首》中说：“复忆襄阳孟浩然，清诗句句尽堪传。”诗中拈出了一个“清”字，这个“清”既是孟浩然人格之“清”，也是孟浩然诗格之“清”。为什么会形成这种“清”的特点呢？中唐的白居易在《游襄阳怀孟浩然》诗中作了一个总结：“楚山碧岩岩，汉水碧汤汤。秀气结成象，孟氏之文章。”这里，白居易有意用了两个“碧”字来形容襄阳山水的特征。碧是生命的颜色，是秀美所必需的色彩。只有在这样一种碧绿的、清幽的山水中，才能够使人有一种“清”的特质。

李白和孟浩然有过交游，而且两个人关系很好。大家非常熟悉李白的《黄鹤楼送孟浩然之广陵》：“故人西辞黄鹤楼，烟花三月下扬州。孤帆远影碧空尽，惟见长江天际流。”诗写得非常好，表现了二人很深挚的情谊。此外，李白还写了一首《赠孟浩然》的诗，对这位比他大十余岁的朋友给予了极高的评价：

> 吾爱孟夫子，风流天下闻。红颜弃轩冕，白首卧松云。醉月频中圣，迷花不事君。高山安可仰，徒此揖清芬。

在李白眼中，孟浩然是何等的风流倜傥，何等的洒脱不羁！诗中称孟浩然为“夫子”，固然与孟比李大有关，但也表明了李对孟的尊崇，所以开首便说“吾爱孟夫子”，毫不遮掩自己的感情。爱孟什么呢？第二句回答：“风流天下闻”。这里的“风流”，与我们现在说的“风流”不同，它是风流不羁、风流倜傥、风华流美，非常俊逸、洒脱的一种人格。何以见得呢？颔联两句作了说明：孟夫子在“红颜”年少的时候就“弃轩冕”，放弃了仕进和高官，而到了两鬓苍苍的“白首”之时，仍然高卧于松云之中。这里，一个“红颜”，一个“白首”，对举而出，对孟浩然的一生作了一个总的评判。换句话说，孟浩然的一生，就是在这样一种远离官场的山林旷野中度过的。所以孟浩然可以说是唐代在山

图 15　明唐寅《东篱赏菊图》

林读书的文人中一个非常典型的例子。他与其他诗人的不同处，一是他的诗名非常大，二是他从来没有踏进过官场，他的一生，就是以一个布衣诗人，或者称为隐逸诗人的身份度过的。在这一点上，孟浩然倒是与东晋末年那位“采菊东篱下，悠然见南山”的陶渊明非常接近。

第六讲

山水田园间的“隐”“逸”情趣

山水田园与唐代文人密切相关，而王维、孟浩然是山水田园诗派的代表人物。要谈山水田园诗，先须了解中国的社会形态和王、孟的隐逸情思。

中国是个农业社会，它的主要人群不是生活在城市，而是生活在农村，生活在山水田园之中。换句话说，生活在农业社会中的文人，与山水田园有着天然的联系，他们或者是在出仕之前就在乡村山水田园之间生活，或者是在历经了仕途的风波艰险之后，又回归到山水田园之中。可以说，田园如果不是每个文人的终点，那么，起码也是他们绝大多数人的起点。

从地理学层面上说，山水与田园是有着直接关系的，山水之中有田园，田园之旁有山水，二者是一而二、二而一的统一体。虽然在诗人的笔下，有着或写山水或写田园的侧重，但从整体上看，山水和田园却是不可截然分开的。于是，在唐代文学史上，就有了山水田园诗派这样一个称谓。当然，这个诗派主要出现在盛唐时期，当时的诗人们并没有所谓诗派的自觉意识，将之称为诗派，主要还是后人的一种看法，是后人依据某些诗人创作题材多为山水田园而作的一个大致归类。而孟浩然和王维，便是这类诗人中的突出代表。

王维和孟浩然二人是好友，孟浩然比王维大 12 岁，因一生未进入官场，所以在知名度上不及王维；不过，从诗歌艺术成就的角度看，二人是各有特点，不分伯仲的。同时，王、孟二人有一个共同的特点，那就是都具有非常浓郁的隐逸倾向。以前人们称陶渊明是隐逸诗人之宗，实际上孟浩然和王维也都过了相当一段时间的隐逸生活。孟浩然可以说是终身在乡村度过的，是布衣诗人；王维早年就受佛道思想影响，向往桃源境界，而经过安史之乱“受伪职”案的打击，更是无意仕途，退居林下，过着半官半隐的生活，“万事不关心”了。由于二人共有的这样一个特点，所以我们谈王、孟两位诗人，无论如何不能回避隐逸给他们生活、创作造成的影响。下面，就从“隐逸”的内涵及其与王、孟二人的关联出发，重点看一看他们的生活情态和相关创作。

在中国文化中，“隐”“逸”二字常常连用，其含义也非常接近。“隐”的本意是指幽闭、藏匿，这是一种韬光养晦的人生智慧。当然，“隐”

图 16　唐卢鸿《草堂十志图》

也有不同的境界，大致可以分为“身隐”和“心隐”两种。“身隐”限于形骸，在表象，重名义；“心隐”旨在精神，在内核，重本质。身隐者未必能够做到心隐，心隐才是更高的境界，这是对现实、对个体生命的一种超越。与“隐”略有不同，“逸”的本意是指逃亡，稍加引申，可以作避世来解。像《论语》里就有“举逸民，天下之民归心焉”的话。其中的“逸民”，就是避世之民。从遁世的意义上来讲，“隐”和“逸”可以相通，所以常常把“隐”和“逸”连在一起用。也许因为“隐”和“逸”并称太多的缘故，人们的理解总也跳不出习惯思维的范围，就形成了一种印象：“隐”就是“逸”，“逸”就是“隐”。反正都是“仕”的对立面。

但是，如果我们深究一步，就可以发现，“隐”和“逸”在内涵上又有区别。“隐”有精深、微妙之意，如《周易正义》中说：“探赜索隐，钩深致远。”有时又指幽静、幽深之境，“且其山川形势，则盘纡隐深”（嵇康《琴赋》）；或指表情达意的含蓄委婉。在文学作品中，表现为“文外之重旨”（刘勰《文心雕龙·隐秀》）。“逸”常常指闲乐、安适，如《国语·吴语》中说：“今大夫老，而又不自安恬逸，而处以念恶。”元稹《和乐天〈赠樊著作〉》诗中也说：“遂我一身逸，不如万物安。”逸乐没有分寸，便成为放纵，所以《尚书·大禹谟》劝诫人们“罔游于逸，罔淫于乐”。在文学作品中，则表现为“体格闲放”（皎然《诗式》卷一）。

根据这样的一个准则，我们首先可以认定：王维尚“隐”，是“心隐”；孟浩然好“逸”，是“形逸”。具体来说，王维生性内敛，淡泊宁静，雍容平和，在举手投足之间都有一种温文尔雅的气质，同时，他受佛老的浸染很深，耐得住寂寞，能够看透浮云一般的世事，所以他“晚年唯好静，万事不关心”。相比之下，孟浩然性情外扬，仪态潇洒，任诞放达，在他的性格里还时时能看到一种侠义豪放之风。孟浩

图 17　唐王维《长江积雪图》

然好游乐，乐在兴头上的时候，他甚至不惜爽约，比如，李白曾经写书干谒的那个韩荆州，也就是韩朝宗，曾经要向朝廷引荐孟浩然，和他约好时间了，可是到了约定的日期，孟浩然正在和友人宴饮，友人就提醒他说：你与韩公约好了，你现在不去，恐怕不行吧，不能跟人家爽约的。孟浩然根本不在意，回答对方说，已经开始宴饮了，我正在行乐，正在兴头上，哪儿管得了其他，不去。由此可见，孟浩然是喜欢游乐的。孟浩然的去世也是因为病刚刚好，王昌龄路过襄阳，二人相得甚欢，纵情饮酒，结果引发了旧疾，死掉了。如果将孟浩然与“竹林七贤”中的人作一个比较，可以看出，孟浩然最接近嵇康，在孟浩然的一首诗里，他这么写道：“欲徇五斗禄，其如七不堪。早朝非晏起，束带异抽簪。”（《京还赠张维》）意思是说，虽然想去当官，可是我受不了官场上的那些约束，有“七不堪”，这“七不堪”就是嵇康在《与山巨源绝交书》里面所说的话。可见任情率性，疏放慵懒，不受礼法的束缚，是孟浩然和嵇康的共同性。王维的“隐”是“内心”型的，他有着鲜明的回归意识和强烈的自闭倾向，所以诗中多用“归”“闭”等字。

其次，我们要注意的，是隐迹幽栖与逸兴放浪之别，王维是隐迹幽栖型的，孟浩然是逸兴放浪型的。王维的“隐”是“内心”型的，可归纳为“三部曲”，就是：思归慕隐、掩扉闭关、静坐而安。我们具体来看一下，一般人的行为选择都有一定的倾向性，固定的情绪常常引起习惯性的动作或者联想，反映在诗里就是不同的诗人都有自己喜好的字、词。王维有着鲜明的回归意识，在他的诗文中，总共138次用到“归”字。如飞鸟还巢，牛羊归圈，是“斜光照墟落，穷巷牛羊归”（《渭川田家》）；送友人归去，是“下马饮君酒，问君何所之。君言不得意，归卧南山陲”（《送别》）；奉劝友人，是“杜门不欲出，久与世情疏。以此为长策，劝君归旧庐”（《送孟六归襄阳》）。与这个“归”字频繁使用一样，他还很喜欢用“入”字，如：“谢病始告归，依依入桑梓。”（《休假还旧业便使》）可见，在他笔下，“归”和“入”是重点词语，不宜轻易放过。

读王维的诗，还会感觉到他有很强烈的自闭倾向，自己把自己闭锁起来。杜甫怀念王维的诗，就表现了他这个特点：“何为西庄王给事，柴门空闭锁松筠。”（《崔氏东山草堂》）司空曙追忆王维：“旧日相知尽，深居独一身。闭门空有雪，看竹永无人。”（《过胡居士睹王右丞遗文》）这里都说他喜欢“闭”，闭门。据《旧唐书·王维传》记载，王维和他的弟弟都奉佛，常蔬食，不吃荤腥，晚年长斋，穿得也很朴素。在京师的时候，供给十数名僧饭食，以与他们玄谈为乐。他住的房间里没有多余的摆设，只有茶铛、药臼、经案、绳床这几样东西。退朝之后，王维多是焚香独坐，以禅诵为事。妻亡后不再娶，三十年间，他孤居一室，屏绝尘累。如果不署名的话，恐怕人们就会以为这是哪位高僧的生活方式。王维的母亲也笃信佛教，“师事大照禅师三十余岁。褐衣蔬食，持戒安禅，乐住山林，志求寂静”（王维《请施庄为寺表》）。母亲信奉佛教，对他的儿子必然会产生很大的影响。王维的名和字就是取自《维摩诘经》。由于王维从小受佛教的浸染，不仅在信仰上接受佛教的义理，而且把僧徒生活和隐士的生活结合起来了，开创了居士的生活方式。这种生活方式反映在诗里面，就是“闭”“关”

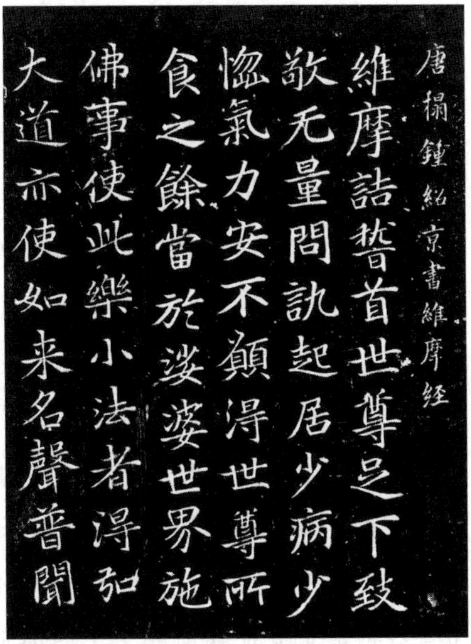

图 18　唐钟绍京楷书《维摩经》

这样两个字的多次出现。比如他说自己“终年无客常闭关，终日无心常自闲”（《答张五弟》）、“迢递嵩高下，归来且闭关”（《归嵩山作》）。除了“闭”“关”，他还喜欢用“掩扉”的字样，“扉”就是门，把门给关起来。比如：“送君从此去，转觉故人稀。徒御犹回首，田园方掩扉。”（《送崔九兴宗游蜀》）闭关之后，砰然一声，一切杂乱纷扰都被摒绝于门外，在屋子里坐禅入定，由定发慧，进入另一个境界。在王维的诗里，他 35 次用“坐”，比如“兴阑啼鸟换，坐久落花多”（《从岐王过杨氏别业应教》），“轻阴阁小雨，深院画慵开。坐看苍苔色，欲上人衣来”（《书事》），都是坐观物化的范例。

到了晚年，王维经历了安史之乱，思想、心态都发生了极大的变化。安史之乱的时候，王维被安史叛军抓住，关了起来，强迫他接受伪官职，当时是朝不保夕，生命处于极度的危险之中。虽然王维拒绝接受伪职，而且还写了一首表现对安史叛军不满、心中向往朝廷的诗，但是安史之乱被平定之后，朝廷还是要治他的罪。后来由于王维身为高官的弟弟王缙向皇帝求情，再加上王维在身陷叛军时写的那首作品，说明他还是忠于朝廷的，所以就从轻发落了。尽管如此，王维的心灵已经受到重创，心怀深刻的负罪感和忏悔意识，正如他在诗中所说："一生几许伤心事，不向空门何处销！"(《叹白发》)于是吃斋念佛，走上了"晚年唯好静，万事不关心"(《酬张少府》)的路途。

与王维相比，孟浩然就要优游自在多了。孟浩然性喜游览，生活安恬舒适，是"离心"型的"逸"。在他那首《涧南园即事贻皎上人》诗中，他说自己的住所是"左右林野旷，不闻城市喧"，他的生活状态是"钓竿垂北涧，樵唱入南轩"。远离城市的喧嚣，住在郊外祖先留下的田庄内，闲来或垂钓北涧，或俯仰南轩，耳闻远处传来的樵夫歌唱，放眼周边旷野林木，生活优游自在，十分惬意。读一下这首诗，可以感觉到它和陶渊明那首《饮酒》诗说的"结庐在人境，而无车马喧"的意思非常近似。

孟浩然还是一个旅行家，在旅行中充分展示了他的放旷闲逸，由此展示出与王维"向心"型、内敛型不同的另一种"离心"型、外扩型的特点。他的行踪以襄阳为中心，辐射向全国各地。前面我们曾介绍过孟浩然的出游，他是北上长安，空滞洛阳，南下湘桂，东游吴越，西抵巴蜀，走了很多的地方。当然，最令他忘怀不了的，还是家乡襄阳的山水，所以，他登过鹿门山，登过岘山，登过万山，泛舟于北涧，访古探幽，流连忘返。而且他还是一个美食家，游玩之余，经常去品尝自己喜欢的美味佳肴。在孟浩然的诗里，出现最多的字是"山"，共达191次。除了我们刚才说的鹿门山、岘山、万山外，他还游览了河南的香山、江西的庐山、浙江的天台山等等。除了爱登山，孟浩然还爱乘舟，比如他写自己是"扁舟泛湖海"(《自洛之越》)，或顺流"下扬州"，或逆流"溯江至武昌"，历览长江两岸景致。“舟”字在他的诗中多次出现。有时写舟行的快感：“为多山水乐，频作泛舟行。五岳追向子，三湘吊屈平。”（《经七里滩》）有时抒发旅途的孤单：“浦上摇归恋，舟中失梦魂。泪沾明月峡，心断鹡鸰原。”（《入峡寄弟》）他实在是个快活的人，与王维“居常蔬食，不茹荤血”“焚香独坐”“孤居一室”的生活，显然是两种情调。

孟浩然与王维的这种差异，除了个性、经历的原因之外，恐怕还源于人性中与生俱来、普遍存在的一种倾向，那就是贵远贱近。王维身在官场，内心向往的却是山林别业中的静居独处和清净自由。孟浩然久居田园，所以向往外边的世界，虽然他也心恋魏阙，却总是没有机会，只好向遥山远水去寻求情志的放纵。而且孟浩然是无官一身轻，比王维有更多的游山玩水的时间。这恐怕是他们或偏于“隐”或偏于“逸”的一个重要原因。

第七讲

王维、孟浩然诗的同与异

作为唐代最具代表性的山水田园诗人，王维、孟浩然还分别代表了隐秀与清逸两种范型，反映在诗歌里，也就出现了隐秀与清逸这样的差别。

刘熙载《艺概》说得好："诗品出于人品"。钱锺书《谈艺录》也认为："言之格调，则往往流露本相。"可见个性气质与创作风格有很大关系。既然孟浩然和王维存在这样一种个体心性、生活方式的差异，那么，他们的诗歌创作就出现了以下几点不同。

一是观照的唯心与逐物的不同。在王维笔下，他往往把人隐藏在景物之后，用心去拍下一幅幅精美的山水小品，人是隐于景物之后的，人不出场。而孟浩然的许多诗，多作于旅行途中，移步换形，流动感非常强。如果说，王维的诗是无我之境，那么，孟浩然的诗更多的是有我之境。比如，王维的《鸟鸣涧》这样写道：

人闲桂花落，夜静春山空。月出惊山鸟，时鸣春涧中。

这首诗写得很好，花开花落，月出鸟鸣，自主自为，不干人事，对外物完全是一种自然的展现。明人胡应麟在读到这首诗的时候，评价说："读之身世两忘，万念皆寂。不谓声律之中，有此妙诠。"（《诗薮》）给予它很高的评价。相比之下，孟浩然诗所写景物多伴随着主体的活动，即景而兴，景随情变。他不太善于作静心的思考，所以读他的诗，我们感觉他的哲理性不如王维那么强，带给人的更多是移步换形和感受上的愉悦。如他的《登鹿门山怀古》是这样写的：

图 19　唐王维《江干雪霁图卷》

清晓因兴来，乘流越江岘。沙禽近方识，浦树遥莫辨。渐到鹿门山，山明翠微浅。岩潭多屈曲，舟楫屡回转。昔闻庞德公，采药遂不返。金涧养芝术，石床卧苔藓。纷吾感耆旧，结揽事攀践。隐迹今尚存，高风邈已远。白云何时去，丹桂空偃蹇。探讨意未穷，回舻夕阳晚。

这里展示的是诗人一天的活动：天刚刚露曙，诗人就驾着一叶扁舟，乘兴而来。这时候天色还有些朦胧，岸边的树隐约莫辨，走近才看见沙洲上栖宿的禽鸟。等到了鹿门山的时候，天色已经大亮，山体明朗，草木青绿，小舟在弯弯曲曲的山涧中环绕着往前走。接着就泊舟上岸，开始攀登崎岖的山路，寻觅高人庞德公隐栖的地方，隐迹虽存，但是昔人已去。诗人正在慨叹，而天色已晚，只好恋恋不舍，在满目夕阳中乘舟返回。由此不难看出，诗中这样一种描述，是时间的推移，是行踪的变换，是景物的更迭，写景在叙事中逐层地展开，其中还穿插着诗人的感受，读来宛如一篇游记。这种写法和王维的写法是颇不相同的。

二是笔法的精工秀丽与疏朗清淡的差别。王维的诗以“秀”著称，孟浩然的诗则以“清”著称。杜甫评价王维的诗：“最传秀句寰区满，未绝风流相国能。”（《解闷十二首》其八）说它是“秀句”。评孟浩然的诗：“复忆襄阳孟浩然，清诗句句尽堪传。”（《解闷十二首》其六）说它是“清诗”。一个“秀”，一个“清”，就代表了王、孟诗不同的风格。

王维有些诗确实是秀句，比如他的《积雨辋川庄作》，这首诗很受人称赞，是首好诗，其中有两句尤其被人称赏。哪两句呢？“漠漠水田飞白鹭，阴阴夏木啭黄鹂。”“漠漠”，见出积雨已经很长时间了，绿田被一片蒙蒙的水气所笼罩；“阴阴”，表明蓊郁的树木在雨气中更显苍翠。白鹭翻飞，为浑然一片的水田增加了一道亮色；黄鹂啼鸣，则给绿树浓荫带来了一种生机。而且“漠漠”和“阴阴”、“白”与“黄”、“漠”与“白”、“阴”与“黄”，纵横对比，色彩鲜明，光彩在明暗之间交错着，极尽写物之工。王维的这两句诗，与杜甫的“两个黄鹂鸣翠柳，一行白鹭上青天”，可以说有异曲同工之妙。王维诗中色彩鲜明的例子还有很多。比如“雨中草色绿堪染，水上桃花红欲燃”，非常艳丽。再如“日落江湖白，潮来天地青”，“青”和“白”对举，贴切地描画出了日落和潮来时的状态。至于表现光线明暗的句子，就更多了，像“日隐桑柘外，河明闾井间”，笔法细腻，描摹精工，利用不同的色彩、不同的光感，将景物的状态表现得非常突出。

图 20　明仇英《辋川十景图》(局部)

与王维相比，孟浩然就很少用明艳、鲜丽的色彩。孟浩然更喜欢白描，以清淡之语入诗。比如他的《宿业师山房待丁大不至》："夕阳度西岭，群壑倏已暝。松月生夜凉，风泉满清听。樵人归欲尽，烟鸟栖初定。之子期宿来，孤琴候萝径。"写日落西山的时候，山谷晦暗，月亮悄悄地爬上了树梢，泉水叮咚作响，看着这样的一幅景色，那真是感到爽快。人归鸟栖，小径两边挂满了如丝般的女萝，诗人对琴独坐，在等待着远方的友人。全诗没有彩绘，没有着力的渲染，用平淡的语言表现景色和人物的心境，非常清幽。再如他早年写的两句诗："微云淡河汉，疏雨滴梧桐。"曾令一时的诗友"嗟其清绝"，都把笔搁到那儿，不写了，说难以为继了。与此相似，孟浩然还特别喜欢用"澄"字，"澄清"的"澄"。如"澄明爱水物，临泛何容与"(《耶溪泛舟》)，"欲知清与洁，明月在澄湾"(《赠萧少府》)，澄清的水正好用来表现"清"这种特点。白居易后来感叹说："清风无人继，日暮空襄阳。"正是指这一点而言的。所以，“清”可以说是孟浩然诗的一大特色。

王、孟创作风格的第三点差异，表现在意境的幽深与闲远上。王维有一首很有名的诗叫《过香积寺》：“不知香积寺，数里入云峰。古木无人径，深山何处钟。泉声咽危石，日色冷青松。薄暮空潭曲，安禅制毒龙。”香积寺在现在西安市的西南部，离市中心大概有几十里的路程，周边环境早已不是唐朝的情状了。唐朝的时候是“古木无人径”“深山何处钟”，现在古木已经没有了，旁边也都住满了人家，布满了村落。从王维这首诗，我们还可以想象当年香积寺的幽深状况：寺庙隐于曲曲折折的山脚之下，“数里”，说明离山很近；“无人径”，说明人迹罕至。古木参天，遮天蔽日，置身其中，觉得非常阴凉。日色本来是暖色，可是几缕夕阳的余晖洒在青松之上，不仅没有带来暖意，反而被林中的阴冷之气给掩盖了。“泉声咽危石，日色冷青松。”这里使用通感手法，将视觉转为触觉，令人顿生寒意。山泉在嶙峋的岩石间穿流，发出幽咽的声响，而钟声悠扬，回荡不尽。在这样的环境中，可以令鸢飞唳天者息心、经纶世务者忘返，意念中的一切“毒龙”，也就是杂心妄念都会被抛开，人心会归于安宁。所以，清人赵殿成评这首诗说：“起句极超忽……‘泉声’二句，深山恒境，每每如此。下一‘咽’字，则幽静之状恍然，著一‘冷’字，则深僻之景若见，昔人所谓诗眼是矣。”（《王右丞集笺注》）这个评价是非常准确的。实际上，在王维的诗中，类似的诗句、境界可以说比比皆是。诸如“返景入深林，复照青苔上”“谷静秋泉响，岩深青霭残”，或是冷暖对比，或是以声衬静，都体现出幽、静、深、冷的特点，由此使得王维笔下的意境非常幽深。

而孟浩然则不一样，他营造的意境多为闲远型的。我们来看一下孟浩然的《晚泊浔阳望香炉峰》：“挂席几千里，名山都未逢。泊舟浔阳郭，始见香炉峰。尝读远公传，永怀尘外踪。东林精舍近，日暮空

图 21　明项圣谟《王维诗意图》

闻钟。”这首诗也是写山寺的，一开始，就“挂席”而来，悠然远望，庐山香炉峰进入了视线。诗人用“都未逢”“始见”，表明了向往之情。在前面所说王维诗的“冷”和“咽”的诗眼之处，孟浩然用了“远公”的典故，就是东晋的名僧释慧远。释慧远当时住在庐山东林寺，所以孟浩然写他，就是仰慕慧远的超尘绝俗，怀着步其后尘的愿望。这里，他的思维是发散的，意境显得闲放而悠远。尤其是最后两句：“东林精舍近，日暮空闻钟。”这个“空闻钟”与王维那首的“深山何处钟”不一样。日暮时分，钟声悠然响起，从山上传到江边，余音袅袅，不绝于耳。这与“深山何处钟”所写的不知钟在什么地方响，显得很幽深、很僻拗的感觉不同。所以沈德潜就赞叹孟浩然这首诗："此天籁也，已近远公精舍，而但闻钟声，写'望'字意，悠然神远。"（《唐诗别裁集》卷一）孟浩然这样的诗句还有很多，比如"水国无边际，舟行共使风"（《洛下送奚三还扬州》）、"倘因松子去，长与世人辞"（《寄天台道士》）等，都表现了这个特点。所以贺贻孙说孟诗"逸宕之气，似欲超王而上"（《诗筏》）。

王、孟创作风格的第四点差异，表现在抒情的委婉含蓄与率真直露上。我们读文学作品，往往少不了一个"情"字。晋人说："圣人忘情，最下不及情。情之所钟，正在我辈。"诗人就是处于"圣人"与"最下"者之间的这样一批人。如果我们追溯一下山水田园诗的源头，那么早期的谢灵运模山范水，工笔描绘，穷形尽相，将重点主要放在了景上；陶渊明写田园，更多地融兴寄于观赏，比较重视主观的感受。葛晓音教授认为："大谢山水诗以观赏为主的表现方式与陶渊明以兴寄为主的表现方式在盛唐融合，促使山水田园诗在精神实质的深层次上合流。"（《诗国高潮与盛唐文化》）唐人写诗非常注意情景的结合。孟浩然几乎没有纯粹的写景诗，他以情带景，或将情穿插在诗中，或展示在尾部，抒情的成分都很浓厚。孟浩然悲伤就写"泪"，高兴就写"喜"，他是不掩饰、不做作的，流露出性情中的那种率真之气。

与孟浩然不同，王维抒情往往有"文外之重旨"，也就是在表层的描写中，蕴含着一种隐而未发的旨趣。当你读完之后掩卷而思，会体味到一些更深的东西。这在他的离别诗中表现得较突出，如《留别丘为》，前面有写景，有述事，最后两句说："一步一回首，迟迟向近关。"这两句写得很传神，一步一停一回首，人不愿意离去，马走得也非常缓慢，文字之间透出道不尽的眷恋之情。再如他的名作《送元二使安西》，最为人称赏的是"劝君更尽一杯酒"。一个"更"字，便将此前已饮了很长时间，终于到了不得不别的时候，所以，再劝一杯，即此分袂的状况展示了出来。同时，也含有劝友人再饮一杯酒，祝他前途珍重的意思。仔细体味，在这“一杯酒”中，实际蕴含着诗人细密的心理活动和浓郁的别情。这类诗句还有很多，我们就不一一拈举了。

总括以上四个方面，可以看出，作为山水田园诗的代表人物，王、孟二人的诗歌在总体的相似中，还是有些不同的。王维以隐者的心态，以心观物，思维凝练；孟浩然以逸士的性情，随心逐物，思维发散。王维用笔细腻，展示出绘画、音乐方面的艺术天赋，对色彩、声响有着敏锐的感受，遣词造句精工秀丽；孟浩然却用流动的笔触，轻淡地描写，没有彩绘，没有渲染，不加雕琢，不加锻炼，句法、章法并不刻意追求整饬。在意境的营造上，王诗显得幽深静谧，孟诗往往闲放悠远。王诗达意“隐”而不显，含蓄委婉，言外含不尽之意；孟诗“逸”而显豁，真率自然。所以闻一多在谈到孟浩然诗的时候说：“真孟浩然不是将诗紧紧的筑在一联或一句里，而是将它冲淡了，平均分散在篇中……甚至淡到令你疑心到底有诗没有……淡到看不见诗了，才是真正孟浩然的诗。”（《唐诗杂论》）应该说，这个评价大体上是准确的。

第八讲

隐逸与终南捷径

琅琅的读书声、吟诗声渐渐远去，渐渐从山林移向村落，移向了都市。在这样一种移动中，人们获得了许多，同时也失去了许多。在前边讲到的那些以山林为读书地、隐居地的人中，固然不乏孟浩然这类以淡泊心境终了一生者，但多数人却是以山林为过渡，为跳板，而要到政界官场去拼搏一番的。不过，除此两种人之外，还有一种人，他们一方面隐居于山林，但另一方面，又想方设法地希望通过隐居的行动来敲开官场的大门。对这些人的这种做法，唐人有一个特定的称谓，叫“终南捷径”。

“终南捷径”是一个比喻，要了解“终南捷径”这个比喻的含义，我们先要来看一下终南山。终南山位于长安城南，在天气晴朗的时候，从长安城就可以看到巍峨的终南山。所以李白有一首诗开头就说：“出门见南山，引领意无限。”（《望终南山寄紫阁隐者》）终南山很秀美，它和长安的距离这么近，独特的地理位置使它在隐逸文化的角度获得了某种深刻的政治含义。

终南山在历史上被人关注，是上古时期的事了。早在诗经的《小雅》里，有一篇题名《节南山》的诗，写的就是终南山。到了唐代，终南山的知名度大大增加。唐太宗李世民就写过一首诗，叫《望终南山》。可能太宗皇帝只是远远地望了一下，而没有亲自登临。后来的李白，多次写到终南山。与李白同时的王维，也写有一首《终南山》的诗，这首诗非常有名，是这么写的：

> 太乙近天都，连山到海隅。白云回望合，青霭入看无。分野中峰变，阴晴众壑殊。欲投人处宿，隔水问樵夫。

这首诗力状终南山的高大雄伟，先是远望，说它的高度上接“天都”，山脉相连，一直绵延到“海隅”。进了山之后，回头一看，白云从四面合拢；走向前去，刚才还是茫茫一片的青霭，似乎又没了踪影。登到了山顶之后，向下远眺，地理分野从中峰分开，沟壑纵横，高处阳光

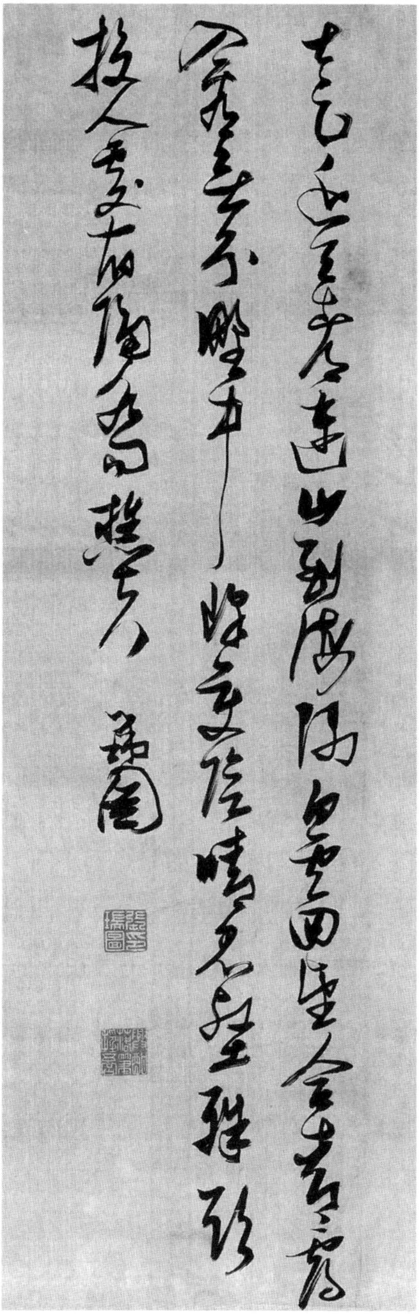

图 22　明张瑞图草书王维《终南山》

普照，低处阴暗迷蒙。诗从山的高峻绵远、高大雄浑，山中的气象变化万千，一直到下山以后至暮不归，写了终南山的一个全貌。所以后人提起这首诗，都非常欣赏。

与王维一样，稍后的孟郊，也写了一首《游终南山》的诗：

> 南山塞天地，日月石上生。高峰夜留景，深谷昼未明。山中人自正，路险心亦平。长风驱松柏，声拂万壑清。即此悔读书，朝朝近浮名。

比起王维的诗，孟郊的作品更有特点。他说整个终南山充塞于天地之间，就好比一块硕大无朋的巨石。太阳和月亮，就围绕着这块巨石升起、降落。在高峰上已经有日出的光影了，但是在深谷里还是昏暗一团，说明终南山非常大。最后几句，主要是写他的感触，说是听着这里长风卷动松柏发出的阵阵声响，真后悔以前的苦读诗书，因为那恐怕也有“近浮名”之嫌。

终南山引起了人们这么多的关注，并且受到人们这样多的称赞，是不是仅仅因为它的景色秀丽呢？不是的。终南山与长安距离这么近，一个是隐士的居所，一个是国家的帝都。如果你要隐，可以走到很远的地方去隐居，干吗要在帝都附近隐居呢？在这个地方隐居是不是另有企图呢？这里要打一个大大的问号了。文人在这里隐居，实际上就有了通过隐居制造名声，以至进入长安城、混入官场的预谋。隐居终南山以获得高名，等待统治者的招徕，被文人视为仕宦的捷径，“终南捷径”由此形成。

刘肃《大唐新语》记载了这样一则故事：

> 卢藏用始隐于终南山中，中宗朝累居要职。有道士司马承祯

图 23　元王蒙《夏山高隐图》

> 者，睿宗迎至京，将还，藏用指终南山谓之曰：“此中大有佳处，何必在远。”承祯徐答曰：“以仆所观，乃仕宦捷径耳。”藏用有惭色。

说的是当时有一个名叫卢藏用的人，因隐于终南山而在后来做了大官。另一个同样隐居的叫司马承祯的道士，在从京城还乡之际，卢藏用为他送行，指着终南山说：如果要隐居，这个山里就好得很，何必跑那么远的地方！司马承祯慢慢地回答他说：在我看来，隐居在终南山，不过是仕宦的捷径罢了。卢藏用听了之后，颇有惭愧之色。这段话就是“终南捷径”典故的源头。

卢藏用是什么人呢？卢藏用是为陈子昂文集作序的一个有名的人物，他最初隐居于终南山，就一心想着借助隐居获得高名，以便被朝廷征召。后来皇帝移驾洛阳，他又跟着跑到洛阳附近的嵩山隐了起来。当时人们给他送了个别号，叫“随驾隐士”。时间长了，卢藏用就逐渐有了名气，武则天听人说起他，就把他请出山去，赏了一个左拾遗的职务。到中宗朝的时候，卢藏用就已经戴上了不小的乌纱帽，先后做过中书舍人、吏部侍郎等。

仔细分析，卢藏用这个名字就很有特点。一个“藏”，是说把自己藏起来，不与社会政治发生关系；一个“用”，是说参与政治，施展本领。这两个看似矛盾的字，却在卢藏用身上结合在一起，并且与传统文化挂起钩来。中国古人常说“出”“处”二字。所谓“出”，就是“用”，就是外出求仕，外出做官。所谓“处”，就是“藏”，就是待在山林，待在家里，与仕途拉开距离。这是传统中国文人的两种生活形态，而在卢藏用这里得到了具体的展现。

那么卢藏用何以能从这相距遥远的一极跳到另一极呢？司马承祯为什么说他的隐居是“仕宦捷径”呢？这从卢藏用脸上的“惭色”可以知道，他由隐而仕、由“藏”到“用”，是有预谋的。正因为有预谋，所以开始隐藏得很深，给人显示出隐者的模样；而到了名声渐大，时机成熟了，便一跃而出，当官去了。否则，他就不会在别人说他走了一条仕宦捷径时，脸上有惭色了。

一般来说，中国文人有两个特点，一是要面子，一是有傲骨。因为要面子，所以即使有一些本心并不想踏入官场的文人，也可能在别人轻蔑的目光注视下，打熬不住，终于管不住自己的双脚，走进鱼龙混杂的官场，去蹚一蹚浑水。也因为书读得多了，知道什么叫正义，什么叫流芳千古、遗臭万年，于是做人就有了一套准则，这套准则就是信念，这个信念一旦抱定，就会不惜以生命去维护它。它的理论基础，就是：“三军可夺帅也，匹夫不可夺志也。”（《论语·子罕》）换句话说，做官意味着选择富贵，隐居意味着选择贫困。但是富贵的获得是有原则的，所以孔子说：“不义而富且贵，于我如浮云。”（《论语·述而》）那么，什么时候做官才符合“义”的原则呢？孔子也回答了，孔子说：天下无道，就隐居于山林；天下有道的时候，就出来做官。由此推论，在天下有道时，如果你去隐居，这就有些让人想不通了。无道的时候隐居，那是情有可原的。在有道的时候隐居，是不是就预示着你有了某种政治企图？这是从文人这个方面来讲的。另一方面，从帝王这方面来讲，如果天下士子们都纷纷跑到山林里边去了，那么他就会感觉到自己缺乏吸引力，缺乏用人的能力，他会感到脸上无光的。所以对那些隐士，帝王们也采取一种招徕的政策。在后来的社会里，比如明清时代，帝王们往往是软硬两手兼施。但是在唐代，更多的时候，是使用软的一手。《旧唐书·隐逸传》里就记载道："高宗、天后，访道山林，飞书岩穴，屡造幽人之宅，坚回隐士之车。"屡屡去招隐士，把那些隐士请出来。当时有相当一批隐士，就是被帝王给招到了朝廷来的。请出来的目的，不外乎两个：一是显示自己礼贤下士的诚意；一是借此劝导风俗，弘扬清正廉退之气，用史书中的话说，就是："重贞退之节，息贪竞之风。"因为社会上、官场里，你争我夺，风气太腐败了。而那些隐士远离官场，洁身自好，反而有廉耻之心。这样一种风气应该推广到全社会去。所以唐朝前期的皇帝，如高宗、武后、玄宗等就一次又一次地请隐士们出山。而隐士们呢？也好像摸着了帝王们的脉搏，就故意去隐。这样越隐名气越大，不愁帝王不来招自己。而所谓的"终南捷径"，实际上就是在这样的情况下，自然而然地形成了。

"终南捷径"的形成始于田游岩由隐居而入仕，后来逐渐被文人利用，演变为揣测帝王心意，进入仕途的捷径。我们先看一下田游岩的情况。《旧唐书·田游岩传》是这样记载的：田游岩是京兆三原人，先游于太白山，后来跑到了箕山。箕山有一个许由的庙，许由是中国历史上最早的一个隐士了，田游岩就在许由庙的东边筑室而居，自称"许由东邻"。高宗驾幸嵩山的时候，曾经派人去请他。田游岩出来拜见高

图 24　唐孙位《高逸图》

宗，高宗命令左右把他给扶起来，对他说：先生养道山中，最近还好吗？田游岩说自己得了“烟霞痼疾”，非常喜爱山林，即使是在圣明的时代，也希望能在这里隐居下去、逍遥一生。皇帝说：我今天得到了你，无异于得到了汉初的“商山四皓”，实在是高兴。于是就把田游岩带回到宫中，授给他崇文馆学士这样的官职。到了后来，还给他原先隐居的那个田庐亲笔题写了几个大字，叫“隐士田游岩宅”。从这件事可以看出，皇帝对此事确实很重视。而田游岩通过隐居，既得到了高官，又得到了极高的表彰。由于有这样的隐士作为榜样，其他的隐士也就纷纷效仿了。

《旧唐书·隐逸传》里还有很多这样的记载，比如史德义、白履中，都是通过隐居而获得高名，最后被皇帝请进了朝廷的。隐居隐出了名声，于是就有人表荐。表荐的人也因此而获得发现贤能这样一种美名。这样看来，一旦隐士成了气候，是不愁没人来举荐他的。一般

来说，隐士要获取高名显利有这样一个过程：先因隐出名，接着被人举荐，由皇帝下诏把他请到朝中。请到朝中，一般是要授予官职的。而隐士也大都以有病或是喜欢山林这样一类的借口进行推辞。推辞之后，皇帝挽留；再进一步地推辞，于是皇帝就手诏褒扬，或者是厚赐金帛放其归山。这样一来，隐士的名声就更大了。

大诗人李白也是一个通过“终南捷径”进入朝廷的例证。李白早年广事交游、求仙问道，目的之一就是为了蓄养声望，等待天子招徕。从李白的自述看，他平生最大的愿望，就是辅佐帝王，建功立业，然后功成身退。退就是隐，而退的前提是功成名就。如果功不成，名不就，何退之有呢？但是要想立功，前提必须是身居高位。自视奇高的李白，不屑于那种循序渐进的进身方式。范传正在《李白新墓碑》里就说他：“常欲一鸣惊人，一飞冲天。”所以李白从少年时代开始，就隐居于山中，隐居养望，创造机会。他先是在蜀中隐居，在

《上安州裴长史书》里，他曾这样回忆当年的情况，说："昔与逸人东严子隐于岷山之阳，白巢居数年，不迹城市，养奇禽千计，呼皆就掌取食，了无惊猜。广汉太守闻而异之，诣庐亲睹，因举二人以有道，并不起。"在岷山既隐居，又养了众多很稀奇的鸟儿，打一声呼哨，鸟儿就纷纷到他手掌上就食，真是奇特得很，以至于广汉太守亲自来请他出山。在他隐居的时候，还有一个他非常心仪的老师，叫赵蕤。赵蕤学长短之术，也就是霸王之道，跟李白关系非常好，对李白影响很深。李白到了后期，对他这位老师还是念念不忘。

蜀中隐居当然很好，但是过于闭塞。在这里隐居，名声不易于传播到更广远的地方去。于是，李白在25岁那一年，就仗剑去国，辞亲远游。开元中期，来到了长安，来到了终南山，就在终南山住了下来。后来，他又应他的朋友元丹丘的邀请，从终南山来到了嵩山。李白转了一山又一山，他的名声就像滚雪球一样越滚越大。他还和孔巢父等六人在徂徕山隐居过，当时号称"竹溪六逸"。虽然名声大了起来，但是，李白的隐居并没有获得像卢藏用那样的效果。于是，他把自己的诗赋，通过今天已经难以查考的一位朋友，献给了唐玄宗。这件事情，有同时代人的诗为证。比如魏万就在他的《金陵酬翰林谪仙子》中说："宫买《长门赋》，天迎驷马车。"独孤及在《送李白之曹南序》里也说："曩子之入秦也，上方览《子虚》之赋，喜相如同时。"这里的《长门赋》《子虚赋》，都是借指李白所献之赋的。李白在《大猎赋》里自称"臣"，那么应该是献给君王的。而且李白还在他的诗里多次回忆，说："因学扬子云，献赋甘泉宫。"可见，李白得到唐玄宗的诏见，与他献赋有关。

当然，只是献赋还不行，李白还通过友人元丹丘的关系，结识了玉真公主，又因玉真公主的举荐，终于通过"终南捷径"走向了目的地。接到诏书的时候，李白正在外地，非常兴奋，写下了一首《南陵别儿童入京》，其中说道：“高歌取醉欲自慰，起舞落日争光辉……仰天大笑出门去，我辈岂是蓬蒿人！”那样一种神采飞扬、得意忘形的情状，足可表明，在这之前他动不动就说要成仙、要升天等等这样一些话，是做给别人看的姿态。李白受诏入京之后，受到唐玄宗隆重的接见，唐玄宗给了他一个翰林供奉的职位。在李阳冰的《草堂集序》里记载了这件事情：

> 皇祖下诏征就金马，降辇步迎，如见绮皓。以七宝床赐食，御手调羹以饭之，谓曰：“卿是布衣，名为朕知。非素蓄道义，何以及此！”

说你是一个布衣人物，但是你的大名能被我知道，如果不是你平常道义很高，怎么能达到这种地步？唐玄宗的话，无意中点出了李白多年来广事交游、求仙问道的目的，那就是为了蓄养声望，以便让天子知道他，进而一步登天。

与李白的情形有些相似，在玄宗后期，特别是到了中唐前期，还有一个大名鼎鼎的李泌，也是几隐几仕，最后官至宰相之位。关于李泌，有一些很曲折也很丰富的传说，因为时间的关系，我们就不再细谈了。

一般来讲，隐和仕作为两种相反的生活情态，士人只能选择其一：要么隐，要么仕，两者不可兼得。可是到了盛唐，王维找到了介乎仕隐之间的一条道路，开了亦官亦隐的先河。王维的这样一种隐，就被称为“仕隐”，一边当官，一边隐居。王维隐居的地方，就在长安城东南终南山下的辋川，在那里他拥有一个辋川别业。到了后期，王维就是一半时间在朝中，一半时间在自己的隐居之地度过。这样的一种方式，到了中唐，由白居易继承。白居易写了一首《中隐》诗，对王维的这种隐居作了一个全面的总结。这首诗说得很直白："大隐住朝市，小隐入丘樊。丘樊太冷落，朝市太嚣喧。不如作中隐，隐在留司官。"既有官职，有俸禄，免去了饥寒之苦，又清静无为，养心怡性，避开了繁杂的事务，那么，何乐而不为呢？这样的中隐之道，从此之后便很被人看好。但从实质上说，它已是隐居的另一层面的含义了，已经与"终南捷径"没有多少关系了。

第九讲

漫游与李白范型

上一讲我们谈了“隐逸与终南捷径”，无论是真正的隐逸，还是终南捷径，都表现了唐代文人生活的一些基本情形。这一讲，我们重点来看唐代文人的另外一种生活方式，就是漫游与干谒。我们先看漫游之风的文化背景。

与此前的文人相比，漫游是唐代文人，特别是初、盛唐文人非常重要的一种生活选择。我们讲过，唐代的文人，包括中国此前的文人，主要指的是那些熟悉经史、能作诗赋的人，他们腹中有诗书，下笔能成章。而文章要做得好，一是要多读书，二要多游历。游历的好处很多，首先是可以结交更多有学问、有见识的人，与他们切磋学问。所谓学问，不仅要学，而且要问，“问”是“学问”非常重要的一环，缺它不得。同时在游历中还可以师法自然，从名山大川中吸取无形的养料，来怡情养气。孟子就说过：“吾善养吾浩然之气。”（《孟子·公孙丑上》）这个“气”既来自主体人格的内在充实，也来自广袤的自然界，来自名山大川无形的能使人增长精神气质的气韵。唐代文人也意识到了这一点，比如王勃在《越州秋日宴山亭序》里就说道：“是以东山可望，林泉生谢客之文；南国多才，江山助屈平之气。”屈原的作品之所以写得那么好，与他生长在南国，目睹秀美的山川景色不无关联。由于游历可以助长文气，所以中国人就有“读万卷书，行万里路”的说法。从做文章的角度来看，游历是文人天生就应该具有的秉性。

同时，文人的希望在仕途，其理想是做位极人臣的宰相。做官不能在家做，就要出门奔走，无论是那些在家的文人，还是那些在山中读书的文人，都要到外边去奔波、去游走、去见世面。而这种奔波、游走，不是一时一处就能够见效的，所以就有了长时段的游历。后人把这种历时较长、范围较广的游历，称之为“漫游”或“壮游”。在唐代，特别是初、盛唐，文人群体性的漫游形成了一股非常汹涌的风潮。

要出外漫游，需要哪些条件呢？大概有这么几点：

首先是安全。因为无论是游学还是游宦，都要离开熟悉的家园到陌生的世界。外面的世界很精彩，但是也潜藏着危险，如果外出非常不安全的话，那么游历的人就不会那么多了。心理学家认为：人都有天生的自我保存、寻取安全的需要。在漫游风气非常浓郁的初唐和盛唐，是一种什么情况呢？应该说，社会秩序稳定，治安情况良好，远行之人无须为自己的人身安全担忧。据《通典》记载，当时“远适数千里，不持寸刃”，哪怕走一千多里路，也不必带任何兵器。《唐语林》记载当时的情况，是“路不拾遗”。这恐怕是漫游风气得以形成的一个基础条件。

漫游除了安全，还要交通便利。唐代的交通怎么样呢？可以说非常发达，这和当时贸易、商业的兴盛有直接关系，城市与城市之间都有四通八达的大道连接。据《唐六典》记载：全国驿路总长将近五万余里。东边到汴宋，西边到岐州，路边都有肆店待客，“酒馔丰溢”。而且店中有驴出赁，你如果走累了，可以出钱雇上一头驴，倏忽之间就是数十里，人们把这叫“驴驿”，就是有驴的驿站。从南边的荆、

图 25　唐韩幹《牧马图》

襄，到北边的太原、范阳，西边直达蜀川，到凉州，都有客店，“以供商旅”。《唐会要》记载得更明确：“千轴万艘，交货往还，昧旦永日。”说那时的水路白天晚上都有客船运送客人。有路好走才能一路走好，唐代文人外出漫游，总不能老用自己的双脚来丈量全部的漫游旅程，有车、有船才能够走得更远，才会有更多的人乐意漫游。恐怕这是漫游风气得以形成的第二个条件。

外出安全、交通便利从侧面反映了经济的繁荣，所以繁荣的经济是漫游的另一个条件。唐代国力强盛，从初唐到盛唐，农业有长足的发展，这从人口的增长和农田的开垦就可以看出。据史料统计，唐中宗神龙元年（705），全国有多少人口呢？有 615 万户。天宝十三年（754），就增加到了近 962 万户。五十年间平均每年增长约 7 万户。这个增长速度应该是非常之快了。人口增加了，耕地必然相应地会扩大。天宝年间的实际耕地面积，大概在 800—850 万顷之间。不但原先农业发达的中原地区的垦田增加，即使那些僻远的荒地也得到了开垦。所以在元结的诗文集《元次山集》里，就有一条《问进士》，说："四海之内，高山绝壑，耒耜亦满。"在辽阔的地域，哪怕是高山绝壑，也都有耕种田地者在。由此来看，唐代的耕地和人口都得到了非常大的发展。

如果从当时的产出来看，当时的布帛产量应该是非常高的，这在天宝时期表现得尤为明显。据有关统计，唐朝税收绢布折合公制计算，已经达到了 1.72 亿平方米，也就是说当时全国每人可以分到 3.5 平方米的布帛。这还只是税收数，实际上它的产量要远远大于这个数字。至于粮食产量，《通典》里也记载了，说是天宝八年，全国各地粮仓储备的粮食达到 9606 万余石，其中仅含嘉仓一处的储粮就达到了 583 万多石。这样一个数字，应该是非常高了。1969 年的时候，曾经发现了含嘉仓的遗址，从那里找到了炭化谷子 50 多万斤。由此可见，史书记载是比较真实的。所以《资治通鉴》里边也说了："是时州县殷富，仓库积粟帛，动以万计。"这样的一种富足状况，诗人也有非常形象的描述。比如杜甫《忆昔》诗写道："忆昔开元全盛日，小邑犹藏万家室。稻米流脂粟米白，公私仓廪俱充实。九州道路无豺虎，远行不劳吉日出。齐纨鲁缟车班班，男耕女桑不相失。"说是开元全盛日的时候，小村子里都藏有万户人家。稻米、粟米非常充实，而且道路上没有豺虎、没有危险，所以你远行的时候不要去占卜，任何时候都可以出行。这几句话，可以说是对开元年间那种丰足繁盛情景的一个形象描写。所以经济繁荣对漫游就产生了直接的影响，这种影响的一个结果就是出行不带粮食，只要有钱，到哪个地方都会有口饭吃。而且因为物质丰富，物价低廉，即使用钱买也花费不多。这样就免去了像上古时期庄子所说的那样一种情况："适百里者宿舂粮，适千里者三月聚粮。"（《庄子·逍遥游》）试想一下，背着干粮口袋走天下，恐怕漫游者就不会很多了，而且也不会形成风气。

图 26　五代董源《夏景山口待渡图》

这么看来，特殊的身份使文人乐于漫游，安全的世界使文人敢于漫游，富庶的社会使文人能够漫游。有了这样的一些基本条件，唐代文人漫游的风气就形成了。于是四通八达的山程水驿之间，一把剑、一囊书，文人的身影来去匆匆。在长亭、短亭之间，文人们可以说一路走、一路唱，把前人唱过的歌曲，唱出了独特的韵味；把前人没有唱出来的心声也唱了出来，唱得那么美，唱得令后人难以为继。

了解了漫游风气形成的这样一些基础条件之后，我们再来看一下漫游的方式。

漫游，从字面意义来说，就是没有既定目的地游走，好比王维在《终南别业》里说的那句话："兴来每独往，胜事空自知。行到水穷处，坐看云起时。"但是在大多数的情况下，漫游其实是有目的的，而且有时它这个无目的本身也可以形成一种目的。各人漫游的目的、过程，同中有异，异中有同，这就形成了漫游不同的类别。

比如很多唐人都作了送别诗，这个送别诗往往就是送人出去漫游。像王勃写了《送杜少府之任蜀川》，他就是送杜少府到蜀地去宦游。还有相当数量的科举考试者，在考试之前有人送他，在考试之后，落第了，也有人送他。这就形成了宦游、科举游或落第游。还有一些诗人送方外之人去云游，比如像刘长卿写过《送方外上人》这样的诗。云游，道教也称为游仙，或者是游山，类型很多。在这样一些方式中，以干谒求官期间的漫游最具典型性和代表性，也最富政治文化内涵。比如，杜甫写过一首《壮游》，回忆他以前少年时期的游踪："往昔十四五，出游翰墨场……性豪业嗜酒，嫉恶怀刚肠。脱略小时辈，结交皆老苍。饮酣视八极，俗物多茫茫。东下姑苏台，已具浮海航。到今有遗恨，不得穷扶桑……归帆拂天姥，中岁贡旧乡……放荡齐赵间，裘马颇清狂……快意八九年，西归到咸阳。"从小时的"出游翰墨场"，到后来的"放荡齐赵间，裘马颇清狂"，再到南游吴越，最后回到咸阳。这里的咸阳，代指长安。为什么最后要到咸阳呢？因为这是唐代的帝都，只有到这里，才能实现自己的政治理想。

类似杜甫的这样一种漫游经历，唐人基本上都曾有过体验。而漫游的典型，恐怕要数李白。

李白早年在四川家乡的时候，就喜欢游。他在后来作的《感兴八首》里说："十五游神仙，仙游未曾歇。吹笙吟松风，泛瑟窥海月。"这里所说的"仙游"，很有一些神仙道化的色彩，表现了李白从小就具备的一种性情和爱好。到了二十四五岁的时候，他从蜀中出发，经夔门，过三峡，来到了中原大地，来到了吴越，开始了辞亲去国、仗剑远游的行程。在李白的一生中，漫游可以说是他最为显著的特点。在李白身上，我们几乎能够看到大多数唐代文人漫游的类型。

李白的漫游，首先与他的心性有关。什么心性呢？一是好仙尚侠。在初盛唐的时候，侠风甚盛，相当一批诗人都写过《侠客行》《少年行》这样的诗作歌颂侠客，对侠客济危扶难、仗义疏财的性格表现出了极大的羡慕和追求。李白少年的时候，确确实实是以侠自任的。

据说他曾有过“手刃数人”的经历。《新唐书·文艺传》就记载李白“喜纵横术，击剑任侠，轻财重施”。李白的好友魏颢在《李翰林集序》中也说他“眸子迥然，哆如饿虎，或时束带，风流蕴藉”。另一个友人崔宗之在《赠李十二》这首诗里，说李白“袖有匕首剑，怀中茂陵书。双眸光照人，词赋凌《子虚》”。从这样一些描绘来看，李白的两只眼睛非常有神，神态也颇为潇洒，袖中匕首，怀里文章，亦文亦武，充满了英风豪气。李白非常羡慕那种“酒后竞风采，三杯弄宝刀。杀人如剪草，剧孟同游遨”的生活，曾写诗说：“十步杀一人，千里不留行。”很有一点大侠的风采。李白的性格有时候非常容易激动，他说：“抚剑夜吟啸，雄心日千里。”（《赠张相镐二首》之二）“有时忽惆怅，匡坐至夜分；平明忽啸咤，思欲解世纷。”（《赠何七判官昌浩》）这样一种激切的性格、粗犷的豪情，原始野性般的生命冲动，使得李白不能不漫游，不能不离开家乡去闯世界。后来李白在《与韩荆州书》中回顾自己的早年经历，说：“陇西布衣，流落楚汉；十五好剑术，遍干诸侯；三十成文章，历抵卿相。”这种情形，正是青年李白思想性格的一个合乎逻辑的发展。

李白的漫游当然也与他崇高的人生理想、远大的志向有关联。在蜀中的时候，李白就养成了这样一个追逐高远的心性。到了25岁，他离开蜀地漫游全国，才使得这种理想的追求越来越具体，越来越清晰。他在酒隐安陆时写有一篇书信，叫《代寿山答孟少府移文书》，其中借用寿山的口吻来表白自己的志向：

> 近者逸人李白自峨眉而来……将欲倚剑天外，挂弓扶桑，浮四海，横八荒，出宇宙之寥廓，登云天之渺茫……申管、晏之谈，谋帝王之术，奋其智能，愿为辅弼，使寰区大定，海县清一。事君之道成，荣亲之义毕。然后与陶朱、留侯浮五湖，戏沧洲，不足为难矣。

这里的口气非常之大，要“申管、晏之谈”，像管仲、晏婴那样去辅佐帝王，“谋帝王之术”。在中国历史上，有很多士人的最高人生理想就是做帝王师。比如早期的姜子牙、张良、诸葛亮、王猛等等，都是被后人称为“帝王师”的人物，他们与帝王的关系，在亦师亦友之间。李白非常歆羡这样一种境界，希望能够来到帝王座旁，给他出谋划策，发挥自己治国平天下的才能。所以他一再声称：“如逢渭水猎，犹可帝王师。”（《赠钱征君少阳》）

图 27　宋梁楷《李白行吟图》

正是由于有了这样一个很高远的理想，李白不能不漫游，不能不在漫游中来制造名声，以赢取高位。所以他从蜀中出游之后，就来到了湖北，来到了武昌，然后又漫游了江苏、安徽等东南地区，最后“仰天大笑出门去”，来到了长安，进入了朝廷。来到朝廷之后，他漫游的目的大部分就实现了，他也为此很得意了一段时间，但是由于朝廷政治斗争的复杂，时间不久，就有一些谗言出现，唐玄宗也逐渐地疏远了李白。最后李白请求还山，唐太宗也就赐金放还了。在过了近三年的长安生活之后，李白又一次踏上了东游的途程。

离开朝廷后，李白经过洛阳，到了开封，有汴京之游。在汴京，和高适、杜甫结伴游梁园，之后与杜甫并肩东下，来到了东鲁。在山东他们游玩得非常兴奋，这由他们当时写的一些诗可以看出。当时的情景怎样呢？“醉眠秋共被，携手日同行。”（杜甫《与李十二白同寻范十隐居》）离开了山东之后，李白又南下越中，即现在的浙江。在临游之前，写下《梦游天姥吟留别》这篇名作，表现了他“须行即骑访名山”的愿望，也展示了他“安能摧眉折腰事权贵，使我不得开心颜”的品格。

李白的一生是在漫游中度过的，他离开四川之后，就再没有回去过。日本学者松浦友久曾经对李白离开四川就没有再回去的原因作过探讨，说他为什么没有回去？而且最后在李白被流放到夜郎途中，已经到了夔门了，到了白帝城了，离他的家乡已经不远了，为什么还不回去？松浦先生从李白的早年经历等一些远源谈起，最后归结为李白有一种客寓的性格，即做客在外、寄寓在旅途这样一种心性。整个李白，就是一种“客寓意识”的结晶，他就是天生的一个旅人，直到逝世，也是被埋在安徽当涂的青山这块异乡的土地上。在《李白传记论——客寓的诗思》一书中，松浦指出：“李白由‘谪仙’形象被肯定、增幅了的‘客寓意识’，最终在他对客寓之地亦即坟墓之地——当涂的青山——的选择中终结了。”

回首李白的一生，当年出蜀的时候，在江陵遇到了司马承祯，他便写了一篇含有深刻寓意的《大鹏赋》，把自己比作翱翔九天的大鹏。到了晚年临终之际，他又写了一篇《临路歌》，仍以大鹏自比：“大鹏飞兮振八裔，中天摧兮力不济。余风激兮万世，游扶桑兮挂石袂。后人得之传此，仲尼亡兮谁为出涕？”这是李白的绝笔，其中再次用了一个“游”字。游，漫游，从仙游到壮游，从得意游到失意游，李白就是一个行进在人生不同驿站的旅人。他的一生，是对唐代漫游文化的最好诠释。

第十讲

漫游的地域

唐人的漫游，还应关注的一点是漫游的地域。

与东晋以来南北长期分割的国家形势相比，隋、唐尤其是唐代实现了空前的统一，疆域非常辽阔。初唐和盛唐时期，那种高昂的社会精神和丰足的物质条件又促使人们可以作全国性的漫游，所以当时人们的游踪所至，应该是无远弗届的。

比如燕赵之地。这里既是边塞，又非绝域，文人来此漫游不会经受太多的艰难。加上燕、赵古来即是慷慨悲歌之地，有一种豪士之风，漫游其地可以增加自己的壮气，扩展自己的情怀，所以有不少文人就来到燕赵之地进行漫游。燕赵之地有当年燕昭王修的黄金台，其中蕴含着一段招贤纳士的历史故事，因而很多漫游者到这里后都要登上黄金台，凭吊古人，并抒发一番自己怀才不遇的感慨。初唐的陈子昂到燕赵去过，盛唐的李白、中唐的李益去过，那位曾经参加过边塞幕府工作的高适也去过。在这些去过的人中，以陈子昂的那首《登幽州台歌》最为著名："前不见古人，后不见来者。念天地之悠悠，独怆然而涕下。"诗仅四句，却前承古人，后启来者，具有穿越时空的永恒魅力。

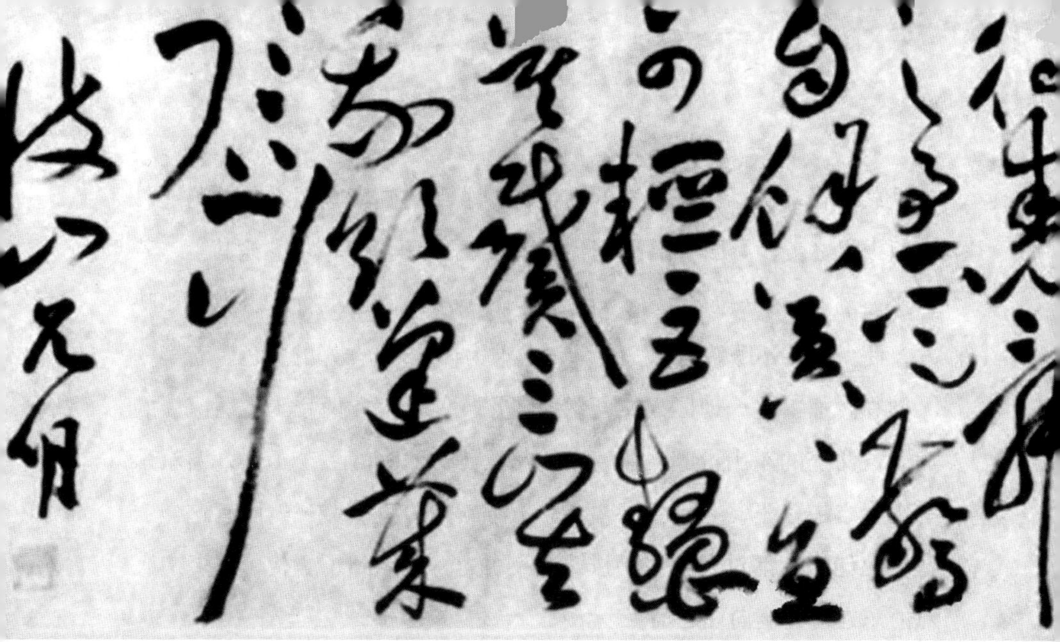

图 28　明祝允明草书《蜀道难》(局部)

再如巴蜀之地。巴蜀农业非常发达，向有“天府之国”的美称，在唐代又有“益一扬二”的说法，也有的说是“扬一益二”，总之，无论谁在前，说的都是两地在天下非常富足。从规模看，成都恐怕也是除了长安、洛阳之外的第三座大城市了。蜀地又有很多的仙山，有很丰富的人文景观，因而吸引不少文人前往漫游。“初唐四杰”就都到过蜀地，大诗人杜甫、李商隐等人曾入川，依人做幕，留下了不少优秀的诗篇。限于篇幅，我们就不去细谈了。下面我们仅以江南的吴越和帝都的长安为例，作一重点介绍。

江南风景秀丽之地，首推浙东。据学者统计，仅收入《唐才子传》的 278 个人里边，就有 174 个人游过浙东。唐代共有 322 位诗人游访过浙东的山水，这样一个人数可以说约占唐代诗人总数的 1/10 了。

浙东确实是非常秀美的地方，早在魏晋南北朝的时候，就有大批的文人写下了关于浙东山水秀美的文字。比如王羲之就说：“山阴道上行，如在镜中游。”在他很有名的《兰亭集序》里，他进一步地赞叹：“此处有崇山峻岭，茂林修竹，又有清流激湍，映带左右。”《世说新语》

也记载了很多关于浙东山水的佳话，如著名的画家顾恺之从会稽还，人问山川之美，顾回答说：“千岩竞秀，万壑争流，草木蒙笼其上，若云兴霞蔚。”另一位名士王子敬形容说：“从山阴道上行，山川自相映发，使人应接不暇。若秋冬之际，尤难为怀。”这样好的景色，着实令人神往。加上这一地区人文荟萃，文化气氛浓郁，两晋王、谢家族的声名，谢安的东山再起，谢道韫的咏絮诗，谢玄的兰芝玉树，谢康乐的山水之趣，王羲之的兰亭之会，王子猷的雪夜访戴……所有这样一些历史佳话，都对人产生了强大的吸引力。所以到了唐代，很多文人对浙东之地充满向往之情。

此外，浙东还是道教的发祥地之一。道教典籍中记载的“十大洞天”，有3处在浙东；“三十六小洞天”，有7处在浙东。道教又有“七十二福地”，其中有15处在浙东。这样的一种道教的气氛，也染浓了浙东一带文化的内涵。道教之外，还有佛教，佛教也非常青睐浙东之地，因为这里的名山非常多，所以佛教徒也把他们的寺院建造在浙东。著名的天台宗实际上就和浙东的天台山有直接的关系。名刹古观，佛迹仙踪，在在处处，遍布于浙东，这叫文人怎能割舍得下而不去游玩呢？

唐人到浙东漫游，目的之一固然是去寻山游水，希望借助名山大川的形胜来增加自己的文气、增加自己的壮气。但另一目的，也是为了寻仙学道。唐代好道术者不乏其人，有不少文人还曾经加入过道籍，受过道箓，李白就是其中之一。而受道箓要经过一个比较繁杂的仪式，要经过体肤的磨难，最后才能加入，李白也经过了这一关。他曾经写诗说：“五岳寻仙不辞远，一生好入名山游。”（《庐山谣寄卢侍御虚舟》）而在名山里，最令文人向往的，大概就是遍布古刹名观的浙东了。于是唐代的文人从初唐开始即纷纷来到这里，经过盛唐而达于极盛，到了中唐，仍然有大批的文人把目光投指向浙东，并在游览过程中，留下了一篇篇精美的诗作。

图 29　清袁耀《邗江胜览图》

浙东还有很多的人文景观，比如古代有尧舜禹三圣，越地就占了两个。虞舜，据说是上虞人。浙江余姚，传说就是舜出生的地方。治水的大禹起码到过越地两次。而且越地又是吴越争霸的古战场，有一种慷慨而壮烈的历史氛围。当年越王勾践和吴王夫差交恶，勾践战败，最后是十年生聚，十年教训，卧薪尝胆，积聚力量，终于打败了吴国。这样一些历史遗迹，使得来到这里的文人，不只是领略山川之美，而且可以领略到一种历史的深层内涵。于是像《越中览古》《越中怀古》这样一些诗作就纷纷产生了。

浙东之外，地处长江之畔的扬州也是非常为人歆羡的一座城市，这里是天下少有的繁华之地。南朝梁代有一个叫殷芸的人写了一本题名《小说》的文章，其中记载：

> 有客相从，各言所至。或愿为扬州刺史，或愿多赀财，或愿骑鹤上升。其一人曰：“腰缠十万贯，骑鹤上扬州。”欲兼三者。

说有客人提出了几个愿望，有的想当官，有的想多得一些金钱，有的希望成仙。其中有一个人说：腰间缠着十万贯钱财，骑着象征飞腾的鹤，到扬州去做官。这一来，富有、升天、做官这三者都有了。这里记的是南朝或南朝以前的事，而到了唐代，扬州的繁华就更不是以前所能比的了，前面提到的“扬一益二”或“益一扬二”，就是扬州高度繁华的佐证。李白到过扬州，非常潇洒，据说在不到一年的时间里，就挥金三十余万，大把大把地花钱，非常痛快。

扬州的特色不仅在于有美丽的风景，也不仅在于它有非常发达的经济，还在于那里有从事娱乐业的众多的女性。唐人有很多诗篇写过扬州的美女，比如张祜写了《纵游淮南》：“十里长街市井连，月明桥上看神仙。人生只合扬州死，禅智山光好墓田。”在月色的照耀下，看桥上那些女性，一个个像是神仙中人一般，以至于他说人生只应该死在扬州。连死都选择在了扬州，由此可见他对扬州的迷恋。徐凝写了一首《忆扬州》：“萧娘脸下难胜泪，桃叶眉头易得愁。天下三分明月夜，二分无赖是扬州。”说扬州的女人长得非常漂亮，天下明月如果有三分的话，有两分就在扬州。杜牧写了《寄扬州韩绰判官》，也是一首很有名的诗：“青山隐隐水迢迢，秋尽江南草未凋。二十四桥明月夜，玉人何处教吹箫？”还有《赠别二首》：“娉娉袅袅十三余，豆蔻梢头二月初。春风十里扬州路，卷上珠帘总不如。”最有名的是他那首《遣怀》：“十年一觉扬州梦，赢得青楼薄幸名。”这样一些诗人，都在维扬饱览过在别处不曾见到的女性构成的风景线。既是求官之游，又是欣赏山川之游、欣赏美景之游，还是欣赏女性美之游。所以唐人的漫游，可以说是多种多样，非常丰富。

除了浙东、扬州等地之游，唐代文人漫游的主要目的地，就是名都大邑，也就是大城市。当时的城市最大的恐怕就是帝京长安了。长安是皇帝待的处所，是政治、文化的中心，所谓“长安自古帝王都”

嘛。文人漫游，有一个最终的目的，就是要做官，要做官就要结识天下的高官和贵卿，要结交这些著名的人士来给自己延揽声誉。这些名官巨卿在哪里才有呢？最多的就是长安了。所以几乎每一个希望求仕进的文人都到过长安，王维来了，李白来了，杜甫来了，韩愈、柳宗元、白居易、元稹等等，一大批著名的文人都从四面八方向长安进发，希望在这里参加科举考试，结识达官贵人。而考场失利、求官不遂之后，又由长安向四面八方走去。虽然离开了长安，但不少人心心念念的还是要重回长安。于是就在来了、离开，离开了、又来这样一种往复的行动中，度过了他们漫游的许多光阴。也于是，围绕长安，就上演了一幕幕令人牵肠挂肚的悲喜剧。

唐代文人的长安游，很多情况下并不像我们想的那样潇洒。有相当一批文人游得非常艰难、非常困顿，在漫游的旅途中，他们饱尝了人间的辛酸。比如那位大名鼎鼎的杜甫，

图30　元赵雍《挟弹游骑图》

来长安游了，游了之后就困居在此，长达十年之久。他的《奉赠韦左丞丈二十二韵》描述当时情况说："骑驴十三载，旅食京华春。朝扣富儿门，暮随肥马尘。残杯与冷炙，处处潜悲辛。"早上去敲富人家的门，晚上随着别人的肥马在奔跑。坎坷、困顿，在非常不得意的环境中度过，以至于残杯和冷炙，处处都潜藏着悲酸和艰辛。由此可知，盛唐文人的漫游虽然有浪漫的一面，但是也有非常沉重、非常痛苦的一面。盛唐尚且如此，那么到了中唐，到了晚唐，这样一种悲辛的场面就更多了。在《寓居对》中，晚唐孙樵这样描写他在长安时的情状："一入长安，十年屡穷。长日猛赤，饿肠火迫。满眼花黑，晡西方食。暮雪严冽，入夜断骨。穴衾败褐，到晓方活。"别的不说，仅饥饿、严寒就让他感到似乎到了世纪末日。这样一种漫游，其中自然包含着诸多难以尽为人道的困顿和无奈。

第十一讲

漫游中的题壁诗

上一讲我们谈到了唐人漫游的原因、漫游的类型和漫游的地域，今天我们重点谈一下漫游中的题壁诗。这是唐人诗歌发表的一种重要方式。

在漫游期间，唐人的一大活动就是作诗。出于各种各样的原因，诗人们往往把一些比较短小的、精练的诗作题写在馆舍、佛寺、驿亭、名胜等等一些处所的墙壁上。墙壁如果题写不下的时候，就把诗写在专门为题诗制作的诗板上。这种活动被称之为题壁。题壁不能把诗写得太长，写得太长的话，既受空间条件限制，也不利于传播。所以唐人的题壁诗大都比较短，一般是七律、五律或者是七绝，其中绝句更多一些。

题壁诗是促进诗歌流传的一个重要因素。诗人们题壁诗作得多了，就形成了一种风气，以至于不少佛寺、馆舍、驿店等场所都专门为文人题壁事先作了准备，比如笔墨，或是题诗的诗板。这样一来，就越发促进题壁诗的盛行了。

从现存史料来看，题壁诗在初唐就有了，但是到了盛唐，特别是中晚唐，流行更为广泛。这种风气兴起的原因，恐怕主要有以下几个方面：

图31　清代宫廷画《雍正帝行乐图》之十四：雍正扮苏轼在山野题壁

一是出于自觉的传播意识。白居易有一首题壁诗《宿张云举院》：“明朝题壁上，谁得众人传？”意谓明天把我们的诗写在壁上，看看谁的诗最受众人的喜欢，能够传播开去，明确地表达了传播意识。

二是被人求索，不得不为。比如有一个人叫郑仁表，他在《题沧浪峡榜》这首诗下有一个注，说：“经过沧浪峡，憩于长亭，驿吏坚进一板，仁表走笔云云。”坐在沧浪峡的长亭，驿吏执意拿出一个诗板来，要他留题。为什么让他留题呢？当然看重的是他的名人效应。我们现在也有这种风气，比如某些饭馆，某些名胜所在，如果有一些明星、大人物给它题了字，那么以后的游客、来住宿就食者就会越来越多，实际上给它制造了一种名气。所以这是驿吏坚决地求索，不得不题。当然，被索诗与被索钱，滋味是迥然不同的，索诗本身是一种较雅致的行为，对求索者和被求索者来讲，都不掉价，所以当主人家拿出诗板请求题写的时候，诗人心里自会感到特别受用。当然，不少主人家更多考虑的还是功利目的，为了获得诗人的题诗，先是竭力侍奉，做一些感情投资，或者再三请求，让你难以拒绝。遇上这样的主人，恐怕很少有诗人拂袖而去的。

从唐人现存诗看，诗板确是他们表现诗才、传播作品的一个不错的媒介。张祜有一首诗叫《题灵彻上人旧房》，其中有两句说："寂寞空门支道林，满堂诗板旧知音。"可见，这间僧人旧房中的诗板已很不少，是"满堂诗板"；而且在诗板上题诗者，他大都熟悉，是"旧知音"。他如郑谷《送进士吴延保及第后南游》之"胜地昔年诗板在，清歌几处郡筵开"、翁洮《和方干题李频庄》之"吟时胜概题诗板"，都表现了诗板在联系感情、传播诗名方面的功用。

第三个原因恐怕是更重要的，就是有情要抒，不得不抒。诗人写诗，大都是有了一种真切的情感在内心涌动，要把它抒发出来。看到了好景，看到了令人感动的事情，就要题诗一首。比如盛唐诗人崔颢来到武昌，站在高高矗立的黄鹤楼上，看长江滚滚，看汉阳美景，情不自禁，就题写了一首《黄鹤楼》诗。这首诗大家都很熟悉，七言八句：

> 昔人已乘黄鹤去，此地空余黄鹤楼。黄鹤一去不复返，白云千载空悠悠。晴川历历汉阳树，芳草萋萋鹦鹉洲。日暮乡关何处是，烟波江上使人愁。

诗一上来就连着三个"黄鹤"叠加而出，这在律诗中一般是不允许的，因为重复过多。但崔颢不避重复，一再使用"黄鹤"一词，反而造成一种回环往复的歌吟韵味，加深了人们对黄鹤这样一个古代意象的体

图 32　明安正文《黄鹤楼图》

认。从风格上看，诗的前四句是古体，后四句是律体，可以说是一个古律结合的诗作，而又写得行云流水，流转自如。前四句先用“去”“空余”“一去不复返”逐层地往前逼近，最后推出“白云千载空悠悠”这样七个字。“白云千载”是时间意象，“空悠悠”是空间意象，空间意象与时间意象叠加在一起，构成一种时空交错的、永恒的感觉。到了下半阕，诗人由怀古、感慨进入眼前之景，从虚转到了实；但是最后一句的“烟波江上”，又把眼前的实景予以虚化，呈现出一片迷蒙的景色，这又由实而入虚了。所以从全诗来看，诗人是触景生情、虚实结合、实中有虚而虚以代实，营造了一个令人品味无尽的高远意境。

由于诗写得好，又题写在黄鹤楼上，所以影响力就大。据《唐才子传》记载：李白后游黄鹤楼，见而赏之，题曰：“眼前有景道不得，崔颢题诗在上头。”由李白这句话起码可以推知两点：其一，崔颢的诗是题写在黄鹤楼的墙壁上的，如果不是题写在上边，李白就不会说“崔颢题诗在上头”了。其二，李白对这首诗非常赞赏，以至于虽有在黄鹤楼赋诗的愿望，但因崔颢之诗在前，也只好搁笔了。仔细想来，武昌黄鹤楼的名气，与崔颢的题诗极有关联；而崔颢题诗的影响，更与李白的赞赏脱不开干系。

像这样一些面对美景感从中来，当下题诗于壁的情况，在唐代非常多。然而，还有一些题壁诗是缘于伤心，缘于现实苦难的刺激。比如有个叫温宪的人，写了一首《题崇庆寺壁》。为什么在此题壁呢？是因为落第，科举考试没有中第，心情非常悲愤、哀伤，于是就写了这样一首诗："十口沟隍待一身，半年千里绝音尘。鬓毛如雪心如死，犹作长安下第人。"说的是家中十口人都等待着我一个人，为什么等我一个人呢？我中上了进士之后，他们也就会跟着荣光，跟着解除了贫寒——因为唐人进士及第，当了官后，是可以免除家人的徭役的。可是现在的情况是"半年千里绝音尘"，整整走了半年，千里之遥，和家人没有一点信息来往。自己从年纪轻轻到"鬓毛如雪"，从充满希望到"心如死"，一次次来到长安，一次次铩羽而归，已经不想再来科考了，已经绝望了，可是这一次考试还是落第了，这让人情何以堪啊！如何面对那等待中的十口之人啊！"犹作长安下第人"，结尾一句写得极沉痛、极感伤。由于沉痛、感伤，由于心中不平，所以就要发泄，就要题壁。

唐诗中还有不少诗题写在驿站或长亭、短亭的墙壁上，像岑参、韦应物、白居易、杜荀鹤等，都有一些题壁精品，其内容也多种多样，或与友人互相赠答，或表现思念情怀，或抒发人生感慨。驿站是人们往来的交通要道，长亭、短亭是供游人短暂休息的处所，也是去宦游、科举这样一些人的必经之地，于是在这里题诗，便成了一种习惯，一种创作风气。晚唐的吴融有一首《题扬子津亭》，其中两句说："扬子江津十四经，纪行文字遍长亭。"在扬子江渡口的亭壁上，纪行诗都满了，可见题诗者之多。唐人这种题壁，大概类似于今天人们外出旅游，到了一个名胜所在，便在一些墙壁或木柱上写、刻自己的名字，或者是“某某某到此一游”的字样。只不过唐人的文化素养比今人要高一些：今人是大白话，而且多属破坏文物、污染环境之举；唐人则是题诗一首，而且诗多写得很精美，很有文化内涵，这就给环境增添了一道亮丽的风景。

元稹有一首《褒城驿》，也是题壁之作，抒发了他很深的人生感慨：“容州诗句在褒城，几度经过眼暂明。今日重看满衫泪，可怜名字已前生。”经过褒城驿已经好多次了，每次都会发现壁上有不少好的诗句，令人眼睛为之一亮。可是今天我再次经过，却是满衫的泪水。为什么呢？因为一些题壁的诗人已经作古了，已经不在人世了，看着他们留下的墨迹，不能不令人感慨系之。

在驿站题壁，很多时候是一种自觉的行为，是诗朋好友之间表达情思、忆念的特有方式。元稹和白居易的友谊大家都很熟悉，他们可以说是以诗始、以诗终的。在他们出行之时，常常能发现对方的题壁之作，看到之后，就写诗一首寄给对方，对方再寄诗作答。比如元稹想念白居易了，没办法排遣，就把白诗题写在墙壁之上，抬头就可以看到朋友的诗，希望借着读诗以缓解其思念之情。元稹《阆州开元寺题壁乐天诗》说：“忆君无计写君诗，写尽千行说向谁？题在阆州东寺壁，几时知是见君时？”表现的就是这种忆念。白居易读了元诗后，写了一首《答微之》回复：“君写我诗盈寺壁，我题君句满屏风。与君相遇知何处？两叶浮萍大海中。”说是你把我的诗题满了寺院的墙壁，我则把你的诗题写在屏风之上。我们现在相隔太遥远了，就好比两叶浮萍漂浮在大海中，何时才能再相遇呢？

有的时候还有这种情况，诗人旧地重游，又见到了当年的题壁之作，于是有感于岁月和人生的变迁，再题诗述怀。顾况有一首《天宝题壁》说：“五十余年别，伶俜道不行。却来书处在，惆怅似前生。”写的是隔别五十年又来到了原来题壁之处，吟诵之后，令人产生一种恍如隔世的感受。另一种情况是，诗人两度经过同一处所，上一次没有题，这一次补上。白居易有一首《重过寿泉忆与杨九别时因题店壁》的诗，其中这样写道："一去历万里，再来经六年。形容已变改，处所犹依然。他日君过此，殷勤吟此篇。"当年和杨九在寿泉分别没有写诗，现在旧地重经，物是人非，真令人感慨万端。于是题诗于壁，纪事抒怀，并告诉对方说：希望你下次再路过此地时，把我题写在墙壁上的诗吟诵一遍，就知道我对你的思念情怀了。估计杨九再次经过此地的时候，一定能读到这首诗，一定会生发出另一种感慨。所以题诗既深化了友朋间的感情，又起着一种留言条的作用。

把题壁诗当留言条，在唐人那里是很常见的一种现象。元和十年（815）初，被贬在远方的元稹、刘禹锡、柳宗元等人接到朝廷诏令，回返京城。他们回朝的路线都要经过商山，元稹先行，写了一首名为《留呈梦得子厚致用》的诗，题下自注："题蓝桥驿"。从这首诗的诗题和自注可知，这首诗是题写在蓝桥驿的墙壁上的，其目的之一，即在于告诉不久后也要经过此路的刘禹锡、柳宗元他们，我已经先你们一步返京了。

唐代题壁诗的作者也有女诗人，比如唐末会稽令韩嵩之妾王霞卿就有一首题壁诗《题唐安寺阁壁》。诗前小序说："琅琊王氏霞卿，光启三年（887）阳春二月，登于是阁，临轩轸恨，睹物增悲，虽看焕烂之花，但比凄凉之色。时有轻绡捧砚，小玉看题。"阳春之季，登阁游赏，睹物增悲，不觉情动，遂题诗一首以抒怀。诗是这么写的："春来引步暂寻游，愁见风光倚寺楼。正好开怀对烟月，双眉不觉自如钩。"诗题到寺壁上后，被一个叫郑殷彝的文人见到了，于是郑氏便和作一首："题诗仙子此曾游，应是寻春别凤楼。赖得从来未相识，免教锦帐对银钩。"从这首和诗看，颇有些轻薄、戏狎的味道。王霞卿很气愤，作《答郑殷彝》一首，题壁斥之："君是烟霄折桂身，圣朝方切用儒珍。

正堪西上文场战，空向途中泥妇人。”说你也算是一个人才了，正应西上长安，在文场上一试身手，干吗把心思都用在妇人身上！诗写得正气凛然，想来那位郑姓士子看了会满面羞愧的吧。

还有一位王氏，作了一首《书石壁》：“何事潘郎恋别筵，欢情未断妾心悬。汰王滩下相思处，猿叫山山月满船。”从诗意看，写的是一位负心男子移情别恋，可是王氏对他仍念念于心，不忍割舍，借“猿叫山山月满船”的形象画面表现她的满腹哀思，颇有感人的力量。女性题诗有女性的特点，这种特点有时从书法上也有展示。晚唐诗人吴融有一首《富水驿东楹有人题诗》，诗下注了一笔：“笔迹柔媚出自纤指”。意思是说，笔迹非常柔媚，好像就出自女性的纤纤玉手。从吴融这首诗的内容来看，这个题壁者应该是一位女性诗人。

说到这里，不妨谈一下唐人题诗的书法问题。唐人在题壁的时候，要用毛笔来写，那么书法的好坏就对诗人们是一种考量了。用毛笔题壁，诗与书法同时得到展示，题诗因好的书法而生辉，千古流传。书法好的人，如果诗也作得好，题起来就是兴趣盎然、落笔生辉了。有些诗人，诗作得不错，但是书法不好，就会使他的诗大打折扣。诗人兼书法家的贺知章，诗好，字也好，他的题壁之作就备受人们的喜爱。到了中唐的时候，刘禹锡在洛中寺北楼还看到贺知章的草书题壁，写诗称赞说：“高楼贺监昔曾登，壁上笔踪龙虎腾。”（《洛中寺北楼见贺监草书题诗》）从贺知章到刘禹锡，相距近百年时间，但是贺知章的题壁诗还存留着，而且那个笔迹就像龙虎飞腾、跳跃一般，草书写得非常漂亮。贺知章是名人，性格风流倜傥，多处都留有他的墨迹，到了晚唐，他题写的诗壁还有留存。温庭筠有一首《秘书省有贺监知章草题诗，笔力遒健，风尚高远，拂尘寻玩，因有此作》，其中有“落笔龙蛇满坏墙”一句，说的是在秘书省看到贺知章的题壁之作，但因时间太久远了，墙壁都已经斑驳陆离了，尽管如此，那些如龙蛇一

图 33　南宋马远《江亭望雁图》

样飞舞的字仍然在墙上放射着光辉，表现出它的魅力。

与贺知章相似，杨少卿字也写得好。冯少吉看了他的题壁诗后，写了一首《山寺见杨少卿书壁因题其尾》："少卿真迹满僧居，只恐钟王也不如。为报远公须爱惜，此书书后更无书。"在山寺看到杨少卿的题壁之作后，冯少吉就大发感慨，说杨少卿的字恐怕连书法大家钟繇、王羲之都比不上。他告诫寺院里的僧人应该爱惜，因为这些题诗毁掉后，恐怕就再没有可令人观赏的书法了。这实际上是用题壁的方法赞赏以前题壁者书法之妙。

杜甫诗写得好，但他的字似乎写得不怎么样，于是杜甫有时写了诗，就请人代为题壁。杜集中有一首诗《醉歌行赠公安颜少府请顾八题壁》，诗题是"醉歌行"，赠给公安颜少府，后边补充说明："请顾八题壁"。就此而言，杜甫是在避短，如果他的字写得好，自己直接题写就行了，没必要请一个姓顾的人把诗题写在壁上。

与杜甫的情形不同，晚唐诗僧贯休的诗写得好，书法也还不错，所以他曾经把一首诗用篆书和隶书两种字体写出来，在展览诗的同时还展览了书法。由此看来，伴随唐人的题壁活动，还有不少轶闻趣事，供我们细细咀嚼。遥想千年之前，唐代的诗人们在漫游旅程中，一路走，一路题，把诗写了一路，也把文明播撒了一路。那种情景，恐怕很难重现了。

第十二讲

漫游中的干谒

唐代文人在漫游的过程中，除了题壁之外，更重要的一个目的在于干谒。

干谒就是有求于人，特别是向达官贵人、在上位者请求，让他们关照自己，为自己延揽声誉。下边我们来看一看唐人干谒的一些情况。

唐代文人的干谒大致分为两种：一种是无官者要求授官，一种是有官者要求更高的职位。从干谒的手段来看，也是两种：一种是用物质，一种是用笔墨。用物质就是给别人送一些东西，送一些钱物，希望别人来关照自己，这个就显得比较俗气。我们重点谈的是文人在漫游活动中的后一种干谒方式，就是写文章、写诗向对方求情，并借以展示才华。

据考察，唐代文人的干谒文字在唐文中占有相当的比例，由于时代不同，上书的数量也就不同。台湾学者罗联添曾经有一篇文章叫《论唐人上书与行卷》，他统计的大致情形是：初唐 54 篇，盛唐 26 篇，中唐 145 篇，晚唐 281 篇。由此可见，中唐的干谒文已大幅增长，晚唐就更多了。所以从初、盛到中、晚，干谒的文章呈逐渐增多的一种态势。

干谒所用的文体比较多的是骈文，以早期的骆宾王为例，他就写了不少干谒文字，诸如《上兖州刺史启》《上兖州崔长史启》，这种上某某长官的书或者启，一般都有干谒的内容。如骆宾王给崔长史的启中写道："所冀曲逮恩波，时留咳唾。倘能分其斗水，济濡沫之枯鳞；惠以余光，照霜栖之寒女……则捐躯匪吝，碎首无辞。"意思是说，我希望您能够稍微给我一些关照，给我一些恩泽，对我时时加以留意。假如您能够把一斗中的水分一点，来沾濡我这样一个失水之枯鱼，把您的余光也分一些，来照我这位有如寒女的贫士，那么我就非常满意了。在这里，他把自己比成失水之鱼、孤寒之女，自降身价，而把对方抬得很高。最后说，如果你能够关照我，那么我会感恩报德的，哪怕捐躯碎首都在所不辞。话说得很雅奥，意思实际上很俗，就是请对方一施援手，给自己一个进身的机会。当然，干谒文也有写得通俗的，态度也有不卑不亢的，但无论哪种情形，其最终目的都是希望对方来援助自己，都是有求于人，这是一个惯例。

与骆宾王相比，李白的干谒更具特点。他的干谒文章，既赞美干求对象，又极尽自我夸耀之能事，表现出一种豪迈不羁的狂士风采。李白在漫游的时候，写过不少干谒文字，其中最有名、最被人熟知的就是《与韩荆州书》。韩荆州就是韩朝宗，当时镇守荆州。在这封书信里，李白毛遂自荐，一上来先对韩朝宗的道德文章给予很高的赞颂：

> 白闻天下谈士相聚而言曰："生不用封万户侯，但愿一识韩荆州。"何令人之景慕，一至于此耶？岂不以有周公之风，躬吐握之事，使海内豪俊，奔走而归之。

这几句话，把韩朝宗说成天下士子都想拜识的贤人，而且用周公思贤若渴的风采来形容他，想来韩朝宗读了这样的文章开头，心中会非常受用，下边的话也就容易看进去了。同时，韩朝宗既被比成周公，那么，自然应该荐举贤才，如果连李白这样的才能之士都不举荐，似乎就有些说不过去了。李白这样做可以说是一箭双雕，既抬高了对方，同时又为下文展示才能做了伏笔；既使对方对自己有了好感，又将对方置于一个不举荐自己就不好下台的地步。所以接下去，李白就开始自我介绍：

> 白陇西布衣，流落楚汉，十五好剑术，遍干诸侯；三十成文章，历抵卿相。虽长不满七尺，而心雄万夫。王公大臣，许与气义。此畴曩心迹，安敢不尽于君侯哉？

把自己少壮时候带有传奇性的经历，介绍给韩朝宗。“好剑术”，是说自己不只是个文弱书生；“成文章”，是说自己除了侠气外还文采斐然。至于“遍干”“历抵”“心雄万夫”“许与气义”，都极写其漫游中的豪举，以及别人对自己的评价。介绍完自己，转而再说对方的德行和文章，为下边的自我标榜作铺垫：

> 君侯制作侔神明，德行动天地，笔参造化，学究天人。幸愿开张心颜，不以长揖见拒。必若接之以高宴，纵之以清谈，请日试万言，倚马可待。

在夸耀对方的同时，又把自己的才能作了一个尽情的展现，“请日试万言，倚马可待”，其中充满了高度的自信。这番话说得不卑不亢、磊落激昂，信笔写来，洋洋可观。由此展现出李白那种过人的豪气。李白之所以为李白，恐怕主要原因就在这里。

李白的干谒文虽然豪气干云，但还有所节制，话也是点到为止。

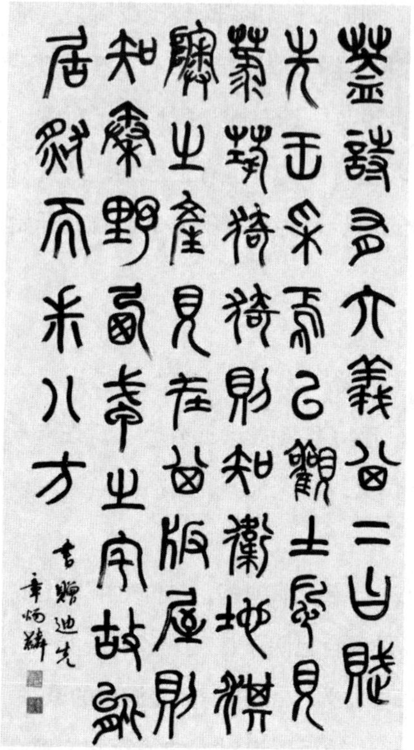

图 34　章太炎篆书左思《三都赋》(节录)

相比之下，初唐的员半千干脆撕下了文人的假面，赤裸裸地直接向皇帝要官。员半千原名余庆，年轻的时候曾经拜王义方为师。王义方对他说:“五百年一贤，足下当之矣。”把他比作五百年一遇的贤人。而五百是一千之半，于是他欣然接受了老师的赞誉，索性改名“半千”。三十多岁的时候，他直接上书给高宗皇帝，向皇帝要官做。于是就有了那篇旷世奇文《陈情表》。在这封上书里，他先是说自己如何如何贫寒，自己的志节如何如何坚贞，接着话题一转，进行自我介绍。在介绍的时候，他以退为进，先说自己有几件事不如人。哪几件事呢？“若使臣平章军国，燮理阴阳，臣不如稷契；若使臣十载成赋，一代称美，臣不如左太冲；若使臣荷戈出战，除凶去逆，臣不如李广。”这里举出的这三类人，都是古时极负盛名的人物：稷、契是尧舜时的臣子，名声很大；左思写有《三都赋》，当时洛阳为之纸贵；李广征战杀敌，勇冠三军。员半千说自己不如此三人，看似自谦，实际上是为自己其他方面的优长预作伏笔，而且由于他所比较的对象都是第一流的人物，所以即使不如，也绝不代表自己不行。说完了三个“不如”，下边他笔锋一转，用非常恣肆酣畅的文情，烘托出了一个绝顶狂傲的才士形象：

若使臣七步成文，一定无改，臣不愧子建；若使臣飞书走檄，援笔立成，臣不愧枚皋。陛下何惜玉阶前方寸地，不使臣披露肝胆，抑扬辞翰。请陛下召天下才子三五千人，与臣同试诗、策、判、笺、表、论，勒字数。定一人在臣先者，陛下斩臣头，粉臣骨，悬于都市，以谢天下才子。望陛下收臣才，与臣官，如用臣刍荛之言，一辞一句，敢陈于玉阶之前。如弃臣微见，即烧诗书，焚笔砚，独坐幽岩，看陛下召得何人，举得何士！

写诗作文是员半千的长项，所以他拿曹植、枚皋作比，说自己可以七步成文、飞书走檄，而且“一定无改”，“援笔立成”。既然我有这么高的才能，身为皇帝的你干吗吝惜阶前的方寸之地，而不让我发挥呢？如果你不信我有此才能，那么，就请你召集天下才子三五千人，把要写的字数定下来，同堂比试。在这些人中，倘若有一个人比我强，就请你把我的头砍掉、骨头砸碎，以向天下才子告罪。如果你相信我的话，那么，就请你录用我，给我官，我也会把所有好主意、好谋略都尽情无隐地贡献于陛下之前。如果你不用我，那么就对不起了，我就跟你拜拜，到山洞里边躲起来。我这一走不打紧，后果却严重得很。因为像我这样的人，你都不能用，都走掉了，那么谁还会到你这儿来呢？这就是员半千，一介寒士，敢于向最高统治者直接自荐，而且说出如此飞扬跋扈的话来。如果不是大唐帝国国力强盛、政治开明，士人的主体意识极大地强化，这样的事恐怕是匪夷所思的。

从员半千到李白，从《陈情表》到《与韩荆州书》，虽然辞盛气傲，难免大言欺人，却反映了初、盛唐诗人那种积极向上、无所畏惧的精神风采。盛唐以后，随着国力中衰，士人心性由极度张扬转向内敛、客观，其干谒的文字也就失去了员半千、李白这样的豪放气概和震人心魄的力量，代之而来的是一种逐渐趋于和缓、平静、内敛、客观的言辞。比如在中唐的时候，像白居易、韩愈，都写过干谒的文字。白居易有一篇《与陈给事书》，写得虽然也是不卑不亢，非常客观，但是豪气已经没有了。韩愈的《三上宰相书》就写得更加凄惨，向宰相一次、两次、三次上书，把自己描绘得宛如丧家之犬，没有一点心傲气浮的慷慨豪情了。所以后来的宋人对韩愈的《三上宰相书》还提出了一些批评。这实际上不仅仅是韩愈本人的问题，而是整个时代的风气、气象发生了改变。

除了以文章来干谒，还有一些诗人用诗歌来进行干谒，而诗歌要求言简意约，所以写的干谒内容就比较含蓄。比如我们前面曾经说到过的孟浩然《望洞庭湖赠张丞相》，就是一首干谒之作。其中说的“欲济无舟楫，端居耻圣明。坐观垂钓者，徒有羡鱼情”，实际上就是对丞相直接进行干谒的，但是说得委婉、曲折。杜甫也写过干谒的诗作，但是与文章的直露相比，这些诗作也都是属于比较含蓄的一类。

第十三讲

边塞向往

这一讲我们来谈一下唐代文人的边塞向往和边塞生活。边塞诗的创作是唐代诗人创作的一个重要内容，以至于在盛唐还形成了非常著名的边塞诗派。那么唐代文人对边塞是一种什么样的态度呢?

我们先来看一下初唐的情况。初唐文人的边塞观实际上是历史的一种延续。早在秦汉时期，社会上就有“山东出相，山西出将”这样的谚语流传。这里的山东、山西，又叫关东、关西，实际上是以崤、函为界而区分的。崤山在今河南三门峡市和灵宝市之间，函谷关即在崤山之上，自战国时起就是秦国和山东诸侯的分界处。山西为什么多出将才呢?《汉书·赵充国传赞》里对这一点作过解释，说山西出将是因为其“地势迫近羌胡，民俗修习战备，高上勇力鞍马骑射”。这是它的一个重要原因，就是说那是一个战争频仍的地方，戎马倥偬，烽烟迭起，如果不身环介胄，就很难在兵刀剑火中生存下去。因为战争频繁，人民大都久隶军戎，自然崇尚弓刀骑射，娴习攻战。时间长了，就乐于披坚执锐，冲锋陷阵。这样一来，从军效力就成为传统，成为一种地域精神。隋末，以李渊为首的关陇军事贵族集团乘时而起，在马背上夺取了天下。与这样一个行动相应，

图 35　清倪田《昭君出塞图》

政府对军功加大了尊崇褒奖的力度，军功大臣往往以此矜功自傲，普通民众受其影响，形成以从军博取功名的习尚，借以提高自己的身份地位，并由此成为唐代前期人们普遍认同的一种观念。

初唐时期的西北和东北都不时有烽烟燃起。贞观十八年（644），太宗攻高丽，取辽东之地；到了高宗显庆二年（657），唐大破西突厥，把它的地盘分成了两个督护府。咸亨元年（670），吐蕃与唐军大战，结果唐军落败，使得贞观二十二年安置的安西四镇被废除；到了仪凤四年（679），再伐突厥，这次把突厥给打败了。到了武后的万岁年间，开始讨契丹，其中小规模的边境冲突是接连不断的。所有这些战争都要进行全国性的征募活动，那么，当时的人们对这些征募表现了一种什么态度呢？据《旧唐书 · 刘仁轨传》记载，其情形是“人人投募，争欲征行”，有的不用官家来提供物品，自备物品也要从军，表现出空前的热情，形成历史上难得一见的盛况。据《资治通鉴》记载，唐太宗当年征高丽的时候，“募十得百，募百得千。其不得从军者，皆愤叹郁邑”，招十个人，会有一百人来报名，招一百就会来一千，那些不得从军的人，都很失落。《册府元龟》也记载说：当时的从征者，无不勇于征敌，身体非常好的那些年轻人，夸耀自己的本领，这样的一些人不可胜数，甚至有的人拿佩刀刺骨，以表示自己的决心。

那么，当时的人们为什么会这样踊跃地应征？还是《旧唐书·刘仁轨传》作了回答：太宗征高丽的时候作过规定，凡是渡辽海者，“得一转勋官”，可以升他的官，勋官就是酬功。唐代曾经规定，勋官“与公卿齐班”，就是与公卿同一等级，而且持有勋官者，可以免除徭役，同时还可以用给他的告身来免除刑罚。据史书记载，当年那些征战亡殁者，都得到了朝廷的追赠，给他们追赠官职，死了之后，他的官爵还可以传授给他的子弟，以光耀门楣。由于朝廷有这样一种激励政策，所以老百姓们从征从战的热情就极大提高了。

这样一种激情，也影响到了一些读书的士子，以至于当时的一些太学生，就“不以举荐为意”，而专心于“古今用兵成败之事”。当时的一些人，有的就是到边塞立功而当上了高官。比如裴行俭，在贞观年间明经登第，但是他喜欢用兵之术，诸如安营扎寨、前进后退、布敌料阵等等，这些他都很熟悉，最后，两次率军大破突厥，立功塞外。还有一个叫窦威的，早年“耽玩文史”。后来，他有几个兄弟，都不喜文墨，都是“以军功致仕”而得以“通显”的。这几个兄长对窦威讲：当年孔子“积学成圣”，学问很好，被人称为圣人，可是，在他生活的时期，却非常狼狈。孔子这样的圣人都这样的生活困顿、狼狈，那么，像你这样的人，即使精通了圣道，又想达到什么目的，又能够达到什么目的呢？所以，“名位不达，固其宜矣”。意思是说，活该你没有名位。这就说明当时人对读书并不完全看好。与此情形相似，盛唐的李白也写了一首有名的诗，诗题叫《嘲鲁儒》，就是嘲讽鲁地的那些儒生。其中有几句这么讲：“鲁叟谈五经，白发死章句。问以经济策，茫如坠烟雾。”鲁地的儒生读儒书，读得非常刻苦，以至于老死于章句之中。这些人好像是满肚子学问，但是一问他经国安民之策，他就像坠入云雾之中一样，什么都不知道。李白嘲讽的表面上是鲁儒，实际上是整个死读经书的知识群体。

由于在从初唐到盛唐这段时间里，人们的价值观念发生了这样一些变化，整个时代兴起了一种对从军边塞的期待和向往，所以不能不对大批文人发生影响，使得他们在写诗的时候，往往都要关注有关边塞的题材。连那个自隋入唐，写惯了宫体诗的虞世南也写过《出塞诗》，称赞“山西多勇气，塞北有游魂”。从“山西多勇气”看，诗人对尚武风气的来源确实有一种自觉的体认。当然了，初唐的诗人向往边塞，大多还只是把这种向往落在纸面上，付诸实施的还是少数。譬如杨炯，作为“初唐四杰”之一，他写了不少有关边塞的诗作，有《出塞》《从军行》等，比较著名的就是这首《从军行》：

烽火照西京，心中自不平。牙璋辞凤阙，铁骑绕龙城。雪暗凋旗画，风多杂鼓声。宁为百夫长，胜作一书生。

“百夫长”就是管一百个人的长官，宁做那样一个下层军官，也胜过做一个书生。杨炯是在显庆五年待制弘文馆的，上元三年（676）给他补了一个校书郎的官。对这样一些文职，他是有所不满的。这个时候正是吐蕃与唐军大战的时期，唐军以失利告终。就在这年，骆宾王因罪谪戍西边，他就把从军的诗作写在了被迫赴边的征途上。

与骆宾王相比，陈子昂的从军是主动的、自愿的，他的《感遇》诗就有这样的句子：“感时思报国，拔剑起蒿莱。”在他的另一首题名《送魏大从军》的诗中，开头就写道：“匈奴犹未灭，魏绛复从戎。”这是送行之作，先说匈奴未灭，于是就展示出其友魏大从戎赴边的意义，使全诗充满一种激昂的情调。这个陈子昂，他和一般的文人有所不

图 36　唐阎立本《步辇图》

同。一般的文人只是比较空洞地描写边塞的情况，或是有一种对边塞热切期望的情意，却没有多少实际的关于军事的知识和才能，而陈子昂是非常了解军事和边塞情形的。在武后当政的时期，他曾经连续上了多篇有关安边制敌的奏疏，如《上蜀川安危事》《上蜀川军事》等等这样一些表章，条陈军国大计，而且非常有见识。陈子昂又是亲自到边塞去过的人。在武后万岁通天元年（696）的九月，他把自己从军的愿望化为行动，跟随建安王武攸宜讨伐契丹，在军中的幕府做了一个参谋。武攸宜这个主将，轻率无能，可以说是一个庸才，屡战屡败。陈子昂就非常不满，看在眼里急在心里，主动献计献策，却被武攸宜谢绝。子昂失意之余，便登上当年燕昭王为招揽贤才而建造的那座黄金台，仰天长吁，写下了那首著名的《登幽州台歌》："前不见古人，后不见来者。念天地之悠悠，独怆然而涕下。"

总的来说，在整个社会重视军功的氛围之下，初唐诗人产生了强烈的立功沙场的愿望，但多数人却没有从军征战的实际经历。到了盛唐，这种情况就有了比较大的改变。

盛唐国力强盛，社会上弥漫着乐观向上、积极进取的精神，特别是在一些大诗人的笔下，表现出了一种非常积极的英雄主义情怀。比如张说写有《破阵乐》：“少年胆气凌云，共许骁雄出群。匹马城西挑战，单刀蓟北从军。”李颀写有《塞下曲》：“少年学骑射，勇冠并州儿。直爱出身早，边功沙漠垂。”李白亦有《塞下曲》：“愿将腰下剑，直为斩楼兰。”这些都是直抒胸怀之作，表现的既是对从军边塞、立功沙漠的向往，也是一种英雄主义豪情。其中值得强调的，是早在高适、岑参等著名边塞诗人走向边塞之前，王维就创作了一批表现边塞豪情、描写边塞场景的诗作。

王维的边塞作品有不少是近体诗，有气概，也很有境界。如其《少年行》：“孰知不向边庭苦，纵死犹闻侠骨香。”《出塞作》：“居延城外猎天骄，白草连天野火烧。暮云空碛时驱马，秋日平原好射雕。”大都骨力劲健，格调高亢，很富有感染力。他常为人称道的是这首《使至塞上》：

单车欲问边，属国过居延。征蓬出汉塞，归雁入胡天。大漠孤烟直，长河落日圆。萧关逢候骑，都护在燕然。

诗的场景非常壮阔，特别是颈联的“大漠孤烟直，长河落日圆”，以简洁的笔法和构图，把大漠的风光逼真地呈现出来，气雄境阔，成为千古传诵的名句。可以说，整个盛唐就是这样一个时代，是边塞诗人用他们的诗篇所奏响的一个蓬勃向上、富于英雄主义精神的时代。

比较著名的还有曾经到过西部边塞的王昌龄，曾创作出大量的边塞诗作。他的《少年行》说：“气高轻赴难，谁顾燕山铭。”《出塞》说：“骝马新跨白玉鞍，战罢沙场月色寒。城头铁鼓声犹振，匣里金刀血未

图 37　唐佚名《游骑图》

干。”至于他那首被誉为“唐绝第一”的同名之作，更将历史和现实熔为一炉，发唱惊庭：“秦时明月汉时关，万里长征人未还。但使龙城飞将在，不教胡马度阴山。”赴边、骑马、征战、流血，在诗人的笔下展示得那样痛快淋漓，而对边关的歌咏，对名将的呼唤，也充满一种内在的强力和激情。这在一个国力不振、精神萎弱的时代里，是难以想象的。

还有一个著名的诗人，叫王翰，他写了一首大家非常熟悉的《凉州词》：“葡萄美酒夜光杯，欲饮琵琶马上催。醉卧沙场君莫笑，古来征战几人回？”这首诗中最令人感慨的就是“醉卧沙场君莫笑”一句，把一个旁人视之为畏途的、生死攸关的沙场，当作勇士们表现自己理想、最后捐躯的所在，而且其精神情怀是那么的高昂，那么的爽朗，那么的自信。这实实在在是盛唐诗人一个非常显著的特点。

盛唐诗人不仅大量创作边塞诗，频频表述其立功边塞的愿望，而且还有一些人付诸行动，进入幕府，亲历了边塞生活。关于盛唐文人入幕的情况，友人戴伟华教授曾在他的《唐代使府与文学研究》中作了若干统计，从统计可以看出，真正到边塞去的诗人不是很多，起码不像以前的人所认为的那样多。尽管如此，这样一种文人赴边的行为也不容忽视，因为它反映了时代的新气象，反映了文人的新追求。文人从军边塞，大多是进入使府。使府又称方镇，是唐代缘边而设的军事机构，其最高长官称节度使。盛唐的时候有若干方镇，这些方镇都是缘边而设的。到了中唐以后，方镇逐渐向内地扩展，但盛唐的时候，大部分都是在边关。比较重要的方镇，比如安西、北庭、河西、范阳、平卢、朔方、陇右、河东、剑南，都在较边远的一些地区。而其中的陇右、安西和北庭，都在今甘肃、新疆境内，更是文人多去之地，盛唐著名诗人高适、岑参，有不少边塞之作就是在那里写成的。

盛唐之后，写边塞诗的人还有一些，但是，格调、气象比起盛唐时已经逊色许多，不少作品走向衰弱、悲凉一路。在中唐时期，值得重点提及的，大概只有一位李益。

李益是中唐为数不多的从军边塞的一个著名诗人。李益从军和高适、岑参又有不同，他从军的时间长度远远超过了他们。李益一生曾五次赴边，久习战阵，用他在《从军诗序》中的话说，就是："从事十八载，五在兵间。故其为文，咸多军旅之思。"如果从他的出身情况看，可以更清楚地了解他的军旅情结。李益是凉州人，后来随父母迁徙到了东都。他说自己是西汉飞将军李广的后裔，可见是有家族传统的。在他生活的年代，他的家乡已经被吐蕃给占领了，所以，他的从军既是为了续家风，也是为了报家仇。这恐怕成为李益从军边塞的一个原动力。

李益写了不少优秀的边塞之作，如他的《夜上受降城闻笛》："回乐烽前沙似雪，受降城外月如霜。不知何处吹芦管，一夜征人尽望乡。"诗歌选择征人望月思乡的典型细节，借着"芦管"之声烘托征人的怀归心理。同时，围绕“望”的动作，先用“一夜”写望时之久，继以“尽”写望者之多。简单一句诗，看似平平道来，却力透纸背，传达出一种沉重的苍凉情调，极富艺术感染力。

他的另一首《从军北征》也是如此：“天山雪后海风寒，横笛偏吹行路难。碛里征人三十万，一时回首月中看。”写横笛在吹，吹的什么呢，吹的是乐府旧曲《行路难》。听了这样一支表现世路艰难、充满离别悲伤之意的曲子后，三十万征人竟然一时回首向明月望去。这是刹那间形成的一个场面，这场面以其人数之众多和地域之广阔而展示出悲壮的气氛，将三十万人的动作和心态予以定格，营造出一种整体的、巨大的悲凉感。诗写得很精美，艺术性也很强，但是从格调和气象上看，已经失去盛唐诗人那种昂扬的豪气和壮阔的境界了。

第十四讲

高适与边塞诗

历史表明，初、盛唐的最大边患来自西部的吐蕃。所以，唐代边塞的防务重点就是保卫大西北。比如进入陇右节度使哥舒翰幕府的高适，先后进入安西高仙芝幕府和北庭封常清幕府的岑参，就是朝着烽火走去的。那么，我们来看一下高适和岑参的有关情况。

高适在进入陇右幕府之前，曾经有过平卢之行，时间应该是在开元二十年到二十三年。他有一首《塞上》，写的就是到平卢去的情况："东出卢龙塞，浩然客思孤。"当时东北的奚、契丹正虎视眈眈，如何处理边患，是一个非常棘手的问题。高适认为，"转斗岂长策，和亲非远图"，应该有一个像战国时候赵国大将李牧那样的人物，来扫平单于。这实际上是高适的一种战略观点，也表明了他对边塞的一个态度。这次高适去的地点是营州，就是现在辽宁锦州市西部，是当时平卢节度使的治所。高适那次游边，有很大可能是求官的，但结果却没有什么收获，所以在《自蓟北归》这首诗里就感叹说："谁怜不得意，长剑独归来。"因为不得意，所以就从蓟北归来了，这大概是高适的第一次边塞之行。

到了开元二十六年，高适写下了那篇非常著名的边塞之作《燕歌行》。下面我们就来看一下这首诗作：

> 汉家烟尘在东北，汉将辞家破残贼。男儿本自重横行，天子非常赐颜色。摐金伐鼓下榆关，旌旆逶迤碣石间。校尉羽书飞瀚海，单于猎火照狼山。山川萧条极边土，胡骑凭陵杂风雨。战士军前半死生，美人帐下犹歌舞。大漠穷秋塞草腓，孤城落日斗兵稀。身当恩遇恒轻敌，力尽关山未解围。铁衣远戍辛勤久，玉箸应啼别离后。少妇城南欲断肠，征人蓟北空回首。边庭飘飖那可度，绝域苍茫更何有。杀气三时作阵云，寒声一夜传刁斗。相看白刃血纷纷，死节从来岂顾勋。君不见沙场征战苦，至今犹忆李将军。

这首诗的创作动因，据诗前的小序介绍，是开元二十六年，也就是公元 738 年，有朋友从边塞回来，告诉高适有关边塞的情况，他有感而作的。边塞发生了什么事情呢？当时，河北节度副大使张守珪在镇守边关，其部下和敌人相遇，先胜后败，但是张守珪隐瞒了败状，妄奏克获之功，结果，事情被泄漏出去了。估计高适写这首诗，和张守珪的这样一种行径有关系。所以，作者在诗里先写了唐军将士勇赴边塞的豪情壮志；接着，描写了边塞艰苦卓绝的情状和战争的惨烈；然后，转写征人和思妇之间因两地阻隔、距离遥远所形成的思念情怀；到末节，用“君不见沙场征战苦，至今犹忆李将军”，表示了对守边将领的讽刺和批判。诗中最突出的，是对战争的艰苦惨烈和军士们杀身取义之气节的表现，而在描写战争惨烈的时候，他用“大漠穷秋塞草腓，孤城落日斗兵稀”两句，着力渲染大漠的衰草和孤城的落日，由此见出一种肃杀之气。“斗兵稀”三字，将黄昏时分唐军和胡军作战伤亡巨大、士兵越来越稀少的景况作了形象展示，可以说顿令风云惨淡，天地为之变色。而唐军的气概，也正在这种生死之际展现出来。

以前人们读这首诗，说它的一大特点在于用比较法，表现了将领和士兵之间的巨大差异，事实正是如此。“战士军前半死生，美人帐下犹歌舞”，前一句写的是战士们不顾生死和敌军鏖战，后一句展示的画面却是将领在帐下观看美人歌舞，两相对照，该是何等大的差距，何等大的不公！“将”“士”之间这样一种差距、不公，被作者如实地表现出来，不正是对将领的一种讽刺吗？当然，这还是一种铺垫，有了这个铺垫，最后一句“君不见沙场征战苦，至今犹忆李将军”，就显得格外有力了。沙场征战是如此艰苦，可将领却懦弱无能，独自享乐，那怎么能够取胜呢？当此之际，真是不由得不令人想起西汉那位功勋卓著的飞将军李广了。这首诗以七言古体写成，又适当地加入一些律句，显得非常严整和精警，所以历来为人称道。

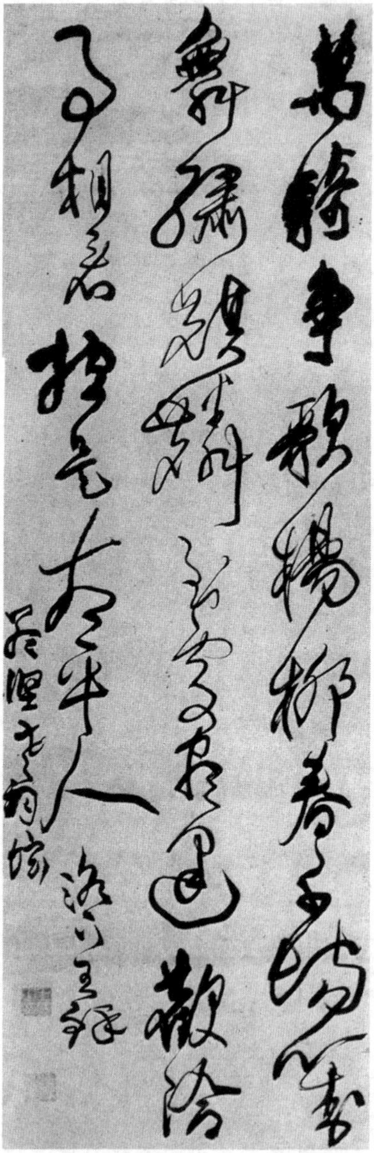

图 38　明王铎《草书高适七绝万骑争歌杨柳春诗立轴》

写了这首诗之后，又过了几年，到了天宝十一载冬天，高适就开始他最为人称道的西部边塞之行了。此时，李白大概已开始北游幽燕，杜甫则在长安，并在高适临行的时候，写诗为他送行。高适这次去的目的地，是陇右节度使府，哥舒翰是节度使，高适就是到哥舒翰的幕府担任掌书记一职的。掌书记相当于使府的秘书长，是节度使的亲信，所以高适对哥舒翰有一种感遇之情。他在《登垄》这首诗里说：“浅才登一命，孤剑通万里。岂不思故乡？从来感知己！”除了感激，他更多的还是一种立功边塞的豪情壮志，比如他的《塞下曲》这么写道：“万里不惜死，一朝得成功。画图麒麟阁，入朝明光宫。大笑向文士，一经何足穷。古人昧此道，往往成老翁。”在写这首诗的时候，高适已是50岁左右的年龄了，可我们读来，似乎全是青年人的口吻，慷慨昂扬，非常劲健。就是怀着这样一种情感，高适踏上了戍边的途程。

那么，在进入哥舒翰的幕府之后，他对哥舒翰的态度有没有变化呢？应该说，他对他的这位主帅，采取的主要还是维护和赞扬的态度。哥舒翰曾经有过屠石堡以邀功的血腥之举，这样一个举动，曾经受到不少人的非议，内地的诗人也多持批评态度，如李白就写诗说：“君不能学哥舒横行青海夜带刀，西屠石堡取紫袍。”（《答王十二寒夜独酌有怀》）杜甫也说：“杀人亦有限，列国自有疆。苟能制侵陵，岂在多杀伤！”（《前出塞》）但从另一面看，哥舒翰也有他的功绩，当时西北边地就流传一首民歌：“北斗七星高，哥舒夜带刀。至今窥牧马，不敢过临洮。”这说明哥舒翰镇守西北边塞也还是发挥了相当大作用的，以至得到了百姓的赞颂。由此而言，高适对主帅采取一种维护的态度，在某种意义上也就是可以理解的了。

到了陇右幕府之后，高适也写了一些有关边塞的诗作，但这些诗从整体水平上看，似乎比他此前所作的《燕歌行》一类诗有所下降。而且舒心的日子没过多久，国家就开始了大动荡。天宝十四载十一月，安禄山兵变，发生叛乱，十二月就攻陷了洛阳。此时距高适十一载到边塞，也就是三年时间。安禄山叛乱之后，唐玄宗急令哥舒翰返回长安，给他任命了一个兵马副元帅的官职，让他扼守洛阳通往长安的最后屏障潼关。作为掌书记，高适自然随行。由于种种原因，潼关失守，哥舒翰被俘，高适也就在次年六月急奔长安，向皇帝上表献策。当时玄宗已奔蜀避难，高适又追到河池献策，被提升为谏议大夫。十二月，肃宗任命高适做淮南节度使，负责讨伐永王李璘的军事。这时候李白正怀着“为君谈笑静胡沙”的自信，应永王李璘之邀进入他的幕府。于是历史为我们展示出了这样一幕吊诡的场景：一边是身为平叛者的高适，另一边是身在所谓“叛军”阵营中为之出谋划策的李白。这么一对昔日的友人，现在竟成了对垒的敌手！后来李白因为永王兵败，被长流夜郎，而高适则从此之后成了肃宗亲信的大将，成为边塞诗人中起于微贱最后官至封疆大吏的重臣。

对于高适，杜甫曾经有过很多称赞，特别是《寄彭州高三十五使君适、虢州岑二十七长史参三十韵》一诗中，将他和岑参连在一起，对他们的诗歌风格予以整体评价：“高岑殊缓步，沈鲍得同行。意惬关飞动，篇终接混茫。”这是把高适和岑参连接在一起，并称“高岑”的第一次，从此以后，高岑并称，就被人们认可、沿用了下来。在这几句话里，后两句是说高岑的诗风的，“意惬关飞动”，指其诗意灵活变化，有一种飞动之势，而到了“篇终”，则是言尽意远，给人一种“混茫”之感。这是一个非常高的评价了。

当然，高适与岑参虽然齐名，诗歌内容相近，但在写法和风格上还是有不小差别的。一般来说，高诗“尚质主理”，善于夹叙夹议，感慨生发，岑诗“尚巧主景”，善于以情带景，营造奇境；高诗重传统，多用乐府旧题，风格质朴、厚重，岑诗重创新，突破传统乐府模式，以描写奇异风光和自我感受为主，拓宽了表现领域。二人都多写古体诗，但高适的古体善用对仗，有似排律，全诗整饬精警，可壮声情，且能在转韵处见出行文变化，故严整而不伤于平板；岑参的古体

图 39　南宋马和之《鹿鸣之什图》之《出车》

则纯任自然，奔腾流走，一任主体情绪的导引，读来畅快淋漓，极富感染力。

此外，在年龄上，岑参比高适小十多岁，就像杜甫和李白的年龄差别一样；在个人经历和最后达到的地位上，岑参虽也像高适那样，在年轻时奔走过，奋斗过，在边塞历练过，但或许是他的武略不够，或者是机遇不佳，总之，他最后只做到一个刺史，远不如高适来得显达。

第十五讲

岑参的西行与创作

上一讲，我们谈到了唐人边塞的从军行动和边塞诗的创作，介绍了高适。这一讲，我们接着谈与高适齐名的岑参。

杜甫的一句“高岑殊缓步”，首次把高适和岑参连在了一起，于是，中国文学史上从此就出现了两个怎么都分不开的边塞诗人。那么，岑参是一个什么样的状况呢？

岑参出身名门，在《感旧赋序》中，他这样自述道：“国家六叶，吾门三相矣。”意思是说，唐朝立国到他这个时候总共才六朝，而他们岑家就出了三个宰相。其曾祖岑文本，伯祖岑长倩，堂伯父岑羲，都曾经位极人臣，其中岑羲是睿宗时的宰相，在开元元年的时候，因为得罪被杀掉，亲族也被放逐殆尽，从此岑氏一族家道中衰。岑参的父亲岑植做过两个州的刺史，但去世较早。岑参幼年丧父，跟着他哥哥受业，从小就砥砺发奋，立志于功名，希望重振家声。所以在同一篇序里，他说自己“五岁读书，九岁属文，十五隐于嵩阳，二十献书阙下”，到 20 岁的时候就西游长安，来向皇帝献书了。此后十年，岑参出入于京洛之间，往游于河朔之地，为仕途奔波，在求仕的过程中一波三折，最终一无所获。到了天宝三载，岑参应举及第。给他了一个什么官呢？是右内率府兵曹参军。这是一个太子属官，主要掌管门禁、仪卫、兵仗事务，官阶也比较低，是从八品下。按理来说，年龄不到30，就已经有了这样一个位置，也还算是可以了。但是岑参非常不满意，屡屡生出退意。

到了天宝八载，当比他大十多岁的高适还在封丘尉上感叹“拜迎长官心欲碎，鞭挞黎庶令人悲”的时候，35岁的岑参，就已经跨马步出长安城西门，开始了生命中的第一次远征。在这之前，安西四镇的节度使高仙芝入朝，奏调岑参，让他来做自己幕府里的右威卫录事参军。不知道是岑参自荐还是被别人举荐，总之，岑参选择了这样一条英雄之路，到安西节度使幕下做了一个文职。

安西在什么地方呢？安西节度使的使府在现在新疆库车县，这样一个地方，对骑马前往的唐人来说，那是非常遥远了。面对着这样的万里程途，岑参怀着一

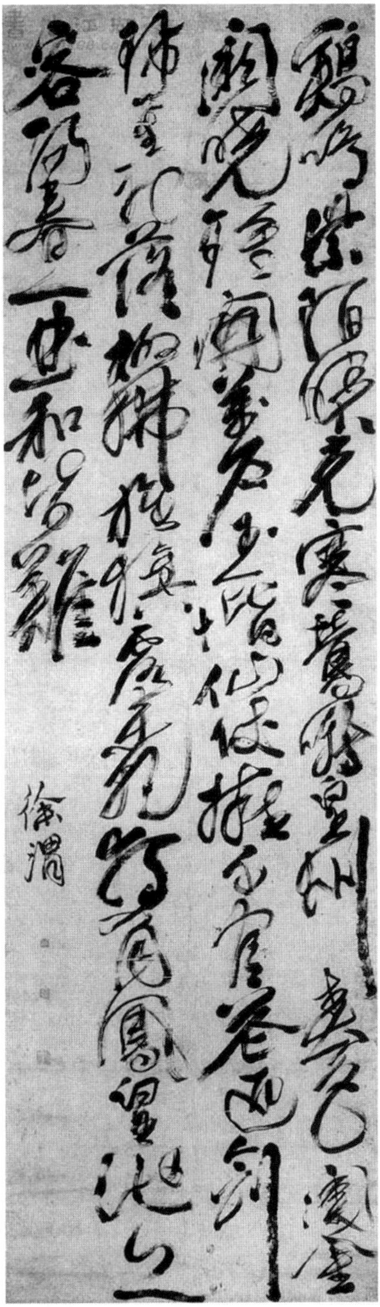

图40　明徐渭草书岑参诗轴

腔豪情出发了。当时从长安到西域，主要是两条路，一条是南线，一条是北线。北线是从长安出发，经现在陕西西北部，穿越六盘山、萧关，经过会州、原州，过黄河，抵达凉州，就是今天甘肃的武威，然后从凉州西行。南线则要过渭、陇诸州，直达兰州，然后从兰州再西行。兰州当时叫金城，很多文人都到过这个地方。岑参走的也是这样一条路线。他离开长安后，经过陇山、金城、敦煌，从玉门关一路西行，亲历了传说中的火山，也就是我们俗称的火焰山。此山在新疆吐鲁番境内，向东延至鄯善县，当时属于西州交河郡。其《经火山》诗这样写道：

> 火山今始见，突兀蒲昌东。赤焰烧虏云，炎氛蒸塞空。不知阴阳炭，何独然此中？我来严冬时，山下多炎风。人马尽汗流，孰知造化功？

诗意大致是说：终于见到了那座矗立在蒲昌东面的火焰山啊！它上边的云彩似乎都在燃烧，它炎热的气息在边塞的空中蒸腾，不知道是谁把炭火放到了这个山下，以至在严冬的时候，山下还卷动着热风，无论是人是马，都在流汗，由此可见自然造化的鬼斧神工。岑参这种说法恐怕是有些夸张，冬天的火焰山不至于如此炎热的，但由此也见出他超人的想象力，以及涌动在想象力下的激情。岑参后来还写过一首《武威送刘判官赴碛西行军》，其中有“火山五月行人少，看君马去疾如鸟”的诗句。

过了火焰山再向西行，就到了铁门关，又叫铁关。岑参有一首诗，题目就是《题铁门关楼》，他写道：“铁关天西涯，极目少行客。关门一小吏，终日对石壁。”铁门关位于新疆焉耆西五十里，从诗中所写看，只有一个小吏在把守，显得十分荒凉。诗人就住在铁关西边的馆驿里，既感受着旅途的疲惫，也感受着陌生的环境和景物。对第一次到塞外的岑参来说，他有太多可写的东西了，而最想写的，还是对日益遥远的家乡和亲人的思念。

思念家乡和亲人，固然与离家日久有关，也与沿途这样一种陌生、荒凉的景象有关。据《资治通鉴》记载："是时中国盛强，自安远门西尽唐境凡万二千里，闾阎相望，桑麻翳野。"这里所说，主要在于表现唐时国家的富庶状况，有真实的一面，但也有夸大的一面。因为那些沙漠是改变不了的，用岑参诗中的话说，就是"黄沙碛里人种田"，人们是在黄沙里面种田。黄沙里面怎么能够种田呢？即使种，也是稀稀落落的。我们今天如果出了兰州，出了玉门关，向西行，可以看到沿途多是沙碛，或者是戈壁，那还是比较荒凉的，想来，唐朝的时候不会比现在好到哪里去。正是由于这样的一种状况，使得初离家门的诗人在感受新奇的同时，也对家乡、对亲人倍加思念。岑参在途中写了不少思家的诗，比如刚刚过了渭州，就思念秦川："渭水东流去，何时到雍州？凭添两行泪，寄向故园流。"（《西过渭州见渭水思秦川》）他更有名的一首思乡诗是《碛中作》："走马西来欲到天，辞家见月两回圆。今夜不知何处宿，平沙万里绝人烟。"骑着马向西走，几乎快到了天的尽头，自从离开家，现在已经两次月圆了，两个月了，今天晚上还不知道住在哪里，所见景象是"平沙万里绝人烟"，几乎见不到人影。在这样苍茫无边的戈壁滩上，真是让人倍感凄凉。他还有一首诗叫《过碛》："黄沙碛里客行迷，四望云天直下低。为言地尽天还尽，行到安西更向西。"这是大漠特有的风光，在这苍茫的大漠上，行路人迷失了方向，放眼望去，云压得非常低，天好像也非常低了，感觉地尽天也尽了，到了尽头了，可是行到安西我还要再向西走。所有这些诗句都表现了一个意思，就是初到异地还不太适应，所以非常想家，以至于在他那首《逢入京使》里，他说了这样两句话："马上相逢无纸笔，凭君传语报平安。”碰到回京的使者，没有纸笔，只好托他给家里传个口信，报声平安吧。

岑参这种思乡情怀，在到达目的地后并没有消散，而是日益浓郁。考察其原因，更多的是与他出塞后的不得志有关。看来岑参的第一次出塞，与上司的关系处得不好，跟高仙芝没有太多的交流。在这个时期岑参写的诗作中，大概只有一首提到高仙芝，可见他们是比较疏远的。所以，在安西待了一段时间之后，岑参带着那份寂寞和抑郁，在天宝十载秋天，回到了长安。从八载到十载，在边地总共待了约两年的时间。在他回到长安后的第二年，也就是天宝十一载，他和高适、杜甫、薛据、储光羲等人一起登上了慈恩寺塔，即今天的大雁塔。在登塔的时候，他们每人都写了一首诗，岑参写的诗题是《与高适薛据登慈恩寺浮图》，其中说自己“誓将挂冠去，觉道资无穷”，要挂冠而去，要学道去了。由此见出他此时的心境确实不是太好。

不过，天宝十一载的这次聚会，对岑参来说具有非常的意义。因为正是这次聚会，将岑参和高适这两位边塞大诗人聚在了一起，这在唐代诗史或边塞诗史上，都是值得大书特书的。此后岑参再次入幕，作了很多七言歌行，恐怕与长于七言诗创作的高适的一部分影响不无关联。

岑参说自己想归隐，想学道，这话是真的。因为岑参接着就在终南山找了个地方住了下来，大概度过了两三年半官半隐的生活，到了天宝十三载夏秋之间，开始踏上第二次出塞的征程。

岑参这次出塞，是受安西北庭节度使封常清之邀而前往的。封常清是什么人呢？据《旧唐书·封常清传》记载，封常清在天宝四载的时候，就被高仙芝聘为判官；天宝十一载，升任安西四镇节度使；十三载春回到京城，被加封为御史大夫；同年三月，又兼了北庭节度使。从这个升迁的速度，可以看出封常清是很有能力的。另据相关材料，封常清身材细瘦，脚大概还有点跛，其貌不扬，当年与岑参曾同为安西节度使高仙芝的幕僚，也就是说二人早前曾是同事，有着不错的交情。如今，当年的同僚成了自己的顶头上司，岑参自然会受到赏识和知遇，所以情绪相当高昂。后来他在《北庭西郊候封大夫受降回军献上》这首诗里，先缕述了封常清“前年斩楼兰，去岁平月支”的战功，接着说:“天子日殊宠，朝廷方见推。何幸一书生，忽蒙国士知。”将封常清誉为受到天子殊宠的“国士”，亦即一国中最具才能、勇力之士。在诗的最后，岑参说自己“侧身佐戎幕，敛衽事边陲……近来能走马，不弱并州儿”，可见他在新的边塞生活中，不仅对府主封常清非常钦佩，二人关系甚为相得，而且还学会了骑射，其“走马”的水平可与素有游侠之风的“并州儿”一比高下。

这是一次心境愉悦的边塞之行。既得到了上司封常清的赏识，又有过上一次出塞的经历，西域对他来说已不再陌生，所以，岑参虽然也还想家，但想念的程度比起上一次就轻多了。他将更多的精力，投放到了对艰苦而激烈的军旅生活的歌咏上，投放到了奇异而苍茫的塞外风光的描摹上，于是，相当一批情绪高昂、题材和内容都非常新颖奇特的诗作，便应运而生了。

岑参在安西边塞有两首诗最具代表性，历来为各家选本选入。我们先看《走马川行奉送封大夫出师西征》这首诗：

君不见走马川行雪海边，平沙莽莽黄入天。轮台九月风夜吼，一川碎石大如斗，随风满地石乱走。匈奴草黄马正肥，金山西见烟尘飞，汉家大将西出师。将军金甲夜不脱，半夜行军戈相拨，风头如刀面如割。马毛带雪汗气蒸，五花连钱旋作冰，幕中草檄砚水凝。虏骑闻之应胆慑，料知短兵不敢接，车师西门伫献捷。

图 41　明黄济《砺剑图》

这首诗作于天宝十三载，当时封常清的节度使府驻在轮台，今新疆轮台县。征战的对象是播仙，即播仙镇，指新疆且末城，故址在且末县西南，车尔臣河北岸，当时为吐蕃建立的地方政权。这里的“走马川”，一般认为是且末河，也就是现在新疆的车尔臣河。

诗一上来就写了“走马川”的景色是“雪海边”“平沙莽莽”，而且“平沙莽莽”荡起的尘土直冲云霄。头两句展现了一幅悠远古老的绝域风沙画图，尘沙飞扬，弥漫天际，一切是那么原始，那么苍茫，那么粗犷。这是白天的景象，虽然已有未写出的“风”在动，但总体上还属于静态。接下来，诗歌就转入激烈的动态之中，而且是夜间的景观：“轮台九月风夜吼，一川碎石大如斗，随风满地石乱走。”风，特别是九月夜里的风在怒吼，像狂野的怪兽在咆哮，让人感到整个世界为之颤抖；在巨大风力的裹挟下，斗大的石头满地乱滚，那些小些的沙石就更不在话下了，它们奔动着、飞扬着，在古老的川道上形成一道混乱无序的景观。

前面写了白天，写了夜晚，写了黄沙莽莽的天，写了巨石乱滚的地，正是这样一种立体的自然景观，成为唐军出征的现实背景。于是，下面转入“时”和“事”的交代：“匈奴草黄马正肥，金山西见烟尘飞，汉家大将西出师。”秋高草黄的季节，是边塞战事最吃紧的时节。这里的“匈奴”，代指吐蕃。“烟尘”，重点指敌军铁骑卷起的尘土，也兼指唐军报警的烽烟。一个“烟尘飞”，展示出吐蕃来势凶猛，气势甚盛，由此形成紧张气氛，同时侧面表明唐军早有戒备，并未掉以轻心。既然战尘飞扬，吐蕃要来和唐军争抢地盘了，于是“汉家大将”果断迎击，出师西征。这里的“汉家”，指的是唐家。这种以汉代唐的用法，既以一字之差，巧妙地避开现实，使诗歌增加了想象生发的空间，也借助历史的时空，给诗歌染上一层厚重古朴的气氛。所以唐代诗人多用此法，如高适《燕歌行》中就有“汉将辞家破残贼”的句子，中唐白居易的《长恨歌》开篇就说“汉皇重色思倾国”。

唐军出师之后，面对的不仅是顽敌，而且有夜间急速行军的考验和严寒气候的侵袭。“将军金甲夜不脱，半夜行军戈相拨，风头如刀面如割。”将军身上的铠甲夜晚都不脱下来，说明战事紧张，不敢稍有懈怠。行军是在夜半，四周一片漆黑，士兵们衔枚疾走，偶尔只能听到戈矛碰撞发出的声响，由此见出军容整肃，纪律严明。西域的夜晚加倍地寒冷，风头甚利，以致刮到脸上有如刀剑在割，由此见出战地环境的酷寒和艰苦。写到这里，作者还未止笔，而是通过两个典型的细节刻画，将这种苦寒作了深一步的推进：一段急行军之后，带雪的马毛上蒸腾着汗，这些汗很快便结成了冰凌，此其一；在幕中起草檄文，刚在砚台上将墨磨开，砚水就又凝结在了一起，此其二。借助这两个细节，一方面真切地展示了边地军旅生活的真实状况，令人感同身受；另一方面也从侧面传递出唐军将士不畏苦寒的坚定意志和战斗豪情。既然将士们有如此意志和豪情，那么，不必接战，胜负即可确定。所以，诗的结尾并不展开战斗场面的描写，而只用“虏骑闻之应胆慑，料知短兵不敢接，车师西门伫献捷”三句轻轻一点，就为全诗画上了一个圆满的句号。从诗的创作目的看，既是在送行，又是对战局的预期，更是对封常清此次出征凯旋的事先祝贺。诗写到这种程度，将虚与实、当下与未来交织在一起，不露丝毫斧凿痕迹，也算是尽其能事了。

换一个角度看，这首诗描写的虽是唐军将士与吐蕃在茫茫高原上展开的一场较量，但体现的却是人与人、人与自然之间的一种冲突，形成力与力之间的一种拼搏，从而汇成了一曲悲壮、雄浑的边塞、战地交响曲。而从结构上看，全诗三句一转，频繁换韵，诗情流走、激宕，声调也显得激越、悲壮，实在是一首不可多得的佳作。

我们再看岑参的另一篇作品，大家也很熟悉，就是非常有名的《白雪歌送武判官归京》：

> 北风卷地白草折，胡天八月即飞雪。忽如一夜春风来，千树万树梨花开。散入珠帘湿罗幕，狐裘不暖锦衾薄。将军角弓不得控，都护铁衣冷难着。瀚海阑干百丈冰，愁云惨淡万里凝。中军置酒饮归客，胡琴琵琶与羌笛。纷纷暮雪下辕门，风掣红旗冻不翻。轮台东门送君去，去时雪满天山路。山回路转不见君，雪上空留马行处。

这首诗里最为人们称赏的是前四句，真是奇思异彩，在荒凉的大漠上，竟然出现了南国的美景。什么美景呢？“千树万树梨花开。”夜晚下了一场飞雪，而且这飞雪是在八月下的，就好比夜晚来了一阵春风，催得千树万树的梨花都绽放了。看到荒原上，下了这么大的雪，作为来自内地的诗人，他感到非常惊喜，也感到惊讶，有一种他乡遇故知之感。他以内地人所特有的一种亲切感，对塞外的雪景和荒寒充满了好奇和玩味。这场雪一方面体现了边塞的艰危，八月竟突然下起雪来，说明气候变化无常，同时又体现了奇观，在茫茫的高原上，雪花飞舞，以至于漫天皆白，那是非常奇妙、壮观的。面对这样的景致，他表现出一种少年人所特有的清新俊逸的情怀。所以，虽然是塞外送别，却不悲伤。而且在送别中还夹杂有一些异国情调，像“中军置酒饮归客，胡琴琵琶与羌笛”，吹奏的都是胡琴、琵琶和羌笛，这些异域的乐器演奏就与中原所习惯演奏的那些乐器很有一些不同了。同时这篇诗还特别善于设色，在帐里面是行觞的别曲，在帐外则是红旗一点：“纷纷暮雪下辕门，风掣红旗冻不翻。”有红旗，远远看去是红色一点，红和白相映成趣，在整个冷色调的画面上，嵌上了一点暖色，加进了一点温情，使整个境界更为洁白，更为寒冷。在这样白雪皑皑的场景里，为人送行，而人已去，雪仍旧不止，遂成为相别后的共同忆念。换句话来说就是“惟有相思似雪色”吧。这首诗以白雪起，以白雪终，一路奇情异彩，始终没有离开雪，让人读了之后，感觉到清新、奇美，从中领略到一种特别的韵味。

岑参的作品，大多具有这个情调，而且是排宕而下，使得整个诗情显得流动，显得非常活泛。而读高适的诗，有时候达不到这种效果。高适的诗多采用乐府旧题来写，在古体中又夹杂不少律化的句子，所以比较规范、严整。规范、严整是高适诗的特点，其中也表现个人的感情，但往往伴随着作者的一些评判。而岑参的诗与此不同，在形式上，已不再用乐府旧题，而是随兴所至，自由设题，有的时候是三言、五言、七言杂在一起，用这种更为灵活的诗体去表现他所遇到的那些新奇的、以前没有见过的奇妙景色，从而就使人们产生了与读传统诗歌不同的一种感受。岑参的诗历来被人称为奇峭。如果说高适诗是以传统、严整为特点，那么岑参诗就是以随意、奇峭为特点。

岑参的这些诗作，在唐代边塞诗中应是表现内容和方法都最为新颖独到的一类作品了。因为在唐代的大诗人中，没有第二个走得像岑参这么远。岑参这种乐观积极的心态，这样一种大量创作七言歌行的态度，在当时是颇有独特性的。在其他诗人那里很难见到的一些自然景观，以及边塞的生活情态，都被他纳入笔底。比如他写了《使交河郡》，写了《醉里送裴子赴镇西》等诗作，或送别，或表现军中的游乐，而《赵将军歌》更描述了一场两军将领比武的情景：“九月天山风似刀，城南猎马缩寒毛。将军纵博场场胜，赌得单于貂鼠袍。”唐、番两军将领相互搏赛，最后，场场都是唐将胜了，结果是把吐蕃将领的貂鼠袍给赢了过来。再比如有一首《胡歌》，这么写道：“黑姓蕃王貂鼠裘，葡萄宫锦醉缠头。关西老将能苦战，七十行兵仍未休。”一方面从番将的穿着写起，为我们留下了唐时吐蕃将领装束打扮的第一手资料；另一方面，比较唐将和番将的不同，说番将生活逸乐，汉将擅长苦战，到了古稀之年，仍旧转战疆场。在这比较中，似乎流露出作者的某种自豪，或者包含一些不平，或许二者都有。应该说，岑参的这样一些诗作，大大拓展了边塞生活的内容，将唐代边塞诗提升到了一个新的境界。

天宝十四载是一个非常重要的年份。这年冬天，封常清被召入朝，其时恰逢安史之乱，唐玄宗就命封常清为范阳、平卢节度使，将他从大西北一下调到了东北。当然，封常清并没有去，因为范阳、平卢是安禄山的老家，这时候安禄山已经打到洛阳了，封常清就戴着这个虚衔，赴东都募兵讨贼，最后战于洛阳，官军大败，只好退守潼关。因为战败了，所以封常清就受到了严厉的处分，先是官爵被削除，不久又被处死。

岑参得到封常清的死讯，非常悲伤、沉痛。他在《送四镇薛侍御东归》这首诗中，写下这样悲凉的诗句：“相送泪沾衣，天涯独未归。将军初得罪，门客复何依？”当年的同事，后来的上级，现在领着王命去和叛军作战，败了一次，就受到如此严重的处分，实在令人感到心寒！既然将军得罪而死，那么他的门客又去依靠谁呢？在这样的心情下送别，岑参就别是一番滋味在心头了。所以，在这段时间里，岑参郁郁寡欢，心事重重，甚至产生一种后悔西来的哀感。这从他的《日没贺延碛作》一诗可以看出："沙上见日出，沙上见日没。悔向万里来，功名是何物!"当年来的时候，是激情振奋，志向远大，可是，没几年的工夫，一切转瞬即逝，一切都成了泡影，难道不令人悲从中来吗？是啊，他跋涉万里，来到西域，本是要寻取功名的，可到头来竟一无所获，那么仔细想来，这功名究竟是个什么东西呢？一种幻灭感，被这寥寥十字全部说尽。

带着这种幻灭感，岑参辞去了接受才几个月的伊西、北庭节度副使的职位，在至德二载（757）六月，从北庭回到了凤翔。四个月前，肃宗从灵武进驻这个地方，这里就成了临时的朝廷。经过杜甫等人的举荐，岑参在朝廷里获得了一个右补阙的职位。但是当年的激情已经没有了，他的诗作，也不复边塞时期的奇峭气象了。就此而言，岑参是以高昂的赴边始，以苍凉的东归终，结束了他两次赴边的行程。如果我们回头看一下的话，那么可以说，岑参应是唐代边塞诗人中的唯一，因为唯有他走得最远，唯有他在反映边塞的征战、边士的生活、边塞的景色方面表现得最为出色。大概正是如此，岑参才被定格为唐代边塞诗人最杰出的代表。

第十六讲

科举制度与门类

上一讲我们谈了唐代的边塞诗。从这一讲开始，我们来重点谈唐人科举的有关情况。先来看唐代的科举制度与门类。

科举制度作为一种选士制度，其出现与发展是缓慢而漫长的，有着深刻的历史渊源和复杂的时代背景。科举作为专有名词，是宋代才出现的，而实际上，作为士子进身的路径早在隋代就已经铺就了。作为一种入仕的方式，文人在科举之路上的跋涉是漫长的。作为一种选士制度，科举的形成也同样很漫长。科举的内涵就是选拔士人、选拔人才，选拔人才在上古时期就有了。不过，在春秋时期，官位是由世族垄断的，还不存在真正的选士制度。士人不是没有入仕的机会，只是这种机会比起世族子弟要少得多。到了西汉初年，实行“任子”“赀选”，也就是说，二千石以上的大官的子弟才有资格为郎，你要是做官的话，你要出钱，高级官吏的任用多是出于这样一个渠道。郡县的佐官由长官辟召。到了汉武帝的时候，察举制度正式建立。当时君王就诏令诸侯王、公卿和郡守来举荐贤良、文学、孝廉，通过策问，然后授予官职。汉武帝的时候还建立了太学，设置了博士弟子 50 人，学成以后，合格了，然后给你授官。

图 42　明刘俊《汉殿论功图》

随着豪强大族势力的发展，州郡的察举和辟召制度渐被大族所垄断，到了魏晋时期，就更加推波助澜，实行了九品中正制，门第的高低成为被察举和被辟召的先决条件，于是就出现了“上品无寒门，下品无世族”这样一种情形，出身于下品的士子只能够扼腕长叹。左思在他的《咏史》诗里就说：“世胄蹑高位，英俊沉下僚。”鲍照在他的《瓜步山揭文》里也感叹：“才之多少，不如势之多少远矣！”这里的“势”，是“势力”的“势”。高门世族有权有势，自然就统治了当官的路途。到了南北朝，随着世族的逐渐衰落和庶族的兴起，庶族参与政治的要求日益地强烈，通过考试来选拔俊才的科举制度不久也就应运而生了。

隋朝兴起了科举制度，唐沿隋制，科举成为朝廷选官和文人入仕的基本方式。当然也是帝王收买人心的一种方式，以至于太宗皇帝在端门看着举子从考场络绎而出的情形之后，兴奋地说：“天下英雄入吾彀中矣！”——天下的英雄都被我掌控了。事实上，人，特别是文人，一旦决定了自己要治国平天下，有了这样一个理想，他就和考试结下了不解之缘。他要被考官考，被上司考，被公众的舆论考，还要回答一道一道自己给自己出的人生难题。

唐代的科举考试都有哪些科目呢？根据史书上的有关记载，我们知道，唐代的考试，科目分得非常详细。比如《新唐书·选举志》里就罗列了这样一些科目：秀才、明经、俊士、进士、明法、明字、明算、一史、三史、开元礼、道举、童子等等。统计起来，大概有几十个门类，非常繁杂。但是把它总括起来看，无非是三大类，就是进士、明经、制举。

明经考的内容主要是儒家经典。儒家经典很多，考生要对这些经典非常熟悉，甚至要背诵下来。因为在考试的时候，重在考你记诵的功夫。考试分三场：第一场是帖文（填充），给你一段经书里的话，然后把其中的几个字给遮起来，让你把它填充上。这考的是举子的记忆功夫。第一场及格以后，才能考第二场。第二场是口试或墨试经文大义，就是把经文的大义，通过口试或者是笔试把它回答出来。这考的也是举子对经书的熟悉程度，记忆力好的就特别占便宜了。到了第三场，考的就是时务策了，让你谈谈对时事的一些看法。这个题目一般出得比较泛，多是虚应故事，没有多少实际的价值。

由于明经主要考的是记诵功夫，所以就使得大批的士子在考试之前，拼命地背，拼命地记。有些人记忆力确实非常突出，比如《封氏见闻记》里就记了一个叫常敬忠的人，这个人记忆力过人，十五明经擢第，“数年之间，遍诵五经”，能把“五经”都背出来。于是，他就上书自荐说：我看一遍能够记千言。当时张说主持考试，就问他：你一遍能记千言，那你看十遍能记万言吗？他回答说：我没有试过。张说就拿出一本一般人都不可能读过的稀有之书，交给常敬忠，让他把这本书读上十遍，然后背诵出来。敬忠就按照张说的指令，“危坐而读”，读一遍在地上画一个符号。读了七遍，站起来说：我已经背下来了。张说说：你才读了七遍，还可再读，满十遍后回答吧。常敬忠说：如果读十遍，就是十遍我才记下来，现在我七遍已经把它记下来了，何必要满十遍呢？于是常敬忠就滔滔不绝地背了起来，张说跟着看书都来不及。背完之后，“不差一字”。在旁边观览的人没有不叹服的。于是“恩命引对”，皇帝“赐绿衣一副”，以示奖赏，常敬忠也在“百余日中，三度改官”。

《唐语林》也记载了一个叫李幼奇的人，说他在开元中去拜谒柳芳，曾经对柳芳背诵自己写的长达百韵的诗，柳芳在他背诵的时候，暗暗地把他的诗给记下来，然后就题写在墙壁上，而且不差一个字。柳芳对幼奇讲，这首诗不是你的，是我的诗，你看我把它写下来了，是我以前作的。李幼奇非常惊诧，愤愤不平地说：这诗明明是我作的，怎么成你的了呢？停了一会，柳芳才慢慢地说：我是跟你开玩笑，这诗正是你所念的诗。于是就让李幼奇背诵他写的其他一些文章，每背一首，柳芳都能够把它重复一遍。由此看来，柳芳的

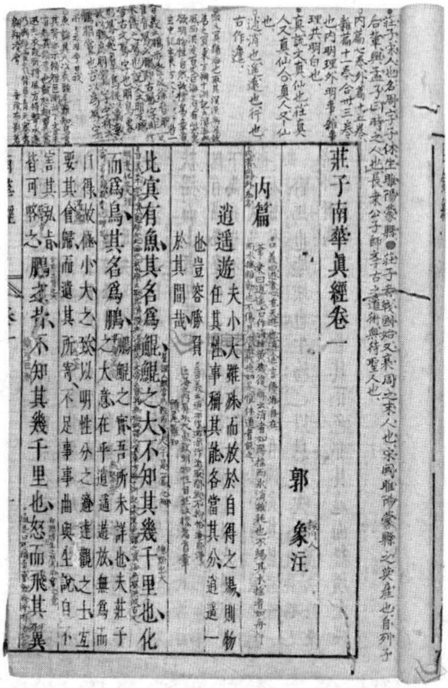
莊子南華真經卷一
郭象注
内篇
逍遥遊夫小大雖殊而放於自得之場則物任其性事稱其能各當其分逍遥一也豈容勝負於其間哉
北冥有魚其名爲鯤鯤之大不知其幾千里也化而爲鳥其名爲鵬鵬鯤之實吾所未詳也夫莊子之大意在乎逍遥遊放無爲而自得故極小大之致以明性分之適達觀之士宜要其會歸而遺其所寄不足事事曲與生說自不害其弘旨皆可略之鵬之背不知其幾千里也怒而飛其翼

图 43　晋郭象注《庄子南华真经》书影

记忆力实在是很惊人，如果他要是举明经的话，恐怕易如反掌。

到了玄宗的时候，又设置了道举。以前考试内容主要是以儒家经典为主的，现在这个道举要考《老子》《庄子》《列子》《文子》。由于增加了新的项目，同样需要记忆、背诵。所以记忆力的强弱是你能否考中的关键，而这种记忆力又是随着年龄的增长而逐步衰减的。所以唐朝就流传着一句很有名的话，叫“三十老明经，五十少进士”。50 岁的时候考中进士还是少年，30 岁的时候，如果你去考明经，已经老了。同时，这句话也反映了二者的难易程度：明经比进士要好考得多，录取的名额比进士多到三倍或者是五倍。而物以稀为贵，任何一种东西一多它就不值钱了。明经曾经有过辉煌的时候，特别是在初唐的时候，到了后来，逐渐地就让位于进士科了。这是后话，我们下边还要再细谈。

与明经相比，制举是另一种考试门类。它是无官者迅速踏上高位的跳板，其形式、内容都更为灵活，并主要取决于皇帝的政治需要和个人兴趣。制举在一年四季都可以举行，考试的时间和内容都缺乏固定性。当然了，也不是每年都举行，它不像进士和明经试一样，一般固定在正月或是二月。至于考试的科目，有人根据《唐会要》中的《制科举》统计，多达 63 种。这么多的科目有一些是同质而异名的，实际上差不了多少，但是由此也反映了帝王广搜人才以供国用的心态。

制举中最著名的是“贤良方正能直言极谏科”。从这个科目的名称看，就可以明白它是一种需要广博的经史知识、政治识见和勇气的考试。如果没有识见，你的谏言可能说不到点子上；如果没有勇气，你怎么敢向皇帝大胆地进谏呢？由于这个考试是由皇帝亲自发起的，所以制举考生的待遇就比其他一些科目来得荣耀。首先，在考试之前，由皇帝赐食、宫女送羹。一些参加制举科的举子，曾经对这样的事情有过记录，表现出受到皇帝器重非常欣喜的心态。对这些参加考试者，皇帝确实比较重视，有时还要亲自主考。比如大历六年（771）的盛夏，代宗皇帝就穿着并不太薄的朝衣，在考场读着《贞观政要》，陪举子坐了一整天。等到傍晚光线暗下来以后，代宗叫人拿来蜡烛，让举子答完卷子。有时夜里考试时间太晚，怕考生回去不安全，皇帝还下旨派兵护送，像唐宪宗就下过这样的命令。

一般来说，举子登进士以后，还要通过吏部举行的铨选才能够授予官职。但是中制举的士子就可以直接授官了，所授官阶不在进士之下。所以参加制举考试的士人都认为自己是“非常之才”，以致不少士人干脆不考明经，不考进士，而专门盯着制举来考，不屑于走进士一途。比如盛唐时期的著名诗人高适就“耻预常科”，不屑于去考一般的科目，而是在天宝八载，被人举荐，试有道科登第的。

从这些情况看，制举成了无官者骤登高位的跳板，也成了有官职者迅速升迁的阶梯。当然，到了最后，这曾经给士子们带来无限遐想的制举一科也衰落了。究其原因，一是科目过于繁多，考试没有定目；二是考试时间不定期，也不是每年都举行，所以举子就难于准备；三是制举的举荐者须承担责任，如果举子考试成绩太差，就说明举荐者没有察人之明，有时还会受到降职一类的处分。除此之外，也与整个政治形势的变化有着紧密的关联。所有这些，就导致制举科目不可能长久地兴盛下去。

第十七讲

进士的荣耀

前面说了，明经科主要考的是背诵，制举科主要是关乎政治，进士科与二者有所不同，要考时务策、帖经，还要考诗赋。而且这些内容也都有一个变化的过程。

唐朝初年，规定进士试时务策五道。这项规定自唐初至唐末没有什么改变。所谓时务策，固然着眼于现实问题，但有时也常从儒家经典或“三史”中命题。由于涉及的书籍多，难度不小，所以到中唐时就有人建议，让礼部事先告示天下，某年试题取某经，某年试题取某史，以便考生有个准备，以此达到劝学的目的。说白了，这一建议其实是在替考生着想，帮他们缩小复习的范围，减轻学业上的负担。

时务策之外，还要试诗赋、帖经。据《唐语林》记载，早在高宗调露二年（680），吏部员外郎刘思立就认为进士只试时务策，“恐伤肤浅，请加试杂文两道并帖小经”。这里说的“杂文两道”，是指一诗一赋；“帖小经”，是指《易》《尚书》《春秋公羊传》《春秋穀梁传》诸经。刘思立的建议当时是否已被采纳？如果采纳了，持续了多久？这些我们还不大清楚。但到了盛唐时期，这二者都得到了落实。自唐玄宗开元十二年开始，朝廷对增考诗赋作了进一步规定，而到了天宝年间，试诗赋已成了定局。与此大致同时，开元年间，一方面增加了明经试“时务策三道”的内容，另一方面规定“进士改帖大经，加《论语》”。所谓“大经”，指的是篇幅较大的《礼记》《春秋左氏传》。

从上面说的这些情况看，进士与明经科的考试内容又有相互渗透的特点。唐初的时候，明经只考经书，进士只考时务策。随着时间的推移，明经加试时务策，而进士加试帖经。这种情况说明，唐王朝在延揽人才时，也在强调他们知识结构的合理性，以避免单打一。换句话说，考明经的既要熟悉儒家经典，也要关注社会现实；而考进士的既要通晓时务，也要明于经术。

不过，进士与明经科最大的不同，在于考诗赋。能诗能赋，既需要丰厚的文学修养，也是一种综合的创作能力，某种意义上，它对考生提出了新的更高的要求，也为以业文为主的考生们提供了一方可以驰骋才情的天地。由于进士科不大需要记诵之功，更偏重对现实的观察和解决方略，同时又能使考生在自己最擅长的诗赋方面一展才华，所以颇受考生和各方面的重视。终唐一代，进士科的地位节节上升，整个社会形成了对进士一科趋之若鹜的风气。

据王定保《唐摭言》的记载，进士科始于隋大业年间，而到了唐太宗、高宗时期，就已经很盛行了。当时社会上把进士推重为“白衣公卿”，或者称为“一品白衫”。进士科被如此看重，成为人们向往的目标，参加考试的人就多；而人一多，无疑增加了考中的难度。难到什么程度呢？用现在的话说，就是千军万马过独木桥，能够考中的，只是极少数，大部分人都会落第。以至于落了考，考了落，这样反反复复，有的人考了几十年，直至两鬓如霜，还奔走在往返长安的科举路途上。所谓“太宗皇帝真长策，赚得英雄尽白头”，就是当时人们总结出的一句话，这句话把进士地位的荣宠和艰难说得非常透彻。

普通的文人向往进士，是想借此谋得一个进身的阶梯。一些达官虽已位极人臣，如果不是进士出身，也会感到一种难于弥补的缺憾。比如高宗时候的薛元超曾经因为军功做到了中书令，但并不满足，曾对人说：自己这一生富贵过人，但有三大遗憾，第一个遗憾就是“不以进士擢第”，没有进士的名号。由此可知，进士吸引人的，除了它能给人带来实际的好处外，还在于它的名声，这个名声是任何官位都换不来的一种荣耀。从理论上说，中国是一个官本位的社会，一个人的价值高低几乎是由他所任官职的高低来衡量的。但是在唐代，一个人，特别是文人价值的高低，至少有一部分是要由学位文凭来衡量，这个学位文凭就是进士这个头衔。这种情况恐怕在中国此前的历史中绝无仅有，它从一个侧面揭示了整个社会对文化和文化人的高度重视。

盛唐以后，进士科更是一枝独盛，如日中天，而明经科则逐渐衰落。士子们看重进士科自不必说，连士子的家长们也对进士科格外地重视。据《刘宾客嘉话录》记载，唐德宗的时候，有一个身任给事中的苗粲，当时儿子要参加进士考试，他却突然中风，中风以后，说话都不清晰了，卧病在床，不能动，但是对儿子应举之事却非常关切。临试的时候，他的病又加重了。儿子就问，你病得这么厉害，我是不是要去参加考试呢？这个苗粲口不能言，但是手还能动，就示意拿来纸笔，颤抖着手，连写了两个最能表达他心意而且是笔画最少的字。什么字呢？“入”，两个“入”字，意思是一定要去考。因为重病，写出来的字也歪歪扭扭，但是在这歪歪扭扭的字里，却深含着苗粲对儿子参加进士考试的热切希望。当然了，苗粲也十分清楚，来年还有科举，儿子到时候还有机会去考，而自己的生命只有一次，一旦这一次有个三长两短，父子恐怕就再无相见之日了。但是所有这一切在苗粲看来，都不是最重要的，因为考试关系到儿子的前程，他希望儿子能够先中进士，再中制举，最后官至宰相。这是他的一个衷心的冀望。

对于进士一科，不仅举子的家长重视，帝王也非常重视。据《唐语林》记载，唐宣宗特别喜好进士及第者，每一次朝臣来和他在朝堂问对的时候，他都要问别人，是不是进士及第。如果被问的人回答是进士，是第几名及第的，他就会非常高兴。于是接着就问当年考的什么题目、考官是谁。如果遇到有些人很有才能，但是却没有中进士第，他就叹息移时，为之感到遗憾。宣宗有一种很浓重的进士情结，因为他是皇帝，不能去参加进士考试，怎么办呢？于是就在禁内自题："乡贡进士李道龙"。身为君临天下的皇帝，却为此生不能金榜题名而感到遗憾，恐怕在他心里，进士的名号比他皇帝的名号都来得动听。

进士考试对那些富家子弟来说，相对要便利一些，因为这些人家里藏书丰富，学习条件优越。但是对那些贫穷家庭的子弟来讲，就要艰难很多。而贫寒子弟立志于科举，实际上就是立志改变微贱的境况。比如，袁州宜春人卢肇少年的时候，家境非常贫寒，这种贫寒也成为他刻苦努力读书的一种动力。当年韩愈从潮州转官到袁州，这个年轻的卢肇就去向韩愈请教。到了文宗的时候，宰相李德裕被贬为袁州刺史，卢肇一

图 44　明周臣《寒山苦读图》

看，机会来了，他有了一位投诗献文的非常好的对象，于是就把自己誊写的诗文送给李德裕。李德裕不是进士出身，他是通过门荫入仕的，也就是靠他父亲做过宰相而步入官场的，但对于贫寒士子急着通过进士科的考试来改变自身地位的心情，却非常地理解、支持。李德裕看着这个年轻好学的后生，感觉不错，就直接把他推荐给主持进士试的礼部侍郎王起。结果卢肇进京赶考，第二年就及第了，而且名位很高，是状元及第。李德裕这类奖拔贫寒士子的事例不少，以至于后来他被贬到海南崖州的时候，许多寒士禁不住流下了热泪。所谓“八百孤寒齐下泪，一时南望李崖州”，说的就是这些贫寒士人对他的感戴之情。

《唐摭言》在记载卢肇离家赴京赶考的同时，还提及他的同乡举子黄颇的情况。黄颇家境要好一些，两人同日上路赴举，郡守在离亭为之饯行，可是被邀请入席的只有黄颇，卢肇则因家境太贫寒，自然而然地被忽略了，他只能在远远的地方等着黄颇。结果第二年，卢肇状元及第，黄颇是第三名及第，他们一同回到故乡。这时候郡守就率领众官来迎接，其情形就和送行时大不一样了——请卢肇坐于上席，而且去看龙舟竞渡。卢肇当时就在席上借题发挥，写了这么两句话：“向道是龙刚不信，果然衔得锦标归。”这实际上是对郡守早期嫌贫爱富行为的一种讽刺。在郡守等人无地自容的反应中，卢肇体验了一回什么叫扬眉吐气。由此可见科举对于贫寒读书人的重大意义。

对于下层士人来说，科举除了是使自己跃入龙门的必经之路外，还是能为家庭带来实际利益的一个工具，因为一旦金榜题名，士子本人或全家就可以免去赋役等等一般人家所应承担的义务。在中晚唐穆宗、敬宗颁布的诏文中就有这样的话：“名登科第，即免征役。”登科之后，你不用去纳赋税，不用去服兵役。晚唐诗人李频在《长安感怀》诗里，带着一种茫然的口吻说：“一第知何日，全家待此身。”不知道这一第什么时候我才能拿到，因为全家都在等着我进士及第啊！王建也有一首《送薛蔓应举》的诗，其中说：“一士登甲科，九族光彩新。”登上甲科以后，他的家人都跟着光彩起来。所以从表面看，士子是一个人去进行进士考试，但实际上，在他身上寄托着全家人的希望。而在全家人的希望中，尤其是举子的妻子那种希望的目光最为迫切。每年春来放榜的时候，从京都传来消息，似乎不难想象到料峭寒风里举子妻子打战的身影。

在《南部新书》里，就记载了这样一件事，说有一个举子叫杜羔，其祖上杜正伦曾做过高官，可他却屡举不第，一次次名落孙山。其妻姓柳，善于写诗。在这一次杜羔考完将要回家之际，柳氏先给他寄了一首诗，诗这样写道：“良人的的有奇才，何事年年被放回。如今妾面羞君面，君若来时近夜来。”后来杜羔登了第，柳氏又给他写了一首诗：“长安此去无多地，郁郁葱葱佳气浮。良人得意正年少，今夜醉眠何处楼？”如此看来，在杜羔的妻子眼里，丈夫的有才无才，全是由及第与否来判断的。平时丈夫自视甚高，别人都认为他是才子，认为他不愧是中书令杜正伦的五世孙。自己作为与他朝夕相伴的妻子，对此也深信不疑，总认为丈夫在文场之战中能一战夺魁。可是没想到他竟然落第！一举落第还可以说是偶然的失误，而他场场落第，一连考了多次，这就让她非常灰心了。所以写诗揶揄他说：你这样子回来，怎么对得起家乡父老，怎么对得起像我这样对你寄望这么深的妻子呢？所以连我都替你害臊，你的脸皮厚，我的脸

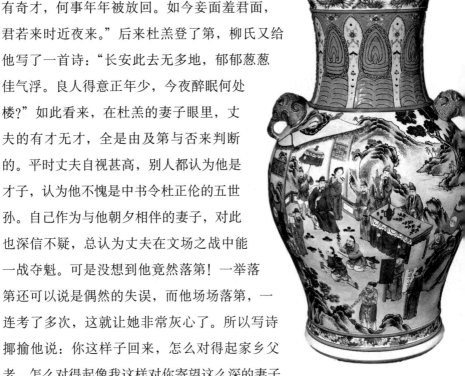

图 45　清粉彩状元及第图象耳瓶

皮可是很薄，如果你要回家，就半夜的时候回来。这实际上是妻子对丈夫非常严重的指斥了。好在杜羔在贞元五年得以进士及第，这一次终于可以堂而皇之地回归故乡了，其妻在家里就焦急了。得到了喜讯还没有见人回来，不能不让人着急，于是就写诗劝她丈夫早点回来，担心他春闱得志之后留连长安的北里，在那里眠花宿柳。一句“良人得意正年少，今夜醉眠何处楼”，将她的担心和焦急全部写尽。可以说，在杜羔妻子这两首诗中，隐含着唐代举子家人的悲欢和苦乐。

一般来说，人们都想和高门结亲，可是高门往往会有名登科第的亲戚，亲戚之间又少不了走动，没有科名的文人在那种场合所受到的冷遇和奚落就非常严重了。《唐摭言》记载了一位家在宜春名叫彭伉的进士，说他进士及第以后，亲戚和当地的官员都来祝贺，彭伉就坐在首席。彭伉的连襟叫湛贲，这时在县衙里当差，亲戚就不允许他上桌。作为连襟，连桌子都不让上，湛贲的妻子非常生气，就对她男人说：“男子不能自励，窘辱如此，复何为容？”作为男子汉，生于天地之间，不能自励，那你还有什么脸面呢？湛贲听了妻子的话之后，也感觉到很郁闷，于是开始发奋努力，进行科考前的准备，并且最后成了正果，在贞元十二年，他一举登第。他中第的消息传到家乡的时候，正在骑驴郊游的彭伉惊讶地竟然失神从驴背上掉了下来。当地人就开玩笑，说：“湛郎及第，彭伉落驴。”由此可见，在科举考试的时候，举子不仅要努力苦读，还要承担来自家乡父老、当地官员或冷或热的目光。于是通过苦读登第，以求步入仕途，提高家庭地位，就成了士子们的共同愿望，也成为他们走向科举场地的一种原动力。

第十八讲

考试与竞争

在历时三百年的唐代历史进程中，科举考试也存在一个从高官士族逐渐向下层平民转移的过程。这样一个过程，从初、盛唐到中、晚唐宰相中进士人数所占比例即可以看出来。

据吴宗国在《唐代科举制度研究》中的统计，我们可以知道，唐太宗时候的宰相，只有许敬宗一个人是秀才，房玄龄、侯君集两人是隋朝进士，其余的 26 个人都不是科举出身。从高宗时候开始，宰相中科举及第者就逐渐上升，比例加大。高宗朝宰相是 41 个人，其中 2 人是隋朝的秀才，唐初进士及第者有 9 人，明经擢第者 2 人，总计科举出身者 13 人，已达 1/4。到了武则天临朝称制期间，仅明经、进士出身者就一下激增到 20 人，占了这个时期宰相总数的一半左右。更为重要的，是此时科举出身的宰相中，有一些是平民子弟。这样一些平民子弟、下层士子考上了进士，而且当上了宰相，无疑对一般的士人是一个极大的激励。由此可以看出，科举正日益成为高级官吏的主要来源，而这样一些高级官吏又有很多是来源于下层民众的。到了中唐时代，这种情况就更突出了。唐宪宗时候的宰相总共是 29 个人，进士出身者就达到 17 人，进士第一次在宰相中占了多数。此后，穆宗朝宰相 14 人，进士 9 人；敬宗朝宰相 7 人，全部是进士；文宗朝宰相 24 人，进士 19 人；武宗朝宰相 15 人，进士 12 人；宣宗朝、懿宗朝宰相分别为 23、21 人，而进士身份者均达 20 人。由此看来，进士的地位从与明经平起平坐，逐步发展到独霸天下。

由于最高统治者的重视，宰相等高官中科举出身者日益增多，科举也就受到人们格外的重视，一般的士子竞趋科举之路就势所必然了。

与前代的察举辟召制度比起来，科举的优越性是非常明显的，它对士子个人才能的判断，相对有了客观的标准，在相当大的程度上避免了由考察者带来的主观随意性。换句话说，就是在试卷面前人人平等。你有没有才能，通过你的考试就可以得到展现了。但是科举也有它不公平的一面，这就使貌似公正的科举留下了不公正的可能。之所以这么说，是因为唐代的科举考试采取的是不糊名的办法，每个考生的名字考官都可以看到。那么考官对这个考生的个人喜好、亲疏远近等等，都会影响考生的成绩。除此之外，还有一点，就算考试完全是客观公正的，机会对任何人都是均等的，但由于参加考试的人太多，而录取的名额太少，在士子的高期望值与考试的高淘汰率之间也形成了一个尖锐的矛盾，这对矛盾从初唐一直到晚唐都始终存在。

那么，唐代每年参加科举考试的人数有多少呢？最起码是以千为单位的。傅璇琮先生《唐代科举与文学》曾经对《唐摭言》的一段话作过一个分析和统计：学校与各地所送的生员，每年明经是 1390 人，进士是 663 人，两者总和已经超过 2000 了。每年 2000 的举子有多少能成为幸运儿呢？据《文献通考》所载《唐登科记总目》进行统计，整个唐代进士考试共 260 次，其中登第的人数，在 35 人以上的仅 26 次，30 人以上的共 53 次。录取人数最多的一次是咸亨四年，录取了 79 人；录取最少的是永徽五年（654）、调露二年和永隆二年（681），各录取了 1 人。从这个数据可以看出，登第人数最多和最少的都在初唐，这恐

图 46　清状元及第“独占鳌头”玉锁

怕是科举处于草创阶段的情况。到了中唐，登第人数大抵被规定在 20 人左右。比如唐德宗在贞元十八年就下诏书说：自今以后，每年考试所收之人，明经不得过一百人，进士不过二十人。如无其人，不必要满此数。据这个诏令，每年考试所收的人，明经不超过 100，进士不超过 20，那么举子被录取的机会就只有百分之一二了，这种情况可以说是真真正正的千军万马过独木桥了，比起我们现在的高考，恐怕还要严格许多。

由于千军万马过独木桥，考者多，录者少，便注定了绝大部分人在过桥的时候，都是落水者。在这样一种情况下，进士考试的竞争程度就大大加剧了。这是一种激烈的竞争，这种竞争从举子们最初参加的县一级的考试就已经开始了，此后还要经过州、府等等一系列考试，要经过京城礼部试和吏部的关试。每一场考试都对举子们的智力和心理承受力是一种考量。随着竞争中的优胜劣汰，摘得桂冠者充满了得意的笑，而落第失意者则充满了痛苦的悲。

同时，面对同样的科举考试，不同地域的人还存在着明显的差异。我们知道，唐代的文化教育因地域不同，存在着严重的不均衡状态。盛唐以后，经济中心开始向南方转移，但南方地区在文化上却相对落后，许多南方士子要获得知识，参加科举考试，往往需依赖北方士大夫的传授和支持。这些士大夫，主要是被朝廷发落的流人、贬官。作为远离京城的蛮荒之地，南方诸地是这些贬官的天然流放处所。而这些贬官到了南方之后，最常做的事情之一，便是兴办教育，传播文化，奖拔当地优秀的后进之士。比如，张说被贬岭南，对韶州士子张九龄就颇为赏识，后来张九龄考中进士，一直做到了宰相。柳宗元被贬永州、韩愈被贬潮州时，不少士子向他们求学，经其指点，有些后来就登第了。据《唐摭言》记载，荆南这个地方从来没有出过进士，被人称为“天荒”。宣宗大中四年（850），有一个叫刘蜕的士子被举送到朝廷，最后及第。后来有一个姓崔的大官来到这个地方坐镇，赏给了刘蜕七十万钱，为什么呢？因为他破了“天荒”，赏他的钱就叫“破天荒钱”。我们现在常用的“破天荒”这个词，就是由此得来的。由此一事，即可看出南方举子中第的艰难。

与南方地区相比，北方地区，特别是作为文化中心的关中地区，就显示了得天独厚的条件。由于此地文化发达，考生的水平自然就高，所以往朝廷举荐的名额就要多一些。但是从另一方面看，粥多僧更多，僧多粥少的局面还是得不到真正的改观。在关中地区，又以京兆府和同、华两州表现最为突出。京兆府就是京城所在，同州是现在陕西的大荔，华州是现在陕西的华阴。这两个地方因为靠长安比较近，文化水平高，每年推送的举子也就非常多。举子多，优秀者多，竞争力自然就大。所以，每年这几个地区都要发生一场选送人才的激战。

更为激烈的竞争是争当“解头”。所谓“解头”，又称“解元”，是乡试中的第一名。凡是被州府作为“解头”选送入京的举子，几乎是未来必然的进士。这就像今天各地所谓的高考状元一样，因名列本地区之首，自然被各高校的招生者所看重，进入名校也就易如反掌了。

正因为有这样的优势，所以在争当“解头”的过程中，竞争就非常激烈。《集异记》里记载了王维的一件逸事，说王维早有文名，又“性闲音律，妙能琵琶”，年轻时来到长安，游从于达官显贵之间，深受岐王的看重。当时有一个进士叫张九皋，声名也很大，而且受到了公主的举荐，大家都认为张九皋当年必能作为京兆府的头名被送到朝廷参加考试。王维也要应举，就把这件事情告诉了岐王，请求岐王关照自己。岐王就对他说，公主的势力太强，不能跟她力争，我给你谋划一下：你把你以前写得比较好的诗誊录十篇，把你所拿手的较哀怨动人的琵琶新声准备一曲，后五日到我这里来。王维就依照他的吩咐这么做了。届时岐王又说，你如果直接拿诗文去谒见公主，公主是不会见的；如果你能按照我的说法，装扮成伶人，就大有希望。于是，王维就穿上岐王为他准备的锦绣衣服，带着琵琶，来到公主府第，混在一群伶人的前列。当时王维“妙年洁白，风姿都美”，年龄很轻，皮肤白净，非常帅气。公主一看，就被他吸引了，问这是什么人呢？岐王回答说：这是懂得音律的人。于是就让他“独奏新曲”，结果“声调哀切，满座动容”，公主就有点儿惊讶了。一问曲调的名字，说叫《郁轮袍》，公主就更为奇异了。这时岐王就向她介绍了王维，说这个年轻人不仅懂得音律，而且会

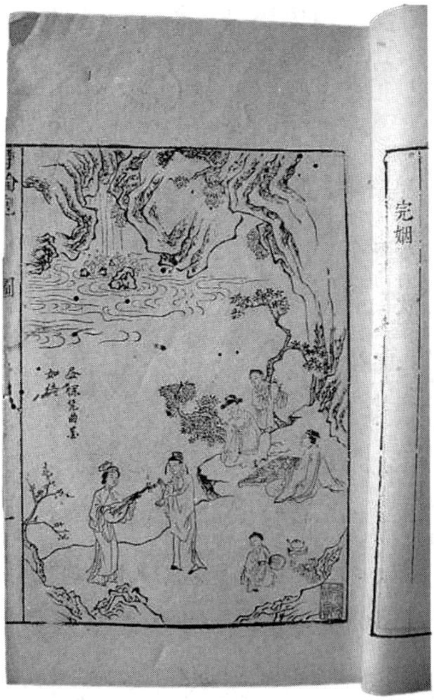

图 47 《古本戏曲丛刊》明末刊本《郁轮袍传奇》书影

写诗，写的诗没有人比得上。等王维把他准备好的诗卷递上去，公主只读了几行，就惊诧地说：这些诗都是我以前所诵读的，原以为是古人所作，难道就是你写的吗？于是就让王维赶紧更换服饰，把他从伶人堆中请入客座。王维风流蕴藉，“语言谐戏”，使得一座尽欢。岐王一看时机成熟了，便开口说道：如果今年京兆府能得此生为解头，那就给国家添彩了。公主就问：干吗不让他去应举呢？岐王答道：如不作为第一名推荐，此生是义不就试的。听说你已经答应让张九皋做解头了，所以他不参加。公主就笑了，说那只是受人所托而已，现在王维这么优秀，如果要考进士，我当为你尽力。王维赶紧站起来道谢。于是，公主很快把考试官召到她的宅第，直接吩咐他予以关照。这样一来，王维就做了解头，而且一举登第。

这件事情很具戏剧性，从中可以发现京兆府在送人参加进士试的时候，内里还是有很多机关的。当然，据傅璇琮先生考证，王维之事不尽可信。因为张九皋是开元名相张九龄的弟弟，他是在中宗景龙三年（709）明经登第，王维则是在开元九年进士登第的，两者相差了十二年，不可能发生王维与张九皋争解头这样的事情。不过，尽管此事不真实，但这段文字仍然具有相当的认识价值。它展示了文士争解头的活动，以及贵戚对科举的干涉。而在本质上，则反映了科举竞争之激烈。

第十九讲

考生与考官

由前边的叙述可以知道，近水楼台先得月，不先得月的楼台几乎是不存在的。换句话说，做生意要靠地利，应举也讲究一个地利。京兆府自然不用说了，所送的举子前十名称为等第，凡是列入等第的人几乎全都被录取了。即使不能全部录取，也有十之八九。而同州和华州地理上靠近长安，所以它们所送的这些举人、举子，也大部分可以进士及第。

由于这些州府地理位置非常重要，全国其他地区的考生都非常羡慕，也纷纷地想加入到同州、华州考生的行列，想在那里争取解送的资格。本来同州、华州两地的士子就比较多了，现在又从外地涌进来一些加塞的考生，那么当地的考生自然非常反感，但是也没有办法。因为那些士子们的口袋里都装着不止一封的推荐信，而且推荐人的来头都比较大，同、华两州的刺史、郡守，恐怕也不敢说个“不”字。这种情况就好比我们现在的高考。有些地区，比如北京地区，考生的录取分数就要低一些；一些相对落后的地区，考生的分数线也定得比较低。而分数线较高的那些地区的考生，往往想方设法转移到那些低的地区去。虽然有古今之别，但在这点上却是颇为类似的。当然，面

图 48　南京江南贡院

对这种情况，唐代一些官员也曾想过对策。比如，有一年，令狐楚担任华州刺史，就采取了一个特殊的办法，他下令华州的考试比别的州府加试五场，结果对那些来到华州的寄籍举子起到了很有效的阻遏作用。这些举子一看要加试五场，非常可怕，于是卷铺盖走人了。

唐代举子们走向长安的步履一开始就十分艰难。按规定，每州所得的名额不超过三个。如果一个家庭中有两个兄弟都才华出众，都要应举，那么问题就很大了，总不能把名额的 2/3，都给你一家人来用吧。比如并州人张楚金兄弟就遇到这个情况。据《大唐新语》记载，张楚金 17 岁时，与他的哥哥张越石同以茂才应举。当时考试官认为兄弟不可两收，准备取消张越石的选送资格。张楚金听到消息后就说：论年龄哥哥大，论才能我不如兄，所以我让给哥哥。州牧听后很受感动，说道：“贡才本求才行，相推如此，可双举也。”两个兄弟互相地推让，可见两个人品行、才学都不错，可以把他俩同时推举上。

结果兄弟两人同时赴京，双双进士擢第。最后，张楚金一直做到了刑部侍郎。这件事情是一个趣谈，两兄弟同时被推举，对他们本人来说，固然是幸事；但另一方面，这又是以牺牲其他士子的前程为代价的。

一般来说，应举者要先在出生地也就是本籍报名，这是常例，但也有一些例外。比如白居易的籍贯为太原，他住在洛阳，却到他叔父任职的宣州去参加乡试。再比如张籍，和州人，因为韩愈的推荐，他便跑到徐州去解送。但不管哪种情况，举子都首先要通过县上的考试，合格以后才能参加州府的预考，再经过淘汰之后才能取得进入京城、参加尚书省考试的资格。每一轮的考试都要淘汰一批人，因为名额太少，主司也难以完全地以公心待人，所以必然会有人落选。

与乡试相比，县试也存在不小的竞争压力。县试是最低一级的考试，县试的考官一般是由县尉来担任。试官的水平、试官的公正与否，在某种意义上决定着试卷和举子的命运。一般的文人，总是认为文章是自己的好，凭什么我的锦绣文章就不如别人？试官取他不取我，不是睁眼瞎又是什么？于是县尉就招来了一片责怪的声音。比较典型的要算太原举子王泠然，这个王泠然给前县官、现御史高昌宇写了一封堪称奇文的书信，主要是对当年自己在宋城参加乡试时，被时任宋城县尉的高昌宇给放落一事发泄不满的。

信一开头就骂道："仆之怪君甚久矣！"——我怨恨你、怪罪你已经很长时间了。接着说，还记得你当年做宋城县尉时的事情吗？那个时候我还小，还不熟悉声律诗赋等，就去参加考试，但是我的诗赋写得不错。你作为主试官，以名额有限为借口，以我年纪还小、机会还多为理由，把少年英锐的我给淘汰掉了。这是对我的极大不公，是对我的羞辱，我时刻记在心里，做梦都难以忘掉。你升迁为御史后，别人来主试，我就通过了县试。去年十月我被解送到了京城，今年春天三月我就进士及第。虽然你当时没有选送我，可我现在也“自致青云”了。放眼天下进士，自黄河以北数得上的只有我一个人。我这个人的声名响亮得很，你不是不知道。既然如此，你以后就要对我多加照顾，给我一些恩德，以雪前耻，以作补救。你已经错过一回了，这次希望你不要再错过。

信中接着又说：你现在是御史，我是新及第的进士，恰恰碰上吏部今年冻结铨选，那么你手中握有举荐进士为官的权力，你不要以富贵骄人，看不起我这个新进士。我现在的处境，就像你当年没发达的时候，你的现在就是我的未来。所以，废话少说，向你提两个要求：“望御史今年为仆索一妇，明年为留心一官。”——给我找一个媳妇，帮我举荐一个官职。这类事对你来讲不费吹灰之力，若能够办到，我将记住你的好处；倘若你贵人多忘，不办此事，那么像我这样有才能的国士，前景远大，难以逆料，“使仆一朝出其不意与君并肩台阁，侧眼相视，公始悔而谢仆，仆安能有色于君乎?”——假使有朝一日出其不意，我与你并肩台阁，侧眼相视，到那个时候你再后悔来向我谢罪，我岂能给你好颜色看!

从这封被记载在《唐摭言》中的信里，我们读出了王泠然的盛气凌人，也读出了他的厚颜无耻，同时还读出了被县试官淘汰的举子的愤怒。可以说这种愤怒是普遍的，只是王泠然说得更为直截了当一些而已。

科举最初层级的考官如此，那么最高层级的考试，也就是省试的试官情况怎么样呢？实际上相差不多，而且面对的难题更大。因为录取的名额就那么多，有些举子即使考得好，又被试官欣赏，也免不了落第的下场。《唐语林》里记载了一位叫李藩的人，在做礼部侍郎的时候曾经主持过省试。他每放落一个人下第，就要叹息再三，心中老大地不忍，可是也没有办法。另外有一个人叫魏扶，在大中元年主持省

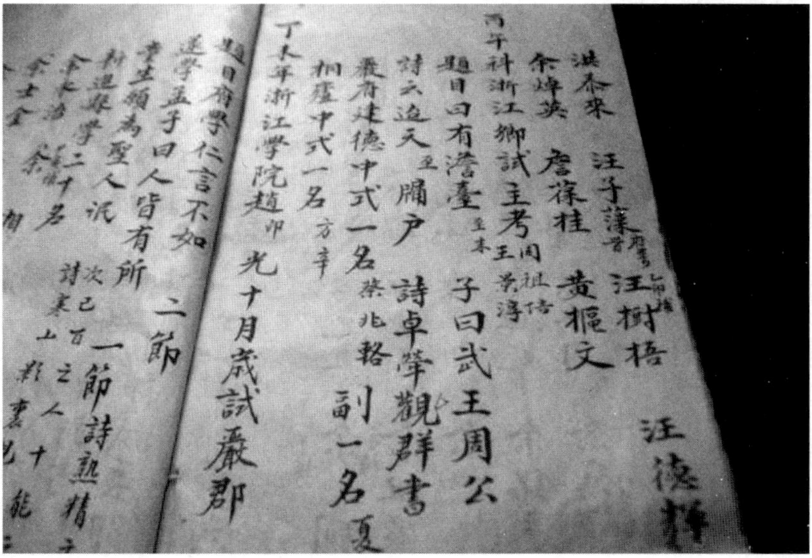

图 49　清代浙江严州府及遂安县乡试档案

试。他来到贡院以后，在墙壁上题写了一首诗，这样写道：“梧桐叶落满庭阴，巢闭朱门试院深。曾是昔年辛苦地，不将今日负前心。”意思是说：自己当年也是从试场千辛万苦走过来的，深知举子心中的一大愿望，就是能够遇上一个秉持公心的主试官，不分亲疏，不问来头，试卷面前，人人平等。因此，他发誓要做一个铁面无私的考官。对考生来说，能遇上这样的考官应该说是一种福分。可是到了放榜这一天，95% 以上的倒霉举子还是大叫不公。有人就把他原来写的这首七言绝句作了一个删改，把每一句话头两个字去掉，就变成了：“叶落满庭阴，朱门试院深。昔年辛苦地，今日负前心。”魏扶贵为礼部侍郎，举子们心中有气也只能是背后搞点小动作，发发议论而已。但由此可以看出，试官要做好，要让大家都满意，也真不容易。

在唐玄宗开元以前，贡举由吏部考功司主管，实际主持考试的是考功员外郎。考功员外郎的品阶不高，从六品上。这样一个位置，既无力上抗高官的嘱请，也无力应付不第举子的喧讼，所以有时举子就敢当面给主试官以难堪。《大唐新语》里记载了一则故事，说开元二十四年，李昂以吏部考功员外郎身份来主试。李昂性情很刚急，对举场盛行的走后门等类风习深恶痛绝。他就把举子召集到一块，告诉他们：文章好坏，高分低分，录取与否，我自有公心定夺。如果有人试图通过关系来说动我，不论他的文章好坏，我一律不取！这时候有一个叫李权的举子，和李昂的外舅是邻居，这个李权的文章也写得好，只是为了加上双保险，就请李昂外舅给他递一个话，希望得到关照。没想到这样一来反倒坏了事，李昂一听他外舅的话，心里立马就对李权产生了反感。他把举子们召集起来，开始讲评李权先送上来的习作，从中找出一些问题批了一通，又对举子们说：我看你们的文章，都精美得找不出毛病，美得让人有虚假的感觉。古人说瑜不掩瑕，有一点瑕疵才显得美得天然。听完这番话，李权下来就对众人说：刚才李昂说那番话，是针对我说的。李昂在任，恐怕我就凶多吉少了。但是李权还是死马当作活马医，按照李昂的要求，既把文章写得很美，又故意留下一点瑕疵。一般说是不怕贼偷，就怕贼惦记。李昂果真就把李权文章的病句给摘了出来，加以评点，把评点以后的文章给张贴在了大街上，以出他的丑。李权看后很生气，就对李昂说："礼尚往来，来而不往非礼也。"我文章中的毛病，经你指点我也明白了，但是你的大作已经广泛流播了，众所周知，我也来评点一下，怎么样？李昂生气地说：有什么不可以的呢？你评点吧！李权就说："耳临清渭洗，心向白云闲"，是你的诗吧？古时唐尧衰怠，厌倦了天下，想把天下禅让给许由。许由认为那个话让他恶心，污染了他的耳朵，所以跑到河边去清洗耳朵。现在皇上正年富力强，并没有把天下揖让给足下，你为什么要洗耳？居心何在？李昂听罢，见李权给他上纲上线，又惊又怕又恼怒，就把他告到了上司那里。上司以李权张狂的罪名取消了他的考试资格。

这件事的直接结果，是朝廷认为主试官的级别太低，不能镇服举子。最后一致同意提高主考官的级别，扩大主持贡举的机关。于是就由吏部侍郎直接掌握贡举，以后又由吏部转归礼部，由礼部侍郎一人专管。

第二十讲

备考与赶考

唐代每年一次的科举考试，其考生或来源于官学学生，或是乡贡。《新唐书·选举志》是这样记载的："每岁仲冬，州、县、馆、监，举其成者送之尚书省；而举选不繇馆学者，谓之乡贡。"这里的"监"，指国子监所属国子学、太学、四门学；所谓"馆"，指门下省所设弘文馆、崇文馆，以及国子监所属广文馆。这些"监""馆"，都属地处长安的官办学堂，身处天子脚下，在考生推选上是占些便利的。所以在国子监统一考试后，优秀者就被直接举送尚书省，参加礼部科举考试。与这些官学考生相比，乡贡举子来自全国各地，且不说在考中的概率上不占优势，即就路途来讲，也要长途跋涉，历尽艰辛。

从国子监学生与乡贡的比例来看，唐代前后期有着很大的不同。唐初贞观年间，国学颇为繁盛。"国学之内，八千余人，国学之盛，近古未有。"与此相应，这里出来的考生也很被人看重，以至"开元以前，进士不由两监者，深以为耻"（《唐摭言》卷一）。由此看来，开元以前，两监学生在科举考试中占有很大比例。不过，自天宝以后，两监学生开始流散，而安史之乱以后，学生流散的情况更加严重。后来虽有所恢复，但已不复当日盛况。元和二年，"两京诸馆学生总六百五十员"

图 50　北京国子监

（《唐摭言》卷一），不及贞观年间的 1/10。与国学的衰落相比，私人讲学势头渐盛，很多有才学的考生都出自各地名师门下，由此导致科举考试中乡贡的比例大为增加。据《唐摭言》卷一载，开元二十五年朝廷所发敕文规定："应诸州贡士：上州岁贡三人，中州二人，下州一人。"开元年间，全国州府共有 330 个左右，以每州平均 2 人计，那么，开元二十五年全国乡贡的考生大约有 660 人。据统计，会昌五年（845），全国各道举送考生数量，明经 965 人，进士 536 人，合计 1501 人（参见翁俊雄《唐代科举制度及其运作的演变》）。这个数字，已经比开元年间增加了一倍有余。由此可知，唐后期乡贡的比例已扩大了许多。

从考试内容和形式来看，州府之试与礼部所试的内容基本是相衔接、相对应的，实际上它具有淘汰和预试的双重含义。州府试也分三场，帖经、杂文和时务策三项。在经过了和县试考试大致相同的历程之后，一个州府最后只剩下两三名举子，再由州府把这些举子送到京城去，俗称“贡士”。“贡士”这个名称是很有意思的，因为唐代有一个制度，府的都督、州的刺史每年要到京都去汇报地方的考课情况，连带着进贡各自的土特产品，这样的人被称作“朝集使”。与之相类，各地通过投牒取解、考试合格后的乡贡举子，由朝集使贡于尚书省，随物入贡。这样一来，考试合格的考生就像被当作该州土特产一样进贡给皇上，所以叫“贡士”。各州的举子在被“贡”之后，经过长途跋涉，风尘仆仆地来到京城。在京城大致要度过三个多月的时间，期间他们要进行一系列的活动。首先，举子要签名报到，要交纳文状。交纳文状、报到的地点，唐代前期是在户部，到了后期就改在了礼部。报到手续履行部门的变迁，反映了举子身份和一般民众对举子认同的变化。而这一认识又无疑表明，整个唐代的科举考试正在越来越规范化。

举子的文状主要包括文解、家状和通保文书等。文解就是各州府发给举子们的荐送证件。家状包括籍贯、三代名讳以及本人的体貌特征等等。比如你高矮胖瘦、有须无须、鼻子是隆是塌，要一一标明。由于当时没有照相技术，也没有满街为人画像的摊点，所以个人的形貌只能用文字来进行表述。但是，这种文字表述有很大的弹性，没有办法准确地再现举子本人的形貌，所以要杜绝那些假冒考试的人，恐怕还是有一定的难度。事实上，也真是有一些人做了“枪手”。比如晚唐著名诗人温庭筠就是个典型。温庭筠才思敏捷，《北梦琐言》说他“每入试，押官韵作赋，凡八叉手而八韵成”，所以时人称他“温八叉”。如此有才，却因恃才傲物，讥讽权贵，屡试不中，所以常替别人当枪手，故意搅局。

举子的通保文书就是乡里对举子人品德行的鉴定书。通保有两种，一种是举子互保，也叫合保；另一种是由做官的人来担保，保证举子没有一些品德不好的事端。如果一经查出不实，互保的举子三年之内不得赴举，官员则被撤职。这些对保证人连带责任的规定，保证了文书的有效性。举子要交纳齐备全部的文状，缺一不可。交上去之后，由户部、礼部进行审查，最后出榜公布。从最初交上去到结果的公布，大概需要一个月的时间。

举子除了交纳文状之外，还要交纳平日的作品给主考官，这称为“纳省卷”。“纳省卷”的目的是什么呢？目的之一，就是害怕主考官只看卷面，而忽略了平常作文非常优秀的举子。有些举子平常很优秀，但是考场临时发挥欠佳。为了避免这种情况，所以提前把他的作品看一下。当然了，纳省卷是有一定要求的，不合要求的就要被退回，严重的可能就丧失了考试的资格。可以想象一下，上千名举子把自己平时的作品都交给主考官，数量是非常大的。考官要读一遍，任务就相当繁重。所以纳省卷的数量是有规定的。据《唐摭言》记载，有一个举子叫刘子振，山西人，颇富学业，而不知大体。当时规定，纳省卷不得超过 3 轴，结果他一个人就呈交了 40 轴。由于送去太多，主考官对他印象不好，他就得了一个不好的名声。考前有不好名声，当时称为“凶誉”。这些有“凶誉”的举子，有时不必等到放榜就知道其结果如何了。

举子在考前可以向主司献诗，但是不许面访。举子李固言是个例外。《太平广记》记载了他的事迹。元和七年的时候，许孟容做主考官。李固言向他的一个亲戚打听，问考前要做些什么工作，到谁那儿去拜谒。亲戚知道李固言平时的诗文作得很好，心怀嫉妒，明明知道不准去拜谒主考官，但是还骗他说：你第一个要去拜谒的就是那个主考官。李固言不知道是骗他，于是就跑去见了许孟容。许孟容看到他的诗文，写得非常好，于是就命令手下人对他说：举人不该与主考官相见，这是有规定的，让你来见我的人必定嫉妒你。由于许孟容非常怜爱这个人才，就在这一年把李固言擢为榜首，而把那个教他来见自己的人给罢落了。这个不懂规矩的李固言，以自己的文章获得了主司的赏识，而教他拜谒主司的举子却落了个始料不及的下场。

举子在长安要等三个月的时间，非常漫长，而且长安的冬天非常寒冷，窗外风雪呼呼，室内冷如冰窖。在这样恶劣的天气里，举子们除了苦读，恐怕就是盼望有一个公道。当时很多文人都描写了在长安等待考试时的生活状况。比如晚唐孙樵那篇《寓居对》，就描述了在严寒中备考的生活体验：

> 一入长安，十年屡穷。长日猛赤，饿肠火迫。满眼花黑，晡西方食。暮雪严冽，入夜断骨。穴衾败褐，到晓方活。

在漫长的等待中，饿得满眼发花，到了太阳落山的时候才能吃饭。而夜晚风雪肆虐，把人的骨头都能给冻断。韩愈在《与李翱书》中也写过这样的情况，事后总结说："当时行之不觉也，今而思之，如痛定之人思当痛之时，不知何能自处也。""痛定思痛"这个成语，最早就是从这里来的。这些举子们的日子，就是在艰难的等待中度过的。进入初春，终于等到了既盼望又害怕的开考的日期。

考试的时间从早上开始，要考一整天，有的时候还要延续到夜里。所有的准备工作都必须在考前一天完成。首先要准备好食物。家在长安城居住的考生，就占了很多的便利，他们的衣食住行，可以由家人来安排。但是外地来的考生就难办了，他们很多事情都要自己动手，而对那些从小就不知道厨房门开在什么地方的举子，无疑是一个非常大的考验。

唐代长安城比今天那座被明代所修城墙围起来的西安城，可以说大出了很多。散居在城中各坊的举子们要按时赶到考场，必须借助交通工具。唐代前期，这些举子们可以乘马。但是到了后来，朝廷下了

图 51　江南贡院的号舍

一纸规定，所有的举子不能乘马，只能乘驴。《唐摭言》记载，咸通中，皇上认为进士的车服有僭越的嫌疑，所以规定只能骑着驴子去赶考。于是当时人就对一位身体很胖、骑着驴子的郑姓考生写了首诗来嘲讽，说："今年敕下尽骑驴，短辔长秋满九衢。清瘦儿郎犹自可，就中愁杀郑昌图。"当然了，举子们都非常辛苦。像郑昌图那么胖的举子恐怕不多。驴子的速度不如马快，所以住地远一些的举子，就一定要起一个大早，在天黑风硬的黎明前，提着饭具、热饭用的器皿、照明用的蜡烛、休息用的席子等物件，浩浩荡荡地从四面八方向考场所在地尚书省进发。

考场管理是很严格的。为了防止举子中途擅自出入，考场的四周布满了荆棘，考场门口严设兵卫。一眼望去，会令举子们肃然生畏。当然，他们也还会有欣然之感，因为这毕竟体现了朝廷对考试的高度重视。不过举子们一进入考场门口，这种刚刚产生的欣然之感就荡然无存了。因为朝廷为了防止举子们携带书籍进入，派值班的胥吏对每一个举子进行搜身检查。这些胥吏动作很粗鲁，有时还满嘴的粗话，大呼小叫。文雅的书生面对这样一批人，有的就咽不下这口恶气。比如中唐文人李戡因为受不了这种屈辱，一气之下，拂袖而去。杜牧在给自己友人写的一篇墓志铭里，记载了一个从江西赶到京城的考生李飞，他“貌古文高”，性格倔强，当时吏人大呼其名后放他进入，李飞非常不满，说：你们这样大呼小叫难道是选拔贤人吗？于是非常生气，“袖手不出”，第二天便“径返江东”，回去了。当然，这只是一些特例，大部分人恐怕还是舍不得这次机会，他们只能在心里表现一些怨气。就像文人舒元舆那样，愤愤地慨叹：“呜呼！唐虞辟门，三代贡士，未有此慢易者也。”意思是说，自古以来招聘贤才，也没有像现在这样简慢粗率的。

经受了令人屈辱的检查之后，举子们终于在考场的廊庑之下分单元坐了下来。检阅每个人十年寒窗结果的时候到了，考生们的命运如何，主要就要看他们临场的发挥和表现了。

第二十一讲

考场内外

前面说过，唐代的进士考试，自唐玄宗开元十二年开始，即明确规定了试诗赋的内容。而到了天宝年间，试诗赋已成固定的格局。进士考试分三场进行，第一场考诗赋，第二场考帖经，第三场考策文。

举子们在考场入座之后，首先做的事就是对拿到的题目进行审题。关于题目的类型，早在县试、州府试中都已经见过，但题目却是新的。在这些题目中，考生最害怕的就是碰到题目有触家讳，也就是说，题目里有和自己父亲名讳相同的字眼。如果遇到这样的题目，这个举子就不能答题了，必须借口身体不适退出考场。而且对此还不能发牢骚，只能自认倒霉，到了来年，换了新题以后再说。有些举子即使经过了县试和州府试，但是在省试这一关往往就被卡掉了。

犯家讳之事在现实中不乏其例。较著名的如中唐诗人李贺，其父名晋肃，有人就说，“晋肃”这两个字的字音与“进士”相同，做儿子的不能参加进士考试。估计当时这个“肃”字的发音，可能和“士”字比较接近。可怜的李贺身为皇室后裔，连举进士的机会都被剥夺，实在是令人郁闷。韩愈知道了这件事以后，曾专门写了一篇文章叫《讳辩》，为李贺进行辩解。说他的父亲名“晋肃”，其子不能举“进士”；

如果他的父亲名字叫"仁"，"仁义"的"仁"，难道他的儿子连人也不能做了吗？韩愈的话对驳斥当时的陋习是非常有力的，但是，他只能说服历史，说服未来，却不能说服当时。一个人的胳膊再粗，也拧不过世俗的力量。

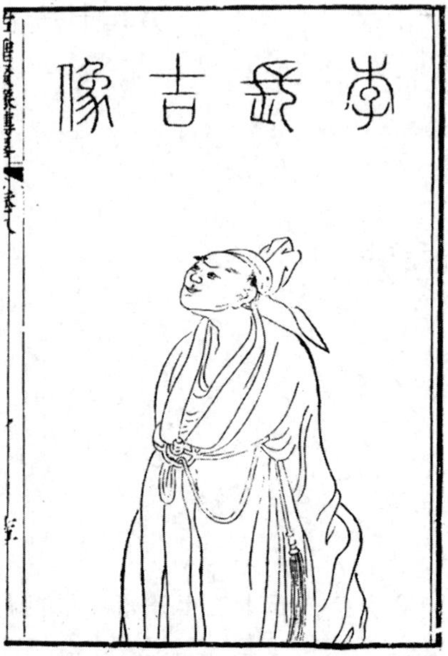
图 52　清顾沅辑道光十年刻本《古圣贤像传略》李贺像

举子进入考场的检查措施很严格，但在考场里却相对自由一些。上千名举子坐在一起，又是开卷考试，有可能还要互通声气，交头接耳。不过身在考场，人们都把其他人当成了竞争对手，即使相互商量，恐怕也很有限度。

考试那天，主考官也亲临考场巡阅。宣宗大中十四年，裴坦以中书舍人的身份主持考试，就来到了考场。他发现考场里有一位二十年前和自己是同学的刘虚白也来参加考试。以前是同学，可现在裴坦是主考官，刘虚白还是一个考生，二人地位判若云泥。当然，老同学的交情还是在的。所以刘虚白趁机给裴坦写了一首诗，诗是这么写的："二十年前此夜中，一般灯烛一般风。不知岁月能多少，犹着麻衣待至公。"有了这样一首诗，再加上老同学的情面，考了至少二十年的刘虚白终于在那年登第了。昔日的同学由此变成了座主和门生的关系。

有些进士在考场内做完题后，剩点时间，还可以在贡院的墙壁上自由题诗。比如晚唐咸通八年（867），有一个进士叫韦承贻，策试的这天夜里，他就把自己写的两首诗题写在考场的西南隅，一首是七律，一首是七绝。七绝这样写道："白莲千朵照廊明，一片升平雅韵声。才唱第三条烛尽，南宫风月画难成。"从这首诗可以看出，考试的时间延续到了深夜，千条蜡烛像千朵白莲一样静静地开放着。烛光之下，举子们奋笔疾书，时而低声吟哦着所作诗赋的音韵。因为古人作诗是主张吟诵的，主要看韵脚、平仄是不是合乎规定。如果每一个人都发出一点声音，即使这个声音不大，那么在千余人的考场里，听起来也会很壮观，就成了"一片升平雅韵声"了。

考试结束以后，举子们就进入了一个"漫长"的等待期。所谓"漫长"，倒不是现实时间的长久，它主要指一种焦急、渴望的心态，体现的是一种心理时间。有时候很自得，有时候很自卑，有时候很亢奋，有时候很沮丧。凡是参加过这类考试的人，恐怕都有这样的体验，真是寝不安席，食不甘味，有些度日如年了。就这样，举子们在忐忑不安中，终于等到了既盼又怕的放榜的日子。

在放榜的头天晚上，有的举子可以迷糊一会，有的恐怕就要彻夜睁着眼睛等待了。等到结果出来，有的考上，非常高兴；有的落榜，十分沮丧。《唐摭言》记载了一个非常有趣，也非常悲感的例子。它的主角叫公乘亿，时间是咸通十三年，这已是晚唐。公乘亿以辞赋著名，有些才华的。可是，不凡的文才和不幸的命运常常是如影随形，李商隐说的"古来才命两相妨"，就是这个意思。公乘亿也是如此。这时他已经考了三十年，常年奔波的生活已严重地损害了他的健康，都说事不过三，他却是事过三十，考了 30 次！这一年春天，他参加完考试以后，不等放榜，就步履蹒跚地向已经阔别了十多年的家乡挪回去。途中再也支撑不住，倒在了异乡的旅店里。这个消息传到家乡，都说他一命归天了。他的妻子听说以后，就从千里之外的河北老家赶来，恰好在路上遇到大病初起的公乘亿，正在送别客人。因为夫妻阔别了十多年，已经是尘满面、鬓如霜，人已瘦得走了样，二人相逢不

图 53　宋佚名《科举考试图》

相识了。公乘亿看着眼前披麻戴孝的妇人，与他的妻子有点相似，就情不自禁地将对方仔仔细细地打量。他的妻子也是如此。她怀疑这就是丈夫，可是又不敢肯定，于是就请路边的人过去问一下。一问，果然是丈夫，于是夫妻两人就在路边抱头痛哭。妻子哭是为丈夫失而复得，丈夫哭是为能与妻子活着见面。那一场哭，真是哭得非常忘情，哭得路旁的人都为之惊讶不已，甚至哭得让千年以后的我们也感到一阵一阵的心酸。这一场哭之后，大约过了半个月，公乘亿中举的金榜送到了河北。不知道这对夫妻面对这意外的喜讯，究竟是该哭还是该笑？

《唐摭言》还记载了一件事情，说是天复元年（901），杜德祥知贡举，而这一年，曹松、王希羽的年龄都已 70 多岁了。其他几位如刘象、柯崇、郑希颜也过了“耳顺”之年，60 多了。其中柯崇和郑希颜都是闽中人，就是现在的福建人。从福建到长安舟车劳顿，路途数千里，他们要经受着今天人乘火车、坐飞机所体验不到的那样一份辛苦，真是难为那把老骨头了。《唐六典》记载，朝廷考虑到举子路途的远近不同，规定距京师500里之内的士子，要在十月上旬赶到京城；500里以外1000里以内的士子，在十月中旬集中；1000里以外的士子，在十月下旬集中。也就是说，秋初就要上路，到了第二年春末才能回去。回家还没有休息多长时间，马上又该准备第二年秋天赶往京城的事情了。这种长途旅行，对六七十岁高龄的人意味着什么，不难想知。大概考虑到这些考生的年龄和经历的艰辛，这一年他们都被特放进士及第，时人称之为“五老榜”。

顾况的儿子顾非熊，在“举场三十年”，一直郁郁不得志，没有考上。顾非熊的友人、被那个杨敬之到处为之扬名的项斯，曾写了一首《送顾非熊及第归茅山》的诗，说：“吟诗三十载，成此一名难。”足见登第之年的顾非熊年龄已经不小了。唐人的平均寿命，好像没有一个准确的统计，但是杜甫说过“人生七十古来稀”的话，由此可以知道，六七十岁已经是唐人的暮年了。即使给这样的人授官，那么以后还有多少日子呢？看来文人的一生，一个“名”就可以概括，他是为名生，为名死。汉代人说“荣名以为宝”，动乱年代的文人尚且放不下“荣名”，更不用说生当太平盛世的唐代文人了。

前面提到的那位曹松写过一首诗，题目是《己亥岁》，其中有两句名言：“凭君莫话封侯事，一将功成万骨枯。”诗是写军功与将士不同命运的，但又何不可用来说科考？曹松和王希羽他们考了一辈子，到70多岁才因年老特放及第，尽管他们的成功在主观上并没有以伤害别人为代价，但是客观上却与功成的将军相类。也就是说，一个成功登第了的举子，在他的身后，又有多少含泪而归的落第举子在。所以曹松的“一将功成万骨枯”七个字，可以说也暗示了他一生的辛酸苦辣。

图 54　清张穆《奚官放马图》

我们再来看一下登第后举子的出路。在唐代，登第对举子来说已经是非常难了。但是及第只获得做官的资格，还必须通过吏部的铨选才能正式授官。这个吏部的考试是人生的又一道关卡。吏部试又叫关试，关试及格以后才能脱下粗麻衣服，从平民步入官僚一途，所以关试又称为释褐试，就是把粗衣服给脱掉。关试一般紧接在放榜之后，时间也在春天，故又称春关。

关试的地点在吏部南院。考试的项目主要有四个：身、言、书、判。身，是指身材要端正，要伟岸，要有男子汉气质。这个当然不用考，一看就知道。言，指谈吐，说话是不是清晰有条理，也是一听就明白。书，指书法，字要写得好，楷书要端正优美。唐代文人从小练习书法，这一点对他们也不成问题。但是这三个项目只是供参考，关键看应考者的判文。判，是考察应试者处理狱讼的能力，它在关试中占的地位最为重要。因为这些士子们被录取以后，都是要到州府地方去做官的。做官要处理一些民事案件，那么这个考试就是看你处理一些民间诉讼、各种和法规相关案件的能力，所以还是非常有必要的。

关试不是走过场，不少人要经过多年考试才能通过。大文豪韩愈在《上宰相书》中说自己“四举于礼部乃一得，三选于吏部卒无成”，意思是说，当年在礼部试中考了四次，才进士及第，而吏部试连考了三次，也未获得通过。这里说的吏部试就是关试。礼部大约相当于现在的教育部，吏部则相当于现在的组织部。从韩愈的话可以知道，吏部的考试难度绝不在礼部试之下。韩愈接着又说：“遑遑乎四海无所归，恤恤乎饥不得食，寒不得衣，滨于死而益固。”可见经过了礼部试之后，虽然拿到了进士的名头，但是生活没有着落，仍然是非常艰难。

《北梦琐言》里记载了一件事：一个贫穷的举子叫刘瞻，登第以后连粥都喝不饱。有一次他来到安国寺，跟着僧人蹭饭吃，离开时把自己的诗文作品数卷留在了僧人的桌子上。恰巧这时有一个来安国寺游赏的退休高官，叫刘玄冀，读到了刘瞻的文章，觉得这个也姓刘的本家，诗文写得太绝妙了，对之赞叹不已。又打听到刘瞻是自己的老乡，家境非常清寒，而且朝中无人，就慨然对僧人说，要把刘瞻推到宰相的宝座上去。不知道刘玄冀这个话最后是否兑现了，但当时刘玄冀就送了刘瞻足以度日的金钱，这件事倒是真的。试想，刘瞻如果不偶然地被一位有权有钱而且又很有善心的刘玄冀碰到，那么他那种到处蹭饭的日子，不知道还要延续多久。杜甫曾经慨叹自己在长安的生活是：“骑驴十三载，旅食京华春。朝扣富儿门，暮随肥马尘。残杯与冷炙，到处潜悲辛。”（《奉赠韦左丞丈二十二韵》）实际上，那些登第后的举子，在授官之前的日子并不比杜甫好到哪里去！

如果说，读书山林、漫游干谒、边塞从军、山水田园，更多地展示了唐代文人的浪漫情调，那么，科举考试、激烈竞争反映的，则主要是唐代文人充满艰辛的苦涩情怀。“学成文武艺，货与帝王家。”凡有志于做一番事业者，几乎无不经历过这样一番努力拼搏、被人挑选的磨难。然而，事情到此并没有完结，除了试场上的竞争外，等待唐人的，还有场外的请托、行卷、走人情关系等一个个关口。

第二十二讲

请托之风

前面我们谈了考试与竞争的各种情况，这一讲我们来谈举子们的另一项活动，就是伴随着科举而盛行的请托之风。

唐朝设科取士，它的直接目的是选择人才充实到各级官僚机构。选拔人才的标准是德才兼备，而在德和才两项条件里，德是更重要的，所以历代选才总是以德为先。只有曹操在他执政的时候说过不忠不孝但有治国用兵之才者也可以重用的话，所以历史也因此特意给曹操留下了一把特殊的座椅。一个人的才识可以通过考试来识别，而德行却考不出来，德行的核心就在于在家孝敬父母、在外忠于皇帝，这种忠孝行为只有通过社会舆论才能反映出来。所以中国古代最早的选官方式就是察举：由地方官考察治下的百姓，把具有良好社会声誉的人才举荐给朝廷。人的社会形象，包括人在公众舆论中的知名度和美善度，都从这些舆论中得到体现。当然，知名度和美善度不是你坐在家里，别人就能够知道的，只有经过一定的努力、别人的宣扬，特别是在上位者的延誉，才能逐步地被大家知道并传播开来。通常我们说“天生丽质难自弃”，“天生丽质”如果常处在深闺，别人也不会了解。所以要想有高知名度，就要借助传播的手段。古代没有大众传播媒介，只能通过人际传播来提高知名度，于是士子就有了说不完、道不尽的交游活动。总之，争取公众舆论的支持，塑造自己良好的社会形象、社会声誉，从而引起上层一直到天子的关注，成为士人阶层共同的认识和游方的深层心理。

具体到唐代科举，除了明经试题能用填对几个字来量化打分之外，其他的考试，如进士试中最重要的诗赋、吏部铨选试中最关键的判文的评判，都存在着很大的主观性。诗文的高下常常是一个软指标，随着主考官的兴趣而定，同样的文章，作者能不能给主考官留下良好的印象，必然直接影响到考官对它等级的判定。这就要求举子在考试之前，要先声夺人，营造声望。而且考试的举子上千人，考卷非常多，考官一个人常常容易看走眼。比如考前曾默默无闻的举子李程在应进士举的时候，在考诗赋那一场写了《日五色赋》，写得很好，辞文俱佳，但是却被放落了。好在有一个高官叫杨於陵，他在复检的时候，发现了这篇赋，把它拿给主试官看，于是才有了放落者最终又被擢为状元的佳话。李程前期被放落，后来又被擢拔成状元，这就为试官阅卷之前心中已揣着的那把无形的秤提供了动用的可能。柳宗元在《送韦七秀才下第求益友序》中曾经说过这样的话：每一年求进士者多达百千人，他们都不乏文才，谈古道今，把文章写得洋洋洒洒，务求富丽冗长。可是，就主考官而言，他在短时间内要评阅那么多人的卷子，如何能看得仔细？读不到十分之一，就累了，眼睛也花了，身体也疲乏了。在这种情况下，说他能够把贤才都选出来，恐怕就是骗人的话了。柳宗元总结说：只有那些事先有些声望而被考试官知道的人，才能引起试官的注意，在读到他的文辞的时候，“心目必专，以故少不胜”——由于专心了，所以就容易从中发现好的东西，该考生录取的希望就大。这样看来，能否引起有司阅卷时的注意非常重要，而要达到这一点，就需要事先延揽声誉。于是，就有了行卷和请托之风的盛行。

请托的风气早在初唐就已经形成了。据《旧唐书·薛登传》所载，薛谦光在天授年间所上书中说：当时的举子是“驱驰府寺之门，出入王公之第。上启陈诗，唯希咳唾之泽；摩顶至足，冀荷提携之恩。故俗号举人，皆称觅举”。由此可见，奔走权贵之门，想方设法求取提携和宣扬，这种被时人称为“觅举”的举子们的请托行为，在初唐时已经出现，而越到后来，这种风气越为盛行。

举子请托风气的形成，有主试官方面的原因。有的主司为了避免遗贤，主动请求别人给自己推荐优秀的士子，有的社会名流也以举荐贤能为乐事。比如感叹“千里马常有而伯乐不常有”的韩愈，就非常乐于充当伯乐，他举荐了相当一批人才。举荐的名流多，说明要求举荐的士子不在少数；而举荐人的名望高，举荐成功的可能性就大。文宗大和二年（828），崔郾知贡举，那年的考试在东都洛阳举行。崔郾离开长安的时候，公卿百官前往送行，当时任太学博士的吴武陵也来送行。在这以前，吴武陵读到了杜牧写的《阿房宫赋》，非常赞赏，认为

图 55　清光绪《古今名人画稿》之杜牧《秋夕》诗意图

杜牧其人“有王佐之才”，所以趁着崔郾离别宴会开始之前，私下里向崔郾推荐杜牧，并且当场朗诵了杜牧的《阿房宫赋》。崔郾听罢也是大为惊奇，非常欣赏，接下来就有了一段对话。吴武陵说：请侍郎把他点为状元。崔郾说：状元已有人选，不行了。吴武陵说：那就给他前二三名吧。最后一直说到第五名，崔郾还没有来得及回答，吴武陵就急了，大声说：如果这样还不行的话，那就叫已被定为第五名的举子写出这样水平的赋来。崔郾不好再拒绝，于是答道：就照你的意思办吧。入席以后，崔郾向在座的诸公宣布说：刚才吴太学把本年进士第五人赠给了我。这件事记载于《唐摭言》卷六的“公荐”一条，应是实有其事的。考试还没有进行，从状元到第五名的人选就已经内定了。可以想见，这些消息很快就会传出去。而听到这样的消息以后，那些待考的举子无疑会对这些幸运者又羡慕又忌恨，愤愤不平。

久举不第的晚唐诗人章碣写过一首题为《东都望幸》的诗，就与举子们对科举考试不公的满腹牢骚有关。诗这样写道：

懒修珠翠上高台，眉月连娟恨不开。纵使东巡也无益，君王自领美人来。

诗的意思是说：住在东都行宫中的宫女登上高台，眼巴巴地望着住在西都的帝王来临幸，可是她们都明白，即使皇帝来到东都，也没她们什么戏，因为皇帝会从长安带着自己的心上人来，所以东都的这些宫女们就连妆也懒得化了。是啊，“女为悦己者容”，既然所思念的人弃自己如敝屣，妆又化给谁看呢？她们一个个都是秀眉不展，心事重重。对她们来说，不上高台看看，有些放心不下；而一旦上了高台，又感到希望渺茫。表面来看，诗写的是宫怨，但在其内里，反映的却是士怨。据说这首诗是实有所指的，因为据《唐摭言》记载，当时有

图 56　唐周昉《簪花仕女图》(局部)

一个叫邵安石的人，家在广东连州，高湘侍郎南迁归京的时候，路过连江，邵安石就把自己的诗文献给高湘，高湘一看不错，便把他带到了京城。高湘这一年主文，于是邵安石就被录取了。章碣这首《东都望幸》，应该就是对这件事的讽刺。诗中的“君王”代指主考官高湘，“美人”比喻走主考官后门的邵安石，而懒修蛾眉的东都宫女，无疑代指那些心怀怨愤的举子们。从这样一首小诗，即可看出当时的科举情形和士人心态。章碣进士及第是在僖宗乾符年间，此时距杜牧及第已经五十年了。在这五十年间，我们可以想象，该有多少宫女“懒修珠翠上高台，眉月连娟恨不开”了。

由于请托活动的盛行，负责录取的主司常常顾此失彼，甚至因此而危害到朋友之间的友谊。后来做到岳州刺史的李浚曾经举进士，却连年榜上无名。后来他认识了国子监祭酒包佶，包佶就答应为他说项。国子祭酒是国子学的最高行政长官，礼部侍郎正好是他的顶头上司，两者的级别差不了多少。按理来说，连国子学中的太学博士都有权影响主司的去取，国子祭酒的推荐就更应该是一言九鼎了。可是事情并没有这么简单。贞元二年，李浚来应试的时候，包佶事前就向主试官打过招呼，主试官也答应没有问题，可是李浚还是不放心。放榜那一天的五更时分，包祭酒的门还没打开，李浚就来向他打问消息了。因为天一亮，金榜一上墙，就来不及了。当时包佶还没穿戴好，见到火急火燎的李浚，就有些生气，说：我和主司的关系非同一般，不是跟你讲了吗？我的一句话连状元都不成问题！你何必这么焦躁，三天两头来询问呢！听了这话，李浚非常谦恭地说：我的功名取决于您，取决于今天早上，等一会就揭榜了，所以冒着被您责怪的风险来见您。包佶也理解李浚的心情，就答应了他的请求，骑上马，朝着主试官的家里跑去。刚到皇城的东南角，就遇上了怀里揣着金榜朝办公室走的礼部侍郎，包佶上前问道：以前我推荐给你的那个人，现在榜上有名了吧！谁知主试官听他这么一问，满脸羞愧地回答说：我负荆都不足以向你谢罪啊！我不能违抗上司的命令，因为上司也举荐了，名额满了，实在没有办法兑现我的诺言。包佶以前一直认为他们两个人关系不错，自己的话应当毫无问题，没料到是这么个结果，当时就勃然大怒，说：古人一诺千金，你的诺言是一文不值，你是不是以为我是个闲官，我的话无足轻重？这次我算看透了你，咱们两个人的友情从此一刀两断。说完连揖拜都不作，转身而去。主试官一看事情闹大了，赶紧追上去，拉住包佶说：我也是迫不得已呀！你说得对，我们两个交情不一般，我不能这样失去你这个朋友，我宁愿得罪权门了。你来看一看，在这个榜里，可以抹去一个人换上李浚。包佶打开金榜，想把李夷简给抹去。主试官急忙说：这个不行，这是宰相亲自举荐的人。稍作思考后，便指着没有后台的一个叫李温的名字说：就把他给抹掉吧！于是包佶把“温”字抹去，填上“李浚”的“浚”字。这件事情记载在《太平广记》中，恐怕不会有假。

请托之风自古有之，但在科举制度下，发展得更为迅速。对考生来说，直接向主试官请托最为保险、最为有效，但对正在知贡举的人进行请托，一般需要有人从中间帮忙。像前面提到的李浚，就是通过包佶请托的。如果请托的对象以后能成为知贡举者，也就是主考官，那么也非常管用。不过这在很大程度上要靠运气，因为谁也不知道，对方日后哪一天会成为主考官。

据《太平广记》记载，一位崔姓举子就是通过此一路径而高中状元的。他的请托对象是崔蠡，两个人都姓崔，这就有了请托的基础。崔蠡官位清要，专门为皇帝起草诏令，后因母亲去世，按惯例辞去官职回到东都洛阳的家里去守丧。崔蠡因为官清廉，没有多少闲钱，这事被崔姓举子知道了，就要求与他见上一面。崔蠡以守丧为由，推说不见。崔姓举子就谎称是已故太夫人的孙侄，设法与崔蠡相见，而且一见面就直截了当地说：知道你为官清廉节省，官高，钱却少，现在为太夫人办理后事不能没钱，我作为太夫人的孙侄，不能白担了这个名分。我现在手头有些余钱，大约三百万，请您收下，或许会有些帮助。这三百万在唐代也是一个大数字了，崔蠡在生活中恐怕是第一次遇到这么慷慨的人，非常惊奇，也非常感动。但他只是心领了这个崔姓举子的美意，却不接受这份厚赠。此后了解到此人文章不错，却久困科场，于是，在他服丧期满、做了尚书右丞并获命主持礼部考试时，把这个崔姓举子点为状元。这件事使得一时间舆论哗然，说崔蠡以公正闻名，怎么把一个名不见经传的举子提拔为状元了。崔蠡就解释说：崔某进士及第靠的是他的才学，而状元是我对他的奖赏。并且把当年居丧东都的事说给大家听，大家这才逐渐地信服了。

当时人们服崔姓举子的什么，史无明载。不过我们可以推想一下，大家服的恐怕是他的慷慨，是视钱财如粪土、急人之难的行为。同时，他当时也未必会料到崔蠡有知贡举这一天，所以他的慷慨也不带有特别明显的功利目的。但是不管如何，崔蠡提拔他为状元这个举动都有以公器酬私恩的嫌疑。

第二十三讲

行卷之风

与请托活动相关的，是行卷之风。所谓行卷，是指考生为提高自己的知名度，以便科考及第并得到好的名次，把自己平日写的诗文誊写在卷轴上，在考试前呈送给有地位、有影响力的官员，以获得他们的赏识和推荐。第一次行卷之后，考生怕那些官员日久忘记，便把另一些诗文再誊写一遍呈递，这叫温卷。

在行卷诗文排列的先后次序上，往往是将最精彩之作放到卷首，以引起注意。同时，行卷的纸张须讲究，多用熟纸；写的字要端正秀雅，不宜随意涂抹改动，以示对对方的尊重。在唐代前期，行卷者主要是呈送诗文，但到了中后期，一些举子还有呈送传奇小说的，据说这样可以展示自己的史才、诗笔、议论等多种才能。由于行卷成了唐代文人在科举考试和步入仕途之前的重要活动，所以在行卷过程中，也随之产生了一大批比较优秀的作品。

举子的行卷活动一般集中于十月到达长安之后。因为名流大都集中在京都，所以举子在考试之前的这个时间段，就忙碌开了。他们纷纷向各阶层名流递呈自己的诗文作品，让他们替自己宣扬，借以提高声誉和知名度。杜荀鹤有一首诗叫《近试投所知》，从题目一看就知道，是礼部试前呈献的作品。最有名的是朱庆馀写了一首《近试上张水部》。张水部就是当时的水部员外郎张籍，张籍的乐府诗写得好，与王建并称“张王”。张籍的官阶表明他不一定能够和礼部侍郎说上话，但他与韩愈、白居易交好，颇具影响力，能够得到他的称扬，就意味着部分地得到了上流社会的肯定。礼部侍郎在考虑进士人选的时候，不能不掂量那样一些具有社会影响的人的话，因为没有人敢承担漠视社会舆论的罪名。正常情况下，位越高、权越重的人越重视社会形象，因为他们要维护现有的地位和既得利益的延续，而能让他们的富贵得以延续的一个重要因素就是为官公正的名声，而所谓公正几乎就等同于顺应了社会舆论的倾向。这就是一些士子不一定能直接与主试官说上话，却向名流行卷的主要原因。朱庆馀的诗就是遵循这样一个逻辑呈交给张籍的。诗是这样写的：

洞房昨夜停红烛，待晓堂前拜舅姑。妆罢低声问夫婿：画眉深浅入时无？

这首诗用“闺意”的笔法展开描写，真切地表现了一位新妇见公婆前的心理活动。地点是洞房，时间是夜半，待到天亮，新娘就要到堂前拜见“舅姑”，也就是公婆了。见公婆之前，要化妆打扮，以便给公婆留下一个美好的印象。而要化妆，就须适度，否则会适得其反。所以她化完妆后，就向新郎询问：我的眉毛画得合不合时宜？这里既是写新娘画眉，又暗用了汉代京兆尹张敞在闺房为他妻子画眉的典故，所以一语双关，非常贴切。一个“问夫婿”，前边又加了“低声”二字，一下子就将一个典型人物（新娘）在典型环境（新婚之夜）中的娇羞神态展示出来。因而，可以说这是一首非常巧妙地表现新娘心理活动的闺意之作。

不过，稍加寻绎，此诗还有深层的含意。联系到诗题的“近试上张水部”，我们才恍然大悟，原来朱庆馀是在接近考试的时候，借这首“闺意”之作来向水部员外郎张籍行卷的，是在借新娘见公婆前的复杂心理，来表现自己见主考官之前急于了解名流对自己看法那种既紧张又不安的内在心态。简单地说，诗借闺房情事来隐喻自己和张籍的关系，把自己比作新娘，把张籍比作新郎，因为典故里给妻子画眉的张敞和张籍正好同姓，所以这个比喻就很巧妙了；又把主考官比作新娘将要晋见的公婆，这样一来，一句“画眉深浅入时无”，便将询问的话题暗中引向了社会名流对自己的评价，对所呈诗文是否合意这样一个与考试相关的方向上。

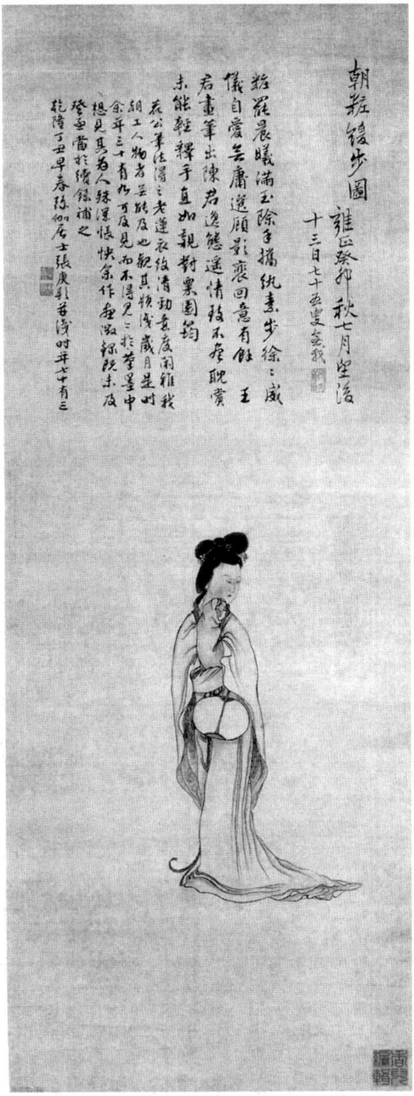

图 57　清王树榖《朝妆缓步图》

对朱庆馀这种一语双关的写法和紧张心态，张籍自然心知肚明。于是，在收到朱庆馀这首诗之后，他同样用“闺意”的形式写了一首《答朱庆馀》，表示很满意，让他放心。答诗这么写道：

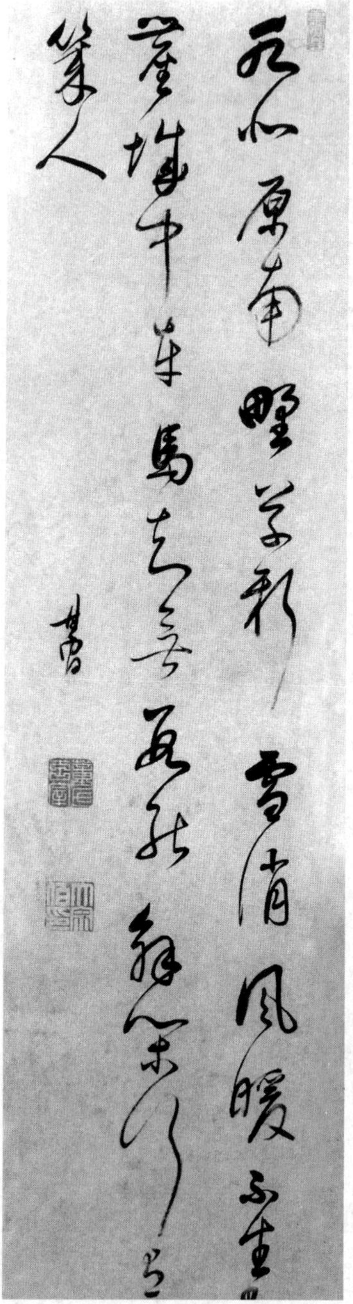

图 58　明董其昌草书张籍诗

越女新妆出镜心，自知明艳更沉吟。齐纨未足时人贵，一曲菱歌敌万金。

由于张籍被朱庆馀比为新郎，被问的问题是化妆颜色深浅是不是合适，所以张籍的诗就从她的容貌写起。朱庆馀是越州人，而越州自古出美女，有名的西施就是越州人，因而，越女就成了美女的代名词。她们生得美，加上新妆，再加上镜湖水的映衬，就越发美艳惊人了。一句“越女新妆出镜心”，借越女比朱庆馀，对他予以高度的肯定。虽然已经很美，但还在“沉吟”，还在犹豫担心，在张籍看来，朱庆馀的问题，实在是一种因为过度美丽而导致的不自信。后二句用“齐纨”与朱庆馀的“菱歌”相比，进一步打消他的顾虑，告诉他：你这一首诗就非常好了，可以说抵过了万金，你还有什么拿不定主意的！

朱庆馀接到张籍这首答诗，估计心里会美滋滋的，因为这样一来，不仅自信心增强了，而且因为名流的延誉，考试的成功率也会大大增加。当然，历史文献似乎并未留下朱庆馀受惠于张籍延誉的相关记载，但从他进士及第的时间来看，二者是有一些因果关系的。因为张籍是在长庆二年（822）由国子博士迁水部员外郎的，朱庆馀在宝历二年（827）中的进士，那么这首诗就应该写在宝历元年。也就是说，朱庆馀的行卷之作和张籍的答诗，对朱氏的进士及第应当发挥了相当的效用。而就这两首诗歌来说，不仅具有美学价值，还有一定的历史认识价值。

在唐代举子中，类似朱庆馀这样以诗干谒名流而又受到赏识的情况还有不少。比如，项斯就幸运地遇上了乐于称扬行卷者的杨敬之。杨敬之出身名门，他的父亲杨凌是进士出身，官做到大理评事，与其兄杨凭、杨凝号称“三杨”。杨敬之也累历朝官，文名不小，当时的文坛巨子韩愈、刘禹锡、柳宗元等都比较推赏他。这样的身份和名望，自然使杨敬之成为当时举子们行卷的对象，而这些行卷的举子中就有项斯。项斯是什么人呢？项斯是江东人，在他没有出名的时候，就“以卷谒杨敬之，杨苦爱之”，于是，杨敬之就写了一首《赠项斯》的诗，为他宣扬。诗是这么写的：

几度见诗诗总好，及观标格过于诗。平生不解藏人善，到处逢人说项斯。

从“几度见诗”可知，项斯以诗来干谒杨敬之不止一次，但因项斯行卷都是通过第三者来进行的，所以杨敬之每次只见诗而未见人，而读项诗都留下了“总好”的印象，以至读其诗而想其人。最后终于见到了项斯本人，杨敬之便得出“标格过于诗”这样一个结论。所谓“标格”，是一个人的仪表和才德的综合，诗是“总好”，人如其诗，这已经令杨敬之很看重了，不料项斯的“标格”远胜其诗，杨敬之喜出望

图 59　明黄凤池《唐诗画谱》之项斯《江村夜归》诗意图

外之情也就可以想知了。前两句，是说项斯诗才和人品之“好”，都还只是个人的印象；后两句，进一步写诗人用行动对项斯进行广泛的揄扬：“逢人说项斯”是一层，“到处逢人说项斯”又是一层。而诗人“到处逢人说项斯”的动机是什么呢？第三句讲明了原因——“平生不解藏人善”，生性与人为善，要把别人的好处讲出去，而没有嫉贤妒能的心理。这句话对于那些藏人之善、专事嫉妒的人，可以说是一面镜子，道出了杨敬之宽广的襟怀和古道热肠。因为这首诗，我们的辞典里增添了一个“说项”的典故。只是其含意已有了一些变化——从称扬别人优点逐渐变成了替人说情，这恐怕就有些脱离原意了。

由于杨敬之的称扬，项斯的诗名大增。据《唐诗纪事》载：“未几，诗达长安，明年擢上第。”项斯因为这首诗而登了上第，杨敬之也因此诗表达出人类美好的情操而名扬后世。不过，项斯的诗在《全唐诗》中现只存两首，已经很难看出其诗“总好”的面貌了。

由此可见，在科举这方热土上，士子们能否获得社会名流的褒扬，对其最终命运往往具有很关键的作用。当然还有另外一种情况，就是这个士子如果是出身名门，而且他的文采又非常好，那么他未必一定去主动找别人为自己延誉，有时那些在上位者会主动来为他进行宣扬。比如杜牧，身为名相杜佑的孙子，又有锦绣文章作为后盾，所以相当一批名流主动来给他延誉。据杜牧自己写的《投知己书》所讲，当时“争为知己者不啻二十人”，时贤争先推荐，可以说是小杜三生有幸。

前面说的是行卷举子们的幸运——他们都遇到了能赏识自己的社会名流。不过，像朱庆馀、项斯这样有人延誉、声名鹊起、最后登上高第的毕竟是少数。与他们相比，更多的举子在行卷时受到的是冷遇。比如其子其孙都官至宰相的李栖筠，早年行卷时就历尽艰辛。据《鉴诫录》记载，李栖筠为应进士举曾经献诗给维扬护军宋甄，宋甄是一个粗人，不知道怜惜贤才。李栖筠连着上了数封书信，对方都不为所动，最后搞得李栖筠在旅馆里凄凄惶惶、去住无依，于是写了一首绝句呈上。绝句是这样写的：“十处投人九处违，家乡万里又空归。严霜昨夜侵人骨，谁念尊堂未授衣?”短短28字，写尽了到处看人白眼、旅途独自漂泊的凄苦之状。看来，这位李栖筠未发达时也真够不容易的了。

事情还没有完结，同样的事情，在后来的吴武陵身上也上演过一次。李栖筠登第后，入朝为官，其子李吉甫也步入仕途，历任多地官职，但对士人却不重视，不爱惜。碰巧，吴武陵行卷的对象就是李吉甫，那么，他受到李吉甫的冷遇便可想而知了。但吴武陵的高妙处在于，他原封不动地把当年李吉甫父亲李栖筠献给宋甄的诗重写了一遍，寄给了李吉甫。我们可以设想一下，当李吉甫读到其父那首“十处投人九处违”的诗作后，该会是一种什么样的心态和表情呢？也许，他会为自己慢待士人的举动生出些愧悔之意，但对这位年轻后生拿家父诗作来揶揄自己的行为，也绝不会有什么好感。所以，后来吴武陵进士考试时，已升任宰相的李吉甫还记得当年之事，想进行报复。当主考官、礼部侍郎崔邠拿着录取名单去相府给李吉甫过目时，李吉甫没看名单就迫不及待地问：吴武陵中了吗？崔侍郎一听这话，以为吴武陵是李吉甫要推荐的人，虽然榜上无名，但他急中生智，回答说：中了！正在此时，门外传来让李吉甫接旨的喊声。趁李吉甫外出接旨的当口，崔侍郎拿出名单，在第二十七名的后面加上了吴武陵的名字。等到李吉甫转回头要否决吴武陵的时候，生米已经煮成熟饭了。

更多的举子们虽然也曾费尽心力写出不乏才气的诗文，但递呈上去，往往石沉大海，甚至变成了“阍媪脂烛之费”。以白居易的友人侯权为例，可以看出这方面的情状。贞元十五年，28 岁的白居易和侯权等人，一起从宣州来到长安应试。第二年，白居易就登第了。可是隔了二十三年以后，也就是到了长庆元年，白居易在长安又遇上了还在奔走行卷的侯权。临别的时候，白居易应老友之请，写下了一篇《送侯权秀才序》。说是序文，但其用意在于为侯权作推荐。在这篇序文中，白居易感叹道：“嗟乎侯生！当宣城别时，才文志气，我尔不相下。今予犹小得遇，子卒无成。”当年和白居易文才不相上下的才子，二十多年间，竟无人赏识，仍奔波在拜谒名流、向人行卷的路途上。我们查了一下，《登科记》中没有侯权的名字，唐代诗文中也没有留下他的片言只语，只有白居易这篇序文中记载了侯权的几句答话，短得让人酸鼻：问其官职，答“无得矣”；问其生业，答“无加矣”。两句话除了感叹词就各剩下两个字，又都以“无”字开头。这真是侯权人生的写照。行卷无人称扬，考试金榜无名，人生前程无望，年轻时的锐气早就消磨殆尽，取而代之的是卑微拘谨。面对如此处境而尴尬不已的故人，白居易只好转移话题，叙起友情，没话找话地问老友别来已是几年，答“二十三年矣”。二十多年的时光，走过千里万里路，却怎么也走不进年年春三月的曲江会。越走希望越渺茫，但走到如此地步，放弃又实在心有不甘。侯权“言未竟，又有行色，且曰：‘欲谒东诸侯，恐不我知者多，请一言以宠别。’”侯权向东走去，消失在白居易的视野里，消失在唐代多姿多彩的文化星空中。

第二十四讲

行卷样态种种

在社会声誉决定举子命运的时代，那些恃才傲物、性格倔强、不善请托的文人，在仕进之路上要艰难许多。在不少情况下，他们就栽在了那样一股傲气上。

比如生性傲岸、好作诗讽刺权贵的晚唐诗人温庭筠就是一个例子。温庭筠满腹才华，却累举不第，不仅如此，还影响到了他的儿子温宪，温宪应举的时候，也是一次一次落榜。有一年，刚巧碰到郑延昌做主考官，郑延昌就因为温宪之父多写讽刺诗，把温宪给压了下来。温宪下第以后，在崇庆寺的墙壁挥笔题写了一首绝句："十口沟湟待一身，半年千里绝音尘。鬓毛如雪心如死，犹作长安下第人。"鬓毛如雪，说明年龄已经不小了。后来郑延昌官职升迁，在一次前往崇庆寺烧香的时候，看到了这首诗，不禁"悯然动容"。晚上回到家里之后，仍然在回想这件事情。此时知贡举者已经新任命了赵崇，郑延昌就把赵崇叫来，对他说：我在做主考官的时候，因为温庭筠而迁怒于他的孩子，没有让他及第。今天我看到一首绝句，十分感动。希望在你知贡举的时候，不要让他再落第了。由于有了郑延昌这句话，这一年温宪终于考上进士，由此知名。当然了，这首诗如果作为行卷，从

图 60　明陈洪绶《南生鲁四乐图》之解妪

数量上看实在是拿不出手，但它却起到了多卷诗赋未能起到的作用。由此我们也可看到，有些题壁诗，在考场中也还是能够发挥它的一些作用的。

行卷的内容包括书信和诗文作品，其中诗文给人的第一印象非常重要，所以行卷者通常将得意之作放到卷首。比如白居易去谒顾况的时候，性格诙谐、喜欢开玩笑的顾况看了署在卷首的“白居易”三个字，就说：“米价方贵，居亦弗易。”长安的米价很高昂、很贵，你想“白”“居”下来，那是不容易的，把白居易的名作为一个开玩笑的对象了。但是展卷一读，看到的是《赋得古原草送别》，当读到“野火烧不尽，春风吹又生”这样的句子的时候，忍不住地赞叹说：“道得个语，居即易矣。”

《幽闲鼓吹》记载李贺曾以诗歌去干谒韩愈，恰好碰到韩愈外出送客回来，非常困倦。拿着门人递上的李贺作品，韩愈一边解带准备休息，一边漫不经心地随意浏览，卷首的《雁门太守行》“黑云压城城欲摧，甲光向日金鳞开”二句，赫然入目，不由得击节称赏。后来他还亲自到李贺住的地方去看他，为他延揽声誉。尽管李贺最终因为父亲名讳的问题没能应举，但诗名却因此而传播开来。

对行卷者来说，怎样安排诗文顺序，确实很重要。如果卷首就给对方留下了坏印象，行卷就算失败了。比如《唐国史补》记载，当时的大文人李邕乐于奖拔后进，杜甫年少的时候文名不小，以至于李邕也想认识他。杜甫后来曾经自豪地回忆说："李邕求识面"。与杜甫同时的大诗人崔颢也有文名，李邕想见他一下，就在家里等他。崔颢来了之后献给李邕一卷诗，第一首诗《王家少妇》的首句是"十五嫁王昌"。看了这样一句话，李邕感觉很不舒服，骂了一声："小子无礼!"转身就回到内室，不予接见。

行卷的诗文，要称颂对方，同时又要注意不能触犯对方的家讳。唐代士林避讳的风气非常盛行，举子一旦选择了行卷对象，首先要了解对方父亲的名字，以免行卷诗文触犯对方的家讳。杜甫父亲的名字叫闲，因此一部杜集，找不到一个"闲"字。骂人最刻毒的话就是直呼其父的名字，所以使用与对方尊亲相关的字词，要特别注意。比如有的士人的父亲名字和官僚机构的名称相同或者音同，这就让他们犯难了。《太平广记》里有这样一个记载，说长庆、大和中，有两个兄弟，叫王仲和王哲，都有科名，但他的父亲叫什么呢？叫仲舒。他的两个儿子初历官场，不能做秘书省的官，为什么呢？因为那些带"中书"字样的官职触犯了他父亲的名字。后来他们就私下商量，说如果按照典礼的规定，必须避私讳，那么，中书舍人、中书侍郎、列部尚书这些官我们两个就都不能做了。与其如此，不如改一下父讳，"只言仲字可矣"。就是说，把他们父亲那个"舒"给去掉，就叫王仲。后来被人发现了，说这两个人"逆天忤神，不永"，活不了多长时间，结果两个人果然相继去世。王氏兄弟因为触讳为官，最后早逝，这种情况自然和改讳、触讳无关，但这件事情强调了讳不可改、不可触的舆论是应当遵循的，并且给它提供了一个证据。

类似的例子还有一些。如《唐摭言》里记载了僖宗文德年间的一件事：一个叫刘子长的出镇浙西，行至江西时与郎吏陆威住在一处。有一个进士叫褚载，装了两轴诗去投谒，结果他把人给搞错了，误把本应给刘子长看的卷子给了陆威。陆威看了以后，其中有好几个字触犯了家讳，非常生气。褚载知道这件事以后，赶紧补救，承认错误。尽管如此，但是大错已经铸成。虽然陆威很欣赏褚载的文章，但在他后来升官知贡举时，也没有放褚载及第。直到昭宗乾宁五年（898），也就是触犯了陆威家讳十年之后，褚载才进士及第。再比如，有一个举子叫周瞻，他去拜见宰相李德裕。周瞻在李宅门外，徘徊了一个多月，也没有能够进见。他百思不得其解，说李德裕奖掖后进名声在外，自己的书信里也没有什么地方触犯李家的家讳，问题出在哪儿呢？最后还是看门人道破了个中秘密，说：宰相之父叫李吉甫，讳“吉”字，你姓周，“周”字中间就是一个“吉”字，因此宰相每次见到你的名片，总是要皱眉头。看来对方家讳和举子姓名的偏旁有时也是不能相同的。

行卷的作品不宜用旧卷，要有特色才能够吸引对方注意，而且要有一定的数量，才能见出作者的才情。如果有的举子行卷老用旧作，就会遭到讥笑。比如《南部新书》记载裴说应举时，进献的是五言诗一卷。到了第二年，他又把这一卷五言诗拿出来投献。别人就讥笑他，说你老拿旧卷行卷，这怎么能行？裴说回答说：连这一卷诗，他们都不能理解，我哪还有工夫去另写新诗！大家都觉得他说的也还有道理。正是这个屡行旧卷的裴说，居然成为有唐一代最后一名状元，时间是公元906年。

一般来说，行卷的内容，贵精而不贵多，这样便于阅览，也容易获得对方的好感。少者一卷，若干首诗、赋即可。当然，数量过少也不行，因为见不出才情。白居易当年献给陈给事的作品，是文 20 篇、诗 100 首。有些人送得多，像杜牧曾把自己的 150 首诗写成一卷投递，皮日休以《皮子文薮》10 卷 200 篇拿来行卷。而王贞白给郑谷行卷，一次就送上了 500 首诗，这个就太多了，读的人一看那么多，首先就会有一种排斥心理，较难留下好的印象。由于行卷者多，所行的卷也多，倒也给行卷的对象提供了利用废纸的一些便利。据《唐摭言》卷一二载："薛保逊好行巨编，自号金刚杵。大和中，贡士不下千余人。公卿之门，卷轴填委，率为阍媪脂烛之费。"意思是说，公卿之门接到大量这类卷轴，没办法处理，便将之赏给下人作灯烛之费。据说郑光业弟兄有一个大皮箱子，凡是举子投献的文章，有文辞不好的，全部扔到大箱子里去，名之曰"苦海"。弟兄两个人有空了就逗乐，找两个仆人把"苦海"抬到跟前，一边读，一边笑，乐不可支。由此看来，行卷数量太多，质量又欠佳，往往达不到它的目的。

中唐时期，社会和文坛都弥漫着一股趋俗的风气。一些文化水准不高、喜欢猎奇的权贵、名流，偏偏欣赏俚俗、怪异的诗文。在这种时风的影响下，一些举子们也将此类诗文作为行卷的作品。《北梦琐言》卷七记载陈咏行卷时，将"隔岸水牛浮鼻渡，傍溪沙鸟点头行"这样的诗句置于卷首。人问此等俗句为何置于卷首，他说"曾为朝贵见赏"。同卷又记卢延让 25 岁方登第，而其最后之所以能登第，竟然是因为行卷中有"狐冲官道过，狗触店门开"这样两句受到官僚张濬的赏识，另两句"饿猫临鼠穴，馋犬舐鱼砧"被成汭见赏。这样一些着意描写猫、狗的诗，竟然被在上位者欣赏，可见当时的审美风尚。难怪孟郊愤慨声言："恶诗皆得官，好诗空抱山。"

与此相比，另有一些举子在行卷时走宦官、藩镇的门路，其行为就更令时人非议了。宦官、藩镇是中晚唐社会的两大毒瘤，权势很大，说话往往很管用，所以有一些士人就奔走于宦官门下。比如唐僖

图 61　明陆治《唐人诗意图》之杜荀鹤《冬末与友人泛潇湘》（“就船买得鱼偏美，踏雪沽来酒倍香”）

宗时号称“芳林十哲”的十个举子，就都聚集在大宦官田令孜的门下，人品很不好。再比如，池州人杜荀鹤颇有诗名，他的一些哀悯百姓的作品写得很不错。但他在步入仕途之前，却是依靠强藩得第的。据《唐诗纪事》载，杜荀鹤最初谒见强藩朱全忠，天上下着雨，却没有云彩，朱全忠就说：此谓天泣，它预示着什么事呢？你先作上一首无云雨诗吧。于是杜荀鹤就赋诗一首：“同是乾坤事不同，雨丝飞洒日轮中。若教阴显都相似，争表梁王造化功！”（《梁王坐上赋无云雨》）“梁王”就是朱全忠，诗中非常肉麻地在吹捧朱全忠，朱看后非常高兴。我们真的不愿意相信这样一篇吹捧不臣军阀令人恶心的诗，竟然是出自那位关怀民生疾苦的杜荀鹤之手。《唐才子传》也记载了这件事，并且补充说：“荀鹤寒畯，连败文场，甚苦，至是遣送名春官，大顺二年裴贽侍郎下第八人登科。”杜荀鹤及第之后，有一个殷文圭送去了《寄贺杜荀鹤及第》诗，写了这么几句话：“一战平畴五字劳，昼归乡去锦为袍。大鹏出海翎犹湿，骏马辞天气正豪。”读了这样的作品，不明就里的读者可能会真的相信杜荀鹤是一路高歌走向长安的，可是实际上却大谬不然，原来这个所谓的大鹏骏马“是低眉从梁王府里出来的，并非出自大海，降至云霄”。这几句话是傅璇琮先生在《唐代科举与文学》里说的，说得非常深刻。

大概就是受了杜荀鹤成功的启发，殷文圭也急急忙忙地奔向了梁王府。《唐诗纪事》里也记载了殷文圭的事，说：“唐末词场，请托公行，文圭与游恭独步场屋。乾宁中，帝幸三峰，文圭携梁王表荐及第，仍列榜中。”殷文圭及第，时间是乾宁五年，这是杜荀鹤及第之后的第七个年头。杜荀鹤和殷文圭都算是晚唐诗人中的佼佼者了，尚且依托强藩才有出路，那就更不用说其他的一些举子了。

晚唐时期的行卷活动已不复中唐模样，不仅行卷对象素质低下，而且买文行卷，甚至雇人写诗之风盛行。李商隐有一篇《与陶进士书》，讲了他的亲身体会：

> 已而被乡曲所荐，入来京师，久亦思前辈达者，固已有是人矣，有则吾将依之。系鞋出门，寂寞往返其间，数年卒无所得，私怪之。而比有相亲者曰：“子之书，宜贡于某氏某氏，可以为子之依归矣。”即走往贡之。出其书，乃复有置之而不暇读者；又有默而视之，不暇朗读者；又有始朗读，而中有失字坏句不见本义者。进不敢问，退不能解，默默已已，不复咨叹。故自大和七年后，虽尚应举，除吉凶书及人凭倩作笺启铭表之外，不复作文。文尚不复作，况复能学人行卷耶！

从他这篇书信我们可以知道，晚唐时期行卷对象的文化水平低下到连诗文都念不下来，他们本身就与“人才”二字无关，所以推荐人才就成了一句空话。举子即使得到他们的称扬，也绝不是由于文章本身的缘故。所以那位正直而才华横溢的李商隐，就发誓不再写行卷文字。

由于社会声誉一定程度地决定了举子的命运，而声誉由行卷而来，行卷的关键又是作品本身，所以文笔拿不出手的那些举子，就不惜用钱在书摊上买文章。一般来说，能够摆上书摊的行卷文章档次都不会很低，其作者有的就是买者要去干谒的人物。举一个例子，在元和年间，已登进士第的李播，他旧时行卷的文章就被复制买卖过。《唐诗纪事》“李播”条下记载：李播以郎中到蕲州做官，遇到一个姓李的考生带了一卷诗来拜谒他，李播看了之后说：你这些诗都是我未及第时候的行卷之作。一下把他给揭穿了。李生回答得也坦诚：这是我刚才在京师的书摊上花了一百钱买来的。我在江淮间游走已经二十多年了，还是希望您来关照我一下。李播体谅他的这种辛苦，说：好吧！那就把这些诗文当作你的吧！这个李生拿着别人的文章，行了二十多年的卷，一事无成。应该说这不是李播文章有问题，如果有问题就不会被人称誉了，李播也就不会登进士第了。那么，有问题的恐怕就是这位李生。因为谈吐和文章的巨大反差是会让人生疑的，而人们不会称扬一个可疑的人。李生拿着别人的作品再去干谒其他人，其结果也就可想而知。

买文行卷的风气主要盛行于中晚唐之际。在此一时期，除了买文行卷，一些举子还雇人来写。比如唐末有一个笔记小说叫《玉泉子》，记载了杨希古的一件事，说此人性格很迂腐，也比较木讷：他第一次应进士举的时候，拿诗文去干谒丞郎，丞郎欣赏他的文字，认为写得不错。希古听了这句话之后，马上站起来回答说：这文章不是我写的，而是内弟源皤为我代作的。丞郎听后非常惊异，说：现在这些求举的士子，大半都是假别人之手写的文章。他们拿着这些文章投献给名流，用来自夸自耀。像你这样承认文章不是自己写的，恐怕还是第一位。你这样一种做法令人敬佩，足可以“整顿颓波”了。这位经常接受行卷的丞郎，能说出“今之子弟以文求名者，大半假手也”的话，说明这类情形具有普遍性，而能当着行卷对象主动承认文章不是自己写的，恐怕也就杨希古一人而已。但是杨希古这种榜样的力量远不可能达到“整顿颓波”的目的，这是可以预料的；至于他的主动坦白，也未尝不是一种大智若愚的更高超的求进手法。

无论是买人家的文章，还是请别人来写，都是沽名钓誉，都为人所不齿。好在这样一些行卷者一般都会白忙一场，只落得一次一次的难堪。但是靠偷来的文章去行卷，居然也有中第的。比如杨衡在隐居的时候，有一天发现自己的诗卷被偷了，他也知道是谁偷的、偷去做什么用了。等到他及第以后，发现偷诗贼也在同年及第，就很生气地发问：你偷了“一一鹤声飞上天”这句诗没有？那人回答说：“此句知兄最惜，不敢偷。”这一下倒把杨衡给逗乐了，说：“犹可恕也。”

围绕唐代士子的请托与行卷，发生了各种各样、纷复繁杂、有时令人啼笑皆非的情景。之所以发生这样一些情景，和唐代考试不糊名有直接的关系。唐代以后，科举考试就采取了糊名的办法，主考官不知道这是谁的卷子，无法给予关照，行卷现象自然日趋减少了。

第二十五讲

举子的交游与占卜

以上几讲主要谈了举子在京请托与行卷的种种活动。这一讲来谈一下举子们在京的生活情况及他们放榜前后的一些心理和情态。

举子一旦应举不中，又不能或者不愿回家，就只好在城中找一个偏僻的地方住下来，以利于来年再战。当时有一句俗语叫“槐花黄，举子忙”，说的就是这种情况。有些人实在穷得没办法租房子，就找关系住到寺院里去。所以，寺院成了不少外地举子的栖身之地。我们说过，长安米贵，居大不易，这原来是顾况拿白居易的名字开的一句玩笑，顾况不知道他的这一句幽默道出了一条千古不易的真理。正如一般官员到了长安才知道官小一样，一般富翁到了长安也才明白自己的钱少，更不要说那些钱囊原本就不充裕的举子了。有钱的人多，物价自然不低。这对那些从千万里以外赶来的考生而言，就非常艰难了。如果是一个人在长安消费，倒还可以勉强支撑，如果再带上一个仆人，那花费就大了。侯权原先就是带着仆人和白居易一起从宣州赶到长安的，多年以后，白居易再见到他的时候，已经是孤身一人了。一问才知道，因为穷，仆人跑掉了。杜荀鹤的仆人倒是没有跑，但处境也很狼狈，所以杜荀鹤有一首《长安道中有作》说：“回头不忍看羸僮，

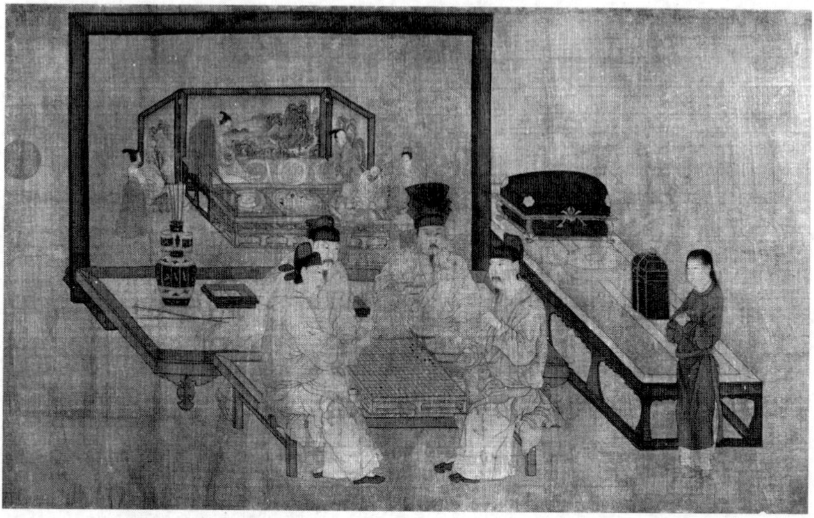

图 62　五代周文矩《重屏会棋图》

一路行人我最穷。"说明在长安生活还是非常艰难的。

进京赶考的举子久居京城，除了应对生活的艰难，除了行卷、营造名声，还开始了最具文人特点的交游活动。这些举子们是从四面八方聚到一起的，天南地北，一经相识，便开始了交游。比如贞元中，李元宾、韩愈、李绛、崔群是同年进士，四个人结下了很深的交谊，一起去游梁肃之门。最初的时候，梁肃没有见他们，但是他们四个总是一起前去，去的次数多了，梁肃就开门延客了。说他们文章都写得不错，而且奖以交友之道。这四个好友都是一时的杰出人才，又没有才子之间相轻的习气，所以相互切磋，共同上进，结果在贞元八年成为同榜进士，被时人称作"龙虎榜"（《唐语林》卷七）。

有的举子的交游，纯粹是为了互相捧场，并不是切磋学问。《旧唐书·高郢传》记载，贞元时期，"应进士举者，多务朋游，驰逐声名"。更有甚者，在京城的这些举子们，还有意识地结成了帮派。《封氏闻见记》记载："士子殷盛，每岁进士到省者常不减千余人，在馆诸生更相造诣，互结朋党，以相渔夺，号之为棚。”这里说的“棚”，就是举子们互相结成的小团伙。在这些团伙中，要推举声望比较高的人做棚头，然后奔走于权门。倘若一个人去进行请托干谒，效果要小一些，而他们作为一个集体进行干谒请托，影响力就会加大。据史料记载：“天宝中，进士有东西棚，各有声势。”（《酉阳杂俎》续集卷四）文学史上著名的诗人刘长卿，就是一个有名的棚头。明代诗评家胡震亨说他曾看到过一幅唐代的画图，画了七十八个举子，分成两队，互相指责、呼喊，好像在争斗一般。胡震亨亲眼看见的举子列队互嘲的图画表明：朋游的举子，似乎已具有了一种帮会的性质。其间抑人扬己，党同伐异，是科举竞争的一种恶性化的表现。

当然，也有一些人并不注重交友结帮，而是别出心裁，以特异的举动耸动视听。这种情况以初唐时期著名文人陈子昂最具有代表性。《独异记》记载：陈子昂，蜀地射洪人，在京师住了十年，不为人知。当时在东市有卖胡琴的，其价百万。每天都有富人去看，但没人能辨清这个琴的质量好坏。子昂就心生一计，把众人分开，走向前去说：可用车子拉上千缗钱把它买下来。看的人都很惊讶，纷纷发问。陈子昂说：如此胡琴，天下无双，明天就请各位和你们的友人一起到宣阳里我的住所，我就用它为诸君好好弹奏几曲。当时长安的人特别喜欢看热闹，一听说有这样的事情，一传十，十传百，大家都跑去了。所以集会那天，来者甚众，都是当时比较有名的士人。陈子昂就大张宴席，准备了精美的菜肴。吃完以后，捧起胡琴，对着大家说：蜀人陈子昂有文百轴，驰走京毂，碌碌尘土，不为人所知。弹奏琴只是乐工的贱役，哪能是我留心的事情呢？说完以后，举起那张名贵的胡琴，摔到地上。大家一时颇感惊讶，此时陈子昂就掏出自己的诗文，一一分送众人。会散之后，“一日之内，声华溢都”，大家都知道有一个蜀地来的文人叫陈子昂的，其人非常了得。实际上，陈子昂在他十七八

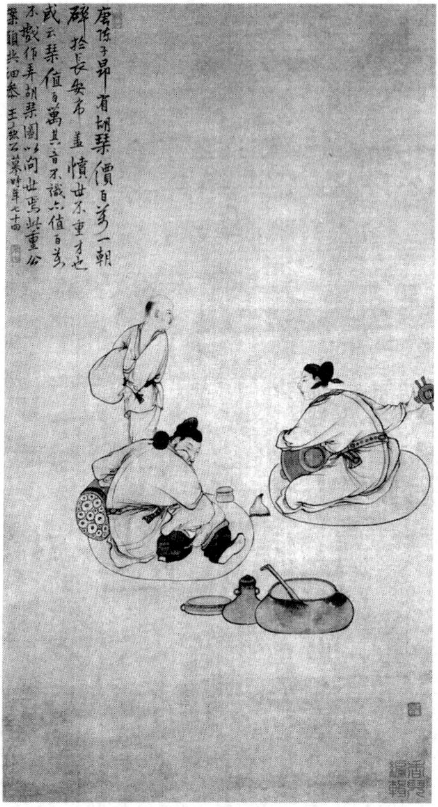

图 63　清王树穀《弄胡琴图》

岁的时候，还是一个不读书、好任侠的贵游公子，一日之间，就以他独特的行为方式，获得了别人数十年未必获得的荣誉，这不能不说是一个奇迹。

在京举子除了用各种方法营造名声，有不少人还特别热衷于占卜。金榜题名是文人们的共同梦想，但是几乎没有人敢断定自己就一定能够榜上有名，因为其中有太多的偶然因素，所以他们就希望通过占卜来预测一下自己的前程。于是京都的那些占卜摊点就热闹起来了，每天都围满成群的脸上带着虔诚的举子。这些去占卜者，有无名之辈，也有后来的闻达之士，比如著名的诗文大家柳宗元，在应进士举之前，就去占卜过。有的富家子弟为了让卜人认真地对待自己的一卦，往往不惜本钱。据载，一个叫郑群玉的人前去占卜，打听到占卜行有一个范生，他给举人进行占卜的时候，非常准，但要价很高，每卦一缣。郑群玉家比较富有，于是就拉了三千缗的钱和一些土特产，去见范生。范生见了这么多钱，自然很高兴，就给他占了一个好卦，说："秀才万全矣。"郑群玉听了这话，认为自己此番必定中举，因而得意扬扬，入场考试时带了很多好吃好喝的东西。人家都在那儿答卷，他就坐在那里边吃边喝。等到晚上，别的考生都已写完了卷子，他还一个字没写，是张白卷。考试结束，他竟“掣白而去”(《太平广记》卷二六一)，即交了一个白卷离开。不知道这位郑群玉落第后，是不是又找范生算账去了。

唐代的布帛是四丈为一缣，范生每卦一缣，价码已经不低。价格反映了需求，纯粹从供需关系上说，只有求大于供的时候，价格才能高居不下。由此可以看到，当时去进行算卦、占卜的人是非常之多了。当然，算卦总有一半的概率，成与败都各占一半，有的人就明白了其中的道理。《唐语林》卷六记载了一个叫桑道茂的人，精于卦理，士子们都跑到他那儿去占卜前程。这时有一个老妪，专门在桑道茂的卦摊附近，也摆了一个卦摊。举子们见老妪竟敢在桑道茂近旁占卜，定然本领高强，便在桑氏那里算过后，也多到老妪处再算一遍。而这位老妪专与桑氏反着来，凡是在桑道茂那里算出成功的，老妪都说是失败；桑道茂算成失败的，老妪则说是成功。结果两个人最后的应验率各占一半。

有的举子屡举不第，怀疑是父母给自己起的名出了问题，这也是他们占卜的内容。《云溪友议》记载了一个叫李躔的举子，因累举不第，便怀疑自己名字的“躔”字有停留的意思。有一次他路过洛阳桥，桥上有两个卦摊，李躔先问第一个，卜者说你改名赴举，就可以成功。到了另一个卦摊以后，得到的却是否定的回答，认为这个名字不妨碍他成名，而且二十年以后这个名字由不得你不改。仔细想来，两位卜者的话都无懈可击，前者是顺着问者的意思，说不中举的原因就是你的名字在作怪。是否属实呢？无法验证。改了之后能否真的成事，同样无法坐实。后者说把改名的事放到二十年以后，可是二十年以后谁还能把二十年前的事当回事呢？所以同样是没有办法验证的。从相关记载看，李躔是长庆二年及第的，二十年后是会昌元年，说来也巧，

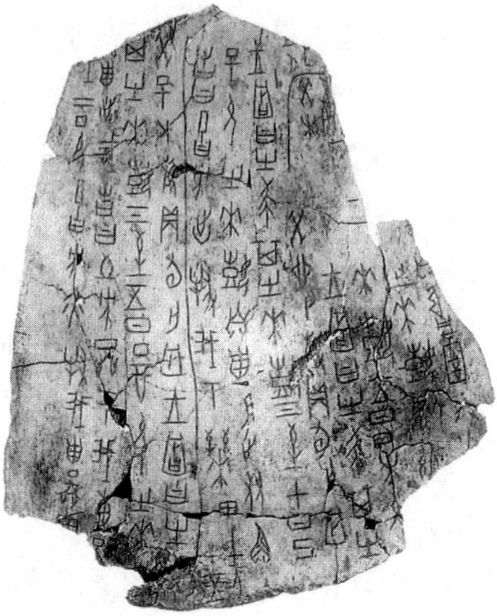

图 64　国家博物馆藏涂朱牛骨刻辞

由于这时新登基的唐武宗与他同名，他不得不由“躔”改为“回”，并且拜了相。这一结果，似乎正应了前述第二位卜者的话。这个事情就有点蹊跷了，所以，我们一直怀疑这个记载是好事者根据结果制造原因的一个故事。

还有一个举子叫李岳，他屡试屡败，就怀疑自己的名字带来了霉气。这个“岳”就是“山岳”的“岳”，它的繁体字是“嶽”，上边一个“山”，下边一个“狱”。他每一次落榜，都觉得自己名字上面的“山”压住了他。日有所思，夜有所梦，一天夜里，李岳果真梦见一个人对他说：“头上有山，何以得上第？”醒来之后就决定改名，把头上的那个“山”字去掉，只剩下一个“狱”。可是“狱”是个牢笼，不吉祥，还要改。于是又把两边的“犬”字给去掉，留下了中间的一个“言”字。这样，李岳改名李言，自己把自己心中的石头给搬走了，他以轻松的心情再次踏入考场，果然就步履轻盈地登上了金榜。（《太平广记》卷一五六引《感定录》）看来，心理状态与考试结果，有时还真是有一定关联的。

第二十六讲

放榜后的悲欢

放榜前后，是举子情绪最易大起大落的一段时间。晚唐一位登第举子叫徐夤，他写了一首诗，题名《放榜日》："喧喧车马欲朝天，人探东堂榜已悬……十二街前楼阁上，卷帘谁不看神仙。"放榜那天凌晨，长安城人马如潮，举子们纷纷涌向礼部南院东墙看榜去，看看命运之神对自己的裁决。金榜一出，礼部南院立即成为一个舞台，喜剧和悲剧同时在这个地方上演，及第者固然喜笑颜开，但在上千名举子中，及第者也就二三十人，更多的人都是落榜者，那些落榜者就非常痛苦了。比如同是晚唐诗人的赵嘏，在落第后就失声恸哭过，他也不感到难为情，并且写诗告诉自己的朋友。在《下第后上李中丞》这首诗中，他这样写道：

落第逢人恸哭初，平生志业欲何如。鬓毛洒尽一枝桂，泪血滴来千里书。

"逢人恸哭"，可见情绪非常低落；而且所寄家书中也浸透了"泪血"，尤其见出心情之沉痛。看来，下第以后，恸哭是很多举子最常发生的情态。中唐诗人孟郊在第二次下第后，就亲身体验过这样一种经历，他在《再下第》这首诗里说："一夕九起嗟，梦短不到家。两度长安陌，空将泪见花。"已经来考了两次，每一次看花的时候，都是满眼含泪。这些举子在自己伤感之后，如何面对家人，也是一件极令人尴尬、痛苦的事。

多数举子落第后，是要回到家乡去的。一方面为了侍奉父母，另一方面也要准备下一次赶考的钱物。于是背着满袋的失望和伤感，拖着疲惫的身躯，举子们纷纷踏上了回归的路途。那个被称为"破天荒"的荆南举子刘蜕在《上礼部裴侍郎书》里就记载了自己的行程：

> 家在九江之南，去长安近四千里。膝下无怡怡之助，四海无强大之亲。日行六十里，用半岁为往来程，岁须三月侍亲左右，又留二月为乞假衣食于道路，是一岁之中，独余一月在长安。王侯听尊，媒妁声深。况有疾病寒暑风雨之不可期者杂处一岁之中哉！是风雨生白发，田园变荒芜，求抱关养亲亦不可期也。

每天走60里，用半年作为往返的旅程，每一年有三个月侍奉老亲，又留两个月为进京之前去借衣食的时间，这样，一年之中，只有一个月在长安，其他的时间都花在路途和备办钱粮方面了。

也有一些落第不归的举子，他们立志不及第便不回乡。这些人的命运往往异常坎坷而富有戏剧化的变故。《太平广记》载，陈季卿"家于江南，辞家十年，举进士，志不能无成归，羁栖辇下，鬻书判给衣食"。一句"志不能无成归"，道尽了滞留京师的举子们的苦衷。如果毫无希望，或者心中的希望只是自我期待，并没有外在有利条件的支撑，他们的失望恐怕还会小一点。最要命的就是希望的那块馅饼始终在眼前晃悠，而你怎么够也够不着它。陈存这个举子就经历过屡屡希

图 65　明仇英《观榜图》(局部)

望又屡屡失望的心灵折磨。《因话录》里说他能作古歌诗，但是命运不好。主司每一次想让他及第，临时都发生了变故，没有结果。朝廷高官许孟容有一个好友知贡举，尽量设法想让他登第。考试的前一天晚上，他住在亲戚家里，亲戚给他备办了去赶考的食物，让他好好地休息一下以等待考试到来。可是到了五更天叫他起床的时候，他已经起不来了，往前仔细一看，这位陈存已经中风不能说话了。在《唐代科举与文学》中，傅璇琮先生对此有过一个精彩的评析："这位陈存，考了大半辈子，没有考取，最后，知举者总算是熟人，可以想办法提携他了，却不料就在考试的前一夜，中风而死。一辈子想要的，眼看就要到手，却又那样默默地离开了人世。这事件看起来似乎出于偶然，实则有它的必然，——向往了几十年的功名，这一次就算有了盼头，这是一喜；但是如果还像过去那样'临时有故，不果'，错过了这一次，往后就更没有希望了，这是一愁。寄宿于宗族本家，虽说同宗，总非家人，这是一悲；但看到这一家人为他准备考试期间的吃食，又安慰他让他临考前再好好休息一阵子，不免感到人世间的温暖，这是一乐。陈存就在这多种情绪影响下去躺在床上，脑子经不起这种种的冲激和波动，终于中了风。”仔细想来，这些举子的命运也足够让人同情的。

举子落榜之悲固然令人伤感，但是，举子高中以后，又有非常人可以想象的乐。每一年的春天，在那些榜前，都绽放着若干灿若桃花的笑脸。下面，我们看一下放榜之后中举者的情形。

放榜之日，是众多举子都要前往观看的一天。刘沧《看榜日》写道：“禁漏初停兰省开，列仙名目上清来。”意思是说，名列其上的这些人都被人当成了仙人。在咸通年间，中举袁皓写了一首《及第后作》：“金榜高悬姓字真，分明折得一枝春。蓬瀛乍接神仙侣，江海回思耕钓人。”他先是瞪大了眼睛看榜，看到自己的名字之后，高兴得一阵眩晕，再定睛一看，果真是自己的名字！于是蟾宫折桂的理想就实现了！一时间得第的荣耀自豪、往年辛酸的回忆、遭逢公道的庆幸等等都一起涌上心头。这种感受，非亲历其事者恐怕很难想象。《金华子》里记载了一件事，很能说明这个情况。晚唐诗人许棠曾经对人说：“往者年渐衰暮，行卷达官门下，身疲且重，上马极难。自喜一第以来，筋骨轻健，揽辔升降，犹愈于少年时。则知一名能疗身心之疾，其人世孤进之还丹也。”意思是说：这些年来，我的年龄渐渐老大，行卷到达官门前的时候，身子非常疲劳，脚步也非常沉重，连上马都感到很困难了。可是登第以后，马上身轻体健，上马比少年人都要敏捷。由此可知，得一进士，真可以治疗身心的疾病，进士的名号就好比人世中那些孤寒士子的灵丹妙药。

举子及第以后，礼部就以金花帖子签发录取通知书，然后送到其住处。新进士自己又用泥金帖子把喜报寄给家人。有一位名叫曹希干的举子，在咸通十四年进士及第后，将榜帖送到了徐州老家。曹家就摆宴庆贺，将榜帖高挂在门楼上。有人写了一副对联送去，这样写道：“一千里外，观上国之风光；十万军前，展长安之春色。”由此看来，举子及第之后，高兴的不止他一个人，连带着家人都有狂欢。

举子及第后要参加的，有一系列仪式。首先是在主司的带领下去参谒宰相，宰相接见的地方在中书省都堂，所以参见也叫过堂。宰相到齐后，堂吏来收取名纸，然后新进士在座主率领下前往中书省，堂吏通报：“礼部某姓侍郎，领新及第进士见相公。”接着状元出行致辞：“今月日，礼部放榜，某等幸忝成名，获在相公陶铸之下，不任感惧。”如果状元临时有事不能参谒，则由第二名致辞。《唐语林》卷七记载了武宗会昌三年时的一则趣事：那年卢肇、丁棱等人及第。过堂那天，卢肇因故不能来，于是就由第二名丁棱致辞。丁棱口吃，有点结巴，在说第一句“棱等登第”这句话时，他老是吐不出最后那个“第”字，越说越急，越急越说不出来，于是就说出了一连串“棱等登”。在场的人都被逗得哄堂大笑，后来有人就开丁棱的玩笑，说：您善于弹筝。丁棱连忙加以否认，说：这个东西搞不来。开玩笑的人就说了：您别谦虚了，先生参谒宰相座主的那一天，就献过艺，在都堂上连着弹“棱等登，棱等登”。

图 66　明崔子忠《杏园宴集图》

过堂以后，新进士还要参谒礼部侍郎，即知贡举的座主，要到座主的邸宅向他谢恩。见到座主之后，一般要“叙中外”，每一个新进士都要讲一讲自己家住何方，有什么样的中外姻亲，以显示自己的身份，也有了一种拉家常的气氛。这种谢恩，比前边谒见宰相的活动要来得更为真挚一些。举子和座主之间的关系，唐人是非常看重的。考试前，举子尽可以向主司献诗投文，恳求奖拔，但不能当面陈情。现在好了，考上进士了，终于能面谢座主的赏识提拔之恩了。在当时，那么多人一起谢恩，恐怕不能让每个人都畅所欲言地抒感激之情，所以谢恩仪式上留下的感恩文字不多，但我们从门生日后对座主的言行中可以看出来。比如，天宝十二载，元结将旧文编成《文编》向礼部侍郎杨浚行卷，得到杨浚激赏，当年即及第。事过十五年后的大历二年，元结在作《文编》序言时，还对当年座主的赏识感激不已，说：“侍郎杨公见《文编》，叹曰：以上第污元子耳，有司得元子是赖。”又如，晚唐的王绎与萧遘同为僖宗宰相。有一天，僖宗召见大臣。年事已高的王绎登台阶时失足跌倒，一旁的萧遘赶忙上前将他扶起。僖宗很满意，夸奖萧遘“善事长”。萧遘说：“臣扶王绎，不独司长。臣应举岁，绎为主司，以臣中选门生也。”（《太平御览》卷二〇五《职官部三》）原来二人是座主与门生的关系。看来，门生即使做了宰相，也时刻记得自己是老师的学生。柳宗元也非常重视自己的座主，他曾在《与顾十郎书》中说：“凡号门生而不知恩之所自者，非人也！”既然是老师的门生，如果最后背弃了老师当年对你的栽培、对你的恩德，那连人都算不上了。

拜谒活动之后，热闹非凡的宴集活动就开始了。宴集活动首先要说的是杏园宴，杏园宴的主要节目就是探花。这些登第的同年们选出两个年轻俊秀的新进士，充当两街探花使，到各家的花园里去采摘名花。当时辟有花园的那些园主也都很高兴，都把自己家的花园打开，供新进士来采摘。很有名的就是那位到了46岁才登进士第的孟郊，写了一首《登科后》的诗作：“昔日龌龊不足夸，今朝放荡思无涯。春风

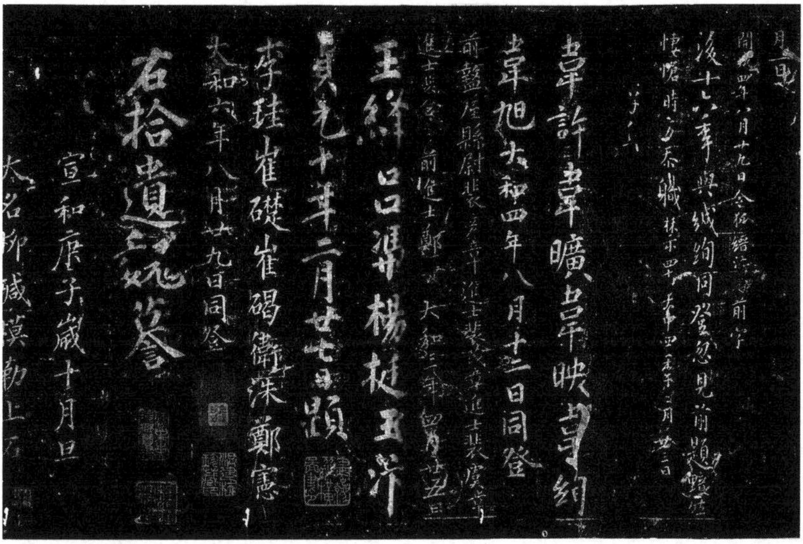

图 67　雁塔题名

得意马蹄疾，一日看尽长安花。”把登第者扬眉吐气、手舞足蹈、兴高采烈的外在表现和内在喜悦，描写得非常动人。可以想一下，整个都城都为之轰动、名园为之开放的杏园宴日，一个年轻人骑着马，怀里抱着从各处采摘而来的鲜花策马而去，引得路人纷纷驻足，指指点点。马上人的得意劲儿，恐怕真是难以用语言来形容了。

杏园探花之后，接着到慈恩寺题名，也就是将自己的名字题写在雁塔的墙壁上，前面加上“前进士”的字样。29 岁的白居易考取了第四名进士，在同科的 17 人中年龄最小，所以他兴奋地写道：“慈恩塔下题名处，十七人中最少年。”徐夤《塔院小屋四壁皆是卿相题名因成四韵》写道：“题名尽是台衡迹，满壁堪为宰辅图。”观看题名的人不一定能把“前进士”其名和其人对上号，但都自觉地把这些人和朝廷命臣画上等号。新科进士们以前也曾羡慕那些名字前头有“前”字的人，而今他们又成为别人羡慕的对象，题名时的兴奋也就不问可知了。

新进士宴集的高潮是曲江大会，这个盛宴一般是在关试以后举行，所以又叫关宴，关宴过后新进士就要分手了，所以又称为离宴。曲江池是唐代非常著名的一处游宴胜地，其风景之美，当时的很多书籍和笔记都有过翔实的记载。“曲江池，本秦世隑州，开元中疏凿，遂为胜境。其南有紫云楼、芙蓉苑，其西有杏园、慈恩寺，花卉环周，烟水明媚。”（康骈《剧谈录》）这里既是百官游宴的处所，又是新进士游宴的胜地。据说当时长安的一些游手之民，为了庆贺新进士及第，还专门组成了进士团，人数很多，进士团还有一个首领，专门主办各种宴席。所以在新进士游宴这一天，半个长安城的人都跑去参加和观看了。新进士们参与了这样一系列活动之后，无不感到极度荣耀，个个心满意足。

第二十七讲

文人入幕

前面几讲，我们重点谈了唐代文人科举考试的相关活动、生活和创作的情形。科举考试对唐代文人来说，是一大关节，几乎很少有文人不参加科举考试的，而且在这个过程中，他们创作了大量的诗文作品，所以我们讲得比较详细。从这一讲开始，我们来谈一下文人入幕的相关情形。

我们知道，唐代文人的仕进之途是比较多的，除了参加科举考试之外呢，还可以通过门荫、征辟隐逸、他人举荐、进入幕府等等一些方式步入仕途。但是相比之下，门荫入仕者必须是世家权贵子弟，征辟隐逸或者他人举荐都要求被征辟者、被举荐者有很大的名声，类似于唐玄宗征举李白时所说“卿是布衣，名为朕知。非素蓄道义，何以及此”这样一种情况，一般人恐怕很难达到。同时，中唐以后的情形与盛唐时期颇为不同，以布衣取高官已经属于明日黄花，只能被文人封存于记忆中去了。因此，步入幕府，先任几年幕职，然后再争取入朝为官，就成为对文人最有吸引力的一条路途。

所谓幕府，简单地说，就是军事指挥机关，也就是合指挥、管理、办公等等一些事情于一体的府署。幕，是帐幕、营帐的意思。这些幕府中，不仅需要武将，而且还需要文吏，武将主要是应付战事和突然的事变，文吏或者参谋军事，或者处理文书公务，他们都属于府主幕下的僚佐，所以又通称为幕僚。幕府在汉代就已经出现了，到了唐代，幕府越来越繁盛，最先引起人们注意的，要算李世民的秦王府了。

早在创建大唐王朝的过程中，李世民就招募了大量足智多谋的文士，形成了一个稳定的智囊团。在这个智囊团里，房玄龄、杜如晦两个人最为突出。据史书记载，房玄龄与杜如晦关系很好，二人都慨然有匡主济世之志。其中一个极富谋略，一个善断大事，时人称为“房谋杜断”，他们曾为大唐王朝立下汗马功劳。天下平定之后，因秦王李世民功大，前代的官职不足以称扬秦王的功劳，高祖李渊就专门设置“天策上将”一职来封他，于是就开了天策府。而李世民又于宫西开馆，延揽四方文学之士，像杜如晦、房玄龄、虞世南、褚亮、姚思廉、李玄道、蔡允恭、薛元敬等一批才士，都被纳入馆中。对这批人，李世民非常信任，给的待遇也非常优厚，办公余暇，常常亲临馆中，与他们一起讨论文籍，有时一直到深夜才回去。后来，李世民又让著名画家阎立本把这些文士的图像全部画出来，由褚亮写了赞语，号称“十八学士”。凡能置身其列者，被人视为“登瀛洲”。瀛洲是海中仙山，这十八学士被画了图像，并且得到李世民如此的赏识，所以无异于登仙。后来，这十八学士，特别是房、杜二人，在李世民发动的“玄武门之变”中，帮助李世民出谋划策，登上了皇帝宝座。贞观年间，二人又先后为相，协助太宗共同达成了“贞观之治”，被人作为良相的典范，合称“房杜”。由此看来，李世民对十八学士的重用，不仅在当时发挥了相当大的影响，而且一直影响到后世。后来的文士们对李世民幕下的十八学士是敬仰有加，而十八学士对他们无疑起了非常大的感召作用，所以以后文人入幕和早期的这种影响是有关联的。

到了盛唐之后，幕府制有了很大变化，幕僚中文人的数量日益增多。这种情况和节度使的设置有相当大的关系。节度使最早主要掌防戍之职，纯粹是军事首长，到了后来，就集方镇的军政大权于一身，权力在不断地加强，兼职也日益增多了。比如在盛唐的时候，安禄山一人就兼了多种职务，什么平卢节度使、度支使、营田、陆运、押两番等等，大概有七八种职务。本来，朝廷对地方官的职掌分工是非常明确的，诸如节度使治军，观察使治民，度支管财政，处置管司法，采访管监察，各司其职。但当这些职衔集中在一两个人手中时，事情无疑就多了起来。像上面说的一长串头衔，可不像今人名片上的“理事”一样，无“事”可“理”，而是每一个兼职都有职有责。于是节度使就需要设立许多机构、许多人手来处理日常的事务。据《新唐书·百官志》载，节度使手下有行军司马、副使、判官、支使、掌书记、推官、巡官、衙推等诸多职位。而这样一些职官大多是由文人来担任的，即使是掌管军事训练和管理的行军司马，也是文职。

图 68　南薰殿旧藏《唐代名臣像册》房玄龄像

从史料记载看，在初、盛唐的时候，幕府的节镇大多是缘边而设，也就是主要分布在边塞地带。它们主要的目的在于防御入侵之敌，像朔方、陇右、河东、河西诸镇即其显例。唐肃宗至德年间，中原地区开始用兵。于是刺史兼治军戎，就有了防御、团练、制置这些名称；一些要冲大郡，都有了节度安置。后来战事平息，随着时局从

图 69　唐代壁画《张议潮统军出行图》

动乱到安定的过渡，以前以“治军戎”为主的节镇，便开始向管理政务的方向转化。职能变了，所需的文士自然增多。由此导致唐代中后期文人更热衷于入幕，且大多走先入幕再入仕的道路。

从入幕文人的身份看，既有流落不偶的布衣才士，更有已经及第却未能授官的进士。这样一些文士进入幕府以后，如果能够遇到一个比较好的府主，或者一批通文墨的同僚，还可以一起写诗作文，游宴唱和，使得幕府的文化活动颇为繁盛。以前人们都认为盛唐入幕的文人数量众多，但经相关学者考察，盛唐文人入幕并不是非常普遍。只是到了中唐，文人才更热衷入幕，而且中唐文人和盛唐文人入幕的情况又有差别：盛唐文人一般倾向于遥远的、艰苦的边幕，他们大多抱有一种大漠从军、博取功名的英雄主义理想。在盛唐这些入幕的文士内心深处，实际上滚动着豪迈奔放的浪漫激情。中唐文人则往往热衷于地理位置好、待遇优厚、升迁比较快、比较繁盛的幕府；他们所考虑的更多是个人的现实利益。因此，盛唐幕府文士们所写作品，多是边塞诗篇，或是表现征战之苦，或是描绘塞外之奇，令人读来为之一生壮心。而中唐以后的幕府作品，则大都写得实际而平淡，像宴饮、游览、送别等作品，往往陈陈相因，缺乏打动人心的力量。

文人入幕的一大动因是为了仕进，而从实际情况看，从中唐开始，文人由入幕而仕进的前景确实看好。不少幕僚由此平步青云，入仕朝廷，甚至出将入相，得到了一生荣宠。所以文人纷纷投奔幕府也就自然成为风气。比如那位曾经在元和年间做过宰相的著名文人权德舆，年轻的时候就曾经有过一段幕府生活的经历。他先是进入江西观察使幕，接着在贞元七年春应杜佑之邀进入淮南节度使幕，同年被德宗皇帝以太常博士征召入朝，此后一帆风顺，青云直上。像这样一条先入幕再入朝的仕进之路，曾经被中晚唐不少的文士实践过，几乎成了一条规律。

如果将唐代中后期文人作一个简单排列，就可以发现他们大都有过入幕的经历。除前面说的权德舆之外，还可以举出几十位，而且都很著名，比如窦群、顾况、裴度、孟郊、韩愈、李翱、李绅、崔群、令狐楚、刘禹锡、杨巨源、白行简、姚合、杜牧、李商隐、马戴、杜荀鹤、罗隐……这么多文人，都曾经入过幕，从而形成了唐代文人生活中的一大景观。而且在这些人中，经过一段幕府生活之后，有不少都被选拔到了中央朝廷中。据戴伟华教授在《唐代使府与文学研究》一书中的考察，就有这样一些文人，像李翰、杜佑、刘太真、陆质、梁肃、刘禹锡、王起、杜让能等，都是先在幕府里工作，后来被招入朝，得授各种各样的官职，有些甚至做到宰相。除前面提到的权德舆外，其他像李石、杜元颖、裴度、柳公绰、李绅、杜佑、令狐楚等，后来都曾官至宰相。经人统计，在唐代后期的宰相中，有2/3是有过入幕经历的。

第二十八讲

韩愈的幕府经历

唐代文人之所以热衷于参加幕府，大概有两个主要原因：一是为日后入朝做官创造条件，一是借此解决经济问题。从入朝为官来看，在一般情况下，幕僚们的升迁并不快，但是也有一些特殊的事例。

赵璘《因话录》记载了一个叫李石的人，原来是庾承宣的门生，但是他在幕府里面没有过几年，就因为向朝廷奏事，被朝廷给相中了。于是，朝廷赐以紫服，很快升了官。而当他身着紫服时，那个庾承宣还穿着绯色的衣服。唐人的官职高低往往是从衣服的颜色来判别的，这个下面我们要讲到。从这个故事可以看到，门生已经当了高官，他的老师还在幕府待着，想来这位老师会有些伤心吧。这件事，在《唐摭言》中又有了发展。说过了六七年，庾承宣终于也交了好运，被朝廷授以紫服。而在庾承宣拜命之初，李石就把自己所穿的紫金袍先奉献给了座主。看来这位门生还没有忘恩。不过朝中之事也有难以预料的，恰恰是这位升迁速度超过了他的老师的李石，日后又被他的部下给甩到了后面："李石相公镇荆，崔魏公（铉）在宾席，未几公擢拜翰林，明年登相位，时石犹在镇。"这件事与前面说的李石和老师的事正好调了一个位置：李石镇荆楚的时候，崔铉在他的幕府里面做幕僚，可时间不久，崔铉就被擢拜翰林，第二年荣升宰相，而李石留镇荆襄，原地未动。这样一些富于戏剧性的事虽只是个别情形，但因为真实发生过，所以对广大士子入幕仍具有很强的吸引力。

与入朝为官相比，不少文人热衷于入幕的直接原因，还在于从现实出发，为自己找一个安身的处所，解决经济问题。我们曾经说过，唐代参加科举的考生人数众多，每年有一两千人，而考上的人很少，大多数都名落孙山。如此一来，对那些在寒风苦雨中匆匆来去的落第举子来讲，可供其选择的出路不外乎两条：一条是回到家乡，继续苦读，以待再考；另一条就是寻找安身之处、效力之所，先解决赖以生活的经济问题。显而易见，后一条路更具有现实性，更能解决眼下的燃眉之急。于是借着入幕来解决衣食，进而实现自己未竟的愿望和理想，就不能不是唐代众多文人竞相选择的一条路途了。

当然，这只是从文人一方面讲。如果从幕府一方面看，也确实在主、客观两个方面存在着对文人的需要。这种需要，主要表现在以下几个方面：一是大量文书案牍的工作有赖文人料理；二是幕府的声望要靠有名的文人来宣扬鼓吹；三是安史之乱以后，节度使大都由文官来担任，他们对有才华的文士自然较为喜好。前面说过，从盛唐到中唐，幕府已经由缘边而设的朔方、陇右、河东、河西这样几个有数的方镇，发展到后来遍布内地乃至岭南等地的四十多个，而这些在内地设立的方镇的节度使，有不少都是由文官担任的，其中有一些节度使，还兼着“平章事”的头衔，“平章事”就是宰相。大概从贞元年间开始，宰相出朝而任节度使几乎已经成了惯例。著名的如武元衡、裴度、元稹、令狐楚、牛僧孺、李德裕等，就都有过这样的经历。这样一些节帅位高权重，又是文人出身，因而非常重视对有才能的文士的提拔，注重对幕府文化气氛的营造。在他们的带动下，幕府征召文士就蔚为风气了。

在唐代，节度使府的幕僚一般是由府主自行任命，然后报请朝廷备案。而节度使在征召这些文士时，大都只看他们的才能，并不在意其出身，所以取士的范围相对较广。既然幕府用人不问出身，那么按理来说，进入幕府的大多数应该是那些科举落第者，因为这些人是最急于进入幕府的。但是事实却不全是如此，什么原因呢？原因在于各方镇之间存在着激烈的竞争，他们都希望招收既有才能又有名位的人，于是，便将主要注意力放在了那些已有进士名号却尚未获得官职的才俊之士。而从士人一方说，他们辛辛苦苦好不容易才得以进士及第，却因通不过吏部的考试而与官职失之交臂，当此之际，面对幕府不错的经济待遇和日后仕途升迁的双重诱惑，自然愿意投身前往。由此就出现了大批及第进士再入幕府的盛况。

大文豪韩愈是一个典型的个案：贞元八年二月，韩愈又一次参加进士科考试，终于以第十三名及第。与他同榜登科的共有 32 人，因为其中才俊之士多，曾被时人称为“龙虎榜”。这一年，韩愈 25 岁，正是意气风发，急欲参政的时候。大概就是这一年的十月，他参加了吏部主持的博学宏词科考试。初试的时候，他已经和李观、裴度三个人一起被选上了。不料在上报中书省复审时，他却莫名其妙地遭到黜落，被另一个人所取代。韩愈知道这个情况后非常气愤，可是为了入仕，他还是压下火

图 70　南薰殿旧藏《唐代名臣像册》韩愈像

气，为下一年做准备。到了第二年，也就是贞元九年，他再度参加博学宏词科考试，仍然是事与愿违。到了贞元十年十月，韩愈又一次踏入博学宏词科的考场，这已经是第三次了，结果仍然没有被录取。在这样一种情况下，韩愈真是有些心灰意冷了。灰心的同时，他更多的是愤懑。从贞元八年到十年，他连着考了三年，竟然一次一次被无情地拒之于吏部的大门之外。他是一个饱学之士，理想又非常高远，却在仕进路途上接连碰壁，你让他如何不灰心呢？所以在写给友人的一封书信里，他非常激愤地说道：

> 夫所谓博学者，岂今之所谓者乎？夫所谓宏词者，岂今之所谓者乎？诚使世之豪杰之士若屈原、孟轲、司马迁、相如、扬雄之徒进于是选，必知其怀惭乃不自进而已耳。设使与夫今之善进取者竞于蒙昧之中，仆必知其辱焉。（《答崔立之书》）

这里，韩愈拉出屈原、孟轲、司马相如、司马迁、扬雄五位历史上的“豪杰之士”为自己作声援，认为他们如果也参加这种考试，必定会为这样的所谓“博学宏词”感到羞愧而不愿进取；即使他们要与今日那些“善进取者”竞争一番，恐怕也一定会败下阵来。博学宏词科的博学，难道是今天这个样子吗？从这段话可以看出，韩愈确实已气愤之极，对这种不公正的考试厌恶之极。在接连碰壁之后，韩愈抱着最后的一线希望，从正月到三月连续给宰相写了三封信，请求宰相援引。结果如石沉大海，没有一点回音。遭受到这一而再、再而三的挫折之后，韩愈带着一颗布满伤痕的心灵，离开长安回到家乡，过着“朝食不盈肠，冬衣才掩骼”（《县斋有怀》）的生活。

到了贞元十二年，当时汴州节度使李万荣将要病死，汴州发生了兵乱。不久，朝廷命72岁的东都留守董晋做汴州刺史。于是，韩愈借着这个机缘，踏入汴州幕府，做了董晋幕下的一个观察推官。董晋赴任的时候没有带兵马，仅率领了幕僚十多个人直入汴州，韩愈就在这十多个人中。在他行前，好友孟郊前往送别，写了一首《送韩愈从军》的诗，其中这样写道："志士感恩起，变衣非变性。亲宾改旧观，僮仆生新敬。"意思是说：加入幕府，要换掉平民的着装，穿上军服，这首先在外观上就发生了一番变化，所以亲朋为之一改旧时的看法，僮仆也由此生出了新的敬意。由此可以看出，当时从军入幕多少还是会令人羡慕的。

韩愈在幕府中除了做好本职工作之外，还常常有一些送往迎来的活动。比如他的几个好友就先后来与他相聚，先是李翱从徐州来游，接着孟郊来到了汴州，孟郊又向韩愈转介了张籍。张籍来到汴州的时候，韩愈非常高兴，专门派人用车马把他接到中堂，两个人把酒畅谈。后来闲暇的时候，二人一起到湖边垂钓，相得甚欢。韩孟诗派的那些诗人，在这个时候就开始显露出雏形了。在这段时间里，韩愈的闲暇比较多，生活相对轻松、自在，而且他的经济状况得到了相当大的改善。据他后来回忆说："于汴徐二州，仆皆为之从事，日月有所入，比之前时，丰约百倍，足下视吾饮食衣服亦有异乎？"（《与卫中行书》）从经济收入方面看，比起以前，那要强出百倍。这说明幕府对文人的待遇还是比较高的。也许是由于经济上的改善，韩愈有了一些闲钱，加上军务不多，闲来无事，就在军中私下里常常参与"博塞之戏与人竞财"，用今天的话说，就是赌博赢钱。除此之外，韩愈还常与同僚谈些"无实驳杂之说"，喜欢与别人争论，争论的时候往往性急气躁，务求胜人。对韩愈的这些做法，他的好友张籍颇为不满，专门写了两封信严词批评。韩愈看了信之后，就写了两封信回答：赌博的事我可以接受批评，日后改正。但是你所说的"与人之为无实驳杂之说"，却有点言过其实了，因为那不过是大家在一起谈论一些新鲜离奇

图 71　砖画樗蒲（赌博游戏）

的传说或者是故事，聊以为戏而已，这不是比饮酒好色要强一些吗？至于与人讨论的时候，老和人争论，实际上不是求一己之胜，而是求自己所奉行的“孔孟之道”的胜。如果与人辩论而不求胜，那么日后自己将没有办法来坚持儒家之“道”了。

韩愈离开汴州幕府是因为发生了一场兵变。这场兵变的起因，缘于董晋之死。董晋死了之后，长官刻剥兵士，导致兵士哗变。唐代幕府这种兵变往往事出突然，让人无心理准备，有一种很恐怖的气氛。当时韩愈正护送董晋的灵柩回家乡，突闻兵变，而他的家小还在幕中，所以非常焦急。一直等到几天后兵变逐渐停息，他才悄悄跑回去，把自己的家小接出，离开了汴州。

在汴州这段日子，韩愈逐渐适应了幕府的生活。于是，时间不久，韩愈又进入徐州张建封的幕府，做节度推官。张建封与董晋不同，对幕僚要求非常严格，韩愈感觉远不如在汴州时那样从容，那样闲暇，很有些不适应。他曾经给张建封写过一封信，说是你让我们大清早、天不明就要入幕，晚上到了日落才能下班，这不是待贤之道，我受不了。韩愈是个性格非常倔强的人，不愿看人家脸色，所以在几次争论之后，他就决计要离开了。当然，就在韩愈将走未走之际，张建封找了个由头，把他给辞退了。于是，韩愈在贞元十六年五月，离开了徐州。他走后没几天，张建封就死掉了。紧接着，类似于汴州军乱的那一幕，又在徐州兵营里如法炮制了一番。幸亏韩愈走得早，再次躲开了祸乱。

韩愈两次入幕，都没有得到升迁，没能步入朝廷。直到两年以后，才通过吏部的铨选，以从九品下将仕郎的身份，到国子监做了个正七品上的四门博士，从此结束了他进士及第以后为寻求官职而辗转四方的动荡生活。

第二十九讲

府主与文人的双向选择

上一讲我们谈了文人入幕的相关情况，并且以韩愈两次进入幕府作为例证，谈了韩愈的一些经历。那么从韩愈这样两次入幕的情形，以及他和府主的关系，我们不难看出，文人入幕或者离开幕府，都不是什么难事，府主与幕僚虽然是上下级，但是幕僚完全可以挺直腰杆、无所畏惧地发表意见，甚至可以一任性情、放浪形骸，与府主合则留，不合则去。唐代文人那种不甘凡庸、勇于立异的精神风貌，使得他们虽置身幕府，却从不失志。在文人与府主之间，实际上是一种彼此依赖、互相利用、双向选择的关系。如果府主对幕僚不尊重，不礼遇，那么幕僚也就用不着客气，拔腿开路就可以了。

在《国子助教河东薛君墓志铭》中，韩愈记载了幕中奇士薛公达的一个典型事例。这个薛公达颇有个性，为文做事都不同于常人，而是务求奇特。他有一手高超的射功，射箭射得非常准，这在入幕的文人中是不多见的。在入幕之前，他就不循常理，入幕以后，更是一意孤行，做的第一件事就是为军帅也就是府主做书奏。大概他是有意要难为一下这位军帅，就把书奏写得奇奥艰涩，结果就使得不通文墨、身为武人的军帅“读不识句”，连标点符号在哪儿都搞不清楚，以致在幕府中传为笑谈，也使得军帅出了一次丑。这样一来，军帅自然就不会满意他。九月九日全军进行射击表演，薛公达又一次亮了相。当时军帅命人在很远的地方设了一个箭靶，高悬奖赏，说谁能射中我就给他奖。结果众射手没一个人能够射中。这时薛公达站出来了，说我来试试。于是手拿硬弓，屏气凝神，连射三次，三次皆中，以至于靶坏不可复射。在他射的时候，每中一次，全军将士就高呼一次，这样连着呼叫了三回。这一下就让薛公达出尽了风头，军帅的不快可想而知。既然府主不高兴，而薛公达又不是无能之辈，那么以他的个性，以他好奇尚异、不同于流俗的性格来说，自然不可能再在这里待下去了，于是就开路走人，和府主拜拜了。

还有一位也很有特点的文人叫陆畅，早年文采非常好，性情很高雅，在越地常常去游兰亭，去走那些绝境，旁人评论他如不系之舟。他曾经进入西江王仲舒的幕府做从事，但在幕府里终日长吟，不亲公牍，不理公事。对他这样一种行为，府主稍稍表示了一下不满，陆畅便拂衣而去。临行的时候，他对府主说：不可因为暂时做了大夫您的参佐，而妨害了我今后的事业。后来王仲舒苦苦相留，陆畅才没有走成。但是他却由此换得了“采药西山，饮泉滃水”(《云溪友议》)的自由。以至于当时一些文人们听到这件事，都非常羡慕他，他的名声也由此更加大了。

薛公达、陆畅可以说是非常有个性、非常有特点的文士，还有前面我们提到的韩愈在张建封幕府不遵守规定，而且非常傲然的那种情形，都展示出唐代文人士子们那种不甘凡庸、勇于立异的精神风貌。对他们来说，虽然置身幕府，寄人篱下，但不能因为这点而失了志气。天地大得很，此地不留人，自有留人处！据载：晚唐诗僧贯休在钱镠称吴越王时，往投贺诗，有“满堂花醉三千客，一剑霜寒十四州”之句。钱镠有称帝野心，要他改“十四州”为“四十州”，才肯接见。

图 72　明仇英《临贯休十六罗汉图》（局部）

贯休答道："州亦难添，诗亦难改，余闲云孤鹤，何天而不可飞?"当天就裹衣钵拂袖而去。

当然，唐代不少幕府的府主，特别是文人出身的那些府主，对文人多抱有一种友好的、礼遇的态度。为了增强幕府的实力，扩大自己的影响，他们自然乐于征召优秀的文人，广泛网罗才士，有时为了得一俊才，甚至不惜重金收买。而对于文人来说，为了日后的仕进，也为了经济上的"利益"以及入幕之后生活的安逸，也乐意选择那些名气大、地理位置好、经济条件富足、对士子比较礼遇的"盛府"，比如像西川、淮南这样一些占有天时地利的大镇。于是，在文人选择幕府、幕府征聘文人这两个方面，便演出了一幕幕有声有色的活剧。

首先是幕府希望征聘到那些有才能的文人，而要做到这一点，就必须对文人们的情形、动态有及时、准确的了解和把握，而在最后的选择上，又必须精益求精。比如，有位张不疑，是中唐文士，因为他有才名，竟被四大方镇同时看中。几个幕府都想把他给拉过去，张不疑就很犹豫，有些踌躇。都是不错的幕府，那么我到哪儿去呢？权衡利弊之后，张不疑最终选择了交通便利、经济繁荣而且又是诗人李绅做府主的淮南幕府。据《文苑英华》所载李巽《请苻载书》、苻载《谢李巽常侍书》这两封信可知，当时江西李巽征召苻载入幕，担心苻载不去，曾亲自作书相请，苻载婉言谢绝。但李巽并不罢手，前后邀请的书信竟达三封。又据苻载另一篇给别人写的序可知，有一个叫崔税的文人，受江西幕府招聘，前往江西，路过湖北时，鄂岳观察使何士干热情款待，希望崔税能够留下。据说这位何士干"急才爱士，与饥渴等"。面对这样一位急才爱士的府主，如果崔税意志稍不坚定，那么，有可能中途就被鄂岳观察使挖走，他的江西之行也就搁浅了。从这些情况不难理解，为了招聘到优秀的文士，有些方镇确实是下了非常大的力气，表现出了非常高的热情。

与内地的幕府一样，河北的藩镇也在尽力征聘优秀文士。我们知道，安史之乱以后，一些身为武人的将帅拥兵自重，不听朝廷调遣，逐渐形成了藩镇割据之势。为了增强自己的实力，这些藩镇既需有名的文人来装点门面，也要借助有才能者为他们出谋划策。于是，就不惜用大把大把的金钱做诱饵，吸引文士来到幕府。而一些文人为了追逐利禄，也前往投奔。当然，奔趋利禄而前往藩镇只是一方面的情形，从另一方面看，有些文人在经过了长期的努力之后，仍然不能步入仕途，没有升迁的希望，于是在一气之下就北走方镇，以别图发展。比如我们在前面讲边塞生活的时候，提到的中唐诗人李益，就是一个显著的例子。他在大历四年就已经进士及第了，但是"出身二十年，三受末秩"，二十年间都是小官，与他同榜及第的进士齐映，早在贞元二年就当上了宰相，而他还是沉沦下僚，所以非常不满。他的诗名非常大，有好几个幕府都邀他前往。用韦应物的话说就是"辟书五府至，名为四海闻"（《送李侍御益赴幽州幕》）。当此之际，有感于自己

图 73　清乾隆纳书楹原刻本汤显祖《紫钗记》（讲述李益故事）书影

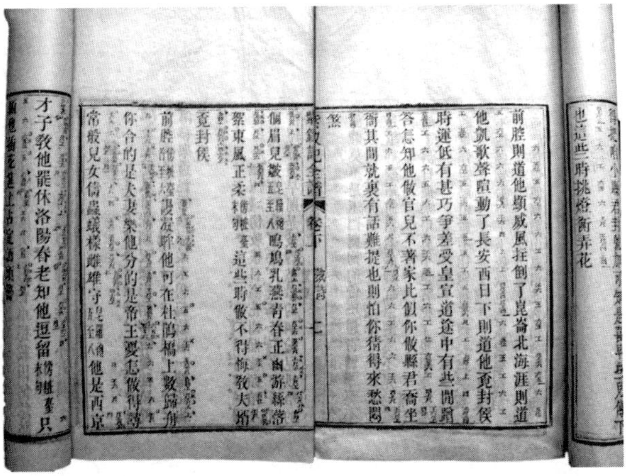

不被朝廷重用的身世遭际，李益决计北走燕赵，干脆到另一块土地上去拼搏一番，兴许还能混出点名堂。于是，他就前往燕赵河朔之地，做了幽州节度使刘济的幕僚。刘济是什么人呢？据《旧唐书》和《新唐书》记载，刘济当年曾经游学京师，也中了进士，并非是一个纯粹的武夫。所以李益前往自然会受到他的重视和厚待。在见面时，李益写了一首晋见府主的诗，其中有这样两句话："感恩知有地，不上望京楼。"（《献刘济》）意思是说：我现在受到您的热情招待，你对我有恩德，我要知恩图报，从此以后，我就不上楼去望帝京长安了。这话明显表现出了对朝廷的不满。正因为如此，后来李益回到京城去做官，与人发生矛盾时，别人就把他这句诗拿出来，揭发他对朝廷的不忠行为，以至于受到了降职的处分。

还有一位董邵南，也是前往河北藩镇的文士。董邵南在历史上没有什么影响，但因韩愈给他写了一篇送行的序，使得他史上留名。从韩愈的序文我们了解到，董邵南参加进士考试，连考了几次都名落孙山，于是在心灰意冷之余，准备前往河北藩镇，进入幕府。在他行前，韩愈作《送董邵南游河北序》，表面上是为之送行，但实际上是不

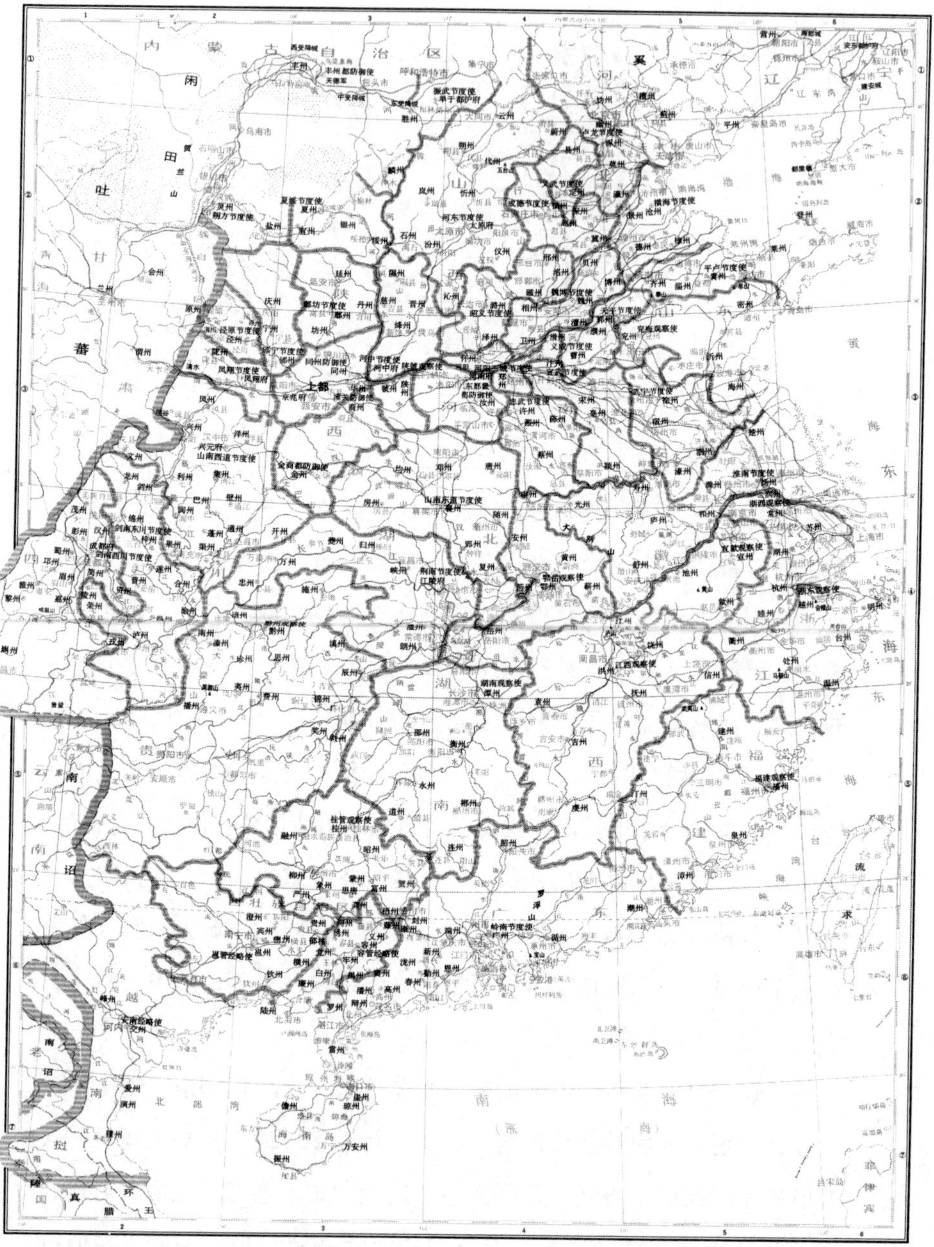

图 74　谭其骧《中国历史地图集 · 元和方镇图》

想让他去，是劝阻的。序的字数不多，却在文学史上有很高的地位，从中既可以领略韩愈高超的表现技巧，也可以了解到当时中原文人在“连不得志于有司”后重新选择出路的一些情形。像董邵南这样的文人到河北藩镇去谋出路，自有其不得已的原因，但是对一个读儒书、讲道义的文人来说，毕竟心有未安。因为文人都讲究对皇帝的忠，你现在稍有不得意就跑到与皇帝、与朝廷作对的藩镇那里去，如何对得起自己学过的儒书？如何平衡自己的内心？所以尽管河北藩镇待遇很优厚，但对大多数文人来讲，还是不愿前往。一些人面对藩镇的拉拢引诱，也能表现出坚辞或者是婉拒的态度。

中唐文士窦常就曾明确拒绝入幕河北藩镇。窦常于大历十四年进士及第，《旧唐书》卷一五五《窦常传》中说他“居广陵之柳杨，结庐种树，不求苟进，以讲学著书为事”，就是在扬州住着，讲学著书，二十年间没有外出求过仕进。到了贞元十四年，镇州节度使王武俊听说他有贤德，就派人去请他，让他来自己的幕府做掌书记，他坚辞不去。由此可见他是一位有志节、不求苟进之士。

与窦常相比，中唐著名诗人张籍也曾拒绝过河北藩镇的拉拢。张籍生活一度非常潦倒，当时河北的藩镇李师道曾经给他写信，送去钱财，请他到河北来。张籍不去，但张籍推托的方式很巧妙，他写了一首诗，回赠李师道。这就是那首很有名的《节妇吟》：

> 君知妾有夫，赠妾双明珠。感君缠绵意，系在红罗襦。妾家高楼连苑起，良人执戟明光里。知君用心如日月，事夫誓拟同生死。还君明珠双泪垂，何不相逢未嫁时。

诗写得很含蓄，也很有技巧，整首诗以节妇自喻，既感对方盛情相邀的“缠绵意”，又要“还君明珠”，虽然将明珠还了回去，但似乎还有一点恋恋不舍，所以才“双泪垂”，颇有一点遗憾。意思是说：我知道你对我很在意，可我现在已经嫁人了，而且对夫君忠心得很，这就和你没了缘分，所以只好含泪还珠。如果你在我未嫁之前来找我的话，就省去这些烦恼了，可惜迟了一步。清人贺贻孙《诗筏》评论道：“此诗情辞婉恋，可泣可歌。然既垂泪以还珠矣，而又恨不相逢于未嫁时，柔情相牵，展转不绝，节妇之节危矣哉!”就一笔点到了这位节妇的软肋。当然，贺贻孙的解释含有一点逗乐的成分，实际上，作者的重点在于表现人物两美难全时的复杂心理，只有充分表现其“柔情相牵”，才易于把人物既犹豫彷徨又非常执着的本真意念展示出来。所以如果仅仅就吟咏节妇来讲，这已是一首很好的诗作了。然而，这首诗又不止于吟咏节妇，而是借节妇来表现作者的某种情志。如果就象征的层面讲，这里的节妇自然是指张籍，“君”指李师道，“夫”就是指唐朝廷。张籍一方面感谢李师道对自己的邀请，但另一方面又对中央朝廷怀有耿耿的忠心，“誓拟同生死”而绝不会背离；由于不会背离朝廷，所以要还“君”明珠；又由于有感于李师道对自己的看重，所以“双泪垂”。整个诗情非常委婉曲折，在委婉曲折中表达了作者的那种政治性情感。由此看来，唐代士人在对待入强藩幕府的态度上，还真是有过一段激烈的思想斗争呢!

第三十讲

幕府中的才子

上面说的是幕府以及藩镇对文人的征辟，但这只是一个方面，而且是非主要的方面。因为幕府交相聘士，聘的都是有才学有声望的人，并不是来者不拒，什么人都征聘。而不管什么时代，有名望的人总是少数，大多数人无名望，或者是名望不大。所以在文人与幕府的关系中，更多的情况是文人主动前往投奔。下边我们再来看一下文人要求入幕时的情况。

在投奔幕府的时候，有的人是靠亲友介绍，有的人则是直接找上门去，毛遂自荐。《云溪友议》卷中记载：平曾自视甚高，心高气傲，但是一直流落不遇，只做了一个小小的县曹。当时，有一位叫薛平的高官出镇浙西，平曾想到他的幕府去，就前往投谒了。薛平对他在礼遇上稍微有点怠慢，平曾非常不满，就不辞而别。在离开之前留下了一首诗讥讽薛平，大意是说：我辛辛苦苦地专程来拜谒你，你却无礼贤下士之意，既然如此，我就沿江而上到楚地去谋职了，你们浙西嘛，我恐怕是不会再来了。薛平看了这首诗，觉得平曾还是个人才，不能就让他这样走掉，于是就立刻派人去追赶，把平曾给追了回来。过了几天，平曾又献诗一首，诗这样写道："白马披鬃练一团，今朝被

图 75　敦煌藏经洞骑马人物图

绊欲行难。雪中放去空寻迹，月下牵来只见鞍。向北长鸣天外远，临风斜控耳边寒。自知毛骨还应异，更请孙阳子细看。”在这首诗里，平曾把自己比作一匹神骏的白马，说白马欲行，却被人给绊住了腿脚，言外之意是说，你如果用我，就应该给予高规格的礼遇，不然的话就放我远行，不要牵绊我。薛平看了这首诗以后说：若不是将此马留绊至此，哪能观其毛骨？于是对平曾殊礼相待。在他要走的时候，送了很厚重的礼物为他饯行。后来这位善用诗为自己鼓吹的平曾，远游成都，进入了李固言的西川幕府。当时，李固言的西川幕府聚集了相当一批文士，平曾到来之后如鱼得水，与幕中文士饮酒作诗，言笑甚欢，很得府主的赏爱。平曾这样一种际遇，曾被史家慨叹为：“可谓莲幕之盛矣。”

文人进入幕府之后，所任幕职一般是判官、掌书记、支使推官、行军司马、副使等等。有相当一批著名的文人，都做过这些官，其中尤以任掌书记一职者为多。这是因为幕府中有大量的文书工作，比如上奏朝廷的奏章，与各州府、方镇间的书信，以及其他一些相关的文字工作，都需要专人来做，而富于文辞、精于书法的文人对这样一个工作也最为适宜，所以掌书记一官就成为相当一批文人进入幕府后担任的一个职位。像高适、岑参、萧颖士、高郢、梁肃、柳公权、裴度、王起、刘禹锡、李德裕、白行简、沈亚之、李商隐、韦庄、马戴、曹邺等，他们或文名远播，或坐镇一方，有的甚至还做到了宰相，但最初在幕府的时候，都曾经做过掌书记，或者说，掌书记是他们发迹的起点。

要做好掌书记，首先必须精通章奏之学。如果你章奏写得好，被朝廷看中了，很可能就会给自己带来亨通的官运。《唐语林》记载，唐宣宗的舅舅叫郑光，当时镇守河中。宣宗封郑光的妾为夫人，但郑光不接受，并写了一个辞谢的表，其中有这么两句话："白屋同愁，已失凤鸣之侣；朱门自乐，难容乌合之人。"这个表写得很有意思，以一种非常练达的辞藻婉拒了皇帝的封赠。皇帝看了之后很欣赏，就问左右的这些人，说："谁叫阿舅作此好语？"什么人给我舅舅写下这样好的言辞啊？回答说郑光任了一个掌书记，叫田询，他的文笔好，是他写的。皇帝说这个语言实在是漂亮，写得这么一手好文字的人，可以做翰林官。于是就要任命他翰林学士这样的官职。旁边有些人就劝宣宗了，说这个人不由进士出身，又加上田询没有亲族为他援引，结果没能进入朝廷。这个田询实在有点可惜。

掌书记的表章写得好，更多的实惠是可以得到府主的赏识和重用。比如中唐有一个文人，叫刘三复。在长庆年间，李德裕做浙西观察使的时候，刘三复就跑到李德裕的幕府，李德裕听说他的文采好，于是"倒屣迎之"，鞋都来不及穿好就跑去迎接他，然后请他做掌书记一官。后来刘三复替李德裕写表章给朝廷，其中有这样两句话："山名北固，长怀恋阙之心；地接东溟，却羡朝宗之路。”李德裕看了之后，认为这几句话对仗工稳，文采斐然，而且达意非常准确。这里的北固是南方的山名，坚固的固，却谐音为向北方朝廷回顾的顾；浙西邻近东海，百川之水向海流去，意谓世人心向京城、心向帝王。短短几句话，既有谐音，又兼顾了地理，所以李德裕深为赞叹。由此看来，文人如果有文采，有能力，那么在幕府中还是很可以借文字来为自己扬名立万的。

图 76　李德裕石刻像

令狐楚是一个典型例证。《旧唐书·令狐楚传》记载：令狐楚少时已能写出很好的文章了，所以他屡次被征召为幕府中的掌书记、判官。他在太原幕府的时候，常代府主起草给朝廷的表章。德宗是好文之主，每一次太原的章表来了之后，德宗都能辨清楚哪些是令狐楚写的，非常称赏他。后来太原幕府的府主郑儋暴卒，来不及处理后事，军中喧哗，马上要发生兵变，情况非常紧急。半夜时分，军府派了十数匹快马，去找令狐楚，让他写遗表。据记载，当时的情况是“诸将环之，令草遗表”。令狐楚在白刃之下，搦管即成，表成后昭告三军，部众听后“无不感泣”，军情由此安定下来。经过这件事，令狐楚的名声大振，很快得到提拔，后来官至宰相，并曾数次坐镇一方，开府募士，也当了府主。著名诗人李商隐最初就是进了令狐楚的幕府，并且经过令狐楚的传授而成为今体章奏的名家。

唐代的官方文书，通用今体，也就是骈体的四六文。骈体文和中唐时期实行的古文，是很不相同的。李商隐出入令狐楚幕的时候，还没有登进士第，没有官品，他只能够穿白衣。而这个时候令狐楚的地位已经非常显赫了。大概是才士之间的吸引力吧，所以令狐楚一见李商隐就“奇其文”，对这位少年才俊颇为礼遇，并特意让李商隐和自己的儿子令狐绹在一起交游。不久，又把自己的写作之道传授给李商隐。而李商隐呢，是“博学强记，下笔不能自休”，在写作古文的同时，很快地掌握了今体文的写法，名声也逐渐加大。李商隐早年有一首诗，其中有两句说：“自蒙半夜传衣后，不羡王祥得佩刀。”（《谢书》）意思是说：自从得到令狐楚传授的写作技法之后，自己在文章创作上已经进入佳境，以至连晋代那位做到宰相的王祥也不值得羡慕了。李商隐以他绝顶的才华进入幕府，做掌书记的工作，他也希望自己能通过幕府的历练逐步登上入朝之路。但是李商隐机遇不好，身陷牛、李党争的夹缝之中，以致他的整个后半生都在委曲求全中度过。因为令狐楚病死以后，李商隐就失去依靠，转入泾原节度使王茂元的幕府，后来又娶了王茂元的女儿。王茂元在政治上接近李党，而李商隐最初的府主令狐楚则属于牛党。虽然李商隐本人并没有这样一种党派门户之见，但是他的这种行为却不被那些热衷于政治斗争的人，特别是令狐楚的儿子令狐绹和牛党中的人放过。这些人指责李商隐“背恩”“无行”，多次打击他，排挤他。后来令狐绹做了宰相，李商隐所受的压抑就越发沉重，不得已就前往远方的幕府任职。他先后三次到贵州、徐州、梓州去随人做幕，在每一次的辗转挪移之中，都加剧了他的人生牢落感和精神的抑郁。终其一生，都没有通

凤尾香罗薄几重　碧文圆顶夜深缝　扇裁月魄羞难掩　车走雷声语未通　曾是

宋寥金烬暗　断无消息石榴红　斑骓只系垂杨岸　何处西南任好风

重帏深下莫愁堂　卧后清宵细细长　神女生涯原是梦　小姑居处本无郎　风波不信菱枝弱

弱月露谁教桂叶直道相思了无益　未妨惆怅是清狂

光绪纪元春二月节李义山诗叶字下联一香字　曲园俞樾临

图 77　清俞樾隶书李商隐《无题二首》

过幕府、通过为人屡加称道的章奏而获得高官厚禄。他高超的文字技巧，仅仅成了他在幕府中一个谋生的手段！对像李商隐这样绝顶才华、灵心善感的人来说，命运实在是太不公了。崔珏《哭李商隐》一诗写道："虚负凌云万丈才，一生襟抱未曾开。鸟啼花落人何在，竹死桐枯凤不来。良马足因无主踠，旧交心为绝弦哀。九泉莫叹三光隔，又送文星入夜台。"沉痛悲惋，哀肠九回，可以说是对李商隐一生遭遇的真实写照。

第三十一讲

从文人到官僚

从这一讲开始，我们来介绍唐代文人进入官场以后的生活情形。

我们知道，唐代文人一般都有着高远的人生理想和宏大的政治抱负，但是所有的理想、抱负，都要靠做官才能实现。就此而言，前边说过的参加科举也好，进入幕府也好，门荫入仕也好，目的只有一个，那就是从文人变为官僚，尤其是要做京官。因为在唐代，重京官而轻外任的现象非常严重，所以文人都期盼担任京官，尤其希望在京城担任清要而有实惠的官职。

有唐年祚是二百八十九年，加上五代，共三百四十多年。在这样一个长时段里活跃的文人不可胜计，但在史书上留有印迹的，以至于有诗文留传下来的，大都担任过一定的官职，其中还有不少做了较为清要的京官，比如翰林院、秘书省、国史馆等等这样一些处所的官职。而进士出身者，在这一方面就占有优势了，他们在仕途上晋升比较快，易于获得清要的官职。《隋唐嘉话》载，唐高宗时曾做到宰相之位的薛元超也有遗憾，他曾对亲戚说："吾不才，富贵过分，然平生有三恨：始不以进士擢第，不得娶五姓女，不得修国史。"这里的"修国史"，就是在国史馆任职。薛元超没有通过进士擢第，自然不易进入国

图 78　明张路《苏轼回翰林院图》

史馆，以致他终身为憾。由此可见当时人们对清望官的态度。

这是身为京官而想做清望官的，属于想锦上添花的那一类。至于那些在地方任职而渴盼入京为官的人，上边的要求就有些奢侈了。对他们来说，只要能进入京城，哪怕品级比现在低也心甘情愿。《明皇杂录》里有一段话，说："开元中，朝廷选用群官，必推精当，文物既盛，英贤出入，皆薄其外任，虽雄藩大府，由中朝冗员而授，时以为左迁。"不想离开京城，即使到外地"雄藩大府"任职，也被人视为"左迁"，可见时人对京官的看重。在这段话后，作者还专门举了一个例证，说有一个叫班景倩的人，从扬州采访使被调到京城做大理少卿，途中经过大梁。汴州郡守倪若水在西郊设宴接送班景倩。宴罢，班景倩登船走汴河水路西进。倪若水望着班景倩一行，对他的下属说道：班景倩这次由扬州进入京城，简直就像登仙一样，真令人羡慕呀！我即使做他的随从、跟班，也心甘情愿。看来这个倪若水实在是太想当京官了。按说，他所在的大梁郡守属河南道，是"雄郡"，郡守的品级应与从三品上的州刺史相同，或者还要高。而班景倩入朝所任的大理少卿属大理寺，是从五品下。一个三品的大郡郡守，竟然如此羡慕五品的大理少卿，从这一点即可看出唐代特重京官而轻外任的情形。

唐代中期以后，京官重于外官的情形随着地方官俸禄的变化而有一定改观。据《新唐书》记载，当时，“州刺史月奉至千缗”，而京官的俸禄则较为“寡薄”。又据陈寅恪《元白诗中俸料钱问题》考察：“唐代中晚以后，地方官吏除法定俸料之外，其他不载于法令，而可以认为正当之收入者，为数远在中央官吏之上。”这种经济上向地方官吏的倾斜，使得外官与京官的差距渐趋缩小，以致也有一些人不愿意再到京城去做官。但是这种现象只是暂时的、个别的，从整体上看，终唐之世，京官在人们心目中仍具有不可取代的地位。正像晚唐诗人卿云在《长安言怀寄沈彬侍郎》诗里说的：“生作长安草，胜为边地花。”意思是说：人生在世，宁可在长安做一株小草，也比在边地做一朵娇艳的花来得好。长安为什么有这样大的吸引力呢？因为长安是都城，繁华富丽，雄壮无比，既是政治、文化的中心，同时也是士人展示自己才能的一方舞台。在天子脚下，消息灵通，机遇自然就多了。要想在仕途上有大的发展，要想在文化上有比较大的满足，要想在生活上过得潇洒，那么就要到长安去做京官。

但是这个京官不是谁想做就做得成的，除了少数幸运者可以在科举及第之后留任京官之外，大部分人都必须先在地方官任上做上几年，一步一步地往上升，最后由朝廷选择优秀者到朝中任职。《唐语林》里记载了一个叫李建的官僚，他说：“方今秀茂皆在进士，使吾得志，当令登第之岁，集于吏部，使尉紧县；既罢复集，使尉望县；既罢又集，使尉畿县，而升于朝。大凡中人三十成名，四十乃至清列，迟速为宜。”意思是说：现在取的那些进士，有的升迁得太慢，有的升迁得太快，如果让我来安排的话，那么应该让他们在进士及第之后，先在

“紧县”做官，然后升到“望县”，接着再升“畿县”。这个“紧县”“望县”和“畿县”，是根据它们距离长安城的距离远近及其重要程度而划分的。比较远的是“紧县”，再下来就是“望县”，“畿县”就是郊畿之地、京畿之地，那就靠近长安了。在这些地方有了历练之后，最终“升于朝”。如此一来，士人“三十成名”，40岁时位居“清列”，其“迟速”应该是比较合适的。这番话很被时人所认同，说明是较为符合实际的。

那么，我们来看一看文人从政的实际情况。文人进士及第后，多在基层历练，其中有些人发展得比较快，在幕府或在县尉任上只待了几年，就被选拔到朝廷。以中唐元和年间几个著名的文人为例，像韩愈、柳宗元、刘禹锡、白居易、元稹这样一些人，他们在进士及第以后，有的进入幕府，像韩愈；有的当了县尉，像白居易。时间短的四年，长的八年，就已经由任职地方入朝为官了。按照刚才李建的话来衡量，这样的速度并不算慢。而入朝为官以后，他们担任的第一职务几乎全部是监察御史或者拾遗官。监察御史和拾遗官品位不是很高，

图79　台中市永元宫钼麑触槐石版画

但是职责却相当重要，下可以纠察群臣，上可以谏诤皇帝。对于锐气正盛的青年官僚来说，这样的官职非常有利于他们施展才干，同时也使他们易于得罪权贵，甚至触怒皇帝，在他们人生道路上可以说已埋下了某种悲剧性的基因。关于这一点，我们在以后的几讲中将要涉及。

京官的一大职事就是要上朝。文人入朝为官，上朝就成了每天必做的功课。上朝的时间是很早的，大概在凌晨天还没亮的时候就要出发，那么起床收拾就更早了。这样一个传统，实际上早在春秋时代就已经存在了。据《左传·宣公二年》记载，晋国有一个叫赵盾的大臣，因为谏诤晋灵公而被忌恨，晋灵公就派了刺客鉏麑去刺杀赵盾。鉏麑一大早、天还没亮就跑去了。跑到赵盾住的地方一看，发现赵盾已经起床，把衣服穿得整整齐齐，因上朝时间还早，他就端端正正地坐在椅子上，闭目养神。鉏麑看到这种情况以后，十分感动，认为赵盾能起这么早做上朝的准备，而且正襟危坐，非常恭敬，真是“民之主也”，于是发了一通感慨，说：我如果把这样一个能够给老百姓做好事、做主的人杀掉，那是“不忠”；如果我背弃了君主的命令，则是“不信”。“不信”就是“不守信用”。于是，他就一头碰到槐树上，自杀了。从这样一件事可以看出以下几点：一、为官上朝，古已有之，上朝是为官者的一件大事；二、上朝的官员必须心怀恭敬，不得懈怠；三、上朝的时间非常早，以致盗贼、刺客可以借着黎明前的黑暗为所欲为。

历史的相似性是惊人的。一千多年以后，与鉏麑刺赵盾非常相似的一件事，就发生在中唐时代。元和十年，朝廷商议征讨淮西吴元济的叛军，当时的宰相武元衡、御史中丞裴度力主讨贼，是当时的主战派。由于他们力主讨贼，所以就成了各个藩镇的眼中钉，必欲除之而后快，于是藩镇就秘派刺客前往谋杀。六月的一天凌晨，武元衡早早起床准备入朝。他住的地方在靖安坊，从靖安坊东门出去，没走多远，就有刺客从暗中突然出来击杀他，武元衡的随从都跑散了。刺客抓着武元衡的马走了十多步，经过一番搏斗，最后把武元衡杀掉，把他的颅骨取下来，送给藩镇交差去。刺客又跑到了通化坊。通化坊是裴度的住所，刺客在途中截住裴度，“伤其首，坠沟中”。亏得裴度当时戴的毡帽比较厚，头部受了伤，却未致命。当时裴度的一个仆从叫王义，从后面抱着刺客，大声呼喊。刺客慌忙中拔出刀来把王义的胳膊砍断，然后逃走了。这件事情发生以后，京城大骇，朝廷命令金吾骑士、卫队到处盘查，进行戒严。而那些上朝的官僚，不到天明不敢出门，以至于有时皇上已经上朝很长时间了，朝班还没有齐备。由此可见，官员上早朝还是有一定的危险性的。

当然了，这样一种危险只是特例，大多数情况下上朝是安全的，而且非常热闹。据历史文献记载，唐代官员“五鼓初起，列火满门，将欲趋朝，轩盖如市”（《明皇杂录》），五更时分起床，灯笼烛火就全部点着了，在上朝的路上，车盖如市，热闹非凡。宫门这时还没开，一些早到者就要在外边等候。初、盛唐时，普通官员要在望仙门、建福门外立马等候，宰相可以在光宅车坊躲避风雨。到了唐宪宗元和初年，就专门为上朝的官员设置了一个等待的处所，叫待漏院，以后官员上朝，就可以在待漏院里边稍事休息了。

宫门打开之后，御史大夫先领着属官来到大殿的西庑，穿着红色衣服的从官要大声传呼，催促百官上朝。于是官员鱼贯而入，分文武列于大殿的两侧。天色再亮一点，内门就打开了，监察御史领着百官再往里走：文班在前，武班在后。进了宣政门，文班从东门进，武班从西门进。站在台阶两边的十个校尉同时唱喝，场面非常威严。在朝堂之上，设有屏风、蹑席、熏炉、香案。宰相和两省官就在香案前边成两列对站，百官分别站于殿庭的左右。朝班排定后，还要对百官进行查验。侍中奏称“外办”。“外办”就是外间官员各种上朝的事体都已经备办了。直到这时，皇帝才从西序门走出，沿着阶梯走到御座前

图 80　大明宫遗址

就座。皇帝入座时，他的两侧马上张开三把御扇，左右金吾将军上前出奏："左右厢内外平安!" 喊声落定，升殿议事，一天的朝中活动就开始了。

皇帝与百官议事结束，就宣布罢朝。这时皇帝从东序门出去，百官也就各自散去，回到自己的廨院或府第。岑参《寄左省杜拾遗》这样描述道："晓随天仗入，暮惹御香归。"王维《酬郭给事》也有类似表述："晨摇玉佩趋金殿，夕奉天书拜琐闱。"早上随着"天仗"、摇着"玉佩"进入朝廷，晚上捧着"天书"、带着"御香"回到家里。从岑参和王维这几句诗来看，官员们下班回家已经到傍晚了。有的时候天降雨雪，路非常难行，皇帝还特别放假，让官员们休息几天。白居易有一首《雨雪放朝因怀微之》的诗，就记叙了这类事："归骑纷纷满九衢，放朝三日为泥途。"因为下雨，路不好走，于是放朝三天。

百官早朝有一套威严而且烦琐的仪式，按说天天如此也就够人心烦的了，但是在唐代诗人的笔下，这种日复一日的活动，似乎也具有了某种超凡脱俗的诗意。比如在肃宗乾元元年（758）春天，当时任中书舍人的贾至写了一首诗，诗题是《早朝大明宫呈两省僚友》，分送给同时在朝任职的大诗人王维、杜甫、岑参等人，王维、杜甫、岑参各有和作，其中最为人称道的是王维的《和贾舍人早朝大明宫之作》。诗是首七律，这么写道：

> 绛帻鸡人报晓筹，尚衣方进翠云裘。九天阊阖开宫殿，万国衣冠拜冕旒。日色才临仙掌动，香烟欲傍衮龙浮。朝罢须裁五色诏，佩声归向凤池头。

这首诗从早朝前凌晨宫中的报晓写起，依次将宫殿门开、百官朝拜、仙掌挡日、香烟缭绕的景色进行描摹，最后说到朝罢归去。全诗雄深严整、气象恢宏，尤其是其中“九天阊阖开宫殿，万国衣冠拜冕旒”两句，把早朝气氛的肃穆庄严和大唐帝国的气势非凡、声威赫赫都表现了出来。千载之下，令人遥想唐人何其宏放！

第三十二讲

仕宦追求与林下情趣

文人做了朝官后，早朝之外常做的另一件事，就是在禁中当值。“禁中”，就是“宫中”；“当值”，就是“值班”。这种值班，有时候常常在夜晚和节假日。唐代不少诗人都写过在宫中值班的诗，从中可以看出禁中值日的清静、闲逸。设想一下，节假日或夜晚的时候，大家都已经回家去了，只有少数几个值班的人在，他可以写诗，可以作文，可以处理公事，没有杂事烦心，也没有其他人干扰，虽然会有些寂寞、单调，但还是很自在的。官员们大多擅长诗作，当此之际，写诗和互相唱酬便成为他们必不可少的一项活动。有时陪皇帝外出，侍宿之际，也会作诗。有些诗写得好，还会吸引众人聚观，引起轰动效果。比如元稹就曾在一首为白居易编诗集的诗题中记过这样的事情，这个诗题很长：《为乐天自勘诗集，因思顷年城南醉归，马上递唱艳曲，十余里不绝。长庆初，俱以制诰侍宿南郊斋宫，夜后偶吟数十篇，两掖诸公洎翰林学士三十余人，惊起就听，逮至卒吏，莫不众观……》。从诗题可以看出，元、白二人早年曾骑着马到乐游园游赏，边走边吟，递唱“艳曲”。到了长庆初年，他们回朝以后，又在南郊的斋宫深夜吟诵自己写的诗作，多达数十首。估计他们吟诵的声音比较

图 81　明文徵明《琵琶行图》

大，以至学富才高的两掖诸公和翰林学士“惊起就听”，一时蔚为壮观。用元稹这首诗中的话说，就是“春野醉吟十里程，斋宫潜咏万人惊”。这里的“万人”显系夸张之词，其中透露的，是当事者不无得意的炫耀心理。

除了上朝、当值、办公、应差以外，官员们在穿着、生活上还会发生一系列的变化。首先就是有了今天称之为“工资”的俸禄，这个俸禄的多少，与官职、官位的高低紧密相关。你要想让俸禄增加，就必须提高官位，官做大了，俸禄才能多，生活才能过得好。白居易对每个月的收入多少非常在意，他的不少诗就提到他不同时期的俸禄情况。清人赵翼在《瓯北诗话》里评论说，白居易“历官所得俸入多少，往往见于诗”。如任校书郎的时候，是“俸钱万六千，月给亦有余”。做盩厔尉时，“吏禄三百石，岁晏有余粮”。做京兆府户曹参军和江州司马时，或是“俸钱四五万，月可奉晨昏”，或是“官品至第五，俸钱四五万”，比此前已涨了不少。做到太子宾客和刑部侍郎，则是“俸钱

七八万”“秋官月俸八九万”。做太子少傅时，已是“月俸百千官二品”，达到十万之数了。这些详细记述，说明白居易对自己的官品、俸禄还是很看重的，以至赵翼带着嘲讽的口吻说，这些诗“可当《职官》《食货》二志也”。

俸禄之外，就是所穿服装的颜色不一样了。在没有进入仕途的时候，士人都穿白袍，被称作“布衣”或者“白衣”。步入仕途以后，衣服颜色就随官品高低不断变换了。唐代官吏的服色，大致上是以紫、绯、绿、青这四种色彩为主，不同时期又有所变易。贞观年间的情况是：九品，青色；八品，深青色；七品，浅绿色；六品，深绿色；五品，浅绯色；四品，绯色；三品，紫色。到了高宗龙朔二年（662），就改八品、九品为碧色。总章元年（668），规定皇亲不能穿黄色。到了上元元年，又有了新的规定：文武三品以上，紫色；四品，深绯；五品，浅绯；六品，深绿；七品，浅绿；八品，深青；九品，浅青。在唐代，天子是穿赭黄色袍衫的，所以任何人不得再用赭黄色。

由于服色的不同代表着官品的差异，所以一些官员非常看重自己穿什么颜色的衣服。每当换上一种新的服色，就会令他们兴高采烈一番。有的人对服色津津乐道，写诗把这些事都记载下来。这方面的典型人物还是白居易。所以《瓯北诗话》里说了白居易喜欢记俸禄之后，又说道："香山诗不惟记俸，兼记品服。"比如，他做江州司马的时候，穿的是青绿色，于是就有"青衫不改去年身""江州司马青衫湿"的诗句。后来他穿了绯，又脱绯而着青，再从青而衣紫，都有诗详加记录。如此一来，白居易的诗又可以当《舆服志》来读了。

文人做了官之后，随着服色的不断变化，俸禄的不断提高，自然会使自己在地位上、经济上双双获益。他们有了权，也就有了钱，以致不少文人士大夫开始追求生活的舒适，乃至于奢侈。比如为自己娶美妾、选歌女、修宅院、造园林，很快就变换了当年带有穷酸相的文人面目，而成为名噪一时、富甲一方的官僚了。他们就是要凭借田园宅第、歌舞享乐来满足文人作为官僚而超越其他人的优越感，显示身份、地位和权势。且不说有那么几个美妾，养几个歌儿舞女，是当时一般官僚都可以具备的条件。比如韩愈、白居易都有这样的爱好。白居易的名句是："樱桃樊素口，杨柳小蛮腰。"写的是自己的两个歌女。进一步来看，大兴土木、营造园林，也成为不少官僚趋之若鹜的目标。营造园林事，早在初唐时就已经有了，高宗朝不少官僚就热衷于宅第的营建。像身任宰臣的李义琰，他的弟弟就对他说："凡人仕为丞、尉，即营宅第。兄官高禄重，岂宜卑陋以逼下也？"（《旧唐书·李义琰传》）在他看来，平常人稍一当官就开始营造宅第了，现在其兄位高权重，如果不把自己的宅第扩充一下，不就显得太寒碜了吗？这种看法，在当时应该是很有代表性的。可是，这位李义琰并没有随波逐流，他认为自己身为国相，如果也像其他人那样大兴土木，就会对不起国家，自己也感到羞愧，而且这样做恐怕还会生出祸患来，所以拒绝了他弟弟的劝告。但是像李义琰这样廉洁的官僚毕竟是少数，越到后来，营造园林的人就越多，以至于人们见怪不怪。

官僚营建园林，至中唐盛极一时，特别是在长安、洛阳等大都市里，更为热闹。友人李浩教授著有《唐代园林别业考论》一书，据他统计，唐代的私家园林别业总数为508处，其中关内道172处，河南道101处，江南道162处。这是最多的三个道。这个统计就说明，西都和东都作为政治、文化的中心，江南作为人文荟萃的地区，园林别业的数量最为繁多。与长安相比，洛阳又别具特点。此地虽名为东都，但皇帝却很少来此办公，只是一个陪都，这就比天子脚下的长安有了更多的宽松和自由，久而久之，就形成一个闲散优游的中心。朝廷高官退休后，便一拨一拨地来到洛阳，他们既闲逸，又有钱，较少受到约束，便竞相营建起宅第园林来。于是，有了裴度建于集贤里、"筑山穿池，竹木丛萃，有风亭水榭，梯桥架阁，岛屿回环，极都城之胜概"（《旧唐书·裴度传》）的绿野堂，有了白居易位于履道坊、距裴度绿野堂甚近、"地方十七亩，屋室三之一，水五之一，竹九之一，而岛树桥道间之"（《旧唐书·白居易传》引《池上篇》）的履道池台，有了李德裕重构于伊阙南、"清流翠筱，树石幽奇"（《旧唐书·李德裕传》）的平泉庄，也有了牛僧孺的归仁池馆、洛城新墅，令狐楚的平泉东庄，崔玄亮的依仁亭台，元稹的履信池馆，王茂元的东亭……难怪宋人李格非要专门写一本《洛阳名园记》，来详细记述此地的园林建筑了。

文人士大夫有了园林，就有了远离政治后的精神归宿，就有了一方属于自己的"壶中"天地。他们要做的下一步工作，便是如何让这天地更精美，更富有情趣了。于是，他们无不热衷于在这些园林中营建人为的山水。水，是掘地穿池，从外引来的；山，是垒土叠石，巧妙架构而成的。这些假山假水虽然不如自然山水来得气势宏大，却十分精致，配上岛屿亭台、小桥回廊，颇具雅韵。闲人处于闲境，观赏这一山一水、一木一石，竹林掩映，诗友品酪，也可谓别有洞天了。居住在“壶天”中的文人们还特别热衷于花木的养殖和奇石的把玩。李德裕喜好花木，所以嘉木异卉，遍植园中，其中很多都是从全国各地搜求而得：“天下奇花异草，珍松怪石，靡不毕具。”（张洎《贾氏谭录》）《旧唐书·牛僧孺传》、白居易《养竹记》、李德裕《平泉山居草木记》《思平泉树石杂咏》都记载了他们对竹木花草的兴趣。与此相伴，白居易、裴度、牛僧孺、李德裕等人还特别嗜好奇石。白居易从江南北归时，只带了二石一鹤，有诗专记其事：“归来未及问生涯，先问江南物在耶？引手摩挲青石笋，回头点检白莲花。”（《问江南物》）可见他对此石的重视程度。不过，比起牛僧孺、李德裕来，白居易还不算最突出的。据载：牛僧孺好石，堪称奇石的著名收藏家。其园中多太湖石叠构，白居易称牛的下属“多镇守江湖，知公之心，惟石是好，乃钩深致远，献瑰纳奇，四五年间，累累而至。公于此物，独不廉让，东第南墅，列而置之”（《太湖石记》）。李德裕也好石，自称其平泉庄内，“江南珍木奇石，列于庭际，平生素怀，于此足矣”，并告诫他的后人说：“留此林居，贻厥后代。鬻吾平泉者，非吾子孙也。以平泉一树一石与人者，非佳子弟也。”（《平泉山居诫子孙记》）然而不幸的是，李德裕想将此园林奇石传之久远的愿望，不久便落空了。《贾氏谭录》载：“李德裕平泉庄怪石名品甚众，各为洛阳城有力者取去……石上皆刻‘有道’二字。”宋邵博《邵氏闻见后录》卷二七载：“牛僧孺、李德裕相仇，不同国也，其所好则每同。今洛阳公卿园圃中石，刻奇章者，僧孺故物；刻平泉者，德裕故物，相半也。”两位争斗了半生而又都嗜石如命的大官僚、大文人，最后还是没能守住自己的家园和奇玩。看来，这壶中天地也是很容易摧毁的。

除在园林的营构上花费气力外，退居洛阳的文人们另一大乐趣，便是诗酒唱和，林下优游了。在裴度的绿野堂中，白居易、刘禹锡等

图 82　北宋赵佶《文会图》

大诗人常聚集一起饮酒作乐，唱和忘返。其中，白居易的退居生活过得最为潇洒，曾引起同时代不少人的歆羡：

> 白尚书为少傅，分务洛师，情兴高逸，每有云泉胜境，靡不追游。常以诗酒为娱，因著《醉吟先生传》以叙。卢尚书简辞有别墅，近枕伊水，亭榭清峻。方冬，与群从子侄同游……忽见二人衣蓑笠，循岸而来，牵引水乡蓬艇。船头覆青幕，中有白衣人，与衲僧偶坐；船后有小灶，安桐甑而炊，丱角仆烹鱼煮茗，溯流过于槛前。闻舟中吟啸方甚。卢抚掌惊叹，莫知谁氏。使人从而问之，乃曰白傅与僧佛光，同自建春门往香山精舍。其后每遇亲友，无不话之，以为高逸之情，莫能及矣。

这条载于《剧谈录》卷下的资料很是生动，将白居易与僧人乘船吟啸的高雅情状作了生动展示，使我们从中看到了晚年白居易生活之一斑。《琴史》卷四载："白居易……自云嗜酒、耽琴、淫诗。凡酒徒、琴侣、诗客，多与之游。每良辰美景，或花朝月夕，好事者相过，必为之先拂酒罍，次开诗箧。酒既酣，乃自援琴，操宫声，弄《秋思》一遍。若兴发，命家僮调法部丝竹，合奏《霓裳羽衣》一曲，放情自娱，酩酊而后已。有时肩舁适野，舁中置一琴、一枕、陶谢诗数卷，竿左右悬双酒壶，寻水望山，率情便去，抱琴引酌，兴尽而返。其旷达如此。"用"旷达"来称赞白氏，白氏当之无愧，他自己就曾写有《达哉乐天行》诗，自我赞誉："达哉达哉白乐天，分司东都十三年。七旬才满冠已挂，半禄未及车先悬。或伴游客春行乐，或随山僧夜坐禅……死生无可无不可，达哉达哉白乐天。"旷达，是解脱痛苦的力量，也是高情逸致的基础。它在白居易这里的更多功用，则表现为促成了白氏超然于政治之外而及时行乐的心态。

在远离政治的环境中，文人士大夫们体验到了一种前所未有的轻松和乐趣。开成二年（837）三月三日，现任官与退居洛下的闲官举行了一个节日集会，场面十分宏大。据载，是日，"河南尹李待价将禊于洛滨，前一日启留守裴令公。公明日召太子少傅白居易，太子宾客萧籍、李仍叔、刘禹锡，中书舍人郑居中等十五人合宴于舟中。自晨及暮，前水嬉而后妓乐，左笔砚而右壶觞，望之若仙，观者如堵。裴公首赋一章，四坐继和，乐天为十二韵以献"（洪迈《容斋随笔》卷一）。类似这样的集会，在当时的东都洛阳是不少的。

集会之中，除了妓乐、壶觞、游览之外，是缺不得诗的。在一起的诗人可以在集会中联句，不在一起的诗人则长途邮寄，作诗唱和，你赠我答。这样，不仅能增加友情，造成愉快的气氛，而且能比赛竞争，夸奇斗胜，看谁的诗作得好。其中唱和最多的，要算白居易、元稹、刘禹锡、裴度、令狐楚等人，他如崔玄亮、李德裕等也时而参与唱和，一时间蔚为风气。唱和诗写到一定数量，就要编成集子，以便流传。从这一时期编成的诗集来看，就有白居易和刘禹锡的《刘白唱和集》，白、刘与裴度的《汝洛集》，刘与令狐楚的《彭阳唱和集》，刘与李德裕的《吴蜀集》，等等。从这些诗集表现的内容看，多以叙写闲情雅趣、思念问候为主，已很难找到昔日那种激扬奋发的政治热情了。

第三十三讲

文人的党派之争

文人成为官僚以后就步入了宦海。既然是“海”，就有浮有沉，所以这一讲我们来看一看文人在宦海浮沉的情形。

一般来说，从文人到官僚，大致会发生这样几点变化：

首先，应该是一种心理上的位移。当官之前，因为他们的社会地位比较低，与统治阶层始终保持着一种距离，一种隔阂，在对政局的态度上，大多是以旁观者、怨愤者甚至抨击者的姿态出现的。可是当官以后，因为社会地位的提高，他们已经成了统治阶层的一员，那种距离感、隔阂感就逐渐地消失了。表现在对政局的态度上，主要是以当事者、批评者和维护者的面貌出现了。

其次，当官之前，只具有空洞的参政愿望，凡事多流于口头上的空谈，属于文人议政，真正有实用价值的东西并不多。而当官之后，由于可以将此前的参政愿望付诸实践了，所以务实的因素就大大增强，政治才干迅速提高。白居易在《与元九书》中说自己：“自登朝来，年齿渐长，阅事渐多。每与人言，多询时务；每读书史，多求理道。”表现的正是一种勇于参政而又力求沉稳实在的自觉意识。

再次，由于前两方面的改变，也就是以当事者的身份议政并且参政，必然会对上至君主、下至臣僚的不同方面有所触动，会对他们的既得利益造成损害。如果你是一个性情温和的恬淡之人，批评的锋芒不是那么锐利，揭示的问题不是那么深入，也就是说，你还不想把自己放在一个与人为“敌”的位置，那么你的言论或者举动，虽然会招致一些赞赏或反对，但还不至于给自己带来灾难；但是，你若是一个性情激烈、不平则鸣的人，而又抱着“为忠宁自谋”“忧国不谋身”“许国不复为身谋”的信念，要为国家兴利除弊，要直言谏诤，那么等待你的，恐怕只有被罢官、远贬，甚至杀头的危险了。

最后，《周易》有一句名言：“方以类聚，物以群分。”中国古代的官僚中，这种按类分别的群体非常突出。暂且不说那些心术不正、专事谄佞的投机钻营者本来就喜欢结党营私、打击善人，即使是那些心术并不坏而且也还想做出一番事业的官僚，也会因为各种复杂的社会关系和政治利益结成不同的集团、派别。唐代的官僚大都是进士出身，但是也有一部分是门荫入仕。中唐以来进士出身的大多是庶族文人，而门荫入仕者多是有门第的士族。虽然他们在入朝为官这一点上并没有大的差别，但是，一个来自上层，一个来自下层，士、庶之间的界限很难抹去。双方最初可能只是为了一些小事而发生争执，越到后来，裂痕就越大，久而久之就形成党派之争。不仅是士、庶之间的矛盾，即使同是进士出身，同年进士与非同年进士的远近亲疏就很不相同；门生与座主之间，更容易保持政治观点和经济利益上的一致；有姻亲关系的官僚之间的联系纽带比起一般情况，就要强出很多。所有这些，都可以是形成新的派别或势力集团的基础条件。而一旦在朝中形成了不同的势力集团或者党派，那么轻则明争暗斗、互相排挤，重则贬谪流放，乃至诛戮其身。在唐代历史上，就曾经上演过一幕幕惊心动魄、你死我活的政治悲剧。

实际上文人进入官场，就把自己置身于政治旋涡中了，他们的命运很难全由自己来把握。他们面临的一大难题，就是如何对待日益激烈的党派之争。所以我们来重点看一下唐代的党争。

党争是唐代政治的一个重要特征。在中国历史上，汉、唐、宋、明这四个朝代党争最为激烈。其中汉和明的党争性质比较相近，多是那些正直的士人和宦官集团展开的斗争，所以一边是良善的，一边是邪恶的，泾渭分明。唐和宋的党争比较相近，多是士大夫集团之间的争斗，可能其中有先进和落后之别，但是你要绝对地说某方是美善的、正直的，某方是邪恶的、丑陋的，恐怕很困难。在唐代，造成党争的重要原因之一，就是前面提到过的士、庶之间的矛盾。实际上，士族门阀的势力在唐代被几度扼制，比起南北朝的时候，已经弱化了很多。但是有一句话叫“百足之虫，死而不僵”，在相当一段时间里，这些士族在社会上乃至于朝廷中，还有着一定的地位和影响。与此同时，庶族的力量也在逐渐地壮大。从武则天的时代开始，科举制得到了进一步的发展和完善，所以它就为士、庶在内的各等各样的人，提供了参加考试和获得官职的机会，使得大批的孤寒之士，得以通过科举而步入仕途、进入朝廷，最后获得施展才能的天地。庶族文人大量地涌入政坛，掌握权力，自然就形成了一个以科举集团为主体的新进官僚集团。这样一个官僚集团，对旧有的、走下坡路的那些士族集团是看不惯的，也是不满意的。两大集团早在安史之乱以前，就曾经发生过矛盾和争斗。而到了中唐以后，其间的矛

图 83　张九龄撰张说墓志

盾和斗争更趋于白热化的程度。

先是在玄宗朝就发生了张说、张九龄与宇文融、崔隐甫之间争权夺利的派系斗争。崔隐甫属于唐代五大姓中的清河崔氏一族，宇文融则是关中大族，他们代表的无疑是士族集团。张说在武后朝举贤良方正科，对策第一；张九龄则来自南方荒僻之地，家乡就是现在广东省的韶关，他也是因为进士及第，然后入朝为官的。因而，二张自然属于新进的官僚阶层。张九龄曾经上书玄宗，主张重视地方官人选，扭转重内轻外的风气；选取官员应该重其才能，不循资历。张说非常看重他，称他为“后出词人之冠”，而且他们两个都是文学之士。所以在二张联手以后，崔隐甫、宇文融连同历史上那位有名的“口蜜腹剑”的李林甫就联名弹劾张说，结果张说罢相，张九龄也受到牵连而被外迁。后来唐玄宗对这件事情有所察觉了，就把张九龄给招了回来，在开元二十一年让张九龄做了宰相。张九龄做了宰相之后，崔隐甫和宇文融就急了，他们怕张说被再次重用，所以就多次写奏章诋毁他。由此各为朋党，争斗不已。据载，7 岁举神童的刘晏在 10 岁时被授予秘书省正字，一次得到唐玄宗召见。玄宗问他：“为正字，正得几字？”刘晏答道：“天下字皆正，惟朋字未正得。”（《东明县志》）这话一语双关，既说出了“朋”字的字形结构

图 84　达州凤凰山刘晏雕塑

特点，又寓意深刻地指出朝中朋党相互勾结的时弊，深得玄宗赞赏。实际上，唐玄宗本人也很讨厌这类朋党之争，所以他选准时机，让张说致仕，就是让他退休；把崔隐甫也免去了官职，让他回家侍奉老母；把宇文融派到魏州去做刺史。由于玄宗这个时候尚有足够的能力左右局面，采取的措施又很及时，所以这两大集团之间的斗争很快就被平息了，似乎没有对政局造成过大的影响。

安史之乱以后，朝中的党派之争就开始激烈化了。比如在代宗、德宗的时候，就发生了元载、杨炎与卢杞、李揆、崔祐甫两个集团之间的斗争。元载和杨炎都是庶族出身，后来通过科举入朝为官；而卢杞是五大姓中的范阳卢氏，他是以门荫入仕的，李揆是陇西大族，崔祐甫则是山东另一个著姓博陵崔氏。他们的出身很不一样，细细分辨起来，这两派仍然各自隶属于新进官僚集团和士族集团。两派争斗最初的起因，是有人要把科举及第的元载推荐到朝廷去做官。李揆见元载出身寒微，而且长相有些对不起观众，就自恃门望而拒不接纳，甚至说出这样的话："龙章凤姿之士不见用，獐头鼠目之子乃求官。"把元载说成是"獐头鼠目之子"。可是后来，元载竟出其不意地做了官，而且做了宰相，于是就对李揆进行报复。同时，大力奖拔杨炎，准备予以重用。《旧唐书·元载传》记载："载在相位多年，权倾四海，外方珍异，皆集其门，资货不可胜计……轻浮之士，奔其门者，如恐不及。名姝、异乐，禁中无者有之。兄弟各贮妓妾于室，倡优偎亵之戏，天伦同观，略无愧耻。"说是四方的珍奇宝物都汇集到了他的门下，其生活奢侈无度。由此看来，元载有贪污腐化的嫌疑。他还喜结"轻浮之士"，美女、异乐，朝廷中没有的东西，他都能搞来。而且他和他的兄弟都买一些姬妾放在家里，生活非常腐化。所以大历十二年，元载就得罪被杀了，杨炎也遭到牵连，被贬到道州去做司马。而在此之前，奉皇帝之诏治元载之罪的刘晏，开始总管全国财政。到了唐德宗即位以后，杨炎又被招了回来，做了宰相。杨炎入相以后，睚眦必报。杨炎这个人心胸不大，报仇之心甚切，凡是以前他喜欢的人，都予以提拔，得罪过他的人，就给以重罚。所以他借故把刘晏贬到中州去做刺史，后来又指使手下人诬奏刘晏谋反，结果刘晏被赐死，死的时候是66岁。到了建中二年（781），卢杞入朝为相，因前事再一次兴起报复之风，诬陷杨炎，把杨炎贬到崖州做司马，在他赴崖州的途中把他给杀掉了，当时杨炎只有55岁。对于这两大集团连年不断的争斗，《旧唐书》里有一段总结，说通过他们这样一种争斗，使得“兵连祸结，天下不平”。这八个字，将党派之争导致朝无宁日、藩镇群起、“兵连祸结”的情形揭示出来，足见其影响之大、遗患之深了。

然而，以上这些党争与中晚唐时期的牛李党争相比，那还只是小巫与大巫之间的关系。

第三十四讲

旷日持久的牛李党争

牛李党争是唐朝后期朝臣之间的派系斗争，牛党指的是牛僧孺、李宗闵、杨嗣复、李逢吉、杨虞卿这样一些人，李党是李德裕、郑覃、李绅这样一批人。也有的说，这个“牛李”专指牛僧孺、李宗闵，而李德裕无党。当然了，人们习惯上是把牛僧孺和李德裕作为两个党派的首领的。

牛李党争牵扯面非常大，影响也很深，旷日持久，整个朝野为之动荡。这次斗争从它的酝酿期到最后结束，历时大约四十年，是唐代历史上最大的一次朋党之争。牛李两党之争的远因，是唐宪宗元和三年，也就是公元808年的一场考试。当年，朝廷以“贤良方正能直言极谏科”举人。“贤良方正”，指考生人品要好；“能直言极谏”，指有勇气，敢于谏诤人主，把那些丑恶的东西揭露出来。考试中，进士出身并且已经做了官的牛僧孺、皇甫湜、李宗闵在对策中直言无忌、痛诋时政，话说得非常尖锐。考官杨於陵、韦贯之给他们打了高分，评为上第，准备录取。

然而，对这三名考生和考官的做法，宰相李吉甫大为不满。李吉甫就是李德裕的父亲。李吉甫认为，考生的试策是在攻击他的施政，

图 85　侍郎坦摩崖石刻之李吉甫题记石刻

是对他的诋毁，于是就跑到唐宪宗那里哭诉，并称翰林学士裴垍、王涯二人在重新检验的时候有私心。宪宗听了李吉甫的话，信以为真，把裴、王、杨、韦四个人免职贬官，对牛僧孺三个人也不重用。虽然事后曾有人上书，说李吉甫忌抑贤才，宪宗也把李吉甫派到淮南去做节度使，做了一个调整，但是牛僧孺等人与李吉甫从这时开始，算是结下了梁子。

到了十三年后的唐穆宗长庆元年，又发生了一件科场案，使得两派的矛盾开始升级。这一年是礼部侍郎钱徽主持进士考试，杨汝士做考官。隶属牛党的李宗闵和隶属李党的李绅，以及前宰相段文昌，都向主考官打了招呼，希望能对自己推荐的考生予以关照。但结果是李宗闵的女婿、杨汝士的弟弟和宰相裴度的儿子登第了，而李绅、段文昌他们的请托却落空了。对此结果，段文昌大为不满，声言这次考试不公正，是卖了关节。朝中任翰林学士的李绅、李德裕、元稹，也附和段文昌的说法。穆宗面对汹涌的舆论，只好责令复试。复试以后，原来及第的14个人里只有3个人勉强及第，有11个都被除名了。这就说明，这次考试确实不公。所以考官钱徽、杨汝士、李宗闵几个人，就受到了贬官的处分。李、杨等人被贬，自然怀恨在心，而李德裕对当年导致他父亲蒙耻的这几个政敌，更是不予姑息，一定要把他们逐出朝廷而后快。由这件事情，德裕、宗闵各分朋党，由暗争转为明斗，其间势同水火，给予当时政局以极大的负面影响。

表面来看，牛、李党争是因为一些偶发的事件引起的，实际上却大为不然，它首先与新进士人特有的门生座主以及同年关系相关联。与前边讲到的几次党争的情形很相似的一点就是：牛、李二党分属庶族与士族两个阵营。比如牛僧孺、李宗闵、杨嗣复，这几个人都是科举出身，而且还都是一个座主即权德舆的门生。他们师生之间关系不错，所以进退取舍大体上相同。我们知道，在科举制度下，门生与座主存在着一种特殊的关系，门生对座主的提拔，是要报恩的；而座主则把门生视同己出，甚至当作自家的田产。据《独异志》记载：崔群为相时很清廉，名声很好，后来，他的夫人就劝他置办一些庄园，以作为子孙的产业。崔群笑着回答说，我有30所“美庄良田”遍布天下，夫人不用忧虑。他夫人就问了：我没听说过你有这样一些产业呀？崔群就告诉她：前年春榜我放了30个人，这30个人不是30处“良田”吗？听了崔群的话，夫人便说道：如果真如你所说，那么当年你举进士的时候，你的座主是陆贽，而陆贽在你掌权的时候，曾经向你求过情，为他的孩子谋一些方便，可是你没有同意，没有办，如果真以为新进士就是“良田”的话，那么陆氏在你这里置的这方“良田”就算荒芜了。崔群听后非常惭愧，退回内室，“累日不食”，感觉对不起自己的老师。从这则故事我们可以看出，座主对门生是寄予厚望的，而门生对座主未能报恩会自感惭愧，并且为人所不齿。座主与门生如此，同年或同门也是这样。他们大多是同进同退，取舍相同，从而结成了一个以共同利益为纽带的小团体。这种小团体随着其中某一两个人的官职升迁，会像滚雪球一样越滚越大，形成一个人多势壮的党派。牛僧孺一党大致上就属于这种情况。

与牛党很不相同，李党多出身于门阀士族，而且受过良好的贵族教育。《旧唐书·李德裕传》记载："李德裕，字文饶，赵郡人，祖栖筠，御史大夫。父吉甫，赵国忠懿公，元和初宰相……德裕幼有壮志，苦心力学，尤精西汉书、左氏春秋。耻与诸生从乡赋，不喜科试。年才及冠，志业大成。"这样看来，李家祖孙三代都是显宦，祖父李栖筠做过御史大夫，父亲李吉甫官至宰相。出生在这样的家庭，其起点自然比一般人高出许多。加上德裕"幼有壮志，苦心力学"，特别精通《史记》《左传》，自视甚高，不屑于与那些庶族赶考者同堂竞试，而是从门荫一途步入官场。与李德裕一样，郑覃的父亲郑珣瑜也官至宰相，郑覃走的也是门荫出身一途。在他们身上，显露出一种明显的贵族意识，而不大看得起文学出身的进士，尤其不满意进士们浮薄放浪的习气。有一次，李德裕就向皇帝进言："国家设科取士，而附党背公，自为门生。"意思是说：新进士本来是被国家录用的，应该为国家效力。现在他们尊主考官为座主，自称门生，把对国家的忠诚转移到了座主身上，这个不行。他说：从今天开始，新进士拜见有司一次之后就不能再拜了，期集、参谒、曲江大会和雁塔题名等活动全部禁止。仔细想来，李德裕之所以深抑进士，除了进士出身的新官僚多有一些浮薄之习外，还有一个原因，用李德裕对武宗的话说就是：我们有门第，本不应去菲薄进士，但我的祖父当年一举登第以后，便在家中不置《文选》，原因就在于纯搞文学，易于虚浮，根底不扎实。在他看来："朝廷显官，须公卿子弟为之。何者？少习其业，目熟朝廷事，台阁之仪，不教而自成。"这就是说，寒门出身的进士，不熟悉朝廷之事和台阁的礼仪，而公卿子弟却对此烂熟于心，不教即会，由他们来执掌朝政就容易许多。李德裕这话讲得貌似有理，实则不无偏见。因为朝中的事和礼仪不是什么难事，如果置身其中的话，很快就可以了解和掌握。能不能做官，关键是在你是否贤能，而不是仅仅看你是不是出身于熟知朝事的公卿家庭。李德裕不是进士出身，却举出他的祖父来，说他老人家当年没费什么力气就进士及第了。言外之意，我是不考，如果要考，一样可以拿上一块进士的招牌。如此看来，在他的意识深层，恐怕还真有一种进士情结，门荫出身反倒成了他的一块心病。

《资治通鉴》里有这样一段记载，从中可以大致了解李德裕的心态：

> 初，李宗闵与李德裕有隙，及德裕还自西川，上注意甚厚，朝夕且为相，宗闵百方沮之不能。京兆尹杜悰，宗闵党也，尝诣宗闵，见其有忧色，曰："得非以大戎乎?"宗闵曰："然。何以相救?"曰："悰有一策，可平宿憾，恐公不能用。"宗闵曰："何如?"悰曰："德裕有文学而不由科第，常用此为慊慊，若使之知举，必喜矣。"宗闵默然有间，曰："更思其次。"悰曰："不则用为御史大夫。"宗闵曰："此则可矣。"悰再三与约，乃诣德裕。德裕迎揖曰："公何为访此寂寥?"悰曰："靖安相公令悰达意。"即以大夫之命告之。德裕惊喜泣下，曰："此大门官，小子何足以当之!"寄谢重沓。宗闵复与给事中杨虞卿谋之，事遂中止。

这段文字详细记载了李宗闵和李德裕两个对立党派之间一段耐人寻味的往事：当时李德裕从西川回到朝廷，皇上对他非常关注，甚至想让他做宰相。李宗闵百方阻挠，不想让他继续上升，但又没有特别好的办法。当时的京兆尹，也就是长安市的市长杜悰知道李宗闵和李德裕不合，而且他和李宗闵关系又不错，就问李宗闵，说我看你闷闷不乐，是不是为了李德裕的事情啊？李宗闵作了肯定的回答后，杜悰就说：我有一个策略，可以平息你们之间以前的矛盾。李德裕有文学才能，但不由科第出身，他常常因此而感到遗憾，如果你这次让他去知贡举，他一定会很高兴的。李宗闵听了这话，沉默半晌说：这个办法不好，你再想一个办法。杜悰说：要不就把他用为御史大夫。李宗闵说，这个倒可以。杜悰就再三跟他约定，不得反悔，于是把这事告诉了李德裕。李德裕听后非常高兴，“惊喜泣下”，说这么好的官位我怎么当得起呢？可是，后来李宗闵和给事中杨虞卿一商量，觉得还是不妥，就把这事给搁下了。从这段记载看，牛党中人已经看准了李德裕的心病，想借让他知贡举来缓和双方的紧张关系，但是又怕因此而加重他的声望，所以求其次，让他做御史大夫。不料反复商量之后，觉得这样也不妥，岂能把这么好的官白白送于政敌！所以牛党失信于人，断送了一次弥合双方裂痕的机会。

图 86　陕西唐李重润墓壁画《男侍从图》

在这以后，两党之间的斗争就更加激烈了，大体上是此进彼退，一党在朝，便把对方贬到荒远之地，反之也是这样。这种局面曾使唐文宗大伤脑筋。《旧唐书·李宗闵传》记载：“文宗以二李朋党，绳之不能去，尝谓侍臣曰：‘去河北贼非难，去此朋党实难。’”山中的盗贼，我容易把它消灭，但是想把这个朋党之争给平息了，实在很困难。从历史上看，牛李党争固然是士、庶之争，是对科举态度之争，同时也是对藩镇割据的态度之争，还是维护各自集团的利益之争。在这场斗争中，两党都要交结权势熏天的宦官，以作自己的声援；宦官集团也正好利用他们之间的争斗来实现自己的利益。这场复杂激烈、积怨深重的党争，把当时众多的文人和士大夫都给牵扯进去了。像元稹、白居易、杜牧、李商隐等等，都因此而受到了不同程度的影响。到了开成五年，唐文宗死，武宗即位。武宗和李德裕的关系非常好，所以武宗刚一即位，李德裕就入朝为相，开始了李党独霸朝政的时期。由于李党得势，牛党自然受到排斥，原先已经在外地的牛僧孺、李宗闵这些人，还要被进一步地远贬，一直被贬到了岭南。到了会昌六年，唐武宗死，宣宗即位，李德裕的好日子就到头了。宣宗一直对李德裕没有好感，所以一即位就把李德裕贬出朝去。李党被贬，牛党自然是苦尽甘来，牛僧孺等人很快被召还朝，并推举令狐绹、崔铉等人相继入相。他们入相后，对李党的态度更是变本加厉，李德裕先是被贬到潮州做司马，接着被贬到了崖州，当了个司户，不久就死在了贬所，死时的年龄是 63 岁。

随着李德裕的贬死，牛党就失去了争斗的对象，自然也就偃旗息鼓了。历时四十余年的牛李党争，终于以牛党的获胜而宣告结束。

第三十五讲

永贞政潮与甘露之变中的文人

上一讲我们谈了文人成为官僚之后所形成的党派之争，除此之外，唐代历史上值得注意的另一个重大政治事件，是发生在贞元二十一年，也就是永贞元年（805）的那场革新派与反对派之间的激烈搏斗。这也是一种派系斗争，只是与文人之间的派别之争有所不同，它更多呈示的是文人与宦官、革新派与守旧派之间的矛盾。

贞元二十一年，德宗病死，太子李诵即位，这就是唐顺宗。顺宗还是太子的时候，就对弊端丛生的社会极为不满，产生了革新的愿望。他的身边有两个不可忽略的人，一个棋下得好，另一个字写得好，这两个人就是王叔文和王伾。二王因自身的才艺被选入宫，侍奉太子。他们具有强烈的革新思想，得到了唐顺宗的信任。在二王之中，王叔文尤其具有才能，他自称是前秦宰相王猛之后，能言善辩，对治国之道也十分精熟。所以李诵对他十分赏识，打算在自己即位之后，委以重任。他曾经向韦执谊推荐王叔文，说："学士知王叔文乎，彼伟才也。""伟才"，非常杰出的才能，可见顺宗对王叔文的推赏程度。所以，顺宗即位伊始，就起用具有革新意识的王叔文、韦执谊等一批人，并授以要职，其他如王伾、陆质、吕温、李景俭、韩晔、韩

图 87　明弘治重刻本《历代古人像赞》柳宗元像

泰、陈谏、柳宗元、刘禹锡、凌准、程异等人也都参与其中，从而形成了一个以“二王柳刘”为核心、由先进士人组成的革新集团。这个集团在朝的执政时间，从顺宗即位到退位算，不足八个月；如果按王叔文的实际在朝时间来算，仅有一百四十多天。在这段时间里，他们主要办了这样几件大事：一是打击浑噩贪腐官僚，把民愤极大的京兆尹李实逐出长安，贬为通州长史，同时诏令正直官员陆贽、阳城从贬所回京。二是把额外的赋税和各地官员给朝廷的进奉全部罢除，并废除贞元末年最为百姓厌恶的宫市、五坊小儿等弊端，将后宫 300 人以及教坊女妓 600 人从宫中放出。三是派杜佑任度支和盐铁转运使，掌握财权，这样就掌握经济命脉了。最为重要的是第四点，就是委任名将范希朝为左右神策、京西诸城镇行营的节度使，把军权从宦官手里夺过来。从这些主要措施来看，王叔文集团革新的主要内容是为了革除弊政，强化中央权威，而打击宦官则是他们的主要目标。在这个过程中，年少气锐的柳宗元、刘禹锡得到了王叔文极大的信任。他们两个人分别被委以重任，柳宗元任礼部员外郎，刘禹锡任屯田员外郎。刘、柳二人也在这场斗争中表现出了非常的热情和积极进取的精神：参与谋议，草拟文诰，采听外事，还要花费大量的时间回复各地寄来的信函。据载，刘禹锡每天接到的书信有数千封，每一封他都要回复，光粘贴信封用的糨糊，每天就要一斗面粉。由此可见，他的工作量还真是不小。某种意义上，他们是把革新当成一件伟大的事业来做的，心里可以说是充满了神圣之感。

不过，这场革新也有它先天的不足和后天难以逾越的障碍。大致说来，这些不足和障碍有以下几点：一是顺宗皇帝抱病日久，不能直接处理政事，这就在支持力度上有了欠缺。顺宗还没即位的时候就已经得病，继位以后病情加重，得的是中风症，不能说话，行动也不方便。凡要处理的政事和推行的措施，都是通过宦官李忠言和美人牛昭容从中转达的。王叔文靠王伾，王伾靠李忠言，李忠言又靠牛昭容，才能从顺宗皇帝那儿得到消息。所以史书上讲他们是“转相结构”。这种特殊的方式很快就导致猜忌横生，流言四起。二是革新派成员大都是新进之士，没有门第，也没有资历，所以常被朝中元老重臣所轻视。比如尚书右丞韩皋平时就倚仗自己是前辈，什么都看不惯，在王叔文执掌政权的时候，韩皋明确对人说：我不能事新贵。明确地把他们当成了新贵。当时宰相如高郢、杜佑、贾耽、郑珣瑜四人，对王叔文集团明确表示不合作态度的至少有贾、郑两人。在五位翰林学士中，除了凌准是革新派成员之外，其他四位全是反对派。三是遇到了守旧派特别是宦官集团的全力反对。由于王叔文集团要夺取宦官兵权，所以宦官就意识到，一旦没了兵权，恐怕只能是“人为刀俎，我为鱼肉”了。在这生死存亡的关头，他们不能不一面破釜沉舟，一面寻找新的靠山。这种目的和举动，既与一大批官僚朝臣的利益相一致，又与太子李纯，也就是未来的宪宗皇帝想扩张自己权势的需要相吻合。于是，诸方联合一体，利益均沾，紧锣密鼓地演出了一场册立太子而目的在于对付革新派的闹剧。

太子一立，王叔文集团立马就感受到了一种无形的威胁。他们本是顺宗手下的人，假若立了受宦官拥戴的太子，他们就成了与太子相

图 88　成都武侯祠

敌对的一方。所以，四月份一册立太子，王叔文便独有忧色，只是吟诵着杜甫写诸葛亮祠堂的那首诗：“出师未捷身先死，长使英雄泪满襟！”很明显，其中流露的是一种沉重苍凉的英雄末路之感。为了做最后的拼搏，革新派就任命范希朝等人掌管左右神策军和京西诸行营的兵权。这些军队原是由宦官统领的，是他们的命根子，他们自然不甘心轻易撒手。所以当众位将领纷纷来向宦官们辞别，说已经有了范希朝做新统领的时候，宦官如梦初醒，马上组织反扑，指挥神策军将领们拒绝交出兵权。这时候有一个大宦官，叫俱文珍，更是加紧行动，联络了剑南节度使韦皋、荆南节度使裴均、河东节度使严绶等方镇，共同向皇帝上表，要求让太子监国。这样一来，在宦官、旧朝官僚、方镇的联合进攻之下，革新派节节败退，几乎没有招架之力。再加上革新派内部发生了矛盾，王叔文和韦执谊因为政见不合，矛盾非常厉害。所以时间不久，顺宗就被迫退位。退位才两天，王伾、王叔文两人就被贬为开州司马和渝州司户，贬得很远，贬到四川去了。时隔不久，王伾病死于贬所，王叔文也被杀。接着，又贬韩泰、韩晔、柳宗元、刘禹锡为抚州、池州、邵州、连州四州的刺史。但是反对派认为这些革新派成员贬得太轻，于是又发了一道贬诏，把他们分别贬为虔州、饶州、永州、朗州的司马，并且把陈谏、凌准、程异贬为台州、连州、郴州的司马，把韦执谊贬为崖州司马。从此中国历史上就出现了饱含悲剧意义的“二王八司马”这一名称。过了八个月，朝廷又一次下诏，严厉申明，左降官韦执谊、韩泰、陈谏、柳宗元、刘禹锡、韩晔、凌准、程异等八人，“纵逢恩赦，不在量移之限”。这就是说，日后即使朝廷下达了大赦的诏令，他们这八个人也不在量移的范围之内。这就从根本上断绝了八司马回朝的希望，永久地把他们与二王一起划成了永不得翻身的政治罪人。

这是唐代历史上的一大政治悲剧。王叔文集团的主要目的是要铲除宦官毒瘤，假如做到了这一点，此后的历史上就不大可能发生那么多宦官为非作歹、弑君杀臣的惨案。比如唐宪宗李纯就被宦官陈弘志所杀，敬宗李湛被宦官刘克明所杀，至于穆宗李恒、文宗李昂等等，则都册立于宦官之手。正由于历史不能假设，所以在王叔文集团失败整整三十年之后，在唐文宗大和九年，又发生了那场朝官与宦官殊死拼搏的“甘露之变”。

“甘露之变”是唐代历史上的一件大事，发生在唐文宗一朝。文宗即位以后，对前代帝王多次被弑杀、被拥立以及宦官掌管禁兵作威作福的情况深感忧虑，就下决心严惩宦官，夺回失落的权力。他先是命宋申锡做宰相，指使他谋划着怎么样铲除宦官。但是，因为这件事保密程度不好，泄漏了消息，结果宋申锡被宦官诬陷，最后被远贬，这个计划就告破产了。此后，文宗又把为自己讲医术、讲《周易》的郑注和李训两个人提拔到高位，责令他们密谋诛杀宦官。他一方面提升

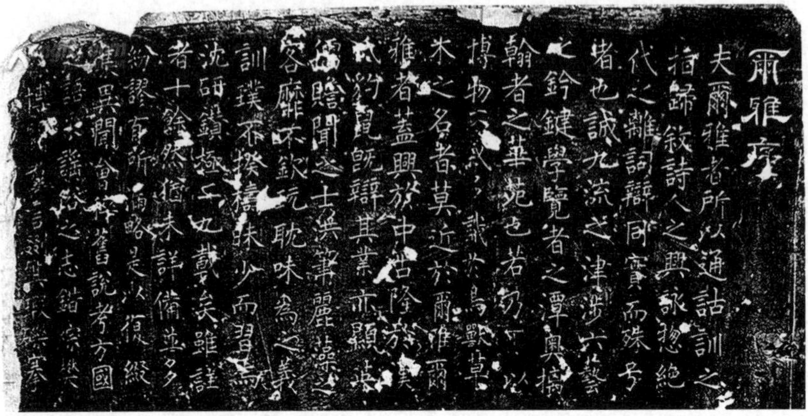

图 89　唐文宗立开成石经之《尔雅》

李训做宰相，一方面任命郑注做凤翔节度使。凤翔在长安的西部，离得不远，可以作为京师的外援。在此期间，唐文宗又先后将宦官杨承和、王践言、陈弘志、王守澄等处死，做了前期的一些准备。

大和九年十一月二十一号的早晨，金吾大将军韩约在早朝的时候向皇帝奏报，说在左金吾仗的院内有一棵石榴树，树上夜降甘露。甘露在古代被认为是祥瑞之气，是一种好的征兆。所以在李训等人的劝说下，文宗就率领百官来到了含元殿准备观看。他先是命令宰相和中书官员们前往查看，官员们回报说恐怕不是真的甘露。文宗不信，再命神策军左右护军中尉仇士良、鱼志弘等人率领宦官前往查看。仇士良、鱼志弘都是大宦官了，按照李训和文宗的事先安排，等到宦官全部到齐之后，就把他们一举歼灭。

可是，事有不巧，仇士良带领宦官来到左金吾仗院之后，先是看到韩约，就是刚开始奏报甘露降的那个金吾大将军，脸色不对，而且流汗，心里很紧张，于是就起了疑心；随着风吹幕起，宦官又发现幕后埋伏着众多的兵士，并且听到兵器撞击的声音。于是宦官们慌忙夺路而逃，去向皇帝报告。李训见此情景，就命令卫士们赶紧保卫皇帝。可是，宦官抢先一步，来到含元殿把文宗皇帝强行扶进轿子，抬着就往内宫跑。这时李训手抓轿杆，高声呼喊说：我向皇帝奏事还没奏完，陛下不可入宫。他知道，皇帝一入宫就会被宦官所掌控，事情就麻烦了。这时，李训事先调集的数百卫士也来到含元殿，挥舞兵器击打宦官。被打伤的宦官流着血，边跑边进行反抗，将手抓轿杆的李训打倒在地，然后抬着唐文宗的轿子进入宣政门，将门关上，并集体地口呼万岁。其意在说明：皇帝在我这里，你们其他人都不得再动刀兵了。百官见此状况，遂慌忙奔出、逃散。接着，血腥的大屠杀就开始了。宦官派遣神策军500人持刀冲出，逢人便杀，朝中的百官以及护卫士卒千余人纷纷逃命，挤成了一团，被杀的有六七百人。仇士良又命关闭宫城各门，严加搜捕，又杀了一千多人。宫廷内外横尸流血、狼藉满地，一片惨不忍睹的情状。在这次行动中，不少朝廷大臣像李训、王涯、王璠、舒元舆、郭行余、罗立言、李孝本、韩约等，先后被捕杀。稍后，身在凤翔的郑注也被监军杀死，与之有牵连的众多官员、亲友也统统被杀掉。这就是震惊朝野的“甘露之变”。

在这场酷烈的事变中，朝官们付出了惨重的代价，横遭屠戮者成百上千，整个朝列几乎为之一空。皇帝再上朝的时候，站在他面前的朝官已经是稀稀落落，没几个人了。由于朝官大批地被杀，所以擅权握兵的宦官就更加骄横放肆，飞扬跋扈，他们不仅对朝官益发地蔑视，而且对皇帝也横加欺凌。那位可怜又可叹的文宗皇帝，最后就因此郁郁而终。

第三十六讲

宦海中的文人操守

党派斗争、革新运动以及宦官擅权，都给步入仕途、成为朝官的唐代文人们带来了难以预测的噩运，使他们置身于茫茫宦海，屡屡生出沉重的感慨。但是除了以上几种情况之外，在文人出身的官僚那里还常常发生以下两种性质不同，但是归趋则一的人生遭际。

一种情况是站错了队，跟错了人，结果所跟的人一倒，跟随者也就随之而倒，并且往往落下骂名。最突出的例证是武则天时代诗名甚高但品行不佳的一批文人，如宋之问、沈佺期、阎朝隐、杜审言、王无竞等。这些人大都是进士出身，都在朝为官，身为宫廷诗人，又都与深受武则天宠幸、权势极重的张易之、张昌宗兄弟有这样那样的关联。二张本身没有多少才学，也没有什么才干，就是因为年轻貌美，长得漂亮，很帅，结果被武则天作为男宠，又叫面首，升到了高位。由于二张大权在握，势焰熏天，于是就有不少人甘心媚附，甚至连武则天的侄子武承嗣、武三思这样一些人，也拜倒在他们门下，把张易之呼为“五郎”，把张昌宗呼为“六郎”。当时有一个宰相叫杨再思，没有骨气，以谄媚取容为事。有一次，张易之的哥哥张同休召朝中公卿宴集，喝酒喝到正酣的时候，张同休就嘲笑杨再思，说“杨内史面

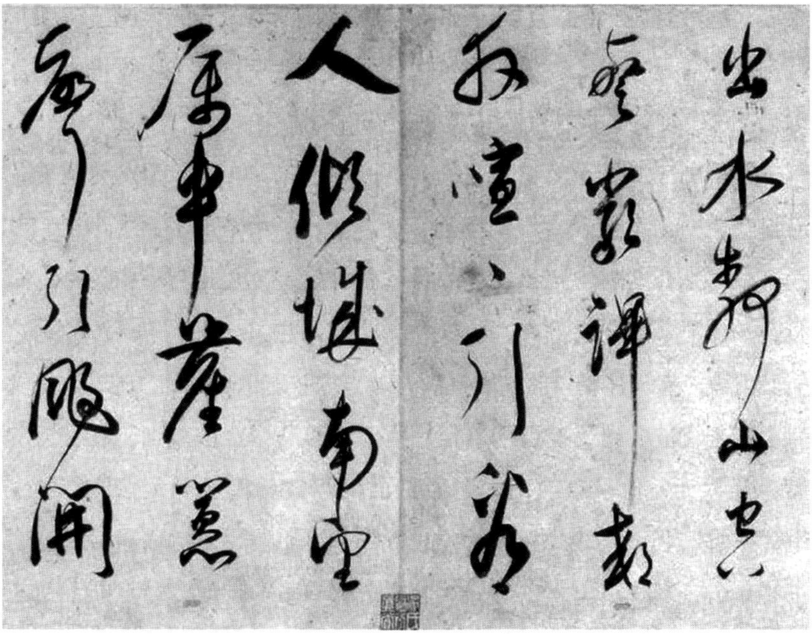
图 90　明董其昌行书宋之问诗

似高丽”，说你长得像高丽人一样。这个高丽，就是现在的朝鲜。唐太宗曾经几征高丽，唐人对高丽人是没有什么好印象的。说像高丽人，实际上是在嘲讽他。杨再思不仅不生气，反而欣然剪纸，贴到自己脸上，然后反披紫袍学高丽舞，惹得满座大笑。身为宰相，做这样一些举动，实在是很不得体。又有一次，有人称誉张昌宗长得美，说“六郎面似莲花”，杨再思偏偏反过来说“莲花似六郎”，拍马真是拍到极致了。

与杨再思这种不顾廉耻的官僚相比，宋之问等人的品格也强不到哪里去。宋之问工书善文，富于才学，他所作的那些应制宫体诗曾经受到武后的称赏，自然也受到张易之兄弟的喜爱。当时张易之等人写的东西，往往出自宋之问等人之手。据载，宋之问曾经为张易之捧过尿壶。这种奔趋权门，为他们捉刀代笔，甚至捧尿壶的人品，确实可以称之为“无行文人”了。与宋之问相比，杜审言、王无竞等人虽然也与二张有交往，但在品行上似乎还有间隔。

到了中宗神龙元年，82岁的武则天病重，张柬之等发动政变，逼迫武后交出政权，接着就把张易之、张昌宗给杀掉了，中宗得以复辟。中宗掌权之后，奖善罚恶的行动就开始了，凡是与二张有染的官员都被治罪，宋之问等人则被视为二张的同党，远流到了南方荒远之地。因为他们是神龙年间被贬逐到远方去的，所以被称为“神龙逐臣”。

宋之问被贬到南方去了，但是他并没有从中汲取教训。在被贬的第二年春天，他私自从南方贬所逃回洛阳，藏在了友人张仲之的家里。这时二张已死，武则天的侄子武三思因谄附韦皇后而得势，当时正直士人对他非常不满，张仲之和王同皎两位士人甚至要谋杀武三思。据说此事被宋之问听到了（还有一种说法是被宋之问的弟弟宋之逊得知了），宋之问就密令他的侄儿宋昙向武三思告发，结果张仲之、王同皎都被杀害，宋之问、宋之逊、宋昙等人则因为告发有功而得以升官。所以《新唐书》本传评价说：“天下丑其行”。此后，宋之问又故技重演，以当年媚附张易之兄弟的办法来谄事太平公主，获得了太平公主的信任。此后安乐公主势盛，宋之问又跑到了安乐公主那儿去。这样一来，自然引起太平公主的不满和怨恨，所以当中宗要升宋之问官的时候，太平公主就揭发了他以前的隐私。于是，宋之问再度遭贬。睿宗继位之后，又以宋之问“狯险盈恶”的罪名把他流放到了钦州，最后下诏赐死。

另一种是在政治压力下固守人格的正直士人。与宋之问等甘心媚附权贵，终于被贬到荒远之地，受人嘲笑的情形相比，朝中还有一些绝不趋炎附势、在恶势力面前敢于斗争、宁折不弯的士人，虽然他们中有不少人因正道直行遭到被贬甚至被杀的噩运，但其行为却受到当时人和后人的敬仰，这些人可以说是赢得了道义上的胜利。

图 91　明弘治重刻本《历代古人像赞》宋璟像

我们还以前面的事情为例。据《资治通鉴》载，武则天长安三年，就是公元703年，当张易之、张昌宗兄弟炙手可热、不可一世的时候，宰相魏元忠独排众议，指斥二张为小人。为了拔掉这颗眼中钉，二张就向武后进谗言，把魏元忠给逮起来，下到了监狱里，并私下里给张说封官许愿，让他作伪证，当着武后的面去揭发魏元忠。张说最初答应了，但在他临行的时候，时任凤阁舍人、后来在玄宗朝做到宰相的宋璟义正词严地告诉张说："名义至重，鬼神难欺，不可党邪陷正以求苟免！"并进一步劝导他：如果你因此获罪而被流放，那是你的荣耀；如果事有不测，那么我就要叩阁力争，与你同死。努力去干吧，千万不要做那种昧心事；如果你坚持了正义，将会受到万代的瞻仰。当时殿中侍御史张廷珪也对张说说："朝闻道，夕死可矣！"后来编撰《史通》的那位著名史学家刘知幾则告诫张说："无污青史，为子孙累！"可以说，这是正义与邪恶之间的一场搏斗，宋璟等人的话大义凛然，掷地有声，展示了正直士大夫的节操。大概正是受到了他们的感染，张说在武后面前一反他对二张的承诺，大胆地站到了魏元忠这一边。当然，张说和魏元忠等人最后都因二张的打击而远贬岭表，但他们却由此赢得了一代美名。如果不是这样的话，我们真不知道历史将如何评价张说这位后

图 92　凤翔法门寺

来在玄宗朝官至宰相、被誉为“燕许大手笔”的文人。

与此相似，到了中唐，也出现了一批正直公忠、与恶势力搏斗的士人。韩愈、白居易以及我们前面提到的柳宗元、刘禹锡等，都是其中的佼佼者。以韩愈为例，即可窥斑知豹了。早在贞元十九年，刚刚担任监察御史的韩愈就把批判的锋芒指向了权高位重的贪官。史书记载，这一年关中大旱，粮食颗粒无收，被饿死的百姓非常多，甚至有的人弃子逐妻以求活命。而当时的京兆尹李实为政极度残暴，如此灾荒之年，还要聚敛向皇帝进奉，对百姓哭诉不管不问，甚至向皇帝谎报道：“今年虽旱，谷田甚好。”韩愈对此非常气愤，他宁可得罪这位皇亲国戚，也要替百姓说话，于是写了一篇《御史台上论天旱人饥状》的章奏，揭露灾情，指斥李实欺上瞒下。章奏递到朝廷之后，自然就触怒了权臣，结果韩愈被贬到广东的阳山。按说，韩愈有了这次被贬的经历后，就应该在政治上成熟一些、收敛一些了，可是他仍然敢说敢做。在十六年之后的元和十四年，唐宪宗兴师动众，迎接凤翔法门寺的佛骨，将之留在宫中三日，并历送各寺，以求取岁丰人安、国祚久长的福瑞。据史书记载，佛骨来时，王公、士民们排成两列夹道迎接，有的人把家产拿出来奉献，有的人头顶燃灯，表示对佛的崇信。面对这种全民如痴如狂的景象，韩愈非常反感，如骨鲠在喉，不吐不快。韩愈这时候是什么官呢？是刑部侍郎。从职权范围来讲，这事他可以不管，但是出于一片忧国之心和强烈的义愤，他挺身而出，上表切谏，于是就有了那份历史上有名的《论佛骨表》。在这封表里，他明确指出："事佛求福，乃更得祸。""取朽秽之物，亲临观之……群臣不言其非，御史不举其失，臣实耻之。"意思是说：你宪宗皇帝信佛、迎佛是为了求福，但在我看来，你不仅求不到福，还可能得到祸！你身为皇帝，对佛骨这早已腐朽、污秽之物竟亲临观赏，朝中大臣都趋之若鹜，不言其非，我实在为之感到耻辱！这话是对皇帝和满朝大臣说的，这该需要何等大的胆量，又会对皇帝和群臣产生多大的刺激！所以宪宗甚怒，出疏以示群臣，将加极法，就是要杀头了。后来经过裴度、崔群力加劝解，宪宗余怒未消，说：韩愈作为人臣，竟敢如此狂妄，固不可赦。于是就把 51 岁的韩愈再度远贬，一直贬到八千里外的广东潮州。

与韩愈遭遇相似的还有白居易、元稹等人，他们也都在自己做拾遗官、做监察御史的时候，或写讽谕诗揭露现实，或多次上疏谏诤皇帝，并且实地纠弹不法贪官，最后触怒了这些官僚的利益，也触动了皇帝的利益，结果分别被贬到了江州和江陵，开始了他们的贬谪生涯。

第三十七讲

贬谪生涯与逐臣之诗

政治斗争和直言强谏的结果，必然带给一部分文人被贬甚至被杀的命运。那么从这一讲开始，我们来谈一下唐代文人的贬谪生涯。

贬谪，本来是对负罪官员的一种惩罚，也就是降他们的职，并且将之遣逐到荒远险恶的地方去。据唐人孔颖达的解释，受贬谪的人所犯的罪一般在既不能赦免，也不便致刑之间，于是就“完全其体，宥之远方，应刑不刑，是宽纵之也”。这是孔颖达在《尚书正义》里说的话。这种制度可以说古已有之。但是随着历史的发展，越来越多被贬的官员不仅不是有罪之人，反而是正直之士，其中最著名的，是战国时代楚国的屈原，“信而见疑，忠而被谤”，结果遭到打击和流放。西汉时期的贾谊也是无罪被贬的典型。到了唐代，贬官无论是在数量上，还是在性质上，都与前代有了相当大的不同。一方面，唐代没有经历过贬谪的官员少得可怜；另一方面，在被贬的官员中，有相当一批都是贬非其罪的。与其他朝代贬官的另一个不同之点，在于唐代是诗的国度，唐代被贬的官员中诗人众多，换句话说，在众多被贬的官员中，很少有不会作诗的人。我们屈指数一下，从初唐的上官仪和沈佺期、宋之问等神龙逐臣，到盛唐的张说、张九龄、李邕、李白、杜甫、王昌龄等人，再到中唐的刘长卿、韩愈、柳宗元、刘禹锡、白居易、元稹等人，晚唐的李德裕、贾岛、马戴、薛逢、郑畋等人，都是著名的诗人，他们无不受过贬谪磨炼，有些人的被贬还不止一次。更有甚者，怀着一腔的幽怨，终至葬身于贬所，真真正正地成了永久的逐臣。从这一点来看，前面说的孔颖达对贬谪的解释就显得一般化了。对被贬者来说，贬谪并不是一个“宽纵之也”所可包容的，它实实在在是一种饱含逐臣血泪的苦难。就好比一道界碑、一座分水岭，贬谪以它所内含的专制主义的无比严酷和生命史上的全部痛苦，把从政文人的人生历程截然划分成了两段。贬谪之前，这些文人们优游宫廷，作诗唱和，或者是直言强谏，大呼猛进，他们的生命内蕴都得到了充分的展现。但是接踵而来的贬谪，又把他们抛上了万死投荒的路途，使他们的生命形态顷刻间就发生了巨大的逆转，生命的价值也由发展的高峰跌落到了无底的深谷。这种情况，我们把它称作生命的沉沦。

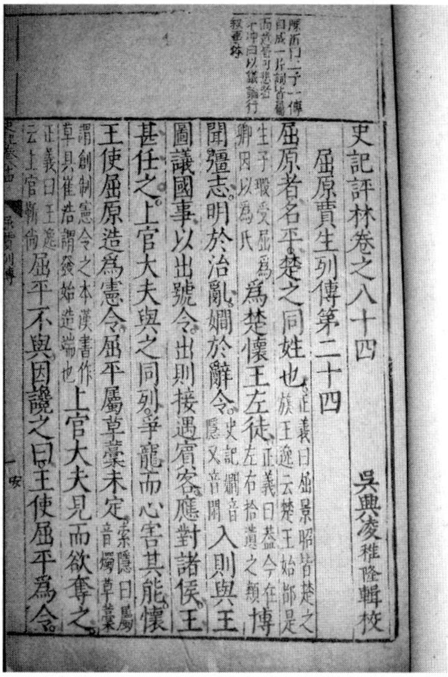
史記評林卷之八十四　　吳興凌稚隆輯校
屈原賈生列傳第二十四
屈原者名平楚之同姓也正義曰屈景昭皆楚之族王逸云楚王始都是生子瑕受屈爲卿因以爲氏爲楚懷王左徒正義曰蓋今左右拾遺之類博
聞彊志明於治亂嫺於辭令史記嫺音 隱又音閑入則與王
圖議國事以出號令出則接遇賓客應對諸侯王
甚任之上官大夫與之同列爭寵而心害其能懷
王使屈原造爲憲令屈平屬草槀未定索隱曰屬音燭草槀謂創制憲令之本漢書作草具崔浩謂發始造端也上官大夫見而欲奪之
正義曰王逸云上官靳尚屈平不與因讒之曰王使屈平爲令

图 93　明万历年间刻本《史记评林》之《屈原贾生列传》书影

所谓的沉沦，大致包括两个层面：一个层面是生命由高向低的跌落过程，另一个层面是生命在跌落过程中所经受的磨难。唐代贬谪文人的遭际，无不鲜明地体现了这样两个特点。比如从身在京城担任朝官，骤然变为南方荒远之地的逐臣，这是他们生命从高向低的跌落。

那么他们到达贬所之后，大都在州县一级担任司马、参军这样一类有职无权的小官，英雄失去了用武之地，整天在寂寞苦闷中讨生活。且不说那些恶劣的自然环境给他们的肉体带来了什么样的折磨，也不要说在这些折磨的同时，他们还要遭受多少来自社会舆论的非议、打击和世俗的冷眼，仅就他们大好生命空被闲置或者被废弃这一点来说，就足以在他们的精神上形成痛苦磨难的深刻印痕了。如果说，人的生命本来就处于长久的磨难之中，那么这种磨难虽然痛苦，但人还不至于不能忍受，可是当生命由一个极点向另一个极点突然发生转变的时候，由于有了正向的、高层级的生命体验作参照，那么负向的、低层级的生命体验就会令人难以忍受。这就好比一个人，长时间地处在一个黑房子里，因为已经适应了黑暗，也就不至于过度感到黑暗造成的窒闷和痛苦，可是当他一旦看到了外界的光亮，而这个光亮又很快被人强行遮掩之后，那么他所感受到的窒闷、痛苦就远超以前了。这是经过比较之后所产生的巨大的心理反差，是从希望追求到希望破灭的精神苦闷。白居易写过一首诗，诗题叫《我身》，其中这样写道：

> 我身何所似，似彼孤生蓬。秋霜翦根断，浩浩随长风。昔游秦雍间，今落巴蛮中。昔为意气郎，今作寂寥翁。

诗中将自己比作孤生的蓬草，秋霜来了，把它的根一下斩断，于是，断了根的蓬草就随着长风到处飘荡。此前在秦地长安城中游，现在被贬谪流落到了巴蛮之地；此前是意气风发的青年，现在成了寂寥苦闷的老翁。这几句话，可以说深刻地反映了人的生命被抛弃之后，由今昔对照所生出的心理反差和精神苦闷。正是在这层意义上，我们说文人在政治风波中的失足、被贬，标志着一种沉重的忧患和深刻的生命体验。

贬谪虽然造成了唐代文人生命由高向低的跌落，但也为他们的诗作增加了真实的内容和悲凉的情调。对个人来说，贬谪是不幸的；对文学来说，遭受贬谪者却是幸运的。宋人严羽在《沧浪诗话》中说过一段话："唐人好诗，多是征戍、迁適（谪）、行旅、离别之作，往往能感动激发人意。"这话是很有道理的。由于贬谪，人的生活发生了巨大的变化，沉重的人生苦难强烈地刺激了诗人们以前平和的心境，不仅使他们在人生转折的关口，在生命沉沦的过程中，以全副的身心去体验痛苦、感悟生命，益发真切地领悟到人生的真谛，接触到人类命运与生存意义等等一些文学艺术最本质的问题，而且郁积了他们内心化解不开的苦闷情怀，形成了他们必须借助文学这种样式一抒悲怨以宣泄痛苦的直接动力。古人说过一句话："诗非异物，只是人人心头舌尖所万不获已，必欲说出之一句说话耳。"（金圣叹《与家伯长文昌》）意思是说：诗是和人生遭际紧密关联的，只要你把你心中始终翻卷滚动着、一定要说的那句话说出来，这就是诗了。实际上就是要求诗表现人的最真切的情感，而贬谪就郁积了诗人们的这样一种情感。诗是人的心声，当人遭遇不幸的时候，都有借诗以抒发感情的需要，诗人要写诗，不是诗人，到了那个时候，也能写出诗来。受了不公正待遇的人、受冤枉的人要写诗，就算那些确实犯了过错、理应被贬谪的人，也要写诗。举例来说，唐玄宗手下那位有名的近臣高力士，到了肃宗朝，就不得志了，一下子被贬到了巫州。当他碰到同时被贬的第五国珍的时候，深有感触地说："宰相犹如此，余何以堪！"他随之吟出两句诗："烟熏眼落膜，瘴染目朱虞。"对他在贬所被烟熏得连眼角膜都落掉了，被瘴气染得发红的眼睛的情状作了真实的表述。后来他看到贬所长着的荠菜没人去采摘，不禁想起自己被弃逐的身世，又作诗一首："两京称斤买，五溪无人采。夷夏虽有殊，气味应不改。"高力士身为宦官，本来是一个粗人，可是当他遭到生活的巨大变化的时候，

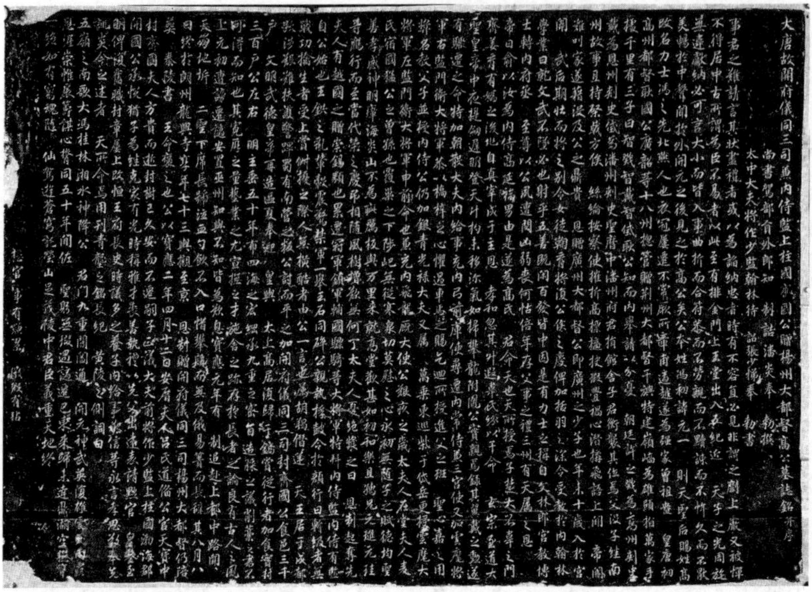

图 94　高力士神道碑

竟然也按捺不住心中的激情，要用诗来言志了。由此可见，贬谪对人震动之大、刺激之深。

前面我们说过，神龙逐臣都是因与张易之、张昌宗兄弟有这样那样的关系而被贬黜，他们的被贬大多属于罪有应得。但是，他们被贬之前所犯的过错是一回事，被贬之后受到了各种磨难，产生深刻的生命悲感是另一回事。由于他们和其他的诗人一样，都经历了生命由高向低的跌落过程，自然就会产生出远远不是以前宫廷生活所能包容的那种人生体验，也就自然会给他们以前所作的那些苍白的、没有内容的宫廷诗增加真实的内容和悲凉的情调。在当时的几个主要诗人里，沈佺期被长流驩州，驩州的治所在现在越南的容市；宋之问被贬到了泷州，是现在广东的罗定市；杜审言被流配到了峰州，治所是现在越南河西省的山西西北；阎朝隐被贬到了崖州，就是海南琼山东南；王无竞被流放到了广州。与他们同时被贬的共有18人。这些平日养尊处优的诗人，突然间被贬到如此荒凉的处所，心中的惊恐不安可想而知。他们跋涉江岭，历经艰险，写了相当一批纪行诗以抒怀。杜审言的《渡湘江》这样沉重地写道：“迟日园林悲昔游，今春花鸟作边愁。独怜京国人南窜，不似湘江水北流。”沈佺期的《遥同杜员外审言过岭》也充满了悲苦的气息：“天长地阔岭头分，去国离家见白云。洛浦风光何所似，崇山瘴疠不堪闻。”都表现了被贬过程中所见所闻与自己以前生活经历的巨大的差异。

此外，他们还多在流贬途经的驿站留下题壁诗，内容真切、情思悲凉。当年这些诗人们流贬的地方都是岭南一带，都要经过一个位于广东高要、地当要冲的名叫端州驿的驿站。于是就有了非常有名的一组端州驿题壁诗。我们翻开《全唐诗》卷五一，就有宋之问这样一首题目很长的题壁诗：《至端州驿，见杜五审言、沈

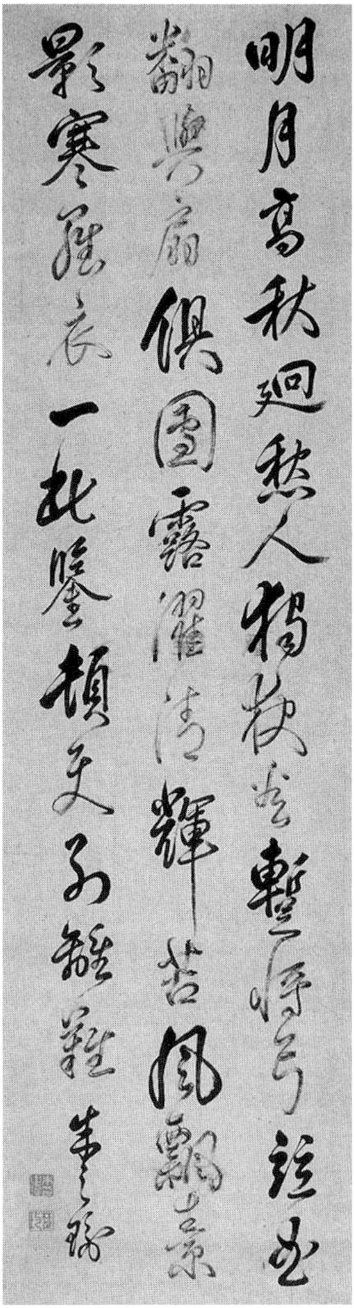

图95　明末清初朱之瑜行书杜审言诗

三佺期、阎五朝隐、王二无竞题壁，慨然成咏》。由这个诗题，我们可以知道，杜审言、沈佺期、阎朝隐、王无竞都曾在这里题诗于壁，不过这些题壁诗现在多已不存，只有宋之问的诗能够让我们粗知当日题壁诗的面目。宋之问写的是两首绝句，第一首写岭南环境：

逐臣北地承严谴，谓到南中每相见。岂意南中岐路多，千山万水分乡县。

说我们这些逐臣被流放了，在流放之初，大家以为到了岭南以后，还可以常常在一起相见，可是没想到，到了岭南之后，歧路太多了，我们四方流散，连见上一面都非常困难。第二首接着写其心情：

云摇雨散各翻飞，海阔天长音信稀。处处山川同瘴疠，自怜能得几人归。

被贬者各滞一方，音信不通，南方瘴气非常厉害，在这儿待上几年之后，恐怕有不少就要死于此地了，还能有几个人再归去呢？诗写得很真切，情思也非常悲凉。

与宋之问相比，沈佺期的贬地更为遥远，他是仲春时节从东都洛阳出发，中途经过郴江口、骑田岭、端州驿、鬼门关等地，一路上尘劳困顿，终于在秋季到达了贬所，遂作《初达驩州》诗：

流子一十八，命予偏不偶。配远天遂穷，到迟日最后。水行儋耳国，陆行雕题薮。魂魄游鬼门，骸骨遗鲸口。夜则忍饥卧，朝则抱病走。搔首向南荒，拭泪看北斗。何年赦书来，重饮洛阳酒？

图 96　古崖州城

诗里点明同案遭流放者总共 18 个人，而在这 18 人中，沈佺期的途程最远，所以最后到达。他屈指算来，在路途上就走了半年的时间，半年之内，或水行，或陆行，夜卧忍饥，朝走抱病，受尽了磨难。诗人既“搔首向南荒”，又“拭泪看北斗”。一个“搔首”，表现了向未知地进发时的恐惧、不安、徘徊、犹豫之状；一个“拭泪”，则展示了回望京城时的思念、不舍、感伤、凄楚之态。这样的诗句，读了以后令人非常地心酸，甚至让人们忘掉了他们曾是品行有亏的负罪者。

沈、宋等人表现的这种悲感，在逐臣中是普遍存在的。以中晚唐的大政治家李德裕为例，可以更清晰地了解这种情形。李德裕既具才干，又有谋略，是中晚唐之际作出了较大贡献的一位宰相。但在牛李党争中，李德裕却成了最后的失败者。他先是被贬潮州司马，接着又由潮州被贬到了崖州，这时候他已经 60 多岁了，60 多岁的老人逾山渡海，长途跋涉，那种风餐露宿、艰难辛苦之状是可以想见的。这在他的《到恶溪夜泊芦岛》中有形象展示：

风雨瘴昏蛮日月，烟波魂断恶溪时。岭头无限相思泪，泣向寒梅近北枝。

风雨瘴气，日月昏黄，恶溪烟波，令人魂断。在度过岭南山峰的时候，他的思乡之情愈发浓郁，是“无限相思泪”，而且泪洒寒梅，也要洒向北边靠近京城的那一枝。他到了海南之后，还写了一首《登崖州城作》：

独上高楼望帝京，鸟飞犹是半年程。青山似欲留人住，百匝千遭绕郡城！

独自一人登上高楼，向北边的帝京望去，可是距离太遥远了，连鸟飞也需要半年的时间，怎么看得到呢？放眼四周，群山起伏，“百匝千遭”地围绕着郡城，如何能冲出这似牢狱般的重围呢？从这些悲伤感慨、思乡远望的诗句中，我们可以清晰地感知到这位老年政治家独特的英雄末路的苍凉情怀。

唐代有不少诗人，名声不大，传诗也不多，而能够流传下来的诗作，大都是比较优秀的诗篇。据陶敏先生考察，这样一些优秀的诗篇，往往就是诗人在贬谪期间写成的。比如神龙逐臣中的韦承庆，现存诗共七首，其中较好的两首就作于贬谪期间。同时被贬的房融仅存一首《谪南海过始兴广胜寺果上人房》，即是流贬途中所作。他如章玄同的《流所赠张锡》，刘幽求的《书怀》，都是作者唯一传世的作品，而这两首诗也都作于贬所。按理来说，作者当日所作的诗绝不止这么一首，在流传过程中之所以只保存下这么一首，原因可能很多，但最主要的原因，恐怕是这首诗的质量高过了其他的作品，为人喜爱、记诵，最后被流传下来。由此也可以看出人在贬谪逆境，往往能被激发出好的作品。

不过，就唐代遭贬者以及他们创作诗歌的总体情况来看，上边这些例证还不算典型。因为作为诗人，他们的名声不够大，所作的诗歌数量又太少。诗名不算小，诗歌创作量也比较大的，可以举出大历时期的诗人刘长卿。

我们前面说过，刘长卿考进士的时候曾经做过棚头，还是很活跃的。他富于才学，但一生命运多舛，应举十年不第；后来好不容易考中进士，步入仕途，又因为刚直犯上，遭人诬陷，被逮进监狱，两次被贬谪，长期处于颠沛流离的困境之中。所以他的一些作于谪居期间的诗歌，就写得非常悲凉、萧瑟。《重送裴郎中贬吉州》就是这样一篇作品：

猿啼客散暮江头，人自伤心水自流。同作逐臣君更远，青山万里一孤舟。

同为逐臣，客中送客，短短四句，写尽了被贬者内心的孤独和惆怅。特别是其中“人自伤心水自流”“青山万里一孤舟”这样的句子，既是写景，又是写情，在畅达流走中深寓哀感，强化了悲凉的气息。在他的不少诗里，较多出现“落日”“归鸟”“孤舟”“青山”等物象、意象，用以衬托作者的悲苦情感。所以读刘长卿的这类诗，常令人生出一种感伤得不能再感伤、孤独得不能再孤独的感觉。

需要注意的是，刘长卿的这类作品，除了孤独和感伤之外，较少呈现出个体生命与阻力相抗衡的力量。根据悲剧美学，人对苦难不能只是被动地承受，还在于顽强地抗争，正是在抗争之中，人的生命意志和生命强力才得到了勃发，人的本质力量才得以呈现，伟大的悲剧精神才得以产生。所以西方人斯马特说过一段话：“如果苦难落在一个生性懦弱的人头上，他逆来顺受地接受了苦难，那就不是真正的悲剧。只有当他表现出坚毅和斗争的时候，才有真正的悲剧，哪怕表现出的仅仅是片刻的活力、激情和灵感，使他能超越平时的自己。悲剧全在于对灾难的反抗。”（朱光潜《悲剧心理学》引）由此看来，反抗表现了人的不屈和人性的坚强，也给文学增添了水石相激的力度。一方面，苦难毁灭了贬谪诗人的生活；另一方面，贬谪诗人不屈不挠的抗争精神，又反转过来给予他们人生的、艺术的丰厚赐予。所以曾在“巴山楚水凄凉地”被“二十三年弃置身”的刘禹锡说得好：“莫道谗言如浪深，莫言迁客似沙沉。千淘万漉虽辛苦，吹尽狂沙始到金。”（《浪淘沙词九首》其八）也许正是这样一种经磨历劫寸心不改、淘尽狂沙苦觅真金的意志和生命力，凝铸、成就了贬谪诗人作品的精魂，并且直接导致了这些作品如严羽所说的能“感动激发人意”的美学效果。

第三十八讲

初踏贬途

了解了唐代逐臣诗歌创作的情况之后，我们来看一下唐代的相关法令和逐臣们初踏贬途的情况。唐代对贬官的处置是有若干规定的，而且呈逐步严酷的发展趋势。在武则天时代，还容许贬官在朝堂谢恩，然后再给他三五天准备装束的时间。到了玄宗的开元年间，凡是在京城受过杖刑的左迁者，则有一个月的修养时间，然后发遣。可是到了天宝年间，情况就变了。天宝五载，也就是公元746年，朝廷颁布了一则敕文，对贬官的处置发生了大幅度的严厉升级。敕文规定："应流贬之人，皆负谴罪，如闻在路多作逗留，郡县阿容，许其停滞，自今以后，左降官量情状稍重者，日驰十驿以上赴任，流人押领，纲典画时，递相分付，如更因循，所由官当别有处分。"（《唐会要》）凡是流贬之人不许在路途多作逗留，也不许各郡县收留他们，每天要走十驿的路程，而且要有人押领着，要严格地掌握时间，催迫着他们到贬所去。唐代大体上是30里一驿，以往的规定是"乘传者日四驿，乘驿者六驿"，一天跑上四个驿站或者六个驿站，这是正常的速度。如果用"日驰十驿以上"的标准来计，那么每天必须走300里，比一般的速度要快一倍以上，这对那些带着行装、书籍，甚至带着家口的贬官

图 97　明沈周《京江送远图》

来说，应该说是不易达到的一个速度了。所以史家在记录了这条诏令后指出："是后流贬者多不全矣。"（《资治通鉴》）至于这条规定所说的"不许多作逗留"，不只是指路途，还包括从贬诏下发一直到离都出发这样一段时间。比如当年张九龄被贬荆州的时候，就是："闻命皇怖，魂胆飞越，即日戒路，星夜奔驰。"在被贬的当天就匆忙上路了。杨炎被贬道州的时候，"自朝受责，驰驿出城，不得归第"，连家也不能回，就踏上贬途，尽管这时他的妻子已经卧病在床。实际上，自从天宝五载的敕文之后，贬官从诏令下达之日起，无不仓促就道，而被定为重罪者，更是被吏役驱遣着、呵斥着，就像犯人一样。所以戎昱有一首送贬官的诗如此写道："惊魂随驿吏，冒暑向炎方。"（《送辰州郑使君》）张籍的《伤歌行》描写杨凭被贬临贺尉时，则是这样一种情形："黄门诏下促收捕，京兆尹系御史府。出门无复部曲随，亲戚相逢不容语。辞成谪尉南海州，受命不得须臾留……邮夫防吏急喧驱，往往惊堕马蹄下。"连亲戚送行都不能跟他随便说话，被吏役驱遣着，非常急迫地上路远行。这种情形可以说非常严酷，令人读来惊心动魄。

与上述众多贬谪文人大体相似，中唐时期的韩愈、柳宗元、刘禹锡、元稹、白居易等人也都经过这样的一幕。

白居易被贬江州的时候，情况略好一点，他是“即日辞双阙，明朝别九衢”（白居易《东南行一百韵寄通州元九侍御……》），从接到贬诏到踏上贬途，中间隔了一天。而到了元稹被贬的时候，白居易曾经赶去送行，后来白居易回忆这件事时说：“诏下日，会予下内直归，而微之已即路。”（《和答诗十首并序》）当天下诏，当天就被押解着出发了，以致刚从朝廷当值回家的白居易想送行都来不及。韩愈初贬阳山的时候，宦官亲自临门督遣，稍停片刻都不允许。当时他的妹妹卧病在床，韩愈曾百般请求，希望能够稍微停留一下，但役吏不允许。他再次被贬潮州的时候，是“即日奔驰上道”。而且上司认为罪人的家属不可留在京师，在韩愈走了之后，他的家眷也踏上了贬途。相比之下，柳宗元和刘禹锡所犯的事更重，所遭受的打击也就更大。尽管他们没有留下初次贬谪的有关记述，但是可以想见，他们被贬出都时所受的迫害与韩、元、白相比，必有过之而无不及。

这是贬官受到的初步打击。本是朝廷大臣，可是顷刻之间就像囚犯，被人歧视虐待，心理上的痛苦是不难想象的。然而又不只是痛苦，对他们来说，踏上贬途之后面对的是一个未知的、危险的、陌生的世界。生命就像一叶孤舟、一尾断篷，在波涌风吹下，不由自主地向远方飘去。而他们所去的地方，大多是南方炎瘴之地，炎热难耐，瘴气密布，令人非常畏惧。这次前往能不能生还还是一个未知数，这就不能不使他们由痛苦产生恐畏，而这恐畏又由于吏役的驱遣和仓皇的辞家，别具一种惊心动魄的惶惑之感。他们这种惶惑，不是日常生活中觉得某种危险迫近时那种恐畏和惶惑，而是在面对一种不可知的操纵着自我命运的巨大力量，自己无能为力时所产生的恐畏和惶惑。心理学家认为："恐怖感的时间如果愈短，则焦虑的准备状态也愈易过渡而成为行动状态，从而整个事件的进行也就愈有利于个体的安全。"（弗洛伊德《精神分析引论》）反过来说，恐怖感延续的时间越长，焦虑和惶惑的状态也就越厉害，整个事件也就越容易构成对个体的威胁和打击。由此而言，唐代这些贬官的惶惑感、恐怖感，可以说是从贬诏下达一直到抵达贬所这样一个过程中都伴随着他们的。所以白居易被贬的时候说："草草辞家忧后事，迟迟去国问前途。"（《初贬官过望秦岭》）韩愈则说："我今罪重无归望，直去长安路八千。"（《武关西逢配流吐蕃》）这些诗作，真切地反映了他们既不愿前行，又不能后退，痛苦、恐畏和惶惑不安集于一体的复杂心境。

继此初步打击之后，接踵而来的就是踏上贬途所遇到的重重险阻，贬谪诗人们的肉体和精神经受了双重的磨难。

唐代从长安流贬东南地域的路途主要有两条，一条是由长安到洛阳之间的两都驿道，另一条是经过蓝田、武关南行的蓝武驿道。这两条路比起来，前者是主干道，宽敞，也容易走，但是路途遥远，费时费日；后一条路行程捷径，不会延误时间，但主要是山路，狭窄难行，沿途林深木茂，时有猛兽出没，一直被人视为畏途。李商隐写过一首诗叫《商於新开路》，其中说："六百商於路，崎岖古共闻。"虽然这么艰难，但是由于这条路是捷径，能够节省时间，所以很多人还是乐于走这里。而贬臣逐客因为严诏的催迫，不敢停留，大多是由这条路仓促就道，很难顾及它的艰险崎岖了。比如张九龄被贬荆州，颜真卿被贬峡州，周子谅、薛绣、杨志成、顾师邕、王抟等等一些人被贬岭南，都经过这条路。至于韩、柳等人的被贬，更是多经此道。韩愈贞元十九年被贬阳山，元和十四年被贬潮州，即取道蓝武一途，如果把他的往返算在一起，已是经过四次了。元稹元和五年被贬江陵、白居易元和十年被贬江州，以及其他几次南行，也是经过蓝武一途。所以白居易说："与君前后多迁谪，五度经过此路隅。"（《商山路驿桐树昔与微之前后题名处》）柳宗元、刘禹锡元和十年春天被召还京的时候，走的就是这条路；他们永贞元年被贬出都的详情，记述不多，但是根据刘禹锡后来写的文章看，也

图 98　五代关仝《关山行旅图》

应该是从这条路出发的。

踏上这样一条路之后，身心的各种磨难就开始了，白居易写自己走上这条路之后，是“浔阳仅四千，始行七十里。人烦马蹄阻，劳苦已如此!”(《初出蓝田路作》)自己被贬到浔阳郡去，路有4000里，可是现在只走了70里，就这70里，已经是非常劳累了，可见这条路极不好走。虽然这种劳苦并不是一直延续到距长安4000里的江州，但在这崎岖600里的蓝武路段，这个苦是非受不可的。进一步来说，白居易从早上到晚上才走了70里，按照这个速度来推算，要走完600里的崎岖路段，至少需要八天半以上的时间。这还只是一般的情况，如果遇到雨雪等特殊情况，那贬官所受到的折磨就更大了。

韩愈被贬阳山的时候，正好是冬季，气候恶劣，大雪封山，车马难行。他再次被贬到潮州的时候是正月，又是大雪封山，寒冷有加，山路湿滑。这样的路，对一般徒手的旅人来说都非常困难，何况是背着行装、携带着家口的贬臣！所以在来到蓝关，准备进入商山时，韩愈写了一首非常有名的诗作，叫《左迁至蓝关示侄孙湘》。诗是这么写的：

> 一封朝奏九重天，夕贬潮州路八千。欲为圣明除弊事，肯将衰朽惜残年。云横秦岭家何在？雪拥蓝关马不前！知汝远来应有意，好收吾骨瘴江边。

诗写他踏上蓝田、武关道之后所遇到的艰难情况。颈联这两句诗常被传诵，但是它所包含的当时那样一种极度困苦的状况，却很少引起人们真正地注意和细微的体察。《蓝田县志》卷三记载：宪宗元和八年十月下了一场大雪，人多有冻僵的，鸟类则多被冻死。由此可知，唐时蓝田山里降雪非常严寒。又据《蓝田县志》所载明代蒋文祚《七盘坡烟洞沟等处修路记》，我们了解到，蓝田七盘坡数百里都在万山之中，一遇雨雪，往往是车翻马毙，其艰难程度过于蜀道。这里所说虽是后代情形，但由此可以推知唐代的状况更要险恶。路途这样艰险，又被冰雪阻塞，那么韩愈立马蓝关，确实是难以前行啊！除此之外，他更感受到一种肉体折磨之外的巨大的精神摧残。据韩愈后来追述，他被贬的时候，正逢他的第四个女儿病重在床，但是由于严诏的催迫，他不能稍作停留，马上就被押解上了路途，与家人在无比的悲凉中“苍黄分散”。而韩愈刚走，他的家人也随之离开了京师，一家老小相继在冰天雪地中踏上了南行的路途。这时京城的旧家已经不存在了，而全家人又处于颠沛流离的万里旅途上，这对负有全家重责的韩愈来说，不能不感到五内俱伤。眼望秦岭云横，回首京都渺渺，他不能不发出“家何在”的泣血之问。他的痛苦还不止于此。由于韩愈南行，全家也被迫远行，12 岁的爱女不得不带病就道，从早上走到晚上。韩愈后来追忆说：“撼顿险阻，不得少息，不能食饮，又使饥渴。”（《祭女挐女文》）在冰天雪地里，除了寒冻，不能休息，还不能饮食，终于在距长安大约 450 里的商南层峰驿死去。当此家破人亡之际，51 岁的贬谪诗人不能不感受到全部的生活重负和无可底止的哀伤，他的精神也不能不蒙受到远远超出常人的、严重的摧残。

韩愈、白居易如此，元稹、柳宗元、刘禹锡也不例外，虽然他们没有在路途上遭受韩愈这样的家庭变故，但是那种肉体的磨难却是在所难免的。何况柳宗元在赴贬所的时候，年近 70 的老母与他一起同行，那么他所受到的困苦就不会在一般人之下。这应该是唐代文人生活中极为悲惨的一幕情景。当年负有抱负、叱咤风云的志节之士，如今却扶老携幼、踟蹰南行、万死投荒！千载之下，想来也令人为之酸鼻。

作为南贬官员必经的一条道路，蓝田、武关道有着特殊的文化意义。李涉写过一首《题武关》的诗，其中有这样两句：“来往悲欢万里

图 99　明唐寅《关山行旅图》

心，多从此路计浮沉。”非常深刻地道出了蓝武通道与唐代贬谪士人的关联，在某种意义上甚至可以说，这是一条充满迁客血泪的贬谪之道。在这条路上布满了逐臣沉重的足迹，也掩埋过这些迁客的累累白骨。不必细密地统计，我们就可以举出一大批死于这条路上的贬官名姓，比如：周子谅、薛琇流贬瀼州的时候，被赐死于蓝田；杨志诚因罪流放岭外，行到商州被杀；顾师邕流儋州，到商山被赐死；王搏贬崖州，被杀于蓝田驿；杨承和流驩州，被杀于公安；韦元素流象州，被杀于武昌……显而易见，在这条路上，凝聚着一种严酷惨烈的文化内涵。所以白居易在他的《和〈思归乐〉》诗里明确指出：“皆疑此山路，迁客多南征。忧愤气不散，化结为精灵！”就是说，无数的迁客由此南征，忧愤郁结，弥漫不散，生死相继，日积月累，竟至于化结成冥冥之中神秘莫测令人恐畏的“精灵”！如果排除这句话中的迷信因素，那么这个“精灵”就是前边说到的文化内涵的一种形象表述。正因为这条迁谪之道记载了专制政治导致的人生悲剧，所以它的文化意蕴就非常深厚、非常广博。在这里，蓝、武通道与迁客的命运紧紧地纠结在一起，它那险阻艰难的自然环境，它那郁积着无数迁客生命沉沦的文化气氛，使得每一位后来的贬臣一踏上这条路，就产生一种深深的恐畏和刻骨的凄怆，而随着路途的延伸、贬所的接近，这种恐畏和凄怆便越来越深化。

第三十九讲

谪居磨难

上一讲我们谈了贬官初踏贬途的情况，这是贬官的第一阶段。下面，我们来谈第二阶段，即到达贬所经受的生命磨难。

贬官所至的地域不同，从长安到贬所所费的时间也就不同。拿元稹来讲，他第一次被贬到江陵的时候，距长安大约是 1770 里，半个月就可以到达；而韩愈被贬的潮阳郡，距长安已是相当遥远，大约是 7660 里，就需要费时两个多月。这样看来，他们在路途所受折磨的程度是有差别的。尽管如此，因为被贬而导致的各种身心的磨难、摧残却是免不了的。到达贬所之后，他们首先遇到的就是贬所自然环境的恶劣和生活条件的困乏。这种恶劣和困乏与唐代统治者对贬官的严酷政策是紧密相关的。刘禹锡有一篇文章，题目是《读张曲江集作并引》，其中说："世称张曲江为相，建言放臣不宜与善地，多徙五溪不毛之乡。"张曲江就是张九龄。实际上，早在张九龄之前，不给贬臣好地方这样一种现象就已经大量存在了。而在张九龄提出这个建议之后，就更加严重。比如德宗贞元年间窦参被贬，朝廷诏令就明确说："其窦参等所有朋党亲密，并不可容在侧近……尽发遣向僻远无兵马处，先虽已经流贬，更移向远恶处者。"（陆贽《奏议窦参等官状》引）

以前已经被贬的，现在更进一步把他们移向“远恶处”，指的就是那些距离京城非常遥远、文化落后、自然环境很恶劣的处所。对贬官来说，被贬出京，就已经遭受一次很大的打击了，而所贬之地都是荒恶处所，就越发加剧了这种打击的程度。如果整体上看一下，韩、柳、刘、元、白五个人在元和十五年以前被贬的地域，属于远恶州郡的就达十分之七。当然其中也有稍好一点的，比如作为上州、上郡的通州，条件就稍好一点。但是从元稹《叙诗寄乐天书》对通州的描写来看，仍然十分的恶劣：

> 通之地湿垫卑褊，人士稀少，近荒札，死亡过半。邑无吏，市无货，百姓茹草木，刺史以下计粒而食。大有虎、貘、蛇、虺之患，小有蟆蚋、浮尘、蜘蛛、蛒蜂之类，皆能钻啮肌肤，使人疮痏。夏多阴淫，秋为痢疟，地无医巫，药石万里，病者有百死一生之虑。

通州之地，地势低凹，非常潮湿，人士稀少，食粮短缺，刺史以下的人，吃饭都要按数计量。四野有各种令人恐畏的虫兽，大者如老虎、毒蛇，小者如蜘蛛、蛒蜂等，咬人之后，即生疮得病。夏天多阴霾，秋天多疟疾，而且没有医生，以致“病者有百死一生之虑”。面对这样一个所在，元稹说出了非常绝望的话：“黄泉便是通州郡，渐入深泥渐到州！”（《酬乐天雨后见忆》）把通州郡当成了黄泉。试想一下，上州的情况尚且如此，那么作为中、下的州郡，比如像永州、朗州，以及更为遥远的连州、柳州和潮州，情形如何就可想而知了。

下面，我们把重点放到韩愈所到的潮州和柳宗元所到的永州、柳州，来看一下他们的生存状况。《潮州府志·气候》记载，潮州是“南交日出之乡，多燠少寒……外薄炎海，浥润溢淫，内负丛岭，瘴岚疠疵”，瘴气起时，“山泽间蓬蓬勃勃，郁结如火，久而不散”。可见，燥热、潮湿、瘴气蒸腾是其典型的气候特征。这样严酷恶劣的环境，就是当地的土著尚且畏惧，尚且以之为祸患，更何况那些羁旅远游的北方之人了。所以贬官没有来到贬所，就已经先生出了无穷的恐畏。韩愈写了多首诗表现他这样一种担忧恐惧的心理。如《黄陵庙碑》说：“潮州……于汉为南海之揭阳，厉毒所聚，惧不得脱死。”因害怕瘴疠，担心自己难以活着走出此地，所以到黄陵庙去祈祷。人还没到贬所，就先向神灵祈求平安，其中流露的，正是面对死亡而不可排解的深忧巨恐。这样一种忧虑在诗人到达贬所之后，并没有随着时间的消逝而消散，而是逐渐地沉积到了心底。韩愈在《潮州刺史谢上表》中，自述到潮以后情况说：“飓风鳄鱼，祸患不测。州南近界，涨海连天，毒雾瘴氛，日夕发作。”有飓风，有鳄鱼，瘴气也非常厉害。现在随着开发，南方一带的瘴气就很少看到了，但是在一千多年以前，那个地方没有开发，瘴气乃是一大

图 100　明唐寅《骑驴思归图》

祸患。他接着讲："臣少多病，年才五十，发白齿落，理不久长……忧惶惭悸，死亡无日。"50岁了，感觉到非常忧虑，搞不好自己就死在这里了。按说韩愈对岭南的环境并不生疏，早在他10岁那年，他的哥哥韩会贬官到了韶州，他就随着前往；到了35岁，他被贬连州阳山，对岭南的环境有过切肤的体验。这些生命磨难所产生的适应性，似乎不应该使韩愈再产生过度的环境恐畏了。但是换一个角度来看，他数次南迁之地，虽然都是岭南，却一次比一次远恶，而他所遭受的打击也一次比一次严重，他的年龄和身体也一次比一次老、弱，而且旧地重经，睹今思昔，难免酸楚。想一想来日无多，势必忧思更加严重。这是一种深刻的死亡意识。心理学家认为：焦虑的现象之一是害怕死亡，并不是对人类必然经历到预期的死亡所存在的普通畏惧，而是随时可能殒命的恐怖。死亡是一个深刻的痛苦，未曾好好生活就要死去的悲惨事实，尤其令人无法忍受；与无法不畏惧死亡有连带关系的，是畏惧年迈。对韩愈来说，年龄的老大、身体的衰弱和可能殒命的威胁一旦聚在一起，就沉沉地压在了心头。

至于柳宗元，由于后半生一直都在遥远的贬地，所以受到的磨难比韩愈更大。从他的自述看，早在到达柳州之前，十年的永州谪居生活已令他病体缠身、精神憔悴了。永州在唐代属落后荒凉的地区，"地极三湘，俗参百越"（柳宗元《代韦永州谢上表》），石多田少，虫蛇遍布。柳宗元永贞元年初到永州的时候，还没有可以安身的地方，只好先住在破旧的龙兴寺内，条件非常艰苦。他年近70的老母在到达贬所刚刚半年就染病身亡了，这样一个重大变故，使得本已苦闷的柳宗元"苍黄叫呼""魄逝心坏"。此后又在五年之间四次遇到火灾，火势一起，常常光着脚逃命；而火灾之后，书籍散乱毁裂，损失非常多。同时，由于气候潮热，柳宗元又得了痞病，实际上就是现在我们说的胀气，属于肠胃病的一种。重的时候一两天发作一次，轻的时候一个月也会

图 101　明文徵明《古木寒泉图》

发作两三回。在疾病的折磨下，柳宗元“行则膝颤，坐则髀痹”（《与李翰林建书》），走路膝盖发颤，坐久了，腿部就会麻痹、麻木。可以说身体坏到了极点，心境也坏到了极点。

与永州相比，柳州的情况也好不到哪里。《柳州府志》记载：“柳在唐时，为极边。”“山川盘郁，气聚不易疏泻。”就是说，柳州在唐代属于最边疆的地带了，其酷热程度甚过永州。这样的环境，对在永州已经待了十年、身心倍受摧残的柳宗元来讲，无疑具有更大的威胁，他的心情也更加低落，以至基本打消了回朝的念想。到了柳州之后，柳宗元还遇到了一连串的变故。首先是他的叔伯兄弟、年仅 30 岁的柳宗直死掉了，这在精神上给他以沉重的打击。其次，他到了柳州以后，旧病未愈，又添新病。他有一首《寄韦珩》的诗，提到他的病况：“奇疮钉骨状如箭，鬼手脱命争纤毫。

今年噬毒得霍疾，支心搅腹戟与刀。”奇疮像利箭钉骨，霍疾则支心搅腹，非常严重。而这时的柳宗元，已经是气少力衰、筋骨毕露、白发苍然了。恶劣的自然环境，沉重的心理磨难，再加上这些疾病，使得年仅 47 岁的诗人终于死在了柳州，终于没能活着走出贬所。后人有感于柳宗元的遭遇，慨然长叹：嗟乎！一身去国，万死投荒，今古同悲，可胜叹哉！

与恶劣的自然环境和客观条件对这些贬谪诗人造成的肉体戕害相关，贬所落后的文化氛围以及来自社会的舆论压力，则给贬谪诗人带来了沉重的精神磨难。

唐代，相比起黄河中下游文化发达的地区，江淮、岭南、黔中等地区的文化水准都比较低下，风俗也十分落后，向来被视为“蛮夷”之地。而由于贬臣到的地方大多是远恶州郡，其文化水准就更为低下了。所以韩愈写阳山的情况是：“县郭无居民，官无丞尉。”（《送区册序》）江边荒茅竹林之间，有“小吏十余家”，都是“鸟言夷面”。刚到的时候，言语不通，只有靠在地上写字才能传达意思。地域的偏僻，吏民的稀少，语言的难懂，风俗的卑陋和文化设施的缺乏，使得来自文化极为发达之地的京城贬官普遍产生一种大的落差，一种格格不入。信息闭塞，没有朋友，缺乏交谈的对象，所以在精神上非常孤独。另一方面，中原之人向来鄙视南蛮，这种习俗观念在贬谪诗人身上也有着非常明显的体现。所以对于他们来讲，贬所几乎是作为一种异质文化而存在的。

除此之外，贬官到了贬所，还要受到社会的歧视、上司的压迫。前面我们曾经说过，这些贬官到贬所之前，大多是朝廷的显要官吏，有的虽官品不高，但是权力很大，而被贬之后所任职大都是州郡的司马、参军、县令，往往有职无权。由于唐代重京官、轻外官，你如果从京城外放，即使你的官品比京城还要高，别人也会笑话你，认为你是犯了什么过错，才从京城被发放到外地的，更何况你在外地的官职比京城还要低！由此受到人的蔑视、讥嘲就在所难免了。明白了这种情形，我们就可以推知，当时中唐的这样一些优秀诗人，刚开始做司马、参军、县令这些外地小官的时候所蒙受的屈辱。柳宗元说自己初贬永州司马时“官外乎常员”（《永州法华寺新作西亭记》）、“俟罪非真吏，翻惭奉简书”（《韦使君黄溪祈雨见召从行至祠下口号》）。我们知道，官和吏是有区别的，官是掌管权力的，吏是打杂、跑腿的。柳集韩注说：“公为永州员外司马，故曰‘非真吏’。”员外司马，就是司马的编外人员。司马已经是一个令人汗颜的空位了，何况又是员外，难怪柳宗元要一再以吏自指了。这样一个身份，地位是非常低下的，所以柳宗元写诗说：“沉埋全死地，流落半生涯。入郡腰恒折，逢人手尽叉。”（《同刘二十八院长述旧言怀感时书事……》）在州郡总要低头弯腰，碰到人了，还要给人家打揖鞠躬。同样的情形，韩愈也有表述：“逾岭到所任，低颜奉君侯。”（《赴江陵途中寄赠王二十补阙李十一拾遗李二十六员外翰林三学士》）在另一首诗里，他进一步说道：“判司卑官不堪说，未免捶楚尘埃间。”（《八月十五夜赠张功曹》）不仅要低颜侍奉长官，而且难免受上司指斥。所有这些，都真切地反映了他们在贬所受到的歧视和欺凌。

与此同时，他们还有一种精神磨难，就是来自社会舆论的强大压力。这种压力突出地表现在柳宗元和刘禹锡身上。由于刘禹锡、柳宗元参加了永贞元年的革新活动，得罪了相当一批人，所以他们到了贬所之后，那些流言、诽谤和政敌的攻击，就非常多了。因为攻击、谩骂他们，既不会遭到反驳和报复，又可以博得权贵乃至新皇帝的欢心，则何乐而不为呢？比如韩愈与刘、柳是好朋友，刘、柳被贬的时候，韩愈恰恰遇赦，从阳山掾徙江陵，并且谋求返朝，在这段时期的诗作中，韩愈虽然为刘、柳做了一些开脱，但是对他们也不无怀疑，他曾经写诗说："同官尽才俊，偏善柳与刘。或虑语言泄，传之落冤仇。"（《赴江陵途中寄赠王二十补阙李十一拾遗李二十六员外翰林三学士》）说我们当年都在监察御史任上，都是好朋友，但是我也担心，是不是我们作为好友时候讲的一些话，被传出去了。至于对王叔文等人，韩愈更是极尽攻击、谩骂之能事，把他们称为小人，说他们是"小人乘时偷国柄"（《永贞行》）。韩愈抱这个态度，有他的个人原因，但是从更广泛的意义看，却代表了当时整个社会对王叔文集团大加挞伐的一种思潮。由此我们就可以想象，像柳宗元、刘禹锡这些被贬者，他们不仅要受到整个社会舆论的巨大压力，而且还得不到昔日友人的宽谅。在这种情况下，他们的精神怎么能不苦闷、不痛苦呢？

第四十讲

逐臣的三大悲感

随着谪居时间的延长，一种被抛弃感、被拘囚感和生命荒废感，在逐臣的心中不断强化。由此，他们的生命沉沦和内心苦闷便必然地跨入了第三个阶段。

第三个阶段是前两个阶段的自然延续，就被抛弃感而言，时间的因素表现得最为突出。在韩、柳、刘、元、白几大贬谪诗人中，谪居时间有长有短。元稹的初贬历时不久；再贬的时候，从元和五年直到十四年，总共有十年多。白居易从元和十年八月被贬江州开始，到十四年春离开江州赴忠州，至十五年夏天就返朝了，总共是六年。韩愈是贞元十九年十二月初被贬阳山，一年多以后，掾徙江陵，元和元年六月就还京了；元和十四年春天再次贬到潮州，至十月量移到袁州，十五年九月被召还，两次时间加起来，不足五年。由于他们谪居的时间不尽相同，所以贬谪生涯对他们被抛弃的这种心理感受，也就产生了不同影响。

下面，我们重点来看一下韩愈和刘、柳的情况。

与元稹和白居易相比，韩愈的被抛弃感要强烈一些，但是也比较短暂。说它短暂，是因为韩愈两次被贬的时间都不长，随着他很快离开贬所，回到京城，被弃的感受就逐渐地消退了，不至于对他的心理、人格发生过久的影响。说它强烈，是因为韩愈两次被贬都是在极度的仓皇促迫之中，在冰封雪冻的严寒季节踏上贬途的，而且所到的地方非常荒远。这样一些因素，无疑大大加剧了他被抛弃的感受。当然，这种被抛弃更多的是一种政治意义和文化意义上的被抛弃，所以他在诗里多次讲道：自己身负重罪，恐怕很难再回到朝廷了。他写过一篇很有代表性的《履霜操》，借尹吉甫之子伯奇无罪而被后母驱逐这件事为喻，表现自己的被弃感受：

> 父兮儿寒，母兮儿饥。儿罪当笞，逐儿何为？儿在中野，以宿以处。四无人声，谁与儿语？儿寒何衣？儿饥何食？儿行于野，履霜以足。母生众儿，有母怜之；独无母怜，儿宁不悲？

孩子被父母逐出家园，失去了母爱，流落到荒野之上，饱尝了被抛弃的心酸。由于独被抛弃，所以不能无怨，而怨的目的就在于唤起父母对孩子的怜悯。这里的父母，隐喻朝廷的君主；这里的儿，代指自己。通过这种比喻和象征，一种巨大的内心苦闷再明显不过地表现出来。不过，在悲怨苦闷中，又夹杂着乞求、哀怜的复杂感情。这样一种感情，心理学上把它称之为分离焦虑，也就是说，当人被迫离开自己熟悉的旧事物、旧环境而接触到陌生的新事物、新环境的时候，当这种新事物、新环境对自己构成了很大的威胁，自己没有能力来应付的时候，就会为此焦虑不安。他希望逃避眼前的现实，回到过去熟悉的生活中去。这种分离焦虑说到底，是由对惩罚的恐惧造成的。心理学家指出："孩子与其说是因为爱不如说是因为恐惧才终日围着母亲裙边转的。这一点颇具讽刺意味，然而却千真万确。他害怕由于自己企图获得独立而招致母亲的报复。"（霍尔《弗洛伊德心理学入门》）据此而言，

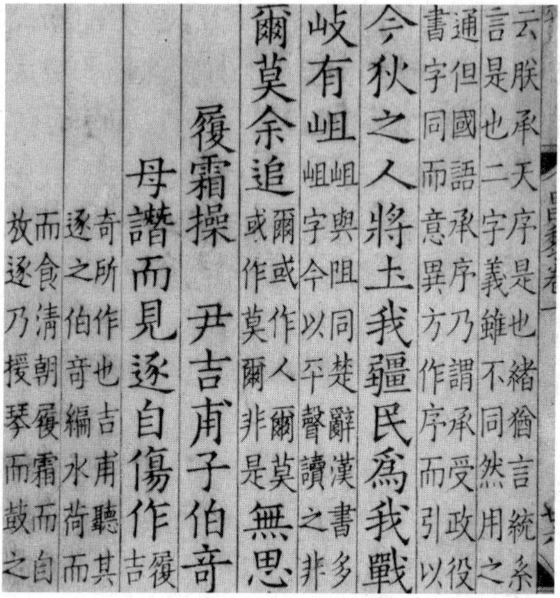
云朕承天序是也緒猶言統系
言是也二字義雖不同然用之
通但國語承序乃謂承受政役
書字同而意異方作序而引以
今狄之人將土我疆民爲我戰
岐有岨岨與阻同楚辭漢書多
岨字今以平聲讀之非
爾莫余追爾或作人爾莫
或作莫爾非是無思
履霜操 尹吉甫子伯奇
母譖而見逐自傷作履
吉
奇所作也吉甫聽其
逐之伯奇編水荷而
而食清朝履霜而自
放逐乃援琴而鼓之

图 102　韩愈《履霜操》书影

韩愈在《履霜操》《潮州刺史谢上表》等作品里，以父母喻君主，并乞求哀怜的言论，一方面固然表现了他性格中的脆弱性和依附性，但另一方面又何尝不是出于人性本能的对被抛弃和被报复的恐惧。而且这种恐惧一日不消除，他的被抛弃感和内心的苦闷就不会得到解除。

与韩愈相比，柳宗元、刘禹锡几乎半生时间都在万死投荒中度过。刘、柳被贬地域的荒恶，前面已经说过；至于谪居的时间之长，在唐代文人中也是位列前茅。永贞元年，两人分别被贬到永州和朗州，在那里一待就是十年。接着柳宗元左迁柳州，又待了五年，直至身死贬所，总共十五年。刘禹锡于元和十年转徙连州，十四年底，因母亲病故扶柩北上，在洛阳丁母忧；长庆元年，被命为夔州刺史，后来又转到和州，直到宝历二年才返回洛阳，至文宗大和元年六月，被朝廷授主客郎中，这才算脱离了谪籍。这样一个过程，如果按实际谪居的时间算，总共是二十一年；如果加上在洛阳丁母忧的两年时间，就长达二十三年了。用刘禹锡自己的话说，就是“巴山楚水凄凉地，二十三年弃置身”(《酬乐天扬州初逢席上见赠》)。

在这样长的一个谪居生涯里，刘、柳经受了超越常人的心理磨难。他们在永州、朗州时，曾经不断地给朝中的亲友写信，希望他们能一伸援手，把自己从荒远之地重新起用，召回朝中，但是一次一次的呼喊都落空了。好不容易等到了元和十年，他们被朝廷给召回，但还没来得及喘息，紧接着又遭到了一次更为沉重的打击。《资治通鉴》载：“王叔文之党坐谪官者，凡十年不量移，执政有怜其才欲渐进之者，悉召至京师；谏官争言其不可，上与武元衡亦恶之，三月乙酉，皆以为远州刺史，官虽进而地益远。”从谏官、皇帝和武元衡的态度可知，朝中对十年前那场革新运动宿恨未消，反对者大有人在，在这种情况下，刘禹锡、柳宗元再一次被左迁播州、柳州刺史，其官职虽然较之前的司马提升了，但是距京城更远了，实际上对他们的打击更重了。播州即今贵州遵义一带，唐时属羁縻州，虽有州县之名，而刺史、县令多由部落酋长、军事首领担任，对朝廷叛服无常，到那里做官，其艰难程度可想而知。柳宗元见此情景，愤而直言，说播州不是人住的地方，而刘禹锡的老母在堂，不能让其母子一起到播州去。于是向朝廷提出，愿以自己去的柳州换播州，自己到播州去，让刘禹锡到稍好一点的柳州去。当时裴度也替刘禹锡求情，说刘禹锡虽然有罪，但他母亲年纪大了，如果把他贬到播州，那么她与儿子恐怕就是死别了，还是应该照顾一下。皇帝听后，说这就是刘禹锡特别值得重责的地方。你作为人子，就应该谨谨慎慎，干吗犯那么大的错呢？后来经过做工作，刘禹锡被改派到广东的连州去，但由此给贬臣造成的心理伤害，恐怕是很难平复的。

那么，刘禹锡为什么比柳宗元受到的处罚要重一些呢？据《本事诗》记载，这是因为刘禹锡作了一首《元和十年自朗州承召至京戏赠看花诸君子》的诗。元和十年初，刘禹锡回到京城后不久，去长安的玄都观看桃花，深有感慨地写道：

紫陌红尘拂面来，无人不道看花回。玄都观里桃千树，尽是刘郎去后栽。

图 103　黄宾虹《巴山夜雨图》

表面上看，这首诗只是描写看花的见闻；但是其中有一句话很关键，即“玄都观里桃千树，尽是刘郎去后栽”，意思是说：玄都观里的千树桃花都是我刘郎走了之后才栽上的。仔细品味，可以感受到字里行间所充溢的一种郁闷悲愤之情，引而申之，便是对政敌、对朝政的不满。十年前的贬官，回到京城就写了诗，而诗的内容又颇为敏感，这就给一些专门窥视其行踪的政敌抓到了把柄，于是招致报复，在同时左迁的几个人当中，受到的谪罚最为沉重。

刘、柳二人同时左迁，一路同行，经过洛阳，南至衡阳，一个要继续南行，一个则要折向西南，不得不就此作别了。别离之际，两位志同道合、生死与共的好友各作诗一首，抒发别离情怀。其中柳宗元的《衡阳与梦得分路赠别》尤为伤感：

> 十年憔悴到秦京，谁料翻为岭外行！伏波故道风烟在，翁仲遗墟草树平。直以慵疏招物议，休将文字占时名。今朝不用临河别，垂泪千行便濯缨。

一个“憔悴”，道尽了十年间的凄风苦雨；一个“谁料”，包含着现实的深哀剧痛。回首往昔，他们曾经因为“慵疏”，因为用“文字占时名”，而招来了无穷的非难。当然，这句话也内含此次刘禹锡因诗得祸事。而举目未来，等待他们的将是天各一方更为惨重的生命沉沦。这时的柳宗元尚未意识到，这一次被弃，将再也难以身返故园了；而这时的刘禹锡也没有料到，此一别离，将成为与好友的最后诀别。可是作为一个既定的事实，这样一次更为严重的打击，已经在他们心灵上烙下了永被抛弃的深刻印痕。宋人葛立方以柳宗元为对象，这样评说道：“柳子厚可谓一世穷人矣；永贞之初得一礼部郎，席不暖，即斥去为永州司马，在贬所历十一年。至宪宗元和十年，例召至京师……乃复不得用。以柳州云，由永至京，已四千里；自京徂柳，又复六千，往返殆万里矣。故赠刘梦得诗云‘十年憔悴到秦京，谁料翻为岭外行’，赠宗一诗云‘一身去国六千里，万死投荒十二年’是也。呜呼！子厚之穷极矣！……然竟不生还，毕命于蛇虺瘴疠之区，可胜叹哉！”（《韵语阳秋》）这段感慨无穷的话，似可作为柳宗元和刘禹锡被抛弃感的有力注脚。

对贬谪诗人来说，与被抛弃感相关的，是在贬所时时体验到的被拘囚感。产生被拘囚感的因素主要有三。首先是自然环境的包围。由于贬官所到的这些地方大都荒远偏恶，或是山高谷深，或是局促狭小，使得人们的视野乃至心境都受到很大的空间阻遏，所以极容易形成被拘于一隅不见天地的感觉，好像被人囚禁起来一样。其次是朝廷律令的限制。元和十二年，朝廷敕文明确规定：贬官不能外出流连宴会，如果擅离州县，就要具名闻奏，甚至连奔丧都被禁止。这样一来，被贬者只能在一个狭小的范围里活动。如柳宗元母死于永州，他只能望着灵车远去，而不能亲自护送；与柳宗元同时被贬的凌准居母丧，他也无法回去送葬。柳宗元写诗说“高堂倾故国，葬祭限囚羁”，指的就是这件事。产生被拘囚感的因素之三，是谪居时间的久长，这是最重要的一点。试想一下，一个人多年被限制在一个地方，不能外出走动，那种被拘囚的感觉岂不越来越沉重？

如果说，人类的天性是追求自由，那么上面三个因素合在一起，恰恰构成了对自由的极大限制、对人性的无情压抑。虽然这种限制和压抑同时也激发了人们对自由的更大渴望，但是，由于这种渴望是难以实现的，因而就自然导致了受本能驱使的欲念与受现实约束的行动、相对自由的精神和极不自由的躯体之间的冲突搏斗，并且最终把重重的苦闷积压在人的心头。以柳宗元为例，他的被拘囚感表现得最为突出。他曾经写诗说：“春风无限潇湘意，欲采蘋花不自由。”（《酬曹侍御过象县见寄》）可以说，他的整个后半生，都是在渴盼自由和极不自由的境遇之中度过的。他所到的永州四周都是山，石多田少，虫蛇遍布，因而首先就让他有一种沉重的压抑感；加上他体弱多病，又多次遭到火灾，所以产生出对贬地的极大厌倦。尽管他写过著名的《永州八记》，对永州一地的山水给予了非常精美的描写和赞赏，但是从总体上看，这种心情只是暂时的，更长久的是对这个地方的厌恶。他曾经写信给人说：“譬如囚拘圜土，一遇和景出，负墙搔摩，伸展支体。当此之时，亦以为适，然顾地窥天，不过寻丈，终不得出，岂复能久为舒畅哉？”（《与李翰林建书》）意思是说：我虽然有偶尔高兴的时候，

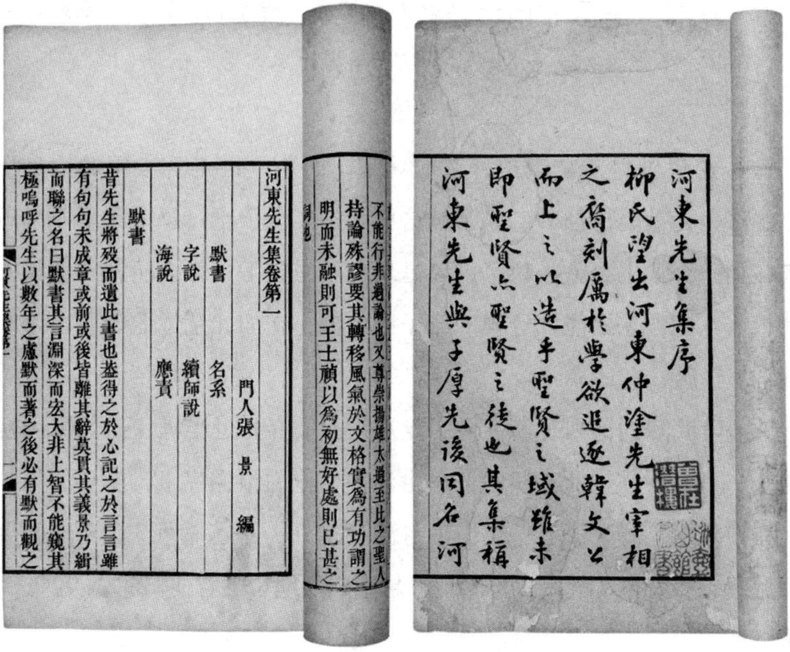

图 104 《河东先生集》书影

但那高兴一会儿就过去了，看看高天厚地，我就在这不过寻丈的地方活动，不能够出去，怎么能够保持舒畅的心情呢？这里，他把自己所居的地方称为“圜土”，什么是“圜土”呢？“圜土”就是狱城，是关押犯人的地方。从这个比喻中，我们可以看出贬谪给柳宗元带来的被拘囚感何等沉重。在谪居永州的第十个年头，柳宗元写了一首《囚山赋》，赋里对永州一带山林的险恶情状作了多方面的描写，最后几句说道：“积十年莫吾省者兮，增蔽吾以蓬蒿！圣日以理兮，贤日以进，谁使吾山之囚吾兮滔滔？”其中把山林作为囚禁自己的牢笼，而且被囚禁的时间竟达十年之久，由此对不公平的世道表现出了极大的愤慨。

后来柳宗元再迁柳州，他当年在永州时结交的好友吴武陵曾给宰相裴度写信，为柳宗元鸣冤叫屈：

古称一世三十年，子厚之斥十二年，殆半世矣！霆砰电射，天怒也，不能终朝。圣人在上，安有毕世而怒人臣邪？

吴武陵这话讲得非常激烈，在他看来，如果一世是三十年的话，那么，柳宗元被贬已经十二年了，这已经是半世了呀！急雷暴雨非常厉害，但一个早上也就结束了，可是现在君主在上，怎么能够一世都去憎恨人臣呢？怎么能把这样的才子终生抛弃在如此荒远的贬所，荒废他的生命呢？

按吴武陵的话来理解，柳宗元被囚、被弃几近半世，而刘禹锡就接近一世了。在如此漫长的谪居生涯中，他们饱经忧患，度日如年，熬白了双鬓，等老了心，仍旧没有出头之日，于是一种至深至切的生命荒废感，就像文火一样不断地、越来越烈地烤炙着他们的心灵。

第四十一讲

逆境中的柳诗艺术

在贬谪境遇中，柳宗元创作了大量或抒愤或写景的诗歌。这里，我们选择他几首较著名的诗，稍作分析，来看一下贬谪诗人在逆境中的生存状态及其诗的艺术风格。

首先是人所熟知的《江雪》：

千山鸟飞绝，万径人踪灭。孤舟蓑笠翁，独钓寒江雪。

诗作于永州，曾经被宋人范晞文誉为唐人五言绝句中的最佳者。诗的头两句用了一个“绝”，一个“灭”，见出环境极度地清冷寂寥；后两句一个“寒”，一个“雪”，更给这清冷寂寥之境添加了浓郁的严寒肃杀之气；而那位渔翁竟然丝毫不为这严冷肃杀所惧，执意垂钓，由此见出他意志的顽强、坚韧，精神的孤傲、劲拔。读这首小诗我们可以感觉到，它一方面有冷，也有峭，是峭中有冷，冷以见峭，二者的高度结合，形成了迥拔流俗、一尘不染的冷峭格调；另一方面，我们又感觉到，冷峭的格调反映了诗人精神的卓绝。从诗意看，孤舟垂钓的渔翁是象征着贬谪诗人的，而渔翁不畏严寒、坚执垂钓的精神，也正

图 105　宋马远《寒江独钓图》(局部)

是贬谪诗人不屈不挠的悲剧精神的典型写照。

从写法上看，作者采用层层排除和步步收缩的方法，先用“鸟飞绝”“人踪灭”将多余的物和人统统地剔出画面；视线由远而近，范围由大而小，从“千山”“万径”，最后缩小到一个“孤舟”，再最后集聚到独自垂钓的“蓑笠翁”身上。表面上看，视野中的景物是越来越小了，但是在读者的感觉中，独自垂钓的老翁的形象却越来越高大，就像电影里面的特写镜头，它的最后一点被加工，被放大，以至占据了整个画面，从而有效地突出了主题。

这首诗还采用了藏头法。如果把每句诗的第一个字摘出来，就是“千”“万”“孤”“独”四个字，非常深刻地表现了作者在严寒环境中，“千万孤独”的内在心理。至于这首诗里所用的字词、韵脚，都是经过了精心选择的，“绝”“灭”“雪”三个字都属于“屑”部的入声，入声字的特点是短促斩截，读起来有劲峭之感；而它们的意义又都通向峭拔寒冷一路，从而有力地烘托了诗的肃杀气氛。所以前人对这首诗有很多精到的评述。比如胡应麟评："二十字骨力豪上，句格天成。"（《诗薮》）吴昌祺评："清极，峭极，傲然独往。"（《删订唐诗解》）俞陛云进一步指出："空江风雪中，远望则鸟飞不到，近观则四无人踪，而独有扁舟渔父，一竿在手，悠然于严风盛雪间。其天怀之淡定，风趣之静悄，子厚以短歌为之写照。"（《诗境浅说续编》）由这些评说，可以更深刻地了解这首小诗的特点，了解作者的笔法之妙，同时也了解作者在其中表现的坚毅精神。

与此诗相映成趣的，是柳宗元作于柳州的《与浩初上人同看山寄京华亲故》：

海畔尖山似剑铓，秋来处处割愁肠。若为化得身千亿，散上峰头望故乡。

这首诗用词深刻狠重，情感激烈浓郁，表现了作者对故乡那种恒久的、刻骨铭心的思念。首句的"海畔"，说明居地荒凉遥远；次句的"愁肠"，说明思乡之情怀浓郁沉重。在远离故乡的海畔，空有思乡之情而不能归去，已经令人非常痛苦了，更何况那有如"剑铓"般的处处"尖山"，在不断地"割"着诗人的九转哀肠！去过柳州、桂林一带的朋友都知道，那些地方的山非常有特点，不像北方的山脉连绵起伏，而多是独自为峰，峰头很尖。所以一个"尖山"，就准确地概括了柳州山峰的特点。但作者并不满足，进一步将这尖山比喻为"剑铓"，将其特点突出、夸大，一下就收到了生新出奇的效果。而一个"割"字，用非常狠重的笔墨，把客体对主体的外在刺激和压抑表现得淋漓尽致，也将主体的内在痛苦和盘托出。

进一步看，作者既可以从柳州山峰的尖利联想到"剑铓"，联想到"割愁肠"，也自然可以从它的山峰众多生发出"散上峰头"的联想。

当然，这种联想是与佛教有关的。从诗题可知，与柳宗元一起去看山的是浩初上人，是佛教中人，而在佛经里面，多次载有佛可化身千百亿的说法。于是柳宗元由浩初上人联及佛经，由佛经联及化身千百亿，于是一个超越常情的、惊世骇俗的新的想象也就产生了："若为化得身千亿，散上峰头望故乡。"意思是说，为了那一愫乡情，我要化身为千亿，散上每一个峰头去向北遥望。这种执着、这种眷恋，可以说深蕴着贬谪诗人心念故乡而不得归去的锥心泣血的沉痛。

从写法上看，这首诗与我们刚才所说的《江雪》诗很有一些不同。《江雪》诗是步步收拢视线，最后聚焦于渔翁身上，那是视线由远到近，范围由大到小，数量由多到少，是从"千山""万径"到"孤舟"，再到"蓑笠翁"的。而在这首诗里，作者采用了一种扩张的、发散式的思维，把自己一身分为了千百亿身，然后这千百亿身散向了各处峰头，它的范围是由小到大，数量是由少到多，视线是由近到远，最终形成此身的弥漫扩散，无所不在。《江雪》重点表现贬谪诗人身处逆境而不肯屈服、执着坚毅的精神，而《与浩初上人同看山寄京华亲故》则表现了诗人长期谪居异域，登高望远时对自己故乡的永恒怀恋。

柳宗元的这种表现方法到了宋代，被陆游给吸取了。我们看陆游的《梅花绝句》，用的就是这种方法："闻道梅花坼晓风，雪堆遍满四山中。何方可化身千亿？一树梅花一放翁。"意思是说：如果能够化身千亿的话，我就要散落在这众多的梅花树上，让每一株梅花树上都有一个陆放翁。这种运思方式和表现方法，和柳诗的"若为化得身千亿"非常接近，其受柳诗的影响是不言而喻的。但是，仔细分析，陆诗和柳诗又有很大的不同，这主要表现在下面几点：柳诗冷峭峻刻，陆诗平缓悠远；柳诗是愁肠百转，陆诗则是逸兴遄飞。这是二诗在情感基调、表现风格上的不同。进一步看，两首诗虽然都用了一种发散式、扩张式的方法，但陆诗是散而不返，柳诗则是散而又聚；陆诗是每一枝梅花上都有一个放翁在笑——这是他的终极目的，他就是要达到这个效果，只有这样才能表现放翁喜梅、爱梅的那样一种心情，柳诗则是每座山头上都有一个子厚在望——他的终极目的是故乡。这就是说，柳诗不同于陆诗的一大显著特点，就在于他分散的千亿化身又在“故乡”一点上聚合起来，形成了一个新的聚焦点。这种先发散后凝聚的方式，既增加了诗的曲折感、层次感，也更为深入地表现了作者愁闷痛苦、欲归不能的谪居之思。

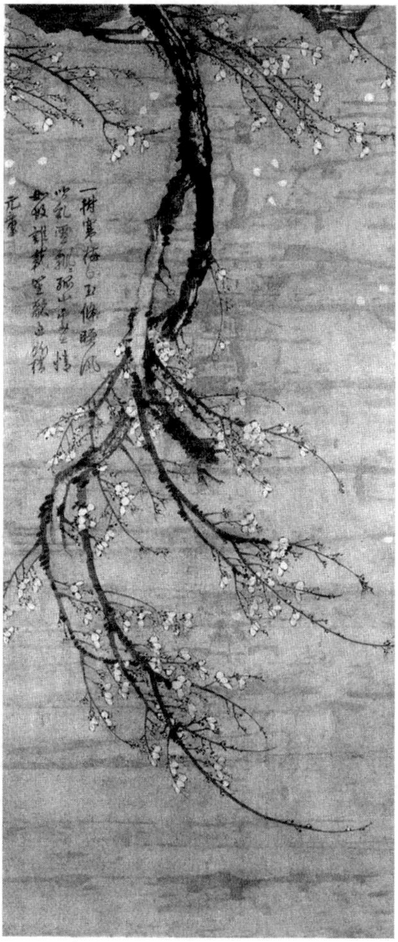

图 106　元王冕《寒梅图》

与上面两篇诗作相比，柳宗元的《别舍弟宗一》重在写别离，在抒发痛苦情感上更为直截了当：

> 零落残魂倍黯然，双垂别泪越江边。一身去国六千里，万死投荒十二年。桂岭瘴来云似墨，洞庭春尽水如天。欲知此后相思梦，长在荆门郢树烟。

诗题中的“舍”，是一个谦词，对别人称说比自己小的家人或者亲属的时候，用“舍”字。“宗一”是宗元的从弟，亦即堂弟。柳宗元没有胞弟，从他的诗文所提到的来看，有从弟三人，也就是柳宗一、柳宗直和柳宗玄。柳宗元谪居永州的时候，曾经携带宗玄同游小丘西的小石潭；再徙柳州的时候，宗直和宗一随他前往。可是到柳州不久，柳宗直不幸病逝，柳宗元为他写了《志从父弟宗直殡》《祭弟宗直文》两篇文章。而柳宗一则在住了一段时间之后，在元和十一年，也就是公元816年的春天，前往荆州一带。在与宗一分手时，柳宗元写下了这首诗为他送别。

首联起势迅急，悲情无限，就像一个特写镜头，把兄弟两人在柳江边流着眼泪，执手作别的情景骤然放大到读者面前。我们细细来看，“魂”是“残魂”，即残落之魂，而残魂又“零落”，暗示一身被斥，万里迁谪，从弟宗直病逝等等事端，使得作者“魂已惊断，零星散落”，当此之际，他已“万万不堪再增苦恼”，他的生命已经不能再承受外界的事变或打击了。“黯然”，是感伤沮丧的样子。江淹作有一篇《别赋》，一开始就说：“黯然销魂者，惟别而已矣。”这个“黯然销魂”就是柳宗元这句诗的源头。从诗句传达的意绪看，作者在此之前已预知从弟将别，已黯然销魂多日了，现在别离就在眼前，二人马上就天各一方了，作者的心就像被掏空了一样，所以在“黯然”前着一“倍”字，极度强化了斯时心境。“零落残魂倍黯然，双垂别泪越江边。”首句寥寥七字，字字狠重见血，直逼出次句兄弟二人“双垂别泪”的画面。

颔联承上而来，叙写“倍黯然”的原因，同时抒发迁谪之悲。“六千里”，写空间距离，极言其远；“十二年”，是时间概念，极言其久长。“去国”前加一个“一身”，见出孤独无助；“投荒”前加一个“万死”，越发见出了劫难的深重。进一步看，“去国”不单单指空间，“投荒”也不单单指时间，“十二年”和“六千里”在这里是可以互换的，可以是“一身去国六千里，万死投荒十二年”，也可以是“一身去国十二年，万死投荒六千里”。也就是说，“一身去国”既是“六千里”，又是“十二年”；“万死投荒”既是“十二年”，也是“六千里”。这种互文见义就拓展了诗歌的包容量，也深化了诗意。所以赵臣瑗在评这首诗的时候指出：“一身也而至于万死，去国也而至于投荒，六千里也而至于十二年，其魂有不零落者乎?”（《山满楼笺注唐诗七言律》）这样看来，第二联既是首联“零落残魂倍黯然”的结构延续，又是首联内容的补充说明。

到了颈联和尾联，就分别写别情和别后的相思，脉络仍然与首联紧相贯穿。“桂岭”，这里代指柳州，是居者送行之地；“洞庭”，代指荆门，是行者将去之乡。“云似墨”是因为瘴气充塞，显见自己所居之地的险恶；“水如天”则是因了春来，想象从弟所到之地的美好。此次一别，不知何时再能聚首，日后相思，也只能靠在梦中看看郢地的烟树了。所以诗歌用“相思梦”和“郢树烟”来殿尾，结得很空灵，却也非常感伤。赵臣瑗评议说：“瘴云如墨，春水如天，二境并举，美恶判然。今也弟固不堪伴兄，兄又不能就弟，其泪有不双垂者乎？一结趁势回抱，言只有梦中相见之一途而已。夫相思云者，兄既思弟，弟亦思兄也。今乃曰‘长在荆门郢树烟’，是但容兄之梦越洞庭而去，不愿弟之梦逾桂岭而来也。先生之不安于柳如是。”（《山满楼笺注唐诗七言律》）这一解说，将送者从单方面抒发的情感视作“不愿弟之梦逾岭而来”，似乎有欠稳妥，但就深化诗意而言，却也未尝没有一些道理。

作为一个代表，柳宗元的贬谪诗作从不同方面深化了我们对贬谪诗人生存方式、心路历程的了解，而这些诗作表现出的或悲伤或痛苦或冷峭的内容和格调，使我们在感受悲美艺术的同时，也真切体察到了贬谪诗人身处逆境中的精神品格。

第四十二讲

宴集唱和活动

唐代文人的生存状态是多种多样的。在长达三百余年的历史进程中，他们有过受打击的痛苦，也有过春风得意的欢乐，但更多的，是他们作为文人在宴饮、歌舞及琴、棋、书、画等活动中展示的生活样态。

在唐代，俗人和雅人在生活上的重要区别之一，就在于一个重视柴米油盐酱醋茶，一个看重琴棋书画诗酒花。不是说雅人离开柴米油盐就能够生存，而是他们在生存之外，还能给生活添加一些色彩。《琴史》记载：白居易自称嗜酒、耽琴、淫诗。每当良辰美景，花朝月夕，就有酒徒、琴侣、诗客前来相访，白居易必定会先摆开酒席，再打开装诗的箱子，给来客诵读自己新创作的诗篇。酒喝到微醉的时候，就亲自操起琴，用宫声弹奏一曲《秋思》。倘若兴犹未尽，就把自己的琴童也招来，让他们调法部丝竹，合奏《霓裳羽衣》一曲，放情自娱，酩酊而后已。有的时候，他就背着一个装有一张琴、一只枕和几卷陶渊明、谢灵运诗的大袋子，肩上扛着竹竿，两头挂着酒壶，走向山之阿，走向水之湄，走到不想走的地方，然后席地而坐，抱琴引酌，兴尽而返。白居易的这样一种生活，他本人在《醉吟先生传》中也作过描述。可以说，白居易的自画像正是唐代文人群体的一个缩影，概括起来讲，这是一种身在俗世而超拔一步的生活情趣，是一种只有文人才特有的高雅的境界。这就是一种雅人的深致。这种雅人深致，突出地表现在诗人们的宴集唱和活动上。

杨柳枝

红板江桥青酒旗，
馆娃宫暖日斜晖。
可怜雨歇东风定，
万枝千条各自垂。

白居易

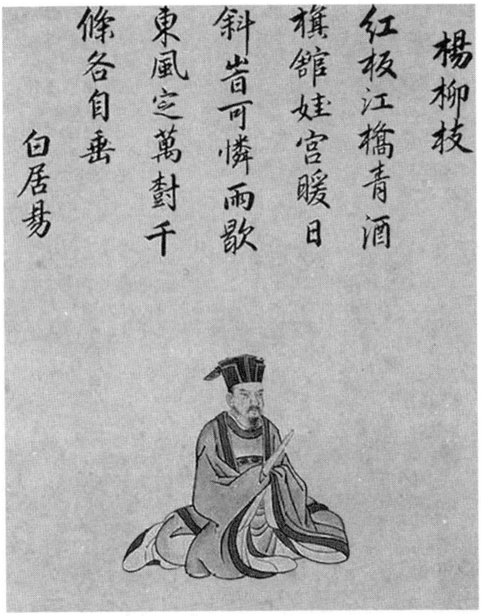

图107　清《三十六诗仙图卷》之白居易

大凡是诗人，身上都洋溢着一种浓厚的矛盾色彩。一方面，他们需要孤独，在孤独中吟咏着自己和别人的痛苦、悲愤和愁绪；另一方面，他们又喜欢合群，饮酒赋诗，宴集唱和。因此他们常常设法在没有孤独的时候，寻找或者制造出一些孤独来，然后豪饮孤独当美酒；而在宴集唱和的活动里，既切磋诗艺，又露才扬己，也就是在同道的称赞中获得一种满足、一种成就感，这恐怕是诗人未必意识到，即使意识到也不愿承认的一个理由。因此宴集唱和就成为唐代诗坛经久不衰的一道风景。

杨师道安德山池宴集是一次千载难逢的文化盛会，其参加者文化素养非常高，但刘洎的枉死给它抹上了一笔黑色。明代人胡震亨在他的《唐音癸签》里记载了从初唐到中唐的几次著名的宴集唱和活动，其中的第一个例子，就是杨师道安德山池宴集。杨师道是华阴人，隋末从洛阳投奔李渊，后来娶了桂阳公主，封为安德郡公。他是一个宫廷诗人，才思敏捷，是草书、隶书的名家。他的才华和身份使他成为诗酒之会当之无愧的召集人。那次宴会除了主人之外，总共有6个名人参加，这6个人是：南阳人岑文本、江陵人刘洎、钱塘人褚遂良、杭州人许敬宗、陕州人上官仪和杨师道的哥哥杨续。这些参加宴会者的文化素养是非常高的，高到什么程度呢？高到让我们觉得那是一个千年才能有一次的文化盛会。这里边有书法家，比如岑文本工飞白书，褚遂良的书法习的是王羲之，深得其媚趣，是当时就声名显赫、后来又被一致推崇的楷书大家；还有历史学家，比如褚遂良和上官仪以后都是钦定的《晋书》的主笔，岑文本预修《周书》，许敬宗更是受皇上之命监修国史。其他像《尚书正义》《文思博要》《文馆词林》《瑶山玉彩》《艺文类聚》等等，天下学子每天都捧读的这些大型书籍，都出自他们之手。而且这些人都是从隋入唐的人物，在新朝很受重视，成为朝中举足轻重的文臣。特别是那位在太宗登基时进士及第的上官仪，文采尤其好，是一个大文学家。太宗听到他的名字，就授他弘文馆直学士，后来累迁秘书郎。太宗作诗，就命令他继和，他由一个最初藏身逃命的孩子变成了皇上的诗友，其诗也被初唐人称为“上官体”。在这几个人里，应该特别提及的是荆州江陵人刘洎，他曾经任过治书侍御史，贞观十八年的时候升迁到了侍中的高位。到了第二年，唐太宗征辽，他就留在长安辅佐太子监国。大概是生性冷峻敢言，所以说话之间得罪了不少人，尤其是得罪了同赴杨师道之宴的褚遂良。这一年，他就死在褚遂良的口舌之下，因为褚遂良诬陷他，结果他被太宗给赐死了。一位诗人成了另一位诗人的谋杀者，特别是谋杀者还是一位声名彪炳的书法家。这一幕让人们感到难堪，也让我们不忍记述，但不幸的是，这是一件历史事实。刘洎枉死于贞观十九年，那么，这次盛会自然也就是在这之前举行的。

初唐诗酒之会规模最大的，应该是高宗时期任卫尉卿的高正臣的林亭会。林亭会是在什么时候举行的，史书上没有明确记载。高氏的林亭之宴总共举行了三次，也就是胡震亨说的“晦日置酒林亭”“晦日重宴”“上元夜效小庾体”这样三次。第一次的参加者一共 20 人，当时作诗限用“华”韵，所作的诗载于《全唐诗》卷七二。第二次除主人以外，共有 7 人参加，用的是“池”韵。第三回连同主人共有 5 人参宴，用的是“春”韵。第二和第三次诗宴的参加者基本上都是第一次诗宴的参与者，因而以第一次诗宴最为隆重。从人数上看，唐代 20 人规模的诗宴除了高氏林亭之会以外，就很少再有记载了。和上边所举杨氏的诗宴相比较，这一次与会者大多是没有显赫地位的普通人，有的到现在已经不知道是生于何时、死于何年、何方人士了。但是其中也还有几个比较著名的人物，比如陈子昂。当然了，陈子昂刚开始与宴的时候，恐怕知名度还不高，他的名声是在以后逐渐大起来的。因为这次诗歌盛会的作品集的题序就是陈子昂写的，他的题序为这个诗宴抹上了浓浓的诗化的一笔。

到了开元、天宝年间，诗酒之会大多在权贵之家举行，其中像宁王、薛王等王府和驸马豪贵家以好客闻名远近。当时诗名最盛的年青诗人王维是最受欢迎的一位，据说王维所至之处，无不拂席张灯

图 108　五代周文矩《琉璃堂人物图》(局部)

以待。到了中唐代宗的大历年间，在勋绩富贵之家举行的宴会也比较多，其中较著名的就是那位颇富战功的郭子仪。郭子仪的小儿子郭暧在永泰元年（765）娶了代宗的女儿升平公主，成了驸马。小两口都是诗歌的发烧友，每次是“座中客常满，樽中酒不空”。而客人又多是诗人，特别是以钱起、李端、郎士元为首的被称为“大历十才子”的诗人。由于诗人多，再加上郭府中那些主妇对诗歌非常有热情，所以就成为诗人们前往郭府宴集的一大动力。每当诗宴开始的时候，公主就在宴会一侧的珠帘后边，观看诗人们酒后飞扬的诗情。在这里，喝酒其实是次要的，品酒是一个酝酿诗情的过程，主人常常悬出这次诗宴的一些奖品，这些奖品有时是一百匹缣，谁作诗作得好，就把这个赏给谁。有一回，郭暧就对才子们说：谁的诗先作成，我先把这个奖品给他。才思敏捷的李端当场就吟出一首，其中的警句有这么一句：“熏香荀令偏怜小，傅粉何郎不解愁。”（《郭令公子暧尚升平公主令于席上成此诗》之一）郭暧听了说：这诗好。立刻就把这一百缣赏给他。坐在旁边的钱起就不服了，钱起说：李校书的确是才思过人，但是我认为他这句子一定是事先想好了才写出来的，不应该算数。我希望他能够现场限韵重作一首，请用我的姓“钱”字为韵，怎么样？众人一听，都同意了。李端毫不畏惧，当场拿起笔铺开纸，以“钱”字为韵写道：“方塘似镜草芊芊，初月如钩未上弦。新开金埒看调马，旧赐铜山许铸钱。”（《郭令公子暧尚升平公主令于席上成此诗》之二）郭暧读了之后击节称赏，认为这首诗比刚才那首更好。一高兴，就命手下人牵出了一匹名马，赠给了李端。记载这件事的除了胡震亨的《唐音癸签》之外，还有《唐国史补》《旧唐书·李虞仲传》和《唐才子传》等等，可见应是实有其事的。

中唐的著名诗人、宰相裴度后来离开长安，退居东都洛阳，在那里修起了园林，名叫“绿野堂”。他就在绿野堂里召集诗友，当诗人会集以后，裴度就让自己家的歌舞班子出来为众人助兴。绿野堂常去

图 109　清袁耀《绿野堂图》

的客人是白居易、刘禹锡、李绅、张籍、崔群这样一批诗人。以诗人的质量高下来论的话，在唐代的诗宴中间，还没有哪次有这时高过，他们都是名震一时的大诗人。所以胡震亨对此深有感叹地说："诸诗人游宴联句，缠锦既奢，笺霞尤丽……至今可追想其盛。"（《唐音癸签》）这就是说，唐代的诗宴是以绿野堂诗宴为其顶端的。

与前面说的多在某处池园宴集有所不同，唐代诗人送别时的宴集赋诗也很令人注目。一般说来，如果是亲友远行，那么送别的诗人作诗，大多是有感而发。此时所作诗往往有一种诗赛的味道，看谁的送行诗作得最好。据说，大历诗人钱起、郎士元、李端是最"擅场"的送行诗专业户，当时有一种说法："大历来，自丞相已下，出使作牧，无钱起、郎士元诗祖送者，时论鄙之。"（钱易《南部新书》）可见，有没有钱、郎等人的诗作为送行之礼，就成了远行之人在文化圈内上不上档次的一个标准。

唐代的宴集送行，多有一种规矩，就是探题分韵来作诗。在一个袋子里，装上若干诗韵的字，然后你伸手去抓，抓到了哪个字，就按那个字的韵作诗。所以辛文房在《唐才子传》里说："良辰美景，赏心乐事，于此能并矣。"而且在这样的场合，"冗长之礼，豁略去之，王公不觉其大，韦布不觉其小，忘形尔汝，促席谈谐，吟咏继来，挥毫惊座"。在这样的酒宴上，是不分身份高低、贵贱的，王公不称其大，庶人不嫌其小，大家都是平等的，唯以诗才高低来论高下。这种情形，恐怕只有在唐代诗宴中才能出现，千载之下想来，还是令人向往之至。

唐代诗人的宴集多在长安举行，也有一些在京城之外的宴集活动，如白居易任杭州刺史的时候，就举行过若干以作诗为主要内容的宴会。当时有些人出于对白居易诗名的景仰，就从很远的地方跑到杭州去进行考试。比如张祜，他的郡望是清河东武城，就是现在的山东武城，他的籍贯是南阳，怎么算都不属于杭州的辖地，但是他跑到杭州来了，还自负诗名，认为解元非他莫属。不久，睦州的诗人徐凝也来到杭州。正好碰到郡中有宴会，白居易就请两个人同时赴宴。在宴会中，张祜认为自己应是解元，徐凝就问：你有什么样的佳句？张祜把自己所作《甘露寺》中“日月光先到，山河势尽来”和《金山寺》中“树影中流见，钟声两岸闻”拿了出来。徐凝说：这后一联虽然不错，但是还不及在下《庐山瀑布》中的“千古长如白练飞，一条界破青山色”来得高妙。徐凝这首诗是写瀑布的，后来曾经被宋代的苏东坡狠狠批评过一通，但是当时的诗人们却很欣赏。所以张祜一听他的诗句，就愕然不知所对了，一座的人也都点头称是，结果徐凝就夺得了解元的资格。据考证，这条记载似乎是虚构的，但它却从另一个方面反映了历史的真实。一群相识或者只闻其面未睹其容的诗人因了一个人的召集得以坐到一张酒桌之前，在宴会上作诗唱和，这在唐代应该是一件很令人歆羡的事情。

中唐有几次诗宴也很有特色。如武宗会昌五年的三月二十一日，这是一个简单平凡的日子，但是白居易却让这一天变得有了诗味。在这一天，白居易在洛阳的履道里池亭举行聚会，请的都是一些老年人。他有一个很长的诗序，序里记载，这次共请了 7 个人，7 个人加起来是 570 岁，最长的 89，接下来是 86、84，再下来 82、74 的各两位。而白居易这年正好 74。这可以说是唐代诗宴中年龄最大的一次宴会了。而在那一年夏天，还有两位高寿诗人慕名来到白府，虽然他们没有能和七老有同席之欢，但是白居易也给予了热情的接待，并作了一首《九老图诗》。在诗序里，白居易这样记载：“其年夏，又有二老，年貌绝伦，同归故乡，亦来斯会。”这两个老人年龄更大一些，一个是洛中遗老李元爽，136 岁；另一位是僧人如满，95 岁。这么多老诗人凑集到一起，举行诗宴，在唐代诗史上是唯一的一次。

第四十三讲

胡舞与剑舞

文学史上的唯一都让人叹息，让人怀想。关于唐人的诗宴我们还可以举出很多，有上面所举的几个代表性的诗宴，就大致可以说明问题了。下边我们再来看一下唐代文人生活中的另一项活动——观舞和听歌。

唐代不仅是诗歌繁盛的时代，也是音乐歌舞艺术繁盛的时代。唐人不仅喜好诗歌，也特别喜好音乐和歌舞。而这种喜好又与上层统治集团的爱好和提倡有着因果关系，所谓“上有所好，下必甚焉”，说的就是这个道理。所以要了解唐代文人观赏歌舞的风雅生活，先需从上层说起。

李唐立国伊始，就沿袭隋朝的制度，在宫中设立了内教坊。这是专门为皇帝演出乐舞的一个机构。到了盛唐时期，除了内教坊之外，又设立了善歌的右教坊和善舞的左教坊，服务对象由皇室扩大到贵族官僚集团。在唐代的音乐机构中，太乐署的总人数已达 11584 人。至于整个太常寺的乐人，《新唐书·礼乐志》说有“数万人”，应该不是夸张之辞。此外还有梨园，即酷爱歌舞音乐的唐明皇专门为自己设立的乐舞机构，规模也有近千人。这样庞大的皇家音乐歌舞团，其规模本身就足以说明宫廷乐舞之盛了。所以上行下效，各个地方的官府也就养有官伎，节度使帐下养着营伎，士大夫家养家伎。养伎风气盛行，为中小型乐舞的兴盛和完善提供了条件。

唐代的音乐歌舞广泛地应用于宫廷典礼、集宴欣赏、庆祝节日、群众娱乐等各项活动中。从上层社会来看，初唐君王中就有乐舞迷。比如唐太宗李世民就非常喜爱北魏时传入中原的名舞《火凤舞》，还专门写过关于《火凤舞》的诗。到了盛唐时代，唐明皇可以说成了皇家乐舞专业的创始人，他本人也是一个打击乐的高手，尤其擅长的是羯鼓，曾亲自参加演奏。从下层社会看，听歌观舞，欣赏各种各样的表演，是人们热衷的娱乐活动之一。盛唐有一个曲目《踏谣娘》，是一个歌、舞合在一起的表演。据说在广场演出的时候，气氛非常热烈，观众也很多。据常非月《咏谈容娘》描写，演员唱一段后，观众就被演员邀请着齐声唱起，并呼喊着“踏谣和来！踏谣娘苦——和来”，台上和台下形成互动，气氛显得非常热烈。

唐代文人最喜闻乐见的不是胡戏，而是胡舞。在胡舞里，最出名的是胡旋舞、胡腾舞。“胡”代指西域，舞名或者叫旋，或者叫腾，都具有一种火爆热烈的特点，应该是游牧民族那种豪放性格的生动体现。这是一种非常矫健活泼的舞蹈，这种舞蹈正和开朗蓬勃的唐代社会那种上升的精神、气象相适应，所以非常符合当时人们的审美趣味。据考证，胡腾舞是从西域石国——今乌兹别克共和国塔什干一带传入中原的，它以急促多变的跳跃和腾踏舞为主要特征，非常需要体力，所以跳这个舞的人大多数是那些“肌肤如玉鼻如锥”（李端《胡腾儿》）的胡人。舞者头上戴着缀有珠子的尖顶小帽，身上穿着窄袖胡衫。为了起舞的方便，跳舞的人常常把前后的衣襟给卷起来，束在腰部的腰带上，长带垂在自己身体的一侧，脚下穿着柔软华丽的锦靴。中唐诗人李端的那首《胡腾儿》记载的就是这件事情。

胡旋舞是唐代文人最倾心、着墨最多的一种舞蹈，其基本特征是旋转。据有关记载，胡旋舞是在一张小圆毯子上进行旋转，需要很高的技巧；而且在跳的时候，既有单人舞，也有双人舞。急速地旋转，两只脚始终不能离开这个毯子，既有对技巧的要求，也需要相当的体力。这种舞蹈，在盛唐时已被中原的舞蹈家所掌握了。据载，内地舞者的技术水平绝不亚于正宗的胡地舞者，白居易就有一首诗叫《胡旋女》，描写了从西域传入的这种舞蹈在中原流播的情形。

胡旋舞之外，还有柘枝舞。“柘枝”是“郅支”的音转，郅支是现在中亚江布尔一带。柘枝舞就是作为西域中亚一带的民间舞蹈传入内地的，它在中原流传地域的广泛，远在胡腾舞和胡旋舞之上。唐人写了大量关于柘枝舞的诗赋，如白居易的友人杨侍郎在同州观赏这个舞蹈之后，作了一首夸赞柘枝舞的诗寄给了白居易；后来白居易在常州也看过柘枝舞，观赏舞蹈以后写了一首诗赠给贾使君。其他还有不少写柘枝舞观后感的诗作，从中可以领略到一场柘枝舞的精彩表演：先是嘭嘭的鼓声引出了美丽的舞者，新颖多变的舞姿，既刚健明快，又婀娜优美。到了结束部分，舞者斜身一拜，向观众行礼之后就退场了。

柘枝舞也有单人舞和双人舞的区别。这种舞蹈最引人注目的首先是舞者艳丽的服饰，很多诗人不惜笔墨，在诗里对这个服饰大加铺排和赞赏。比如刘禹锡写过《观柘枝舞》，张祜写过《李家柘枝》，章孝标也写过《柘枝》，张祜还写过《观杨瑗柘枝》的诗作。这些诗作里，诗人对柘枝舞者的帽子、锦靴都作了描写。卢肇有一首诗叫《湖南观双柘枝舞赋》，其中有句“媚戎服之豪侠”，说明柘枝舞者既有媚气，又有侠气，兼得刚柔之妙。综合起来看，柘枝舞者一般是身穿柔软贴身、质地比较轻薄的绣花窄袖罗衫，腰身都比较纤细，身着花带和珠翠等饰品，头上戴着缀有珍珠的花帽或卷檐虚帽，梳上鸾凤一样的发髻，脚上穿着红色的锦软靴。这样的舞服真可以说是色彩斑斓，让人

图 110　敦煌唐壁画之看棚

看后为之眩晕，也让人眼睛累得痛快。柘枝舞的伴奏乐器是以鼓为主的，鼓声咚咚地响起来，舞者就开始在场地里跳跃，舞和着鼓，鼓伴着舞，容易产生很好的艺术效果，气氛非常热烈，节奏也非常鲜明。至于舞者轻盈的体态和纤细柔软的腰身，还有观众对柘枝舞的入迷程度，刘禹锡在《观柘枝舞》里说得很明确："体轻似无骨，观者皆耸神。"跳舞的人身体非常轻盈柔软，就好像没有骨头一样，而观看的人都是头往前倾着，唯恐看不清楚。一个"耸神"，即将观众全神贯注之状生动地传达出来。

唐代还有一种非常风行，也广受称赏的舞蹈，就是剑器舞。剑器舞就是仗剑起舞，刚健有力，极富阳刚之美。当时最著名的剑器舞蹈家应该推那位公孙大娘。大历二年，杜甫因在四川夔州观看公孙大娘的徒弟李十二娘表演剑器舞，而回忆起五十年前，也就是开元五年，他 7 岁的时候在河南郾城亲眼看到过的公孙大娘剑器舞的表演，并且写下了一首诗，题名《观公孙大娘弟子舞剑器行》。诗中说：

昔有佳人公孙氏，一舞剑器动四方。观者如山色沮丧，天地为之久低昂。

诗写得很长，但是从这几句，就可看出公孙大娘跳剑器舞的时候，是高妙绝伦，天地变色，气氛非常之热烈。另据晚唐诗人司空图《剑器》诗中“楼下公孙昔擅场，空教女子爱军装”的描写，我们知道，当时的舞者是穿着军服的，因为剑是兵器，以剑为道具，舞者自然要穿军装，所以舞服很漂亮、很英武。司空图是晚唐人，唐亡之际，他隐居到了中条山的王官谷。这说明剑器舞直到唐代末年还流行于乡野之间，足见这种舞蹈流传时间之长、地域之广了。

如果比较一下，在唐代的这些舞蹈中，似乎还没有哪种舞蹈能够像剑器舞那样给书法和绘画等姐妹艺术带来过那么多的灵感。据《太平广记》记载：开元年间，有一个将军叫斐文，母死守丧，在“居母丧”的时候，他邀请著名画家吴道子给他画一些神鬼之类的图画在墙壁上。吴道子回答说：我废画已久，提不起笔了，如果将军能够为我舞一曲剑器舞，或许可以触发我的灵感。斐文听后，马上脱去丧服，穿上军装，“走马如飞，左旋右抽，掷剑入云”，以至“高数十丈，若电光下射”，最后“引手执鞘承之”——举起剑鞘，上抛的剑正好落在剑鞘之中。当时“观者数百人，无不惊栗”。吴道子看了之后，遂“援毫图壁，飒然风起”，很快就把一个墙壁给画满了。观者称道此画“为天下之壮观”。由此看来，吴道子借助鬼神皆惊的剑器舞，终于成就了一篇画史上的杰作。而斐文的剑舞也与李白的诗、张旭的草书被唐明皇誉为“三绝”。

剑器舞不仅影响到绘画，还影响到书法。《乐府杂录》载：盛唐时身为僧人的怀素看了公孙大娘的剑器舞，“草书遂长”。怀素是非常有名的草书大家，而他的书法技艺，即受益于公孙大娘的剑器之舞。此

图 111　敦煌唐壁画之露台

外，杜甫《观公孙大娘弟子舞剑器行序》记述，另一个书法大家吴人张旭曾经几次在邺县观看公孙大娘舞《西河剑器》，自从看了之后，“草书长进，豪荡感激”。草书狂恣奔放，正应该从寓法度于无法的剑器舞中来汲取营养。这可以说是剑器舞对书法的影响。

在唐代，宴上舞剑是风行不衰的习气，而唐代的很多诗人也常常借酒起舞，自娱自乐。作为一种刚健的舞蹈，剑器舞动作矫健，节奏明快，非常适合男子参舞或者主舞。事实上，剑作为古老的兵器，在中国历史上很早就被用来作为舞蹈的道具了。《孔子家语》里说子路曾经戎装见孔子，拔剑起舞，这应该是舞剑以悦师了。《史记·项羽本纪》里记载了鸿门宴里项庄起舞，他当时拔剑起舞虽然意在刺杀沛公刘邦，但从形式上看，则是舞剑以助兴。这说明汉代即有宴席舞剑的风气了。到了唐代，宴上舞剑更为风行，尤其是武官，三杯酒下肚以后，面红耳热，非舞剑不足以抒其豪情。李白《司马将军歌》说："将军自起舞长剑，壮士呼声动九垓。"他的另一首《送羽林陶将军》也写道："万里横戈探虎穴，三杯拔剑舞龙泉。"类似这样的诗还有不少，像岑参、杜甫都曾经描写过将军拔剑起舞的情景。在古人看来，人激动的时候，用言语不足以表达他的情感，嗟叹不足以表达他的深意，歌唱不足以抒发他的情怀，而舞蹈便成了最后，也是境界最高的一种表达手段。所以唐代很多诗人不仅写诗、饮酒，而且常常借酒起舞。张说《醉中作》说："醉后乐无极，弥胜未醉时。动容皆是舞，出语总成诗。"喝得东倒西歪的，然后翩翩起舞，醉步和舞步就浑然一体了。白居易《与诸客空腹饮》说："醉后歌尤易，狂来舞不难。"酒使人进入忘我之境，随口即歌，狂来即舞，别是一种精彩。

唐代文人的自娱性舞蹈，以李白最具代表性。他的《酬崔五郎中》说："起舞拂长剑，四座皆扬眉。"宴中起舞，挥动长剑，四座为之感到振奋。他的《玉壶吟》说："三杯拂剑舞秋月，忽然高咏涕泗涟。"拂剑而舞，边舞边歌，慷慨涕零。这是悲中的歌舞。他的《南陵别儿童入京》说："高歌取醉欲自慰，起舞落日争光辉。"被皇帝征召，即将入京，不由得高歌起舞，抒发豪情。这是乐时的歌舞。他的《东山吟》说："白鸡梦后三百岁，洒酒浇君同所欢。酣来自作青海舞，秋风吹落紫绮冠。"这里说的青海舞，应是胡舞的一种，可见李白会的舞不少。他的《月下独酌》说："我歌月徘徊，我舞影零乱。"诗题是"独酌"，那么作者是在月光之下，独歌独舞了。此情此景，令人千载之下想来，仍可感受到唐人的那份潇洒和浪漫。

第四十四讲

观舞与听乐

前面说的舞蹈多是健舞，刚健有力是其主要特征。下边我们再说说软舞。软舞的动作轻盈优美，柔婉多姿，节奏舒缓，抒情性很强。

唐人的软舞也有很多，但以大家非常熟悉的霓裳羽衣舞最具代表性。从舞名看，霓裳羽衣舞是表现神仙境界的一种舞蹈。关于它的来历，一般认为是唐明皇创作了散序的部分，又以杨敬述所进的婆罗门曲为其余的部分。据王建《霓裳辞十首》的题解所说："罗公远多秘术"，曾经和唐明皇一同到达了月宫，见到"仙女数百"，都是"素练霓衣，舞于广庭"，问她们跳的什么曲子，仙女回答是"霓裳羽衣"。唐玄宗懂得音律，就默默记下了这个曲调。回到长安之后，只记得一半，有一半给忘掉了。这时正好西凉府节度使杨敬述进献了婆罗门曲，声调和他听到的非常相似，于是就以他在月中所闻的曲调作为霓裳羽衣舞的散序。这就是霓裳羽衣舞的一个基本由来。当然了，王建这个记述显然有很多虚幻的成分，不能全信的。

霓裳羽衣舞的舞者服饰模仿想象中的仙人服饰，舞女们穿的一般是淡雅的月白色裙子。白居易笔下的霓裳羽衣则是头戴随步摇曳、垂珠串串的步摇冠，上身披着一种霞帔，下身穿着虹霓的淡彩裙子。也有身穿孔雀羽毛编成的羽衣的。但是不管舞衣怎么变化，都在着意把这些舞女打扮成超凡脱俗的仙女模样。这个舞有群舞、双人舞和独舞等形式，舞姿非常优美，白居易的《霓裳羽衣歌》曾经有过很生动的描绘：

飘然转旋回雪轻，嫣然纵送游龙惊。小垂手后柳无力，斜曳裾时云欲生。

可见这种舞在旋转的时候，不像胡旋舞那样剧烈，而是轻盈飘忽，舞步行进流畅优美，就像仙女在云中漫步一样，有的时候又像仙女漫步时脚下飘游的浮云。霓裳羽衣舞的演出要求是比较高的：一是舞女外貌要秀美；二是舞人要具有优雅的玉女般的风度和气质；三是要求明眸善睐，眼神活泛，表情适当；四是舞技要高超；五是服饰要华美。唐代以胖为美，但如果你太丰硕了，这个舞跳起来恐怕就没有什么观

图 112　莫高窟壁画《阿弥陀经变之舞乐图》

赏性。因此，霓裳羽衣舞的流行，尤其是群舞，就受到了若干的限制，观赏的人不是特别多，而看过的人都有很深的印象。白居易说他到杭州任刺史以后，组织了一个小小的乐队，由他的歌伎玲珑弹箜篌，另外几个或者弹筝，或者吹筚篥，或者吹笙，教她们习霓裳羽衣舞曲。后来白居易到了苏州刺史任上，还念念不忘这样一个舞，很想把舞蹈排出来，曾经向他的好友、同样是酷爱音乐的元稹打听："闻君部内多乐徒，问有霓裳舞者无?"有没有可以跳霓裳舞的？元稹回答说："答云七县十万户，无人知有霓裳舞。"看来下层民众没有知道这个舞的，所以白居易只好作罢。

提到霓裳羽衣舞，不能不说的是曾经任过太乐丞的著名诗人王维。太乐丞也是专门管音乐的，这个职位使王维饱看了别的诗人只能偶尔一见的霓裳羽衣舞，并且对这个舞蹈的乐队排列情况了如指掌。在《唐国史补》中就记载了如下一件事情：有人画了一幅奏乐图，王维看了掩口而笑。旁观者以为画面出了什么纰漏，就赶忙问是什么缘故，王维说图中画的是霓裳羽衣曲的第三叠。人们不相信，于是集合乐队现场演奏进行检验，果然到了这个动作的时候，正好这个舞曲进行到第三叠。由此说明王维确实是精于乐理，也对这个曲子的演奏了然于心。

除了霓裳羽衣舞之外，唐代还有其他的一些软舞，比如"绿腰舞"。李群玉就写过《长沙九日登东楼观舞》，其中说："南国有佳人，轻盈绿腰舞。""绿腰"又被称为"六幺"，它既是舞名，又是乐曲名。白居易的《琵琶行》有"初为霓裳后六幺"的描写，他的《杨柳枝词》也说过"六幺水调家家唱"。

与舞蹈紧相关联的是歌唱。中国古人有"丝不如竹，竹不如肉"的说法，什么意思呢？就是管弦乐不如吹奏乐，比如笛、箫之类的乐器，吹奏乐又不如自己发声演唱的。因为只有通过胸腔、喉、口发出的声音才是最为自然的一种表达。所以唐人段安节在《乐府杂录》里指出：“歌者，乐之声也。故丝不如竹，竹不如肉，迥居诸乐之上。”可见唐人已经意识到声乐比管弦乐动听的道理，而歌唱又比声乐动人。许多唐代的文人都会唱歌，而且喜欢唱歌。据载：张旭醉后唱《竹枝》，反复唱九次才停下来。张旭是吴人，《竹枝》是巴渝地区的民歌，他对竹枝歌的热爱纯粹是对音乐的热爱。白居易也说过：刘禹锡能唱《竹枝》，而且听者愁绝。刘禹锡能唱《竹枝》歌，这是有过记载的，而且唱得确实很好。刘禹锡既醉心于民歌，也特别爱听专业歌手的演唱。他在贞元末年就出入禁中，有很多机会欣赏到宫廷歌手的风采。在这以后，他被贬到蛮荒长达二十三年之久，到唐文宗的大和初年才回到阔别的长安。二十多年过去，当年他熟悉的一些歌手，比如何戡、米嘉荣、穆氏这样一些人都还在，只是已逐渐老去。所以当这些歌手们面对老听众再唱起歌的时候，无论是听者还是唱者，都感慨无限。刘禹锡有多首诗记录他听这些老歌手唱歌的感触，比如他的《与歌者何戡》这样写道：“二十余年别帝京，重闻天乐不胜情。旧人唯有何戡在，更与殷勤唱《渭城》。”这里提到的“渭城”，即《渭城曲》，又叫《阳关三叠》，是王维写的一首送别的诗歌，后被广泛演唱，成为唐代最著名的流行歌曲之一，常在友人分别时演唱。当然，刘禹锡与何戡这次相会，不应该是相别，何氏殷勤献上《渭城曲》，纯粹是让故人再次欣赏歌艺的一种需要，但是刘禹锡听来就别有一番滋味在心头了。那种滋味，在他的另一首诗《听旧宫中乐人穆氏唱歌》中说得非常明显：“曾随织女渡天河，记得云间第一歌。休唱贞元供奉曲，当时朝士已无多。”昔盛今衰的感慨，都被穆氏的供奉曲给勾起来了。

唐代文人欣赏笛、笙等管乐，琴、筝等弦乐，其中琴和“知音”相联系。在中国古代，文人都知道“知音”这个典故，“知音”写的就是钟子期通晓音律，而俞伯牙善鼓琴，他鼓琴的时候，志在高山，子期就品评说“巍巍乎若太山”；志在流水，子期就品评说“汤汤乎若流水”。后来子期辞世，伯牙就不再鼓琴了。这么一来，琴就和知音有了斩不断的关联。也因此，唐代文人听琴或者是弹琴都常常带有寻找知音的意味。孟浩然在夏夜的南亭纳凉时想弹琴终于没有弹，就是因为没有知音。所谓“欲取鸣琴弹，恨无知音赏”(《夏日南亭怀辛大》)，说的就是这件事。从记载来看，唐代文人能自己弹琴的不是很多，但是几乎所有的唐代文人都长了一副音乐的耳朵，弹琴的人也乐意给他们献艺。李白那首《听蜀僧濬弹琴》写得好：“蜀僧抱绿绮，西下峨眉峰。为我一挥手，如听万壑松。客心洗流水，余响入霜钟。不觉碧山暮，秋云暗几重。”在嵇康的《琴赋》里有“伯牙挥手，钟期听声”之句，这就是诗中“为我一挥手”的出处。显然，蜀僧把李白当成了他的钟子期。另一个被人称为“颖师”的和尚，琴艺更是非凡，韩愈的《听颖师弹琴》即对他的琴声有过非常生动的描绘：先写琴声初起时像小儿女呢喃私语的情话，接着写琴声如“勇士赴敌场”般的高昂、“浮云柳絮”般的飞扬、“忽见孤凤凰”般的高远，最后说到自己听了之后坐立不安、泪雨滂沱和冰炭塞肠的强烈感受，将

图 113　明唐寅《吹箫图》

图 114　明张路《听琴图》

颖师的高超琴技写得极为生动、形象，以至于被清人方扶南誉为摹写声音之至文。至于年龄不大就去世的李贺，也留下了一首《听颖师弹琴歌》，其中说："请歌直请卿相歌，奉礼官卑复何益！"话虽然这么说，但是毕竟还是应颖师之请写了这首诗，而且用了一番心思。只是李贺的这首诗似乎不及韩愈那首诗写得高妙。

与琴相比，筝乐也很被文人爱重。筝曲大都既典雅又伤感，所以诗人们听了之后，常作伤心之语。唐代有很多写听筝的诗，像王昌龄、温庭筠、吴融等诗人都写过相关的诗作，而以李端的一首《听筝》较为著名。这首诗有一个典故，说的是在郭子仪的府第里，经常举行一些诗宴。郭子仪的儿子郭暧非常喜欢观看乐舞和诗人们的诗歌竞赛，有一次，郭暧又请一批诗人到自己宅第里宴会，并让一个名字叫镜儿的侍女弹筝。镜儿筝弹得好，人又长得非常漂亮，李端受邀入场，一见镜儿，眼睛都发直了。郭暧见到这个情况，就对李端说：你若能够以镜儿弹筝为题写一首诗，我就把这个女子许配给你。于是李端挥笔写道：“鸣筝金粟柱，素手玉房前。欲得周郎顾，时时误拂弦。”筝有金粟柱，素手弹起来又非常美妙，应该说是筝美人更美。而在听众之中，又有她倾心的“周郎”，本来弹得很熟的曲子，偏要弄出些毛病来，以引起对方的关注。这首诗一语双关，既正面描写了弹筝的过程，又借助“曲有误，周郎顾”的典故，将一缕男女之情融入其中，非常切合当时的情景。诗成之后，郭暧很是欣赏，便实践了诺言，让李端将佳人领了回去，由此成就了一段美好姻缘。这件事记载在《续本事诗》里，想来应有一定根据。

除了筝，还有箜篌，箜篌也是一种弦乐器。唐代文人写到箜篌的虽然不多，却留下了独占鳌头的一篇作品，即李贺的《李凭箜篌引》。该诗借助大胆的想象、夸张的手法，将梨园艺人李凭高超的箜篌技巧表现出来，其中描写箜篌乐音和效果的名句如“昆山玉碎凤凰叫，芙蓉泣露香兰笑”“女娲炼石补天处，石破天惊逗秋雨”“梦入神山教神妪，老鱼跳波瘦蛟舞”等等，都极形象、生动，令人读后齿舌留香。这首诗不仅是表现箜篌弹奏技艺的佳作，而且也表现了作者对乐曲的深刻理解，表现了作者很高的音乐欣赏水平。

唐代文人欣赏的乐器不少，诸如笛、笙等，都不乏描写的佳作。限于时间，我们就不一一介绍了。

第四十五讲

帝王书法及其影响

唐代文人除了喜爱歌舞音乐，还投放了大量精力在书法艺术上。这一讲，我们来看一下唐代文人对书法的爱好。

大家知道，唐代是书法的黄金时代。在颜、柳、欧、赵四大楷书家中，唐代就占了三家，颜真卿、柳公权、欧阳询都是唐代人。而书法史上最著名的草书家，唐代有最杰出的两位，一是张旭，一是怀素。至于篆书，唐代也有名家，就像中国散文史上除了司马迁就该数到韩愈一样，中国篆书史上的大家除了先秦时期的李斯，就得数到盛唐的李阳冰。李阳冰是李白的族叔，据载，李白曾得到别人在灞水附近发现的一个石函，内有绢素《古文孝经》一部，皆用篆书写成。李白将此石函交给了时任当涂令的李阳冰，“阳冰尽通其法，上皇太子焉”（郭忠恕《汗简》卷七引李士训《述异》）。看来，将这部《古文孝经》交给李阳冰，真是找对人了，因为李阳冰就是这方面的专家。他自己曾不客气地说过：李斯之后，“直至小生”，“曹喜、蔡邕，不足言也”（《唐国史补》卷上）。

唐代书坛大家辈出，文人爱好书法并蔚为风气，与统治者的爱好和提倡不无关联。唐高祖李渊爱写真草字体，写得又快又好。他一旦有了机会，总要露上一手。比如，官员的任命状本来可以由有关职能人员草拟，作为皇帝，他只要过目一下就可以了。可是高祖并不放过这样一个机会，他曾经在一天之内，注拟了上千名官员，当时是走笔如飞，一顿饭的工夫就完成了其他人可能需要用上一两天才能写完的工作量。按理，得官的人需要把皇上写的状文交给有关部门，才能换到做官的公文，才能正式地走马上任，但是有些人为了保存那张高祖亲自书写的任命书，不愿意交出，干脆不要官了，他就带着那张墨宝回家耕读去。这些官职到了手又放弃的人，可以说是真正的文化人，也令我们感到敬佩。公平地说，李渊的字写得只能说好看而已，他离“书法家”的称号可能还有一些距离，但就是这样一个水平，已经被当时的文人视为珍奇了。由此我们也可以看出，唐代立国之初，对书法的爱好已经成为士林的风气。

在唐代三百年的历史上，不算自立为帝的军阀，比如李希烈，或者农民起义的首领黄巢等人，把才沾了一下皇位就死去的殇帝也算在内，唐代共有皇帝 22 位。其中政绩最大、影响最深的应该数唐太宗李世民、武则天和唐玄宗李隆基三位。而这三位都是书法家。如果脱掉他们身上的龙袍，他们事实上都是文人，也是诗人，都有诗文传世，也都有书法作品传世。

唐太宗酷爱书法，是唐代的第一个王羲之迷，也就是王羲之的粉丝。在中国，一个普通文人的某种痴迷只是他个人的事，而一个皇帝，尤其是一个被公众视为“英主”的皇帝，他有哪种痴迷，很快就会向社会传染。从史料记载看，李世民对书法尤其是对王羲之书法的痴迷程度非常深，他竟然动用公款在全国范围内搜索、求购王羲之和其他书法家的法帖真迹。所购得的真迹，“凡真行二百九十纸，装为七十卷，草二千纸，装为八十卷”（《唐会要》），真书（即楷书）、行书 70 卷，草书 80 卷，还有一些书记载的卷数有所不同，但是数量都非常

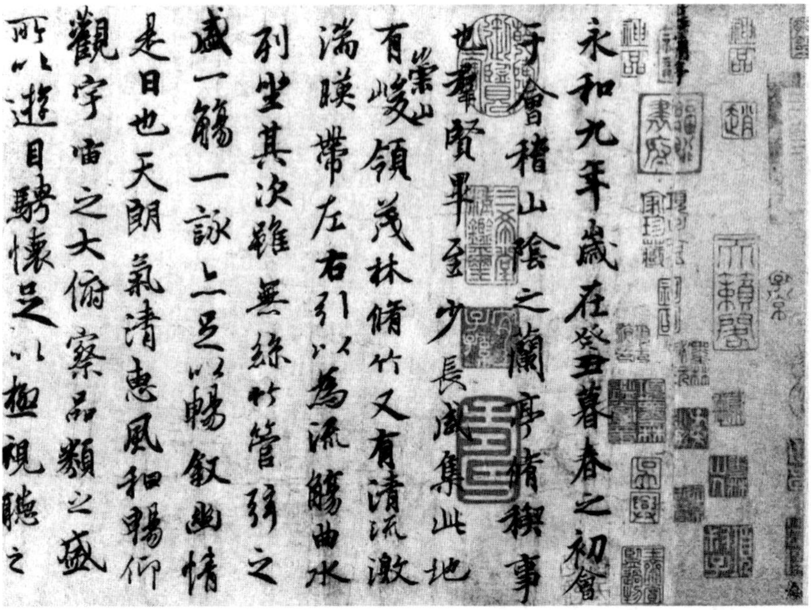

图 115　唐冯承素《兰亭集序》摹本（局部）

大。唐太宗的时候，距离王羲之去世已经二百三十年左右了，而此前除了《兰亭集序》的法帖之外，对王羲之作品的推崇还没有谁能达到李世民的地步。王羲之是中国最大的书法家，《兰亭集序》是法帖之冠，它到李世民手里之前，至少曾经传过两个皇帝和三个僧人之手。关于它的传播过程，《隋唐嘉话》有着很详细的记载，我们不去多说。总之，不管是经过一个什么样的过程，《兰亭集序》在唐代立国之初就已经到了立国之君的手里，这一点是无可置疑的。从那以后，《兰亭》帖就与李世民朝夕相伴了。当时天下草创，李世民一边要亲总兵戎，一边将那个法帖一直带在身边，以备朝夕观览，并曾命书法家冯承素等人勾摹《兰亭集序》数本，以赐皇太子诸王。他觉得《兰亭集序》已经成为他生命中不可或缺的一个部分，今生是不能离开了，可是死了之后呢？死后在彼岸世界他还想拥有它，于是对儿子李治，也就是后来的唐高宗悄悄地说："吾千秋万岁后，与吾《兰亭》将去也。"——把《兰亭》给我，让我带走。李世民驾崩那一天，褚遂良上奏："《兰亭》先帝所重，不可留。"这是褚遂良的上书，从他上书的话来看，高宗恐怕也喜欢《兰亭》，可能有违背其父遗嘱、想私自把它留下的意思，这才有了褚遂良"不可留"的话。就这样，《兰亭集序》法帖在李世民目光的频频注视下，度过了它在人间的最后三十个年头，之后就永远地消失了。

李世民不仅把玩王羲之的书帖，他还心慕手追，刻苦练习；不但临帖，还请了师承释智永、深得王羲之神韵的书法家虞世南做老师。据《宣和书谱》记载：太宗以书法师虞世南，但老觉得"戈矛"的"戈"字写不好，于是就写了一个"戬"，"戬乱"的"戬"，故意只写偏旁的"甚"，留下"戈"，请虞世南把它补上。最后，师生两人合作了一个"戬"字。"戬"写完之后，李世民就把它夹到其他字里，拿给魏徵看。魏徵不是书法家，但也看出了其中的奥妙，说：臣看圣上所写，只有"戬"字里的"戈"，逼近王羲之。太宗惊服魏徵的眼力，从此就越发用功了。后来虞世南去世，李世民痛哭，说："石渠、东观之中，无复人矣！"据《隋唐嘉话》记载，太宗曾称虞世南一人而身兼博闻、书翰、辞藻、忠直、德行五善，其中书法即是五善之一。太宗在虞氏死后流的泪中，就有洒给作为书法家的虞世南的。虞世南死了之后，李世民又请了褚遂良做侍书。褚遂良也是书法名家，他的鉴赏眼光绝不比虞世南差，凡是民间所上的王羲之的法帖，只有褚遂良能判定它的真伪，所以李世民的书法长进得就更快了。现在看来，李世民的书法深得王羲之的气格，并不是前人因为他有很高的地位而发出的溢美之论。如果我们看一下现存的李世民在贞观二十年撰文并且书写的行书体《晋祠铭并序》，这个碑现在立在山西太原的晋祠之内，碑的正身共有1203字，书风飞韵飘洒，骨格雄奇，笔力遒健，气象也很宏阔，曾被后人誉为仅次于《兰亭序》的书法杰作。由于得到了初唐四大书

图 116　唐李世民《晋祠铭并序》

法家中两位的耳提面命，再加上个人对书法艺术的爱好、观摩和刻苦练习，李世民书法所得王羲之神韵的程度，可以说能够和后来的任何一位书法家相媲美。

除了自己摹习王羲之的字之外，李世民还常常给群臣作书法创作上的示范表演。《唐会要》记载，贞观十四年四月二十二日，李世民作了一幅真草书的屏风向群臣展示，笔力非常遒劲，为一时之绝。此外，他还常常把自己的书法作品赐给臣下以示优宠。据说那位起于寒微、后来宠冠公卿的马周，就曾经得到过唐太宗的 16 个飞白字：“鸾凤冲霄必假羽翼，股肱之寄要在忠力”。什么是飞白呢？就是笔画中丝丝露白，似枯笔做成，字体空灵飞动。这种写法最早起源于汉末的蔡邕，据说蔡邕奉灵帝之命，作《圣皇篇》，书成，待诏鸿都门下，见杂役以帚沾灰成字，心为所动，归而作飞白。飞白属于行草一类，大概是李世民觉得最能拿出手的字，所以他赐给臣下的书法，多用飞白体。在贞观十八年二月十七日，他召集三品以上的官员赐宴于玄武门，亲自操笔作飞白书。群臣乘着醉意，借酒蒙脸，肆无忌惮地竞相从太宗手中去争夺。御座前的人多，有一个散骑常侍叫刘洎，他索性登上只有太宗一个人能坐的龙床去伸手，终于捞到了一件。那些要不到字的人就恼火了，异口同声地指责刘洎擅登御床，图谋不轨，其罪当死。太宗这时候恐怕还没有醉到分不清忠奸的地步，他知道群臣的话都是一时之愤，所以看到那么多的书法知音很高兴，就大笑着说：昔闻婕妤辞辇，今见常侍登床。于是就把这件事情给轻轻地化解了。过了两个多月，也就是五月初五，旧俗说应该用服玩相贺，太宗于是又作飞白书在扇面上，赏赐给了司徒长孙无忌和吏部尚书杨师道，那些字据说也很漂亮，有如鸾凤蟠龙，笔势惊绝。

说太宗的字“笔势惊绝”，不是史家的胡乱吹捧。《唐会要》里记录了太宗对群臣说的一段关于书法创作的心得，原话是这样的：“朕少时为公子，频遭阵敌，义旗之始，乃平寇乱。执金鼓，必自指挥，观其阵，即知强弱。每取吾强对其强，以吾弱对其弱。敌犯吾弱，追奔不逾百数十步；吾击其弱，必突破其阵。自背而反击之，无不大溃。多用此制胜，思得其理深也。我今临古人之书，殊不学其形势，惟在求其骨力。及得骨力，而形势自生耳。”这段话意思是说，当年他临敌料阵的时候，往往是看重敌人的弱处，然后进行攻击，知道在敌强我弱和我强敌弱的情况下，应该怎么去和敌人接战。书法跟这个道理是相同的，主要在于求其骨力。只要你学到了书法中的骨力，形势自然就生成了。太宗还有专篇的论文来阐释他的书法艺术观，这就是我们今天还能够读到的他的《笔法诀》《论书》《指意》等。如此看来，唐太宗的书法既有实践，又有理论，以其特殊的身份身体力行，提倡奖励，自然易于形成重视书法的社会风气。

图 117　唐武则天《升仙太子碑》(局部)

首先受到太宗皇帝影响的，是其子李治和才人武则天。据史书记载，朝夕侍奉在父亲旁边的唐高宗李治也喜欢书法，但是高宗的字较他的父亲却有着不小的差距，还算不上书法家。而那位 14 岁就被选入宫中的才人、在太宗身边侍奉了长达十一年之久的武则天也因耳濡目染，对书法情有独钟。由她书写的《升仙太子碑》，立在河南省偃师县的缑山之上，现在还保存着。这是我国古代书法史、金石史上第一块女性所写的碑，碑额用飞白体书写了“升仙太子碑”几个大字，字似用枯笔写成，显然是受了太宗所喜爱的飞白书的影响；碑文共有 33 行，每行 66 字，书于武周圣历二年(699)。碑文行草相间，笔画中透露出了女性所特有的婉约圆转气息。

武则天之后，该说一下的就是那位大名鼎鼎的唐明皇李隆基了。关于唐明皇的书法事迹倒不是很多，《次柳氏旧闻》里只是说他“善八分书，凡命将相，皆先以御札书其名，置案上”，凡是起草任命将相的时候，他就事先把他们的名字写下来，放到他的桌子前。据说唐明皇也善章草，但是他留下了真行相间、墨光四射的《鹡鸰颂》。他还有一些碑刻，其中以泰山大观峰上的隶书碑《纪泰山铭》气势最为雄伟。有些书法评论家说唐明皇的作品最明显的弱点就是体态过肥，这一点大概与盛唐以肥为美的时尚有一些关系。或许是“圣上”重视的原因，所以科举制度中就特立了对举子以及未来的行政官员的一条书法要求，进士们到吏部参加考试铨选的时候，必须楷法遒美。这个规定是记载在《新唐书·选举志》中的。由于科举事关士人的前途，每个文人都不会等闲视之，所以这是对书法的一种无言而又无所不在的推动力。

第四十六讲

文人的书法好尚

唐代的书法好尚，上有帝王，下有普通百姓，可以说已达到非常普及的程度。但最值得重视的，还是那些书法家的贡献。诸如初唐的欧阳询、虞世南、褚遂良、薛稷，盛唐的颜真卿、张旭、怀素，中唐的柳公权等等，都是人们耳熟能详的大家。对这些书法大家，人们不仅羡慕其不同字体之美，而且乐于传播其学书之事，从而留下了不少趣闻逸事。

欧阳询的书法当时名气很大，深得高丽人的爱重。高丽人曾专门派使者入唐求书，点名要欧阳询的字。高祖知道后非常感慨地说：想不到欧阳询的书名远播夷狄。据说，武德四年（621）铸的开元通宝上的文字，也是欧阳询所写，由此可见他在书法界的地位和取得的成就了。这样的书法家，按理可以不学了吧？不然。欧阳询不仅继续学书，而且还非常刻苦。贞观初年，欧阳询任率更令，一次外出，在路边见到一通古碑，碑文是晋代著名书法家索靖所写，他先是被吸引，驻马观赏，看了很久才离开。可是，走了几百步后不忍心又返了回来，这一次他下马伫立观赏，腿都站累了，于是就摊开所带的毯子坐在上边仔细地观看。再往后，他干脆就在碑前睡下，一连看了三天，这才离去。以欧阳询的书法水平和名气，他完全没有必要像初学者那样，在野地里忍饥受冻地看那么久，可是他看了，看得是那样仔细。这些举动，不是做给别人看的，是因他由衷喜爱书法的不自觉的一种行动表现。类似的事情还有一些，比如篆书大家李阳冰就有过在野外数日观碑的经历，地点是绛州，就是现在的山西。

与欧阳询这些书法家相对的，是那些苦学成才的书法家。比如那位很有名的被杜甫多次称道的广文博士郑虔，初学书法的时候就非常艰难。因为家贫，没有纸张，听说慈恩寺附近有很多柿子树的树叶，于是就借僧房来居住，每一天捡拾些柿子树叶，在上边练习。据说积年下来，把院中柿叶写了一个遍。后来，他自写所作诗，连同其所绘之画为一卷，献给朝廷，唐玄宗在卷轴末尾御笔亲书四个大字："郑虔三绝"。

湖南零陵人怀素是另一个典型。《宣和书谱》引陆羽《怀素传》说：怀素早年家中贫寒，没钱买纸，种芭蕉万余株，采蕉叶练字。后又改用漆板、漆盘来写，以至于将其磨穿。《清异录》的记载更有趣些，说怀素居零陵的时候，每天采蕉叶代纸而书，并且诙谐地称这块地为"绿天"，他的住所为"种纸"。由于怀素习书非常刻苦，笔就用得多，坏得快。他把用破了的笔堆积到山下埋起来，称之为"笔冢"。与此相似的，还有虞世南。据《隋唐嘉话》记载，虞世南学行草于释智永，曾经住在一个楼上，到学业成功才下楼，光是用过的废弃的笔头就装满了一瓮。这些故事说明，书法家之所以有后来的成就，既与其早年的勤奋、恒心、毅力有着直接的关联，也与他们对书法艺术确实抱有一种深深的喜好有关。

《论语》有言："知之者不如好之者，好之者不如乐之者。"到达好之、乐之的程度，就进入痴迷之境；而人一旦到了痴迷的程度，在其他方面就会变傻，变得可笑甚至可爱。据说柳公权就因耽于书学，不会管家理财。他为王公书写的碑板，一年下来光润笔费就成千上万，但这些钱大都被他的管家给偷走了。别人送过来的酒器杯盂很精美，锁得好好的，结果不少也都不翼而飞。柳公权后来向他的两个管家询问，管家回答不知，柳公权笑着说：银杯羽化成仙了。也就不再追究。可见书法家在钱财这些事情上，往往不太在意，因为这不是他关注的重点。

书法家写的字，一般被称作“墨宝”，以示尊敬和珍贵。对这些墨宝，每个朝代都有一批喜爱者、追捧者、收藏者。虞世南给圆机写过一封信，被人收得，而这位持有者极有心机，他把信里的字都剪开，一个字一个字地售卖。比如其中有“鹤口”二字，一个字就换得铜砚一枚；还有“房村”两个字，一个字就换来“芋千头”。可见，换的钱和东西还是不少的。社会对书法的兴致如此之高，难怪文人学起书法来如此地投入，由此形成一种社会风气，以至于那些不在士林的人甚至童仆也懂书法，如韩愈《醉赠张秘书》有言：“阿买不识字，颇知书八分。诗成使之写，亦足张吾军。”说是到了张秘书即张署家，就让他那位名叫阿买的童仆来写他题写的诗。阿买虽然不懂字义，却知道“八分书”，亦即隶书，写出来还不错，居然能够让韩愈这个层次很高的人为之赞赏。又如皎然有一首《陈氏童子草书歌》，对一个儿童所写草书予以赞赏：“书家孺子有奇名，天然大草令人惊。”由此说明，唐代书法已达到了连一些童子都能挥毫泼墨的普及程度。

颜真卿是唐代另一个书法大家，也可以说是一个划时代的书法家，如果套用“文如其人”的老话，颜真卿的楷书称得上是字如其人。天宝年间，颜真卿因不满杨国忠之奸，被斥为平原太守；安史乱起，他与堂兄颜杲卿合兵 20 万，浴血奋战；到了晚年，他又奉使劝谕军阀李希烈，不为李希烈的威胁利诱所动，最后英勇就义。由此可知，颜真卿其人非常正直，具有壮烈的人生风范，所以体现在书法上，就是

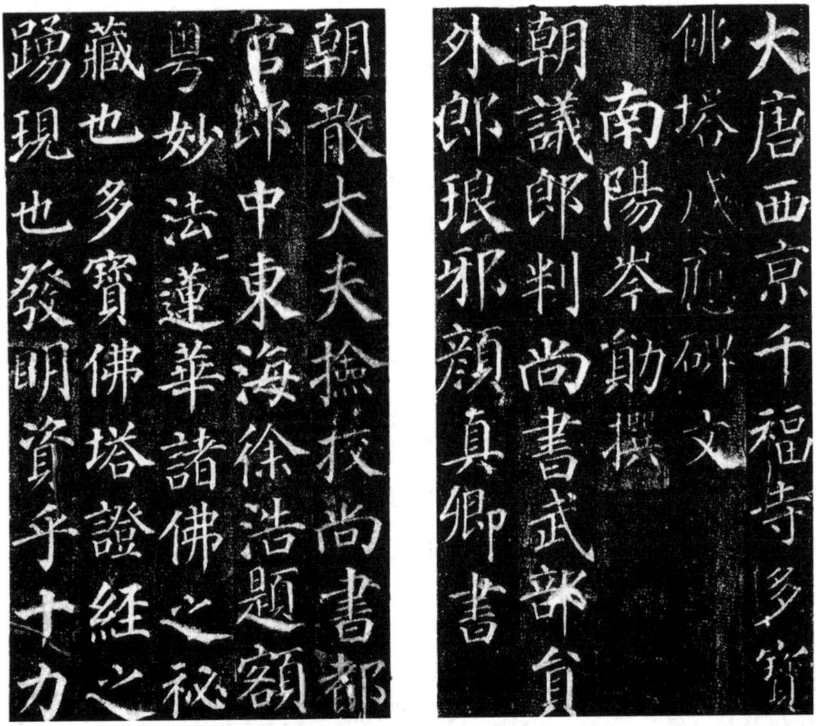

图118　唐颜真卿《多宝塔碑》(局部)

沉着劲健的笔力、丰腴开朗的气度，他的字往往是雄壮庄重、刚劲浑厚。清代书法家王文治《快雨堂题跋》有言：“曾闻碧海掣鲸鱼，神力苍茫运太虚。间气古今三鼎足，杜诗韩笔与颜书。”可以说是一个很到位的评价。实际上在中唐之后，杜诗、韩文与颜书就已成为后代文人欣赏、艳羡、效法的三种典范了。

当然，楷书要求创作主体心平气和，精神、气脉要比较端正、贯通，它能够让文人欣赏和操作，但是在诗歌中加以描写的却不多。所以，今天我们虽然知道唐代文人运用最普遍的是楷书，却较少看到唐诗中对楷书的论述。与楷书相比，最为唐人称道的书体是草书。草书，尤其是狂草，其特点之一就是具有飞动之美，要求书法家在创作的时候必须进入一种近乎疯狂的精神状态。这种精神状态，在被人称为“草圣”的张旭和怀素那里有着非常精彩的体现。

张旭草书被历代推崇，有“草圣”之誉。因他喜欢饮酒，而酒酣之际，往往东奔西走，大呼长啸，展露出一种癫狂之态，所以又被人称为“张颠”。与他同时的不少诗人都欣赏过他的疯狂，比如杜甫在《饮中八仙歌》里说：“张旭三杯草圣传，脱帽露顶王公前，挥毫落纸如云烟。”李颀在《赠张旭》这首诗里也说，张旭写字的时候，“露顶据胡床，长叫三五声。兴来洒素壁，挥笔如流星”。高适则在《醉后赠张九旭》中说他“兴来书自圣，醉后语犹颠”。这些诗人们异口同声地指出张旭的狂态，一是出自天性，二是酒力的作用。酒在这里成为一种催发剂，人在清醒的时候还有所隐藏的狂气、豪气，在酒醉后就全被激发

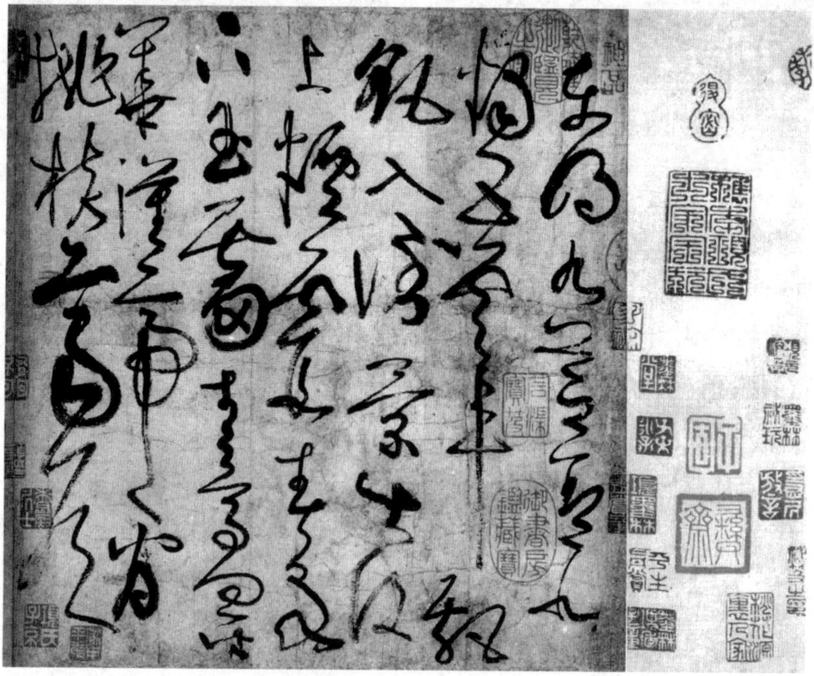

图 119　唐张旭《古诗四帖》（局部）

出来了，平时捆在心上的礼节枷锁，装出来的温声徐气、清雅规范，此时都被抛在一边，他就呼叫起来、奔走起来，拿起饱蘸浓墨的笔在纸上、壁上挥洒起来。所以《唐国史补》卷上记载说：张旭有时甚至用头发蘸着墨来写字，这种写法，可以说天底下独此一份。即使张旭本人在醒后自视所写，有时也不敢相信这些字出自自己笔下，而以为是神来之笔。在他清醒的时候，想再写出这么飘逸的字来，据说一次都没有成功过。另一位被人呼为“草圣”的书法家怀素，也有这种特点，所以许瑶在《题怀素上人草书》中就说，怀素“醉来信手两三行，醒后却书书不得”。看来，醉里的真我在醒来之后又给丢失了，为了找回那个真我，于是就再醉，一次次地醉，乐此不疲。

张旭把书法当成了生命的载体，当成了精神的寄托。韩愈在《送高闲上人序》里这样说道：“往时张旭善草书，不治他伎，喜怒窘穷，忧悲愉佚，怨恨、思慕、酣醉、无聊、不平，有动于心，必于草书焉发之。”借着草书，抒发其喜怒哀乐之情，这是张旭草书能打动人的关键所在，也是其最大的特点所在。明人本道生说张旭草书“行笔如空中掷下，俊逸流畅，焕乎天光，若非人力所为”，应该是很准确的一个评价。

在唐代草书家中，能够与张旭比肩的大概只有一个怀素。怀素是诗坛名家钱起的外甥，钱起曾写诗夸赞他，同时诗人戴叔伦、许瑶、窦冀、鲁收、朱逵等都写有《怀素上人草书歌》，可见怀素在诗人群中的影响之大。怀素在创作时，与张旭有相似的特点，性喜饮酒，醉后即狂态毕露，所谓“十杯五杯不解意，百杯已后始颠狂。一颠一狂多意气，大叫一声起攘臂”（任华《怀素上人草书歌》），所以时人有“颠张狂素”之目。“颠”，“狂颠”的“颠”（“颠”旧同“癫”），“狂”，“疯狂”的“狂”，二人都趋向癫狂一路。那个曾经非常喜好茶、被人称为“茶圣”的陆羽，对“草圣”怀素情有独钟，专门写了一篇《僧怀素传》，

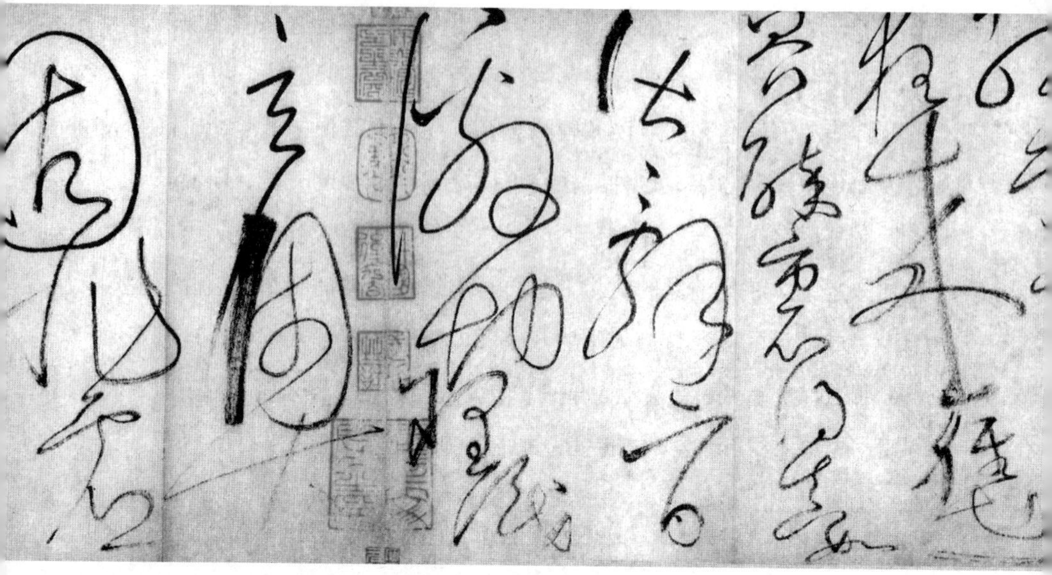

图 120　唐怀素《自叙帖》(局部)

说怀素“疏放不拘细行……饮酒以养性，草书以畅志。酒酣兴发，遇寺壁、里墙、衣裳、器皿，靡不书之”。不仅在墙壁上、器皿上，而且在人穿的衣服上，都挥毫泼墨，可见不守常规。实际上，从用芭蕉叶当纸到处书写，到后来各种器物上的“靡不书之”，怀素已把自己的生命激情从湖湘撒遍了中华大地，所以有人把怀素与李白并列，给予他很高的艺术地位。事实上，李白不仅知道怀素，还专门写过一首诗夸赞其书法，诗名叫《草书歌行》。诗的前四句这么写道：“少年上人号怀素，草书天下称独步。墨池飞出北溟鱼，笔锋杀尽中山兔。”对这位罕见的少年草书家给予了极高的称赏。

李白是草书的狂热爱好者，这是有原因的，因为那狂飞的线条正合乎李白“永随长风去，天外恣飘扬”的浪漫性格，所以他作为怀素书法的知音，自是情理之中事。同时，李白本人也是行草书的作手，《宣和书谱》里说李白有“乘兴踏月，西入酒家，不觉人物两忘，身在世外”一帖，其字画尤飘逸。由宋人所见到的飘逸字体，不难想见李白飘逸的为人，也不难了解李白欣赏怀素的深层原因。盛中唐之际，有一个叫任华的文人，性情耿介，狂放不羁，自称“野人”“逸人”，对李白极为景仰，其《寄李白》有言：“或醉中操纸，或兴来走笔。手下忽然片云飞，眼前划见孤峰出。”这虽是说李白的诗，又何尝不是说李白的字呢？在追慕李白的同时，他也非常欣赏怀素的书法，我们前面提到的他的《怀素上人草书歌》说得就更为真切了：“人谓尔从江南来，我谓尔从天上来……掷华山巨石以为点，掣衡山阵云以为画……锋芒利如欧冶剑，劲直浑是并州铁……又如翰海日暮愁阴浓，忽然跃出千黑龙。夭矫偃蹇，入乎苍穹。飞沙走石满穷塞，万里飕飕西北风。”这是一首长诗，长达 421 字，其中对怀素进行了全方位的介绍，从中可以见出怀素写字时放纵的情态。所以怀素的书法备受时人的宝爱，从一个侧面反映了唐人对豪放美的称赏，反映了唐代开放的时代精神。

除了上面说的张旭、怀素之外，还有一些书法家，虽然名气不是那么大，但因其与诗人有往还，所以他们的书法创作便借助诗篇流传下来。比如孟郊认识一位献上人，为他写了一首《送草书献上人归庐山》的诗，其中有这样几句：“狂僧不为酒，狂笔自通天。”“手中飞黑电，象外泻玄泉。”说他既是狂僧，又是狂笔，狂到何种程度呢？手中的笔急速挥洒，墨迹到处，就像飞出来的黑色闪电，又像奔泻而下的黑色流泉，场面非常精彩，让人目不暇接。此外，还有擅长草书的广利和尚等。名家确实不少，但能够传扬后世、被人记得的，恐怕已经不多了。

第四十七讲

文人画与题画诗

与唐代高度发展的书法相似，唐代的绘画也深得文人们的喜爱。我们知道，书法与绘画有一个共通之处，那就是两者都是线条艺术，所以善书也善画的人所在多有。

唐代有很多著名的画家，比如薛稷，他曾饱览了外祖父魏徵家所藏的书画，锐意学习，书画并进。他喜欢画的是什么呢？善画花鸟人物杂画，特别擅长画鹤，所以唐代言鹤必称薛稷，由此声名远扬。后来杜甫在通泉县署的墙壁上还看到过薛稷画的鹤，留下了一首《通泉县署屋壁后薛少保画鹤》的诗作。据诗里说，画上画了 11 只鹤，画的颜色因为年久而暗淡了，但是鹤形还“苍然犹出尘”，具有神韵。

杜甫写过很多题画的诗，可以使我们大致了解当时的不少画作，也了解诗人对这些画作的观感。比如巴蜀王宰画的山水，被唐玄宗称为“三绝”的郑虔的画技，都曾出现在他的诗中。杜甫有多首诗赞赏郑虔，其中有一首说郑虔画画，“郑公樗散鬓成丝，酒后常称老画师”，对他给予了多方面的赞赏。被宋人称为“画圣”的吴道子与杜甫同时而略早一些，吴道子因为画名而被唐玄宗召入内庭，授予内教博士。他在全国各地留有相当多的画迹，杜甫就曾经在洛阳城北的老子庙里看到过他画的《五圣图》，写诗赞赏道："画手看前辈，吴生远擅场。"在杜甫的题画诗里，我们可以了解到多种类型的名画，如《画鹰》一诗这样写道："素练风霜起，苍鹰画作殊。㧐身思狡兔，侧目似愁胡。绦镟光堪摘，轩楹势可呼。何当击凡鸟，毛血洒平芜。"将画面中苍鹰耸身侧目的雄姿和一股肃杀之气展现出来，而"何当击凡鸟，毛血洒平芜"的结尾，更使人对其搏击的结果产生预想，补足了画面中隐含的内容。

杜甫更有名的一首题画诗，是他的《房兵曹胡马》："胡马大宛名，锋棱瘦骨成。竹批双耳峻，风入四蹄轻。所向无空阔，真堪托死生。骁腾有如此，万里可横行。"这首诗既是题画，也是咏物言志。首联写此马出身不凡，来自以产汗血马著称的遥远的大宛，自有一种铮铮傲骨；颔联写其峻健敏捷，耳如刀削斧劈，锐利劲挺，四蹄腾空，犹如乘风而行；颈联写其忠诚勇猛的品性，可以与人死生相依，成为人最忠实的朋友；尾联由画言志，期望骏马驰骋万里之外，建功立业。作者在这里托物寓意，借马喻人，展示出一种远大的抱负和朝气蓬勃的精神，令人想见其裘马轻狂时的奋发之气。

李白和杜甫一样，写过画鹤诗，题过画鹰赞，借以张扬诗人浪漫、高扬的个性。除了这些题画之作外，李白还向别人求过画，比如他有一首诗的题名就是《求崔山人百丈崖瀑布图》。别人画了一个百丈崖的瀑布图，他向别人去求索，于是作诗一首。在他不多的题画诗中，有一首十分精彩的《当涂赵炎少府粉图山水歌》："峨眉高出西极天，罗浮直与南溟连。名公绎思挥彩笔，驱山走海置眼前。满堂空翠如可扫，赤城霞气苍梧烟。洞庭潇湘意渺绵，三江七泽情洄沿。惊涛汹涌向何处？孤舟一去迷归年。征帆不动亦不旋，飘如随风落天边。心摇目断兴难尽，几时可到三山巅……"诗写得空灵动荡、摇曳生姿，充分发挥想象力，将峨眉、罗浮、赤城霞气、洞庭烟波等胜景汇于一

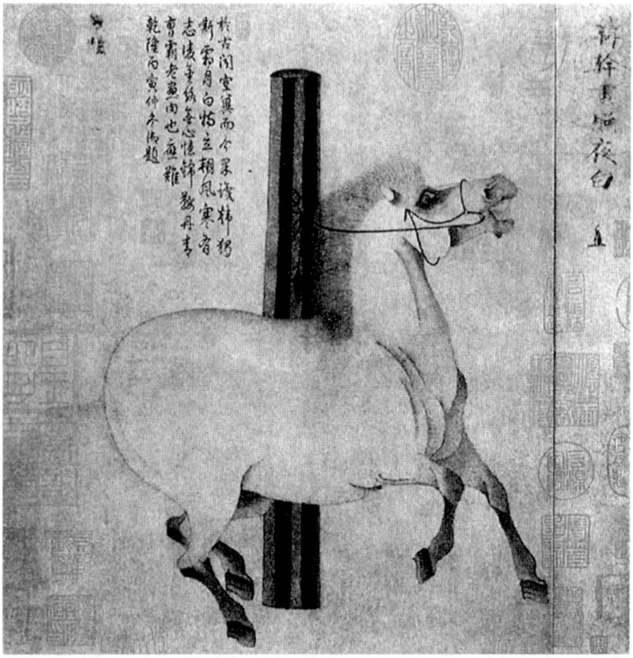

图 121　唐韩幹《照夜白图》

体，由此表现画家名公的无穷“绎思”和精妙“彩笔”。

与李白一样，另一个大诗人王维更是诗画兼通，自称“宿世谬词客，前身应画师”（《偶然作》之六）。不过，王维并不是一般的“画师”，他在中国画史上具有开宗立派的地位。一般认为中国的山水画到了隋唐时期一分为两派：一派为着色山水，代表人物为展子虔等人；一派为水墨山水，代表人物就是王维。王维把画家对色彩、线条的敏感尽情地在诗中加以展现，又把诗意融入画境，启人更多玄思。因此宋代的苏东坡就赞赏王维，说：“味摩诘之诗，诗中有画；观摩诘之画，画中有诗。”（《书摩诘蓝田烟雨图》）

据说王维画物多不管四时，不分春夏秋冬，把不同季节的物象同时容纳在一幅画里。比如他画花的时候，就把桃、杏、芙蓉、莲花放到一起。宋人沈括还藏有他画的一幅《袁安卧雪图》，又名《雪中芭蕉》，在雪里画了一株翠绿的芭蕉。这是中国绘画史上争论很多的一幅画，因为大雪是北方寒地才有的景观，而芭蕉则是南方热带的植物，有些人认为：芭蕉与大雪，一南一北，一热一冷，这两者是不能并存的，是不应该出现在同一场景中的。不过，也有评家肯定王维的画意，说“王维画物，多不问四时……桃、杏、芙蓉、莲花，同画一景”（《梦溪笔谈》引张彦远语），说他“只取远神，不拘细节”（《渔洋诗话》）。这两种说法，各有道理，不过，如果联系到王维性喜禅宗，常在诗画中表达禅意的做法，我们将他的《雪中芭蕉》图视为摆脱外物缠绊、重视心境表现的禅宗思维，是一帧以禅法入画的象征性作品，似乎也未尝不可。

王维除了画山水，还画人物。他曾画过一幅友人孟浩然的像，《韵语阳秋》记载说，王右丞所画的孟浩然的图像是：“颀而长，峭而瘦，衣白袍，靴帽重戴，乘款段马，一童总角，提书笈负琴而从，风仪落落，凛然如生。”身材颀长，比较瘦削，穿着白袍，着靴戴帽，乘着一匹马，有一个童子在后边跟随。观者认为画中的孟浩然风采奕奕，凛然如生。可惜，这幅画我们今天看不到了，但从前人的描述，还是可以看到王维人物画的一些特点。

在唐代画坛，王维算是一个高产作家了。只是到了中晚唐时期，王维的画已较难见到。张祜《题王右丞山水障二首》其二就说：“右丞今已殁，遗画世间稀。”不过，经过宋人收集，也还有不少画作藏于皇室。《宣和画谱》记载，在宋代的御府里，还收藏有他的 126 幅画，只是不知其中有多少是他的真迹。

除了王维之外，唐代还有一些诗人画家，在当时颇具影响。如中唐诗人刘商，即以善画知名。武元衡《刘商郎中集序》说他“酷尚山水，著文之外，妙极丹青。好事君子，或持冰素，越淮湖，求一松一石，片云孤鹤，获者宝之，虽楚璧南金不之过也”。关于刘商其人其画，《唐

图 122　金张瑀《文姬归汉图卷》（局部）

才子传》卷四还给我们提供了一些细节："商性好酒，苦家贫，尝对花临月，悠然独酌，亢音长谣，放适自遂，赋诗曰：'春草秋风老此身，一瓢长醉任家贫。醒来还爱浮萍草，漂寄官河不属人。'乐府歌诗，高雅殊绝。拟蔡琰胡笳曲，脍炙当时。仍工画山水树石。"刘商拟蔡琰所作的《胡笳十八拍》是早年的作品，武元衡收进了他为之编次的《刘郎中集》中。据《云烟过眼录》卷上载，刘商还画有《十八拍》，南宋的刘克庄就见到过，并有诗《虚斋书画·胡笳十八拍》咏之，不过此后大家所见到的只有刘商的《观弈图》了。

刘商最擅长的大概是"山水树石"，这从他本人的诗中就可以得到印证。他的《画石》诗说："苍藓千年粉绘传，坚贞一片色犹全。那知忽遇非常用，不把分铢补上天。"刘商曾经有心成为女娲用以补天的五色石，可惜只能在画里表达这份未遂之愿了。担心观画的人看不出他的那份苦心，所以又用诗来点醒说明。刘商的松也画得好，比如《唐朝名画录》记载时人言论："刘郎中松树孤标，毕庶子松根绝妙。"刘郎中即刘商，而毕子善亦是当时一位善画水石松树者，由此可知毕氏长于画松根，而刘商长于画松枝。刘商另有诗《山翁持酒相访，以画松酬之》这样写道："白社风霜惊暮年，铜瓶桑落慰秋天。怜君意厚留新画，不著松枝当酒钱。"酒喝完，醉后也就消失了，而那松画却是很能让人醉上一阵子的。再者，有友人前来求松画，刘商也不吝惜，只要来者开口，他也乐于赠送。他的《袁德师求画松》诗就是纪其事的："如今眼暗画不得，旧有三株持赠君。"看来刘商平时就存有松画，以备不时之需。

当时的画家和诗人多有交往，而诗人本身既写诗，有时候也作画，尽管画得未必很好。比如白居易，诗写得好，也能作画。他曾经有一首诗，《画木莲花图寄元郎中》，从这个诗题可以看出，这个画是他自己画的，画完之后，就寄给了元稹。他不是画家，画的水平也没有人怎么提起过，但他起码是能够画上几笔的，还敢于拿出手来。唐代文人常请人给自己画像，叫写真图。白居易也有过写真，他有一首《题旧写真图》的诗，写真时他 36 岁，十年后，他"衰悴卧江城"，再翻出旧像时还觉得"所恨凌烟阁，不得画功名"。大抵说来，多年以后看到自己的旧照，总会生出些人生感慨的。白居易的一声叹气，叹出了一代人的人生遗憾。

唐代不少画是画在墙壁上的。比如，科举考试时候的墙壁上，有时就有绘画，唐代文人在参加考试的时候，就去欣赏画，晚唐的马戴就曾记述这样的经历。有时候文人们聚在一起，也会以主人壁上的画作为歌咏的题目。另外，还有一些诗人在扇面上作画，罗隐就有《扇上画牡丹》一诗。从上边讲的这些情况，我们可以知道，唐代的书画艺术非常发达，诗作者往往喜欢绘画，而那些画家又往往能够作诗。书画和诗文本来就是两位一体、互相关联的，所以要了解唐代文人的生活，了解唐代文人的诗歌创作，就不能不去了解有关书画的情形。

第四十八讲

诗酒情怀

谈了书画，我们下边再来谈一下唐代文人生活中另一种不可回避的情事，那就是文人与酒的关联。

唐代诗歌在某种意义上就是由酒酿造出来的，打开《全唐诗》，我们立即会感受到一阵阵尘封了千年的酒香扑鼻而来，令人陶醉。晚唐郑谷有一首诗，叫《读李白集》，其中有这么几句话："何事文星与酒星，一时钟在李先生。高吟大醉三千首，留著人间伴月明。"李白是有名的酒仙，他的诗，几乎篇篇有酒，最著名的就是那首《将进酒》了。诗一上来就说："君不见黄河之水天上来，奔流到海不复回。君不见高堂明镜悲白发，朝如青丝暮成雪。人生得意须尽欢，莫使金樽空对月。"说了金樽，接着说痛饮："烹羊宰牛且为乐，会须一饮三百杯。""呼儿将出换美酒，与尔同销万古愁。"这首诗是一首劝酒歌，人生得意的时候，要喝酒；人生苦短，感到悲哀的时候，也要喝酒。在李白看来，既然喝酒也死，不喝也死，那么为什么不喝！所以"古来圣贤皆寂寞，惟有饮者留其名"。由于做不成圣贤，无门报国，无处立足，所以借酒泄愤，用酒麻醉，"但愿长醉不愿醒"。杜甫写过一首诗，叫《饮中八仙歌》，在这首诗里，他描写了八位酒仙，这些诗人各有各的特点，但

图 123　明金琮书、杜堇绘《饮中八仙图》(局部)

是在好酒这一点上，都是相同的。有人说这首诗是一个醒汉看八个醉汉。在这八个醉汉里，有王公，有布衣，大家较熟悉的，有贺知章、张旭、李白等人。其中写李白那几句最令人赞赏："李白斗酒诗百篇，长安市上酒家眠，天子呼来不上船，自称臣是酒中仙。"看来，唐代诗人，特别是李白，真是和酒有割不断的联系。

郭沫若在《李白与杜甫》那本书里，曾经作过一个统计，他统计杜甫现存的 1400 多首诗中，说到饮酒之事的达 300 首，占了 20% 强；而李白的诗文总共是 1500 多首（篇），其中说到饮酒之事的共 170 多首（篇），占了 16% 强。后来，葛景春在他的《李白与唐代文化》中作了更为精确的统计，说李白诗中出现的"酒"字有 115 处，"醉"字 110 处，"酣"字 18 处，"酌"字 22 处，还有一些其他相关的字词，加起来总共 322 处。杜甫诗中提到与酒相关的这些字词总计 385 处。至于白居易涉及饮酒诗歌的数量，据方勺的《泊宅编》说，"诗二千八百，言饮酒者九百首"。这么算起来，白居易饮酒诗的数量，竟然占到了他全部诗作的近 1/3。

唐人饮酒，不仅仅是诗人，其他各等人也喝，但是诗人不饮酒的非常罕见。而诗人饮酒，最大的特点就在于善于表现自己对酒的一往情深。这方面的典型无疑是李白，李白《月下独酌》其二，几乎是酒的颂歌："天若不爱酒，酒星不在天。地若不爱酒，地应无酒泉。天地既爱酒，爱酒不愧天。"在说了这样一些酒的好处、重要性之后，他又说道："三杯通大道，一斗合自然。但得酒中趣，勿为醒者传。"把天和地都拉来作为他饮酒理论的根据。既然这么爱酒，所以就有很多人沉醉于酒乡了。初唐的时候，有一个王绩，就是王勃的叔祖父，写了一篇《醉乡记》，其中对酒所带给人的感受和酒所产生的境界，作了非常鲜活的表现。王绩是海量，他自称能一饮五斗，所以就写了一篇《五斗先生传》。王绩的好酒不仅仅是满足口腹之欲，实际上他是另有怀抱的，这从他的不少诗文里都看得出来。他曾经说自己是"才高位下……天子不知，公卿不识，四十、五十而无闻焉"（《自撰墓志铭》），非常有才，但是天子、公卿都不了解他，以致才高而位下。在这种情况下，只有借酒来麻醉自己了。

唐代喜饮的文人，既有才高位下者，也有漫游于旅途者。李白来到长安，碰到了贺知章，贺知章对他非常赏识，于是两个人就开始喝酒。在《对酒忆贺监》的序里，李白这样记述二人初识的经过："太子宾客贺公，于长安紫极宫一见余，呼余为谪仙人。因解金龟换酒为乐。"人生难得遇上一个谪仙，既然有幸遇上，怎么能够没酒呢？没有带酒钱，就把身上佩戴的高官所特有的那个金质身份证拿来换酒，喝个痛快。杜甫也喜饮酒，在没钱的时候，便典酒喝，他的《曲江二首》说："朝回日日典春衣，每日江头尽醉归。酒债寻常行处有，人生七十古来稀。"说的就是这件事。人生满打满算也不过活到高寿70，再不痛饮美酒享受人生，那不是白活了一回吗？所以即使借钱也要买酒。白居易说得就更彻底了，他在《劝酒》里说："身后堆金拄北斗，不如生前一樽酒……归去来，头已白，典钱将用买酒吃。"在这些诗里，他们都异口同声地表现了对酒的酷爱，以至于有些诗人就被称为“醉圣”，比如李白。李白对酒真是有特殊的感情，他的《赠内》诗这么写道：“三百六十日，日日醉如泥。”《襄阳歌》更进一步：“百年三万六千日，一日须倾三百杯。”李白喝了酒之后，特别地有侠气，于是他在《侠客行》里讲：“三杯吐然诺，五岳倒为轻。”相比之下，杜甫不及李白狂放，但有时借助酒力，也能狂他一狂，说出一些平常说不出的话来。如其《醉时歌》就说：“得钱即相觅，沽酒不复疑。忘形到尔汝，痛饮真吾师……儒术于我何有哉，孔丘盗跖俱尘埃！”怀疑学了几十年的传统儒术，而且将孔丘、盗跖打并一处，皆视之为尘埃之物，对杜甫这位“奉儒守官”、看似老实巴交的文人来说，讲出这种话，真的是要借助于酒力才行。

图 124　清苏六明《太白醉酒图》

酒增胆量，酒助豪情，三杯两盏下肚，豪气就凌空而生了。所以这些诗人们借助酒力，挥洒出了一篇篇优美的诗章。李白《江上吟》

自豪地说："兴酣落笔摇五岳，诗成笑傲凌沧州。"张说《醉中作》写其酒后状态："醉后乐无极，弥胜未醉时。动容皆是舞，出语总成诗。"醉了以后和没醉时候的举止、情态完全不同，一举一动都好像是舞蹈，一出语就成为漂亮的诗句。杜甫在《遣兴》里也说到酒的好处："宽心应是酒，遣兴莫过诗。"有了忧愁，借酒来宽怀；若要遣兴，就借诗把它抒发出来。白居易在《醉吟》里有这样的句子："酒狂又引诗魔发，日午悲吟到日西。"喝酒喝到一定程度，于是就引起了作诗的兴头，他把作诗的兴趣称之为诗魔，说从中午的时候，一直吟诵到太阳落山。从这些表述不难看出，酒是诗之媒，诗是酒之果。

酒既是作诗的由头，也是朋友相聚、相别的一个借口，就成了友情的添加剂。特别是在离别的时候，就更见出酒的这种功用。李白写有一首有名的《金陵酒肆留别》，地点是南京的酒店，事件是与朋友分别，进行的主要活动就是饮酒："风吹柳花满店香，吴姬压酒劝客尝。金陵子弟来相送，欲行不行各尽觞。请君试问东流水，别意与之谁短长？"因为是饯别的酒宴，所以走的人和送的人都要各尽觞，喝个够，在酒中充溢的，是送者和行者那满满的别情。王维的《送元二使安西》是另一首有名的作品："渭城朝雨浥轻尘，客舍青青柳色新。劝君更尽一杯酒，西出阳关无故人。"在细雨霏霏的清晨，柳色环绕的客舍，送别远行的友人。二人已经喝了很久，已经到了离别的时间，不想让对方走，但又不得不走，于是送者举起杯来，深情无限地说：再喝最后一杯吧，喝了这杯酒，你就上路吧！西出阳关之后，恐怕就难以再遇到故人了。这样看来，这杯酒中该寄寓了友人间多少深切的情意啊！

文人们相别，要喝酒，相逢的时候，也要喝酒，要用喝酒来洗尘，来庆祝。李白有一首作品，叫《叙旧赠江阳宰陆调》，写其欲与老友相会，首先想到要带些酒去："多沽新丰醁，满载剡溪船。中途不遇人，直到尔门前。大笑同一醉，取乐平生年。"把新丰的美酒装满前往剡溪的小船，中途绝不停留，直接来到你的门前，我们两个大笑一醉，那该是何等的畅快！所以李白在与友人饮酒的时候，都非常尽兴，没酒的时候，则会感到苦恼。有的诗人是有酒无朋，便专门写诗招酒友前来。如白居易那首有名的《问刘十九》这样写道：“绿蚁新醅酒，红泥小火炉。晚来天欲雪，能饮一杯无？”这首诗写得非常好，一上来先说酒是新酿造的，上边还漂着细如蚂蚁般的绿色泡沫，然后放在“红泥小火炉”上烫烫，这对喜欢酒的人来说，是极有诱惑力的。一边围着小火炉，一边烫着酒，天气已经晚了，而且将要下雪，那么好朋友你，也就是刘十九，能不能过来喝上一杯呢？诗写得很温馨，也非常轻快，就好比一个请柬，派人把这诗送给朋友之后，朋友自然会应约前来。

图 125　南宋马远《举杯玩月图》

白居易除了喜好饮酒，到了晚年，他还写了一篇《醉吟先生传》，先叙述了醉吟先生这个名号的来由，接着写自己与酒的关联，说自己吟诗与饮酒交替进行，“吟罢自哂……又饮数杯，兀然而醉。既而，醉复醒，醒复吟，吟复饮，饮复醉，醉吟相仍若循环然……陶陶然，昏昏然，不知老之将至”。这段话把他与酒的关系说得非常透彻、非常深入，某种意义上，与陶渊明那篇《五柳先生传》类似，也算是对自己人生的一个概括吧。

唐代以《醉吟》为题的诗有不少，诗人许碏写过一首《醉吟》，可以看作是对唐人好酒的一个总结：“阆苑花前是醉乡，踏翻王母九霞觞。群仙拍手嫌轻薄，谪向人间作酒狂。”这位据有关记载曾经仙去的唐末诗人，说了一个非常有诗味的道理，是什么呢？文人们原先都是天上大大小小的文曲星，在天上都有过发酒疯的经历，最后就是因为太爱酒了，被谪罚到了人间。而到了人间之后，依旧是本性不改，悲也喝，喜也喝，离也喝，聚也喝，有借口也要喝，没有借口找借口还要喝，最后就喝出了一个醉人们造成的浩大的诗歌世界。

第四十九讲

文人的茶趣

酒使人狂热，茶使人清爽，酒喝多了才能使人沉醉而忘情，而茶喝得不多就能够使人息虑。所以在说完了唐代文人与酒的关联之后，我们再来看看他们与茶的关联。

如果从诗歌上看，唐代较早提到茶的是诗人李白。他有一首《答族侄僧中孚赠玉泉仙人掌茶并序》，诗题就说明了是别人赠给他一种名茶，叫仙人掌茶；诗中将仙人掌茶的出处、品质、功效作了详尽的描述。李白以后，名茶纷纷地走进了诗篇，比如皎然写了天目山茶、剡溪茶，白居易写了蒙顶茶、昌明茶，李群玉写了九华英茶、团茶，郑谷写了小江园茶。

饮茶风气的兴盛，应该是大唐盛世的事了。所以唐人封演在《封氏闻见记》里面记载："开元中，泰山灵岩寺有降魔师，大兴禅教，学禅务于不寐，又不夕食，皆许其饮茶。人自怀挟，到处煮饮，从此转相仿效，遂成风俗。自邹、齐、沧、棣，渐至京邑城市，多开店铺，煎茶卖之，不问道俗，投钱取饮。其茶自江淮而来，舟车相继，所在山积，色额甚多。"意思是说，学禅的时候为了让人不困乏，就让僧人们开始喝茶，于是僧人把茶带着到处煮饮，从此人们转相仿效，遂成风俗。从邹、齐、沧、棣，渐渐到京邑的城市，开有很多店铺煎茶卖，不管是僧是俗，只要你交钱，就可以取饮。从江淮一带拉来的茶非常多，像山一样堆积起来。由此可以见出当时饮茶的盛况。

如果从名茶入诗的情况看，茶与诗人结下深缘的时间应该是在中唐，这恐怕与那位被人称为“茶圣”的陆羽的出现大有关系。陆羽，字鸿渐，开元二十一年生于竟陵（今湖北天门）。天宝十一年，有一个礼部郎中崔国辅被贬到竟陵去做司马，与陆羽相识，两个人就一起出游，品茶鉴水，谈诗论文。天宝十三年，陆羽为了考察茶事，出游巴山峡川。一路上，陆羽逢山驻马采茶，遇泉下鞍品水，到了唐肃宗的乾元元年，来到了升州，就是现在的江苏南京，寄居在栖霞寺里，一边采茶，一边钻研有关茶的理论。从当时友人赠给陆羽的诗可知，陆羽采茶有时要爬到很高的山崖之上，有时要停宿在山野之中，颇为艰辛。上元元年，陆羽从栖霞山来到苕溪，就是现在浙江的吴兴，隐居在山里，阖门著述《茶经》，对茶区的分布和茶叶的品质高下作了全面的论述。

在陆羽精研茶事的过程中，有一个僧人不能不提，这就是中唐名僧皎然。皎然因为酷爱茶，与比他年轻 13 岁的陆羽结下了忘年之交。两个人住地相近，过往非常频繁。陆羽住在妙喜寺里，寺旁建有一亭，因为这个亭子是癸丑岁、癸卯朔、癸亥日落成的，所以就由时任湖州刺史的颜真卿给它起了个名字，叫“三癸亭”。皎然又为这个亭子作了一首诗。于是陆羽筑亭，颜真卿题名，皎然和诗，被时人称为“三绝”。皎然提及陆羽的诗，较有名的是那首《寻陆鸿渐不遇》：“移家虽带郭，野径入桑麻。近种篱边菊，秋来未著花。扣门无犬吠，欲去问西家。报道山中去，归时每日斜。”这首诗在历代诗歌选本中大都入选，影响很大，从中可见陆羽每日入山至晚方归的一些行迹。在皎然留下的 7 卷诗里，写到和陆羽交游的将近 20 首。也就是说，皎然和陆

图 126　元赵原《陆羽烹茶图》

羽关系的密切程度，在当时恐怕是没有第二人能超过了。

或许是和茶圣交往过久，皎然对茶的爱也到了一种痴迷的程度，有时甚至胜过他对佛经所注入的感情了。他有不少诗写茶事、茶理、饮茶。各位如果有兴趣，倒是可以细细读一下这些诗作。如《顾渚行寄裴方舟》：“我有云泉邻渚山，山中茶事颇相关。鶗鴂鸣时芳草死，山家渐欲收茶子。伯劳飞日芳草滋，山僧又是采茶时。由来惯采无近远，阴岭长兮阳崖浅。大寒山下叶未生，小寒山中叶初卷。吴婉携笼上翠微，蒙蒙香刺罥春衣。迷山乍被落花乱，度水时惊啼鸟飞。家园不远乘露摘，归时露彩犹滴沥。初看怕出欺玉英，更取煎来胜金液。昨夜西峰雨色过，朝寻新茗复如何。女宫露涩青芽老，尧市人稀紫笋多。紫笋青芽谁得识，日暮采之长太息。清泠真人待子元，贮此芳香思何极。”《对陆迅饮天目山茶因寄元居士晟》：“喜见幽人会，初开野客茶。日成东井叶，露采北山芽。文火香偏胜，寒泉味转嘉。投铛涌作沫，著碗聚生花。稍与禅经近，聊将睡网赊。知君在天目，此意日

图 127　南宋刘松年《斗茶图》

无涯。”《饮茶歌送郑容》：“丹丘羽人轻玉食，采茶饮之生羽翼。名藏仙府世空知，骨化云宫人不识。雪山童子调金铛，楚人茶经虚得名。霜天半夜芳草折，烂漫缃花啜又生。赏君此茶祛我疾，使人胸中荡忧栗。日上香炉情未毕，乱踏虎溪云，高歌送君出。”

与皎然相似，中唐诗人卢仝也很喜欢茶，他写过一首《饮茶歌》，原题为《走笔谢孟谏议寄新茶》。这首诗在茶文化史上名气非常大，诗里详细地描写了他对茶的一些看法。其中有这么几句：

一碗喉吻润，两碗破孤闷，三碗搜枯肠，唯有文字五千卷。四碗发轻汗，平生不平事，尽向毛孔散。五碗肌骨清，六碗通仙灵。七碗吃不得也，唯觉两腋习习清风生。

写茶的妙用，喝一碗怎么样，两碗怎么样，喝到第七碗的时候，就觉得两腋之下习习清风生出来，有飘飘欲仙的感觉了。与卢仝同时的元稹写过一首咏茶的《一字至七字诗》，从一个字一直到七个字，就像一个宝塔形状：

茶，
香叶，嫩芽。
慕诗客，爱僧家。
碾雕白玉，罗织红纱。
铫煎黄蕊色，碗转曲尘花。
夜后邀陪明月，晨前命对朝霞。
洗尽古今人不倦，将至醉后岂堪夸。

诗当然是赞扬茶的好处了，但是写得并不是非常出色，我们之所以说到它，就在于它的形式，从一个字、两个字、三个字直到七个字，有游戏的性质，这个金字塔诗的顶端，就是一个“茶”字。他用游戏的形式，形象地反映了唐代文人对茶的喜爱和推崇。

关于茶的功用，唐人作过很多描绘。大概来讲，茶的功用有这样一些：一是能够破睡，人在困乏的时候喝上一碗茶，具有解困的功能；二是茶可生津解乏，旅行路人因为长途劳顿，喝口茶，马上就可以解除疲劳，所以唐人行囊中多带着茶叶；三是可以醒酒，比如杜甫、刘禹锡、贯休都写过饮酒之后喝茶的功用，他们一个是盛唐的、一个是中唐的、一个是晚唐的，在他们的诗里都提到茶的醒酒效用；

图 128　河北宣化辽代张世卿墓壁画《点茶图》

四是可以增加诗人作诗的灵感，有了茶，喝上一口，烦虑顿消，诗思就会接踵而来；五是有滋补的药效，据有关文献记载，唐人喝茶确实有延年益寿之功，有人长期喝茶之后，脸色红润，身体轻健。

当然，茶还可以作为朋友之间寄送的礼品，成为增加友谊的一种纽带。每当新茶下来，总会有人寄给远方的朋友，如白居易、杨嗣复、刘禹锡的一些诗里，经常提到别人给他们赠新茶，他们写诗表示感谢。由此看来，唐人以茶来关爱友人、联系友情也是非常突出的。当时蜀地的茶，名气很大，有不少人就从蜀地把茶寄给内地的朋友。

与这些寄送茶叶的人相比，还有一些品茶的专家，他们的茶知识非常精深。中晚唐之交，名相李德裕对于煎茶佳水有很高的鉴别能力。据皮日休《题惠山泉二首》第一首说："丞相长思煮茗时，郡侯催发只忧迟。吴关去国三千里，莫笑杨妃爱荔枝。"意思是说，丞相李德裕非常喜好茶，所以他下面的这些人就催着把茶送到京都来。从吴地到长安，远逾三千里，这种长途运输是个非常下本钱的事，相比之下，你就不要嘲笑当年杨贵妃让人从外地送荔枝这种事情了。据《中朝故事》记载，李德裕在做宰相的时候，有亲朋出使京口，李德裕就对他说，等你回来的时候，可在金山下扬子江中，取一杯冷水给我带来。可是，此人到南方之后，只顾游玩，把李德裕嘱托他的事给忘了，等到泛舟来到石头城下，才突然想起来，于是随便地在江中灌了一瓶水，回到京城给了李德裕。李德裕品尝之后非常惊讶，说长江水的味道不一样了，和以前我品尝过的有差别，这个水有点像建业石城下的水，不是金山那个地方的水。此人一看瞒不过去，只好实情相告。这段故事也许是小说家言，不过它也说明：李德裕对煎茶水质的鉴别确确实实是很惊人的。

到了晚唐，还有两位喜茶的诗人，一位是襄阳人皮日休，一位是苏州人陆龟蒙。二人对茶都有浓厚的兴趣，算是正宗的茶友，他们相聚苏州时，曾写了很多有关茶的诗作。如皮日休有《茶中杂咏》10 首，在这 10 首诗里，他分别吟咏了茶坞、茶人、茶笋、茶舍、茶灶、茶焙、茶鼎、茶瓯、煮茶等茶具、茶事，非常详细。两人互相赠答，遥相唱和。陆龟蒙在他的《奉和袭美茶具十咏·煮茶》诗中说："闲来松间坐，看煮松上雪。时于浪花里，并下蓝英末。倾余精爽健，忽似氛埃灭。不合别观书，但宜窥玉札。"闲坐松下，把松枝上的积雪扫下来，作为烹茶的水用。那个效果，令人精爽健举，顿觉清新，真是妙不可言。

第五十讲

围棋天地

围棋是唐代文人喜好的另一项活动，在一张张不大的棋盘上，展示出了他们生活中的别样风采。用初唐孔颖达对《左传》“襄公二十五年”一段话的解释来说，围棋是什么呢？是“以子围而相杀，故谓之围棋”。因为棋盘上有纵横交错的线条，这些线条就像地图，所以围棋在唐代有“吴图”的别名；又由于下围棋的时候要用手拿起一个个棋子往下放，所以有人又把下围棋称为“手谈”。

围棋有赌胜负的意味，又是一件雅事，所以在唐代风靡朝野。刘禹锡《观棋歌送儇师西游》诗说：“蔼蔼京城在九天，贵游豪士足华筵。此时一行出人意，赌取声名不要钱。”京城上层贵族好棋之风可见一斑。此诗前有“初疑磊落曙天星，次见搏击三秋兵。雁行布阵众未晓，虎穴得子人皆惊”等句，宋人胡仔说：“予尝爱此数语，能模写弈棋之趣，梦得必高于手谈也。”（《苕溪渔隐丛话·后集》卷一二）刘禹锡下棋的水平如何，且不去管他，我们应注意的是，围棋在上层的盛行，特别是皇室对于围棋的热衷，无疑加大了围棋的影响力和普及度。

唐玄宗李隆基就是一个围棋迷。他闲来无事，常常与手下大臣对弈。据《新唐书·李泌传》记载，李泌 7 岁时，因聪明过人，被唐玄宗知道了，于是把他召进宫中面试。玄宗当时正在和宰相张说下棋，就令张说以棋为题让李泌作诗，并且示范说："方若棋局，圆若棋子；动若棋生，静若棋死。"小李泌一听，马上就回答了四句："方若行义，圆若用智；动若骋材，静若得意。"李泌生于公元722年，7岁的时候是开元十七年。试想一下，7岁的时候就能够写下这样的诗句，将棋的形状和内涵理解得如此深透，确实很不简单，由此也可看出当时宫廷下棋的一个概貌。

据唐人薛用弱的《集异记》记载，为了躲避安史乱军的烽火，唐玄宗仓皇逃到了四川，在逃难队伍里，就有围棋国手王积薪。王积薪是翰林院的棋待诏，专门侍奉皇帝下棋，给皇帝做顾问和指导的，可以说是我国围棋史上最早的国家认可的专业棋手了。如果遇到国际间的重大比赛，那么棋待诏可以代表国家去参加。苏鹗的《杜阳杂编》就记载了一件事，说在宣宗大中二年三月，日本国王子入朝贡方物，王子善棋，皇帝便让待诏顾师言与之对弈。下到最后，顾师言使出了"镇神头"的绝招才化险为夷。这个"镇神头"的招法，就是当对方投三六攻四四的时候，己方用五六来镇之。

在唐代的棋待诏中，最出名的是我们此前曾经讲过的那个唐顺宗朝的王叔文。王叔文棋下得好，就利用平常和皇帝相处对弈的时候，获得了信任，最后团结了一批锐意革新的朝臣，在顺宗的支持下，举行了革新。除了这样一些本土的棋待诏，有时外国围棋高手也会被选为棋待诏，如懿宗朝的棋待诏就是新罗人，名字叫朴球。张乔曾经写过一首诗，题目是《送棋待诏朴球归新罗》，其中有两句说："海东谁敌手？归去道应孤。"意谓你回到你的国家之后，哪还能再找到敌手呢？你回去以后恐怕会很孤独、很寂寞的。

因为围棋在宫廷很流行，所以也就有了很多相关的传说，唐僖宗与围棋的故事就是一例。僖宗棋艺不高，却很想成为围棋高手。据

《天中记》记载，僖宗曾经做了一个梦，梦见有人把《棋经》三卷给了他。他就将这三卷《棋经》给烧了，用水把纸灰吞而服之，等到醒了之后，就命棋待诏来观棋，结果棋艺大进，一招一式都颇为可观。当然，这个说法有夸大成分，恐怕不能全信的。

由于当时对围棋的认识还仅限于娱乐层面，所以还有一些皇帝对围棋持否定的态度，认为老下棋就是玩物丧志。《资治通鉴》记载，当时的宰相要推荐进士李远出任一个要职，唐宣宗不同意，他说：我听人讲，李远有一句诗，是“长日惟消一局棋”。他一天到晚下棋，怎么能担当起治理百姓的责任呢？宰相就说：诗人的话多有夸张，不必当真。这样宣宗才答应让李远试一试。温庭筠曾有《寄岳州李外郎远》一诗，说：“湖上残棋人散后，岳阳微雨鸟来迟。”由此可知，李远确实是个棋迷，而且声名远扬，以至皇帝都担心他会下棋误事。

围棋在上层社会的流行，自然会对下层民众产生大的影响，于是群起效法，社会各阶层都涌现出一批围棋高手。据说，国手王积薪当年自视棋艺天下无敌，欲赴长安一试身手，途中住在一个小旅馆里。当夜深人静，灯已熄灭之际，忽然听到隔壁旅馆的主妇叫她的儿媳妇，说：我睡不着，能不能跟我下上一盘棋？儿媳答应后，婆媳二人就在没有灯光的暗夜对弈起来。只听双方不断说，我在第几道下子，我又在第几道下子，这样往返了几十句之后，婆婆就说：你输了！媳妇也很痛快，说：我认了。王积薪暗暗地记下了她们的棋谱，到了第二天，按照她们的棋谱，重摆了一遍，这才发现，这婆媳俩的棋艺远在自己之上。此事记载在《唐国史补》的卷上，应该是有一定根据的。

下围棋是件费体力、耗智力的高雅运动，同时也是有闲阶层的休闲活动。在古人的想象中，没有生命之忧、没有生活之虑的仙人最适合下棋，下棋是他们日常的消遣。所以就有了任昉《述异记》中那个很有名的观棋烂柯的传说。说的是晋人王质到山里打柴，在山中看到两个童子旁若无人地下棋，棋下得非常精彩，把王质深深地吸引住了。他看棋看得很专注，到终局的时候，忽然发现砍柴的斧柄已经烂掉了。等他回到家里一问，才知道已经过去了多年，和他同时代的人都已经死掉了。这个故事对后代很有影响，唐代不少人以之为题进行创作，或将之作为典故用在诗中，如孟郊写有《烂柯石》，刘禹锡也曾在他的一首诗里说自己“到乡翻似烂柯人”。从这一传说和唐人的诗作，我们知道下棋在中国是很有传统的，是休闲的、高雅的，同时，也是消磨时间的一个方法，它使人在对棋局的专注中，忘记了光阴的流逝。

图 129　新疆吐鲁番阿斯塔那 187 号墓出土《弈棋仕女图》

除了仙人之外，僧人和道士也大都喜欢下棋。因为他们都身在世外，都有大量的空闲时间需要打发，所以下棋就成为他们生活中不可缺少的活动。读《全唐诗》，可以发现不少描写赠送僧人、道士的诗，都与棋有关。如杜甫的《因许八奉寄江宁旻上人》：“棋局动随幽涧竹，袈裟忆上泛湖船。”温庭筠的《寄清源寺僧》：“窗间半偈闻钟后，松下残棋送客回。”刘得仁的《山中寻道人不遇》：“棋于松底留残局，鹤向潭边退数翎。”吕岩的《赠罗浮道士》：“数着残棋江月晓，一声长啸海山秋。”或松下残局，送客而归；或一夜不眠，直至天晓。由此可见其生活之一斑。

与道士、僧人接近的，还有一类人是处士、隐士。在这些远离政治、归于林下的人中，也有不少围棋高手。比如李商隐的《赠郑说处士》："浪迹江湖白发新，浮云一片是吾身。寒归山观随棋局，暖入汀洲逐钓轮。"李咸用的《和友人喜相遇十首》："数杯竹阁花残酒，一局松窗日午棋。"温庭筠的《春日访李十四处士》："一局残棋千点雨，绿萍池上暮方还。"都写出了他们与棋结缘的生活情态。与之相似，晚唐的司空图躲在王官谷的别墅里，过的生活也是"一局棋，一炉药"，像是一位隐士。

下棋和作诗不一样，下棋用的是逻辑思维，作诗更多用的是形象思维，按理二者很难在一起同时进行，可是初唐的王勃就是一个例外。他能够一边下棋，一边作诗。冯贽《云仙散录》里记载说，王勃能够"率下四子成一首诗"，走上四步棋，一首诗就写成了。杜甫也是一个棋迷，他在忧心家国前途的时候，常常用棋作为忘忧的工具。《寄岳州贾司马六丈巴州严使君两阁老五十韵》说："且将棋度日，应用酒为年。"连他的妻子都知道丈夫的爱好，以至"老妻画纸为棋局，稚子敲针作钓钩"（《江村》）。有的时候他也去看别人下棋，用他在《七月一日题终明府水楼》诗中的话说，就是："楚江巫峡半云雨，清簟疏帘看弈棋。"

与老杜相比，小杜的棋瘾就更大了，小杜即晚唐时期的杜牧。杜牧棋艺很高，而且下棋多在夜里。他有诗写他下棋的情况："睡雨高梧密，棋灯小阁虚。"夜晚的雨打到室外的梧桐上，非常密，在这样一种更深人静、夜雨滴梧桐的背景下，点着一灯，坐在亭阁上，下着棋，恐怕也别具况味。杜牧做郡守的时候，公余也要下棋，在《齐安郡晚秋》诗中他写道："雨暗残灯棋散后，酒醒孤枕雁来初。"当时有一个围棋国手，名叫王逢，是杜牧的棋友。在《送国棋王逢》诗中，杜牧先写了王逢下棋的高妙之境，最后说："得年七十更万日，与子期于局上销。"

意思是说，如果我能够活得更长一些的话，我将要与你把晚年在棋局上消磨掉，可见他对棋的迷恋。杜牧还有一首《题桐叶》诗，中间两句说：“樽香轻泛数枝菊，檐影斜侵半局棋。”太阳照着屋檐的影子，有一半已经落到棋盘上了。这说明小杜不仅晚上下棋，白天也在下。

图 130　明钱榖《竹亭对棋图》

中唐时期也有几位好棋的著名诗人，一个是白居易，一个是元稹，在他们的诗中都涉及下棋之事。如白居易的《宿张云举院》说他“棋罢嫌无敌，诗成愧在前”，一个“嫌无敌”，说明他的棋艺还不低。与白居易相比，元稹的棋艺恐怕稍微差一点，但是他热衷于此道，常常在家中举行棋会。他有一首《酬段丞与诸棋流会宿敝居见赠二十四韵》的诗，就记载了一次从掌灯时分一直下到天亮的棋局，可以说是通宵达旦，乐此不疲，而且据诗中描写，每一盘棋都下得非常激烈，一个个杀得天昏地暗，最后分手的时候，几位棋手还定下了再战的日期，准备一决雌雄。

到了晚唐，比较喜好棋的诗人是温庭筠，他常常到寺院里和僧人手谈，自己在家也要招棋友前来，过一过棋瘾。至于那个唐代最后的状元裴说，则把他的整个白天都交给了棋。在题名《棋》的那首诗中，他说自己下棋的情况是："临轩才一局，寒日又西垂。"靠着窗子才下了一局，太阳就落山了。可见这一局的时间不短。还有些人，喜好下棋到了忘我的程度，为了把棋下好，专门拜师学艺。如段成式喜欢围棋，很想再提高一步，他了解到当时有一个叫徐峰的人，棋下得非常高妙，就想前往拜师，把他的真本事学过来。徐峰就说，你如果把你的墨狻猊（狻猊是兽名）给我，我就会让你超过我十倍。看来段成式要拜的这位老师还真有些贪财，他教人下棋的时候竟然向别人索取东西。至于段成式最后是不是给了他，他的棋艺是不是提高了十倍，就不得而知了。

围棋又称为忘忧、无忧子，因为围棋能够使人忘却生活中的许多烦恼。它的陶冶性情的奇妙作用，钱希白《南部新书》曾经提供了一个例子，说代宗时候的朝臣李讷性格暴躁，但是酷爱围棋，只有当他下棋的时候才变得和蔼可亲，所以当他遇到事情要发脾气的时候，家人赶紧给他送来一盘棋，李讷一看到棋，心情马上为之一变，拿起棋子，就研究起布阵之法了。

不闻人语响，但闻棋子声。下棋静中有动，思虑周密，既可消时，又可忘忧，同时又为诗歌创作提供了很多有趣的话题。今天我们对唐代围棋活动的了解，有不少就是借助于唐人诗歌才完成的。

第五十一讲

过节情状

前几讲，我们谈了唐代文人与酒、茶、棋的关系，这一讲，我们来看一下唐代文人的过节情状。

唐代的节日非常多，其中较重大的节日有中和节、上巳节、重阳节等，但最为繁盛的，却是元宵节，从初唐到晚唐，一直长盛不衰，而以长安的过节情状最具代表性。据张鷟《朝野佥载》卷三载：先天二年（713）正月十五、十六的夜晚，朝廷在京城安福门设置灯轮，高二十丈，灯轮的外表用锦绣、金玉装饰。整个长安城中点燃了五万盏灯，灯光一亮，宛如火树银花一般。此外，还选择了上千宫女，穿着罗绮、锦绣，戴着珠翠，施着香粉。她们戴的一个花冠、一个巾帔都值万钱。又从长安县、万年县选了千余名少女，戴着花钗，穿着非常靓丽的衣服，在灯轮之下歌舞三天三夜。这么多的歌儿舞女，再加上全城的游人，那真是万人空巷，通宵达旦，尽情狂欢。用张鷟的话说，就是“欢乐之极，未始有之”。用诗人苏味道《正月十五夜》的话说，则是：“火树银花合，星桥铁锁开。暗尘随马去，明月逐人来。游伎皆秾李，行歌尽《落梅》。金吾不禁夜，玉漏莫相催。”

人们在日常生活中待得久了，就会感觉到生活的单调、乏味，于是就设计出若干节日来。节日是对平常世俗生活的一种超越，是对长期以来被压抑的人性的一种解放。所以在这些节日里，人可以忘乎所以，把平常不敢说、不敢想、不敢做的事情说出来、做出来，人的生活也就添加了很多异彩。在这些节日里，文人是其中的一个重要群体，也是一群特殊的观众。一方面，他们和市民一样，在街上狂欢，大饱耳目之福；另一方面，节日正好是他们作诗酬唱的一个借口。

因而情趣高雅些的文人，便在狂欢之余，聚在一起，一边饮酒，一边作诗，在诗酒唱和中达到一种精神的享受。如长孙正隐的《上元夜效小庾体同用“春”字并序》，诗题即点明了写诗要用“春”字韵，是几个诗友一起参加的一项创作活动。这些创作，可以自抒情怀，也可以描写节日景观、百姓仕女。如历史上曾以酷吏著称，但也能写几首诗的那个陈嘉言，就有一篇《上元夜效小庾体》的诗这样写道：“今夜可怜春，河桥多丽人。宝马金为络，香车玉作轮。连手窥潘掾，分头看洛神。重城自不掩，出向小平津。”节日的夜晚，桥上有很多美人，道路上也有不少帅哥，组成了一道道亮丽的风景。男人们在分头追逐“洛神”般的美女，饱览丽色；姑娘们则围在一起窥视貌如潘安的男神，一遂平日难以实现的心愿。这些场景组合起来，就形成了一幅生动的长安节日风情画。

与长安城中元宵节的繁盛相比，小城镇或乡下的热闹程度就要差一些了。晚唐的李商隐写了一首《正月十五夜闻京师有灯恨不得观》，从诗题看，就流露了因僻处外地不能到长安观赏节日盛况的遗憾。诗是这么写的：“月色灯光满帝都，香车宝辇隘通衢。身闲不睹中兴盛，羞逐乡人赛紫姑。”赛紫姑是乡下元宵节独特的带有巫教色彩的娱乐活动，熊孺登《正月十五日》云：“深夜行歌声绝后，紫姑神下月苍苍。”从“行歌”可知，此诗写的是乡下的元宵节。据段成式《酉阳杂俎》称：

紫姑，传为小妾，遭大妇妒，怀恨死，变为厕神，能佑蚕事及预卜凶吉。赛紫姑形式对乡下人来说兴味盎然，但毕竟层次不高，对高层次的文化人来说，跟在乡下人后面去“赛紫姑”还真有些难为情；但身处乡间，无以为乐，也就聊以为之吧。

除了元宵节，接下来一个大节日就是上巳节，时间在农历的三月初三。历史上有名的王羲之等四十余人在会稽山阴举办的兰亭雅集，就发生在东晋永和九年（353）的上巳节。这一天人们纷纷来到水边春游祭祀，除灾求福，实际上是个游春宴会的节日。杜甫有一首《丽人行》，描述了节日这天的状况：“三月三日天气新，长安水边多丽人。态浓意远淑且真，肌理细腻骨肉匀。”三月三日长安的水边，靓丽的女士非常多，她们“态浓意远”，细细看来，肌肤非常细腻，长得非常匀称。其中又以杨贵妃的两个姐姐即虢国夫人和秦国夫人意气最为骄盈。这首诗一方面写游春，另一方面也暗含讽刺之意。除了仕

图 131　明文徵明《兰亭修禊图》（局部）

女游春，三月三日也是文人雅集的日子。所以初唐的好几次诗酒雅集的时间，都放在了这一天。前边我们讲到“宴集”的时候，曾经提到过。

上巳节过后，就到了寒食节和清明节了。寒食节与清明节是相邻的节日，到了唐代，这两个节日逐渐失去了其传统意义，而成为文人们赋诗春游的日子。寒食节在清明节的前一天。这个寒食节是有来头的。据说春秋的时候，介子推曾经随着晋文公重耳逃亡在外十九年，后来重耳回国做了国君，就赏赐随从出亡的人。介子推不求做官，也不受封，最后就和他母亲跑了。跑到哪里了呢？跑到绵山，地点在山西的介休县，他跑到绵山隐居起来了。重耳找不到他，又想逼他出来，于是就放火烧山。但是，介子推宁死不出山，抱着树被烧死了。后人为了纪念他，每年冬至后的第105日禁火寒食，所以俗称寒食节。唐人对寒食节的这样一种渊源已经不是很重视了，他们更乐于体会这一节日的禁火、颁赐新火那种颇带凄冷意味的文化气氛，所以很多文人都写有关于寒食的诗篇。比如孟云卿有《寒食》，白居易写过《洛桥寒食日作十韵》等，但是其中最有名的一篇，恐怕要推韩翃的《寒食》了：“春城无处不飞花，寒食东风御柳斜。日暮汉宫传蜡烛，轻烟散入五侯家。”寒食节这天，杨花纷飞，柳枝在春风中摇摆。到了日暮时分，从宫廷里传出蜡烛，皇上要颁赐新火了。但是颁赐的新火只是给他身边的近臣，其他人是享受不到的。由此表现了一种隐含的讽刺意味。

与寒食节相比邻，清明节隔一天就到了，所以很多唐人常常把这两个节日当作一个来过。他们在关注这些节日文化内涵的同时，更多的则是想在这两天好好地放松一下，娱乐一下。这两个节日有几个共同特点：一是多有宴会，如张籍写有《寒食内宴》，李德裕有《寒食日三殿侍宴》，这些宴会，有的是在朝廷举行的，有的是几个文人聚在

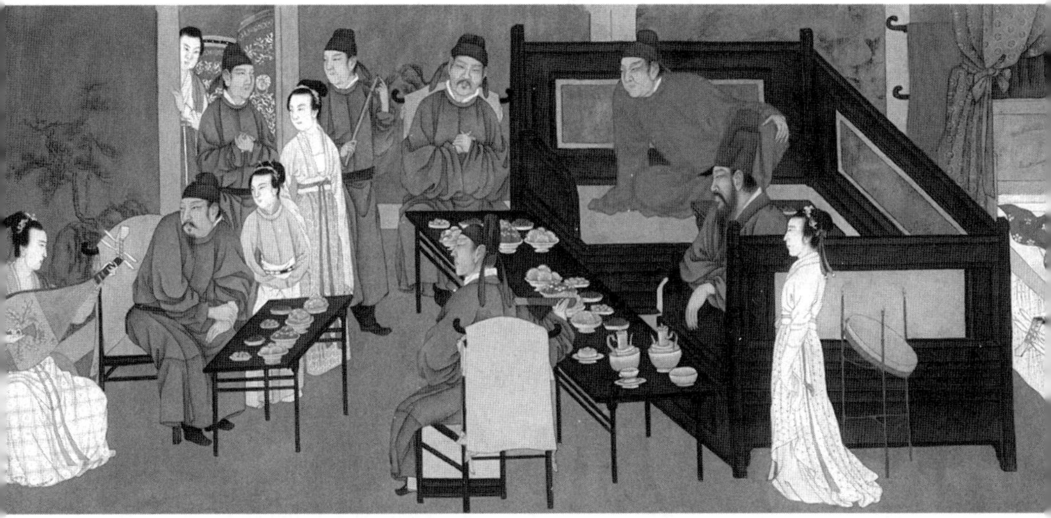

图 132　五代顾闳中《韩熙载夜宴图》(局部)

一起操办的。总之，是自己给自己找一个饮酒、玩乐、作诗的机会。二是这是春游和仕女荡秋千的日子。据《开元天宝遗事》记载：天宝年间，到了寒食节，宫中就把一架架秋千竖起来，让那些宫女们嬉笑为乐，荡秋千去。秋千在空中飘来飘去，就好像仙人在云雾中行走一样，所以又称之为“半仙之戏”。王维的《寒食城东即事》说：“蹴鞠屡过飞鸟上，秋千竞出垂杨里。”蹴鞠就是踢球，球踢得很高，超过了空中的飞鸟；秋千在垂杨影里荡来荡去，令人心旷神怡。薛能也有一首《寒食日题》：“美人寒食事春风，折尽青青赏尽红。夜半无灯还不寐，秋千悬在明月中。”比起王维那首诗描写的白日荡秋千，这首诗写夜晚的景象更引人遐思：月色皎洁，清辉普照，女子们不想早早入睡，就在明月的照耀下，在秋千上摆荡。与之相比，杜甫的《清明》则反映了更普遍的现象：“十年蹴鞠将雏远，万里秋千习俗同。”这个习俗不仅仅是宫里边的，也不仅仅是城市里的，全国都有这样一个习俗。类似的诗歌还有很多，我们就不再多说了。

清明节是祭祖扫墓的日子，这种习俗，唐代已经形成。在这一天，唐朝士庶都要去扫墓。玄宗开元二十四年四月二十四日颁布了一个诏书，即《许士庶寒食上墓诏》，其中这样说道：寒食上墓，虽然礼经没有明文记载，但是民间相传，渐已成俗。一般百姓的祖先没办法在庙里享受祭奠，所以就允许百姓在这一天上墓拜扫，去表现自己怀念祖先、孝敬前辈的思念之情。朝廷既然有了诏令，拜扫茔墓的人就很多了。白居易有一首《寒食野望吟》，诗这样写道："丘墟郭门外，寒食谁家哭？风吹旷野纸钱飞，古墓累累春草绿。棠梨花映白杨树，尽是死生离别处。冥寞重泉哭不闻，萧萧暮雨人归去。"诗写得很好，全方位地反映了寒食节这天，人们在旷野之外的一座座坟墓前哭吊祖先、纸钱飘飞的情景。纸钱是表达孝意、安慰亡者的手段，直到今天，人们在清明节祭祖的时候，也还流行着烧纸的习俗。

祭奠之外，清明节更多的内容是观赏游春。因为时当春际，万物生长此时，皆清洁而明净，最便于人们观赏春光。因此很多人在祭奠完了之后，就开始踏青游玩了。这方面的诗作很多，所谓"晴明寒食好，春园百卉开。彩绳拂花去，轻球度阁来。长歌送落日，缓吹逐残杯"（韦应物《寒食》），写的就是寒食、清明之际的游春活动。晚唐杜牧有一首比较著名的《清明》，反映了清明这天的另一番情景："清明时节雨纷纷，路上行人欲断魂。借问酒家何处有？牧童遥指杏花村。"清明时节，天上下着纷纷小雨，诗人独自一人在雨中慢行。碰到了牧童，想饮上一杯酒，问：酒家在什么地方？牧童遥遥一指，道：前边就是杏花村。后来，这个"杏花村"作为名酒的代名词，就一直传了下来。

清明节过后，还有一些节日，比如五月五日的端午节、七月七日的乞巧节，再往后，就到了九月九日的重阳节。重阳节是唐代一个很重要的节日，被称为"三令节"之一。这个节日一般要登高。据《续

图 133　清丁观鹏《乞巧图》

奇谐记》载：这天佩着茱萸登高，饮菊花酒，可以避灾。所以，在这天登高、佩戴茱萸、采摘菊花或喝菊花酒，便成了人们喜欢做的几件事情，诗人们也留下了许多与此相关的诗篇。王维 17 岁那年游长安，写下《九月九日忆山东兄弟》的名作："独在异乡为异客，每逢佳节倍思亲。遥知兄弟登高处，遍插茱萸少一人。"表面看来，说兄弟登高插茱萸的时候想起了他，实际上是为了突出他独在异乡对亲人的思念，虽然思念亲人，却不明说，而借着兄弟对他的思念来表现，诗意就深化了许多。杜甫《九日蓝田崔氏庄》说："明年此会知谁健，醉把茱萸仔细看。"醉中拿着茱萸，仔细地观看、思考：到明年重阳节的时候，我们的身体还能像今年这样好吗？所以重阳节这一天，又是引起人们对人生、年寿反思的节日。由于和年寿有关，很多人在重阳节这一天就要饮菊花酒，以延年益寿。到了今天，我们又把重阳节定为了老年节。

在现存的有关重阳节的唐诗中，写菊花的作品有很多。而提到菊花，就容易想起陶渊明，因为陶渊明是中国文人的隐逸之祖，他好饮酒，也喜欢菊花。所以崔曙的《九日登望仙台呈刘明府容》就写道："且欲近寻彭泽宰，陶然共醉菊花杯。"王勃的《九日》说得更透彻："九日重阳节，开门有菊花。不知来送酒，若个是陶家。"当然，也有不提陶潜，专说菊花的，如杜牧的《九日齐山登高》，格局阔大，感慨无穷："江涵秋影雁初飞，与客携壶上翠微。尘世难逢开口笑，菊花须插满头归。但将酩酊酬佳节，不用登临恨落晖。古往今来只如此，牛山何必独沾衣。"齐山在安徽池州的城南。唐武宗会昌五年的九月九日，杜牧登上齐山，放眼望去，只见秋天的山影、树影，都投射到了江中，所以说"江涵秋影"。秋际天气转凉，大雁也开始由北向南迁徙了，所以天空中出现"初飞"的雁行。庄子曾经说过："人上寿百岁，中寿八十，下寿六十，除病瘦死丧忧患，其中开口而笑者，一月之中不过四五日而已矣。"（《庄子·盗跖》）人生很艰难，一月之中能够开口笑一笑就很不容易了。杜牧在此概括庄子的语意，凝练成"尘世难逢开口笑"的名句，也表现了他在现实中的苦闷。可是，他转念一想：这么沉重的人生苦难，如果你深陷其中而不能超拔出来，不是太痛苦了吗？与其去痛苦，倒不如在九月九日这一天高兴一点，将菊花在头上插满，含笑而归。所以，一个"菊花须插满头归"，便将诗人达观、开朗的情怀表露无遗。诗的后边几句，都是沿着这个方向写的，令人读后胸襟顿开。

重阳节是个令人高兴的节日，与之相比，除夕合家团圆，应该更高兴才是，可是，唐人关于除夕的诗歌，却有不少是写愁绪的。其中的原因在于，唐人多喜游历，在除夕的团圆时刻，不少人往往羁旅异乡，有家难回，只好借诗写愁，表现自己孤独的心境。如高适的《除夜作》写道："旅馆寒灯独不眠，客心何事转凄然。故乡今夜思千里，霜鬓明朝又一年。"高适这种情感，用中唐诗人戴叔伦的话说，就是"一年将尽夜，万里未归人”。一年虽已将尽，但万里之人未归，想起家人，想起明年又空长一岁，他不能不悲从中来。当然，有些诗人除夕之际虽未外出，但想起自己的一大把年岁，也禁不住会有些感伤。如白居易的《除夜》：“病眼少眠非守岁，老心多感又临春。火销灯尽天明后，便是平头六十人。”过了今夜，明年就是六十之人了呀！想到这一点，心中总有些戚戚然。至于宋之问那首《新年作》，则是他被贬谪以后的诗篇，写得也很凄凉：“乡心新岁切，天畔独潸然。老至居人下，春归在客先。”新年第一天，人在万里外，其思乡之情自然非常迫切。虽然思乡，却回不去，只有独自一人在遥远的天涯潸然泪下了。这些诗中，既有个体的愁思，也有人生的苦涩，可以说是年年难过年年过，处处无家处处家啊。

图 134　明陈洪绶《玩菊图》

第五十二讲

世俗风习与生财之道

唐人的节日生活，还有多方面的内容，我们不去详谈了。下边我们再来看一下唐代文人的世俗生活。

唐代的都市生活是非常发达的，像长安、洛阳、扬州、益州等，都是非常大的商业都市，其灯红酒绿的生活不断地刺激着市民的神经，都市的有闲阶层，则热衷于寻求新奇之事，用来调适口味。于是求新求奇、赶时髦、凑热闹，就成为唐代都市生活中一个非常有趣的现象。以赏花为例，无论官民，皆趋之若狂。李肇《唐国史补》载："京城贵游尚牡丹三十余年矣，每春暮车马若狂，以不耽玩为耻。"通过这段话，可以想象暮春时节长安城中观赏牡丹的盛况。《唐国史补》还记载："长安风俗，自贞元侈于游宴，其后……或侈于卜祝，或侈于服食，各有所蔽也。"从贞元年间开始，游宴、算卦、服食这样一些活动，就非常盛行了。比如唐德宗贞元年间，南充出了一个名叫谢自然的女子，年龄 14，在金泉山筑了一间房子，修道不食，并于贞元十年十一月二十日的辰时，白日升天。这个消息一传出来不打紧，仕女数千人都跑去观看，热闹异常。韩愈从人们的传闻中知道了这件事后，写了一首《谢自然诗》，对此事进行描述和批评。与此相近的，还有女

图 135　北宋赵佶摹《虢国夫人游春图》

仙白日降临之事。据说唐昌观有玉蕊花，花开之际，像琼林瑶树，非常好看。元和中的一天，春光正好，市民们都跑来看花之时，一位女仙从天空飘然而降，人们惊讶之余，争相围观，很快就水泄不通。对这一件事，中唐有几位著名的文人，都表现出了不小的热情，如严休复、元稹、刘禹锡、白居易等，都写了《玉蕊院真人降》一类的诗作。

社会风习如此，自然会影响到文人，在不知不觉中改变着他们的好尚；而某种好尚一经形成，就又对社会风潮起着推波助澜的作用。所以李肇在《唐国史补》里又说："元和已后，为文笔则学奇诡于韩愈，学苦涩于樊宗师。歌行则学流荡于张籍。诗章则学矫激于孟郊，学浅切于白居易，学淫靡于元稹。俱名为元和体。"这里，他从诗歌的这样一种变化，谈到社会风气的变化，指出到了元和以后，大家或学韩愈奇诡的文风，或学樊宗师苦涩的诗风；在歌行方面，学习张籍的流荡；在诗章方面，学习孟郊的矫激、白居易的浅切、元稹的淫靡。由此形成文人与社会习俗的互通互动，用李肇的话说，就是"大抵天宝之风尚党，大历之风尚浮，贞元之风尚荡，元和之风尚怪也”。从社会史、文学史的发展历程来看，李肇这一段概括应是比较贴切的。

从盛唐到中唐文坛上掀起的这样几股尚党、尚浮、尚荡、尚怪的风潮，是引人注目的，而韩愈、元稹、白居易等文人，一方面无疑受到其影响，另一方面也以自己的创作，成为这些风潮的引导力量。在他们的意识、观念、诗风乃至日常生活中，或多或少也都展示出一种世俗化的色彩。

我们知道，在唐代历史上，中唐可以说是一个大的转折点。到了中唐的时候，俗文学开始蓬勃发展，像讲经、变文、话本、词文、俗赋等等，都纷纷地登场亮相，并以这些文体绘声绘色的说唱、精巧的组织和安排、易于理解的内容，吸引着各式各样的听众和观众。韩愈《华山女》形容当时的讲经盛况是：“街东街西讲佛经，撞钟吹螺闹宫廷。”另据《资治通鉴》记载，唐敬宗在宝历二年“幸兴福寺，观沙门文溆俗讲”，万寿公主于大中二年“在慈恩寺观戏场”。连皇帝、公主都纷纷跑到兴福寺、大雁塔听俗讲、看戏场去了，可见这股风潮之猛烈、影响之广远。

图 136　明程君房《程氏墨苑・维摩说法图》

上行下效，文人们也对俗文学追捧起来，他们常常是俗文学的参与者和接受者。元稹在他的《酬翰林白学士代书一百韵》中写了这样两句话："翰墨题名尽，光阴听话移。"句下加了一个注："乐天每与予游从，无不书名屋壁。又尝于新昌宅说（听）《一枝花》话，自寅至巳犹未毕词也。"由此可知，元稹、白居易二人在年轻时喜好的事情之一就是听说书，他们曾在新昌宅听人说过《一枝花》的传奇故事，时间是从寅到巳，正是清晨最宝贵的四五个小时。元、白两个人放着黎明觉不睡，撂下手中的活不干，一大早在新昌宅听别人说书，足见他们对当时新兴小说的兴趣之高。

文人们除了热衷于俗讲、说书等类情事之外，还对金钱表现出强烈的热情。据《旧唐书·陈少游传》载，身为文人官僚的陈少游自大历八年起就任淮南节度使，在镇之日，"征求贸易，且无虚日，敛积财宝，累巨亿万"，进行商品贸易没有一天停止过，敛积的财宝达亿万之多。这是占据一方、握有大权者的行为。而那些身在朝廷、不能从事贸易的官员们，则往往发挥自己的一技之长，给别人写墓志，写碑表，写行状，以从中获取不菲的润笔钱。《太平广记》里有一条关于王缙的记载，说他喜好给人作碑志。王缙是谁呢？王缙就是大诗人王维的弟弟。他给人写碑志，别人就给他润笔费，而且每次给的钱都不少。有一次他写完了，别人把润笔钱送过来，结果走错了门，误叩了右丞王维的门。王维很诙谐地用手一指说："大作家在那边。"本是给弟弟送钱，却跑到了哥哥家，哥哥热心指途，而且颇有深意地用了"大作家"指代弟弟，令人忍俊不禁。这则故事在《唐语林》里也记载了，说明大体是可信的。

通过上边的事例可知，唐代的文人官僚除了俸禄之外，也还是不乏隐性收入的。其中靠写墓志而获取大笔收入的，恐怕要算大名鼎鼎的韩愈了。在《韩昌黎文集》里，现存碑志 75 篇，其中有不少墓主与韩愈并没有深交，这种情况多是受人请托，用自己的大名为死者扬名，最后来赚取死者家属送来的报酬，所以韩愈的一些墓志就常常被人称为“谀墓之文”。韩愈有一个朋友叫刘叉，是位刚肠嫉恶、颇富侠气的义士，李商隐曾经给刘叉写过传记，说他身材魁伟，有力气，曾经因为饮酒杀人，隐姓埋名，藏匿起来。此后遇到朝廷大赦，他跑到齐鲁一带开始读书，写了一些诗歌。但其豪气未能尽除，见到权贵，往往昂然而过。他听说韩愈善于“接士”，即乐于奖拔后进，就“步行归之”。有一次他与几个友人争论，心中不忿，就径直跑到韩愈家中，拿走了韩愈的数斤黄金。临走的时候，还理直气壮地说：你这些钱不过是阿谀那些墓中人得到的，不如送我做寿礼算了。韩愈眼睁睁地看着他把黄金拿走，丝毫也奈何不得他。

另一个与韩愈过从很密切的人是皇甫湜。皇甫湜性格也非常倔强，但在金钱上却毫不含糊。高彦休在《阙史》里非常详细地记载了皇甫湜为裴度写文章并拉下脸来索要金钱的事，故事很生动，颇具传奇色彩。先说皇甫湜古板倔强，少所通融，人缘不好，跟他一起共事的同列对他都不满意，所以他就要求调到洛阳去。到了洛阳，因为裴度的关照，他的生活改善了不少。按理来说，他应该感激裴度才是，但是他的行为常常有悖事体。一次裴度为佛寺进行装修，竣工时，想请同为佛门弟子的友人白居易写篇文章记载其事。皇甫湜听说就不干了，他嫌裴度瞧不起他，竟舍近求远，要找白居易来写。在他看来，白居易写的那算什么东西呀！与自己的文章相比，一个是瑶琴宝瑟，一个是桑间濮上，那差得远了！裴度也真是好器量，听了他的话之后，对他大度包容，当下改口表示歉意，说不知道你大作家在这里，那就由你来写吧！皇甫湜倒也不是浪得虚名，喝了半斗酒，乘醉挥毫，一挥而就。裴度一看，怎么读不懂啊！文化素养并不低的裴老先生竟然分不出他文章的句读，不明白他在说什么。既然看不明白，姑且承认自己的水平低，人家的文章好吧！裴度立马派人送去感谢的酬金，名车宝马、衣服器玩，大概有千余缗。把谢礼送上后，这位古拙的皇甫湜偏不买账，说：我的文章不是一般的文章，除了给大名鼎鼎的顾况的诗文集写过序之外，我还没有轻易地许过别人。今天我之所以愿意写，不过是受你关照，借此感恩报德罢了。接着，他话头一转，开始谈钱的问题：我的文章约有三千多字，每一个字值三匹绢，你们按此来计算，一分都不能少！表面上看，这位老夫子古拙得可以，像是言义不言利的儒家信徒，没想到对钱财竟然如此地锱铢计较，讨价还价。而且在裴度满足了他的条件，让大车小车把财物拉到他家，引得洛阳城中的人纷纷聚观之时，这位皇甫湜先生居然心安理得，没有一点愧怍之意。裴度知道这个情况之后，就说了一句："真命世不羁之才也!"这个"命世不羁之才"完全可以表现在其他方面，干吗独独在金钱问题上不依不饶呢！从高彦休的叙述语气以及他文中所注的"愚幼年尝数其字"一句话来看，这段故事是有相当真实性的。

以上这些故事，从另一个侧面揭示了唐代文人生活的一项重要内容，就是与金钱的关系，也形象地展现了部分文人日趋世俗化的心态。

第五十三讲

文人的婚恋

关于唐代文人的世俗生活，还可以说很多，由于时间关系，就不展开讲了。下边，我们来看看唐代文人的婚恋。

唐代文人的婚恋是一桩大事，不仅是当事人，就是主事的家长和从中撮合的媒人都很重视。它特别重视的是什么呢？是门当户对，这是起码的择偶条件。在它的内里，隐含的是唐人根深蒂固的“门第观念”。

门第观念从魏晋时期的“九品中正制”施行以后，对社会生活的方方面面就开始发挥影响了。而到了唐代，此风仍然盛行不衰，以至成为社会中上层普遍关注的一大问题。由于社会上重视高门大族，以致姓李的皇室也受到冷遇。所以，李唐立国之后，有感于大姓在社会上的巨大影响，就下令重修氏族志，希望李姓能够被社会承认。结果那些高门大族不买这个账，多数人也不认可。于是朝廷又下令重修，明确了以今世门第为先后次序的唯一准则。但是这个社会风习是长久以来形成的，它的改变不是一朝一夕就能做到的，所以高门大族的社会影响和地位，在相当长的一段时间里依然如故。

从《新唐书·柳冲传》所引柳芳论氏族的一段话，可以大致了解当时氏族大姓的情况。柳芳对氏族大姓按地域作了分别："过江则为侨姓，王、谢、袁、萧为大；东南则为吴姓，朱、张、顾、陆为大；山东则为郡姓，王、崔、卢、李、郑为大；关中亦号郡姓，韦、裴、柳、薛、杨、杜首之；代北则为虏姓，元、长孙、宇文、于、陆、源、窦首之。"由这里的叙述可知，因为地域不同，所尊崇的姓氏也有变化。但是作为当时最为人所称道的高门大姓，则是从北朝以来就已经十分显赫了的五姓七族。"五姓"，一般指李、王、崔、郑、卢五大姓；这五大姓又因地域可分为"七族"，就是博陵、清河两地的崔姓，范阳的卢姓，陇西和赵郡的李姓，荥阳的郑姓，太原的王姓。这"五姓七族"是当时的第一高门，娶五姓女就成为唐代文人婚姻的最高理想。《隋唐嘉话》记载，高宗朝的中书令薛元超曾对亲戚感叹道："吾不才，富贵过分，然平生有三恨：始不以进士擢第，不得娶五姓女，不得修国史。"这里所说的"恨"，即遗憾。这种遗憾有三，一是当官没走进士一途，二是没能娶上五姓女，三是没有参与修国史的工作。为什么说不能娶五姓女是一恨呢？因为娶得五姓女，是一个人社会地位的体现。薛元超尽管富贵过人，但在社会地位上终有欠缺，所以就成为三恨之一了。

五姓作为高门，在政治上、社会中具有广泛的影响力。通过和他们联姻，处于底层的一些士人，就可以以此为跳板，进身仕途。所以婚姻就成为一种仕途的桥梁，一场有厚利可图的买卖了。既然门第观念普遍地存在于唐代各阶层人的心目中，那么，在文人的相关作品中表现这些观念，也就是不难理解的事了。以唐代的传奇小说为例，可以看到，其中的女子不少都是五姓出身。如《游仙窟》里的女主人公琼英是崔姓；元稹《莺莺传》里的女主角也姓崔，即崔莺莺，而莺莺的母亲姓郑，是荥阳的郑姓；李朝威《柳毅传》里的龙女，最后化身为范阳卢姓女；蒋防《霍小玉传》里的李益，将霍小玉遗弃后，与之

图 137　元朱玉《龙宫水府图页》中的“柳毅传书”故事

匹配的女子是范阳卢姓；沈既济《枕中记》里，卢生梦中所娶的女子是清河崔姓。你看，基本上都是五姓女。当然了，这是一种理想，一份期冀，甚至是一个无法圆的梦。就像卢生做的那场崔家女婿梦一样，梦里是荣华富贵，醒来后还是一介白衣书生。

热衷于娶五姓女，一个重要原因在于抬高自己的社会地位，为日后的发展提供家族的现实支撑。在中国文人那里，我们说过，是“学而优则仕”，但是你学问高了，还不一定能够令你的仕途顺畅，最好还得有一个雄厚的背景，还得有人来提携你。这个背景就是名门大族。这个提携要是来自姻亲，就比其他方面来得有利，来得保险。仕途能够由婚姻起作用，就在于裙带之风，在于“一人得道，鸡犬升天”的特殊国情。比如元稹就是一个典型的例子。元稹有传奇小说《莺莺传》，后来被改成了《西厢记》，传播甚为广远。小说中的男主角张生，据说就是元稹的化身；而女主角莺莺姓崔，她的母亲出自荥阳郑姓，二者都是高门大姓。恐怕这只能看作小说家言，是作者抬高身份、玄虚其事的一种手段而已；否则，元稹似不该舍之而去，另选太子少保韦夏卿的女儿韦丛为妻。其所以“始乱之，终弃之”，大概主要因为韦家对元稹的仕途升进更为有利。韦姓虽不在五大姓里，却是长安一地的著姓。当时民间传流这样一句话：“城南韦杜，去天尺五。”意思是说，长安的韦、杜两姓，踮起脚尖来都能够着天了，说明这个姓很厉害。若能娶韦姓女，也算在政治上有了靠山了。在《梦游春七十韵》里，元稹说过“高松女萝附”的话，意谓自己像一根攀上韦家那棵高松的藤萝、藤蔓，而其时“韦门正全盛”，全盛的表现是“甲第涨清池，鸣驺引朱辂。广榭舞萎蕤，长筵宾杂厝”。势大如此，难怪元稹要弃莺莺而攀韦门了。但是从实际来看，元稹并没有借上韦家的什么力量。这是后话，我们不去展开了。

要考察唐人的婚姻，还要了解唐人女性观的变化。唐人的女性观是比较开放的。成玄英在疏解《庄子·德充符》里的一句话时，这样

图 138　明仇英《西厢记图册》之四

说道："妻者，齐也，言其位齐于夫。"妻就是"齐"，其地位和丈夫是齐平的，是一样的。这种观点不能不说已经比较现代化了。写过《吊古战场文》的大文豪李华在《与外孙崔氏二孩书》中虽提倡"妇人但当主酒食，待宾客而已，其余无自专之礼"，但面对日益解体的纲常，也不禁喟然兴叹："今此礼凌夷，人从苟且，妇人尊于丈夫，群阴制于太阳。世教沦替，一至于此，可为堕泪。"看来阴盛阳衰之论并不是今日才有，唐代就开了先河。唐代的妇女夫死以后可以再嫁，而且不以为耻。这些女子中有不少人工文能诗，可以用诗和丈夫作感情交流，有些人的婚姻，甚至就是用诗做引线而结成的。所以唐人的婚姻生活，较之其他时代，特别是宋以后的时代，要开放许多，也丰富许多。

当然，唐代文人与妻子的情爱是各种各样、千差万别的，其中既有不少打动人心的或喜或悲的爱情故事，也有一些负心薄幸，甚或悍妒残忍的事例。下面，我们先来谈谈当时即已流传的夫妻趣闻。

有些文人的妻子，是在文人自身毫不知情的情况下获得的，姚崇就是一例。《分门古今类事》九引《唐史》载：陕州刺史王当有一女，甚爱之。一日，召集州县文武官员，让善相者从中择一佳婿。相者说："此无贵婿，惟识果毅姚某者有贵子，可嫁之，终必得力。"听了他的话，王当便将女儿许配给姚氏子。当时的人们都以此为笑话。那个姚氏子就是姚崇，当时年 22 岁，好打猎，斗大的字不识一筐。他曾到一个亲戚家喝酒，偶然遇上一个相面人，说他面相尊贵，他日必为宰相。回家后他告诉了母亲，母亲便令他读书。姚崇就放下猎鹰箭镞，折节攻文，一变而为孝敬儿郎，下笔成章。高宗时举下笔成章科，后来三居相位，封梁国公。我们虽然没有再见到姚妻王氏的身影，但王当对女婿成才的作用是可以想见的。

有的时候，举子行卷也可以行出一个妻子来。《太平广记》卷一八一载：李翱在江淮典郡的时候，有一个叫卢储的进士来投卷。李翱以礼相待，然后把文卷放在桌子上就出去了。李翱之女走出闺阁，看到了桌子上的文卷，偶一翻阅，大为惊讶，认为此人文章写得好，必为状头。李翱回来后听女儿一讲，也认为有理，便派随从到旅馆找到卢储，要选他为婿。卢储谦让了很长时间，最后还是答应了。到了第二年，他果然以状头及第。于是有一首催妆诗这样写道："昔年将去玉京游，第一仙人许状头。今日幸为秦晋会，早教鸾凤下妆楼。"这才是地道的洞房花烛夜，金榜题名时，人生得意事，都叫卢郎一人遇上了。卢储是元和十五年的状元，好事自然也发生在这一年。

还有靠说谎行骗骗来一个妻子的。比如韩愈写了一篇《试大理评事王君墓志铭》，这个"王君"叫王适，他的典型事迹就是骗婚。事情是这样的：当时，有一个处士非常怜爱自己的女儿，一定要把她嫁给官人，不能嫁给一般的老百姓。王适知道后就说：我求妇人很久了，找了很长时间都没找到好的，只有这个老汉的女儿最可人意，不能失去。于是就找来媒人，骗媒人道：我明经及第，马上就要当官了，希望您去给我说一下，让这个老汉把女儿嫁给我，我拿百金谢你。媒人一看有钱，很高兴，于是就跑去跟老汉讲。老汉问：真是官人吗？如果是官人的话，就把授官的文书拿给我看。因为要文书，王适就傻眼了，就向媒人说了实话，说没有文书。按理来说，这个媒人就应该马上拒绝他了，但是媒人贪他钱财，就帮他出主意说：这事不打紧，那老头是一个读书人，不会轻易地怀疑别人。你不妨随便拿上一个像文书的卷轴，我装在袖子里拿过去，那老头不一定细看。如果他不看，这事就成了。于是，媒人就带着一份假文书跑到老汉家里去。老汉看见卷轴在他袖子里装着，露出来了一点，果然信以为真，就把女儿嫁给了王适。这则故事是墓志铭里写的，当是真实的事件。在韩愈的生花妙笔下，侯翁的迂直、媒人的狡猾、王适的违俗不羁，都得到了淋漓尽致的展现，由此也使我们了解了唐代婚姻的一个侧面。

有些文人忙于应举，娶妻的年龄就被错过了，比如福建人陈峤就是一个例证。《南部新书》戊卷载：陈峤孑然无依，蹉跎于京华，考进士多年，也没考上。等到名登金榜的时候，已经过了耳顺之年，即60多了。乡人看他无意做官，又没有什么依靠，就给他找了一个诗书之家的女孩，等到成亲之时，陈峤已年近80了。新婚之夜宴集，文士们纷至沓来，大家都催着让他赶紧行结婚大礼，写了一些催妆诗。新郎官也自题一首，最后两句这么说："彭祖尚闻年八百，陈郎犹是小孩儿。"说是我现在虽年近80，但与彭祖相比，不过是小孩儿一个。我们试想一下，即使这个陈峤真有潘安之貌，但以这样一把年纪，恐怕也太老、太迟了一点。

举子娶妻，花絮甚多。有人幸运，娶了一个比自己文才还好的妻子，就等于娶了一个进士考试的辅导教师。有人在进京赶考的时候，与女房东暗中生情，结为夫妻。也有人娶妻娇艳，结果其妻被权贵之家夺去，最后因为自己一首诗，权贵又把女子送回。这些事例，都有记载，从中可以看出唐人的婚姻既十分丰富，也非常复杂。

此外，还有一些宫中女子，因被深锁于皇宫之内，不能与外人交往，最后借衣物藏诗或红叶传诗而找到了如意郎君。如开元一宫人在宫中赐给边军的纩衣中藏诗一首，此诗为兵士所得，二人经批准成为夫妇，事载《本事诗》卷一。又有德宗宫人，名凤儿，奉恩院王才人养女。贞元中，曾题诗花叶之上，进士贾全虚从御沟中得到，悲想其人，徘徊沟上，为御史所获。德宗询问事情缘由后，授贾全虚金吾卫兵曹，把凤儿嫁给了他。事载《补侍儿小名录》。再如僖宗时宫人，曾题诗于红叶，置于御沟，为于祐所得，乃题诗于红叶答之，后二人结为夫妇，事载《青琐高议》前集卷五。又据《唐诗纪事》卷七八，僖宗从内庭拿出锦袍千领，以赐塞外吏士，有宫女一人寄金锁一枚和诗一首，为神策军马真所得，后为僖宗得知，遂将宫女嫁给马真。

上述版本大同小异的宫中故事具有很大的偶然性，但都突出了宫女们的诗才。相比之下，另一个非宫女的侯氏则以诗换回了离家戍边已久的丈夫张揆。《唐诗纪事》卷七八载：武宗会昌中，张揆防边十余年未归，其妻侯氏遂绣回文作龟形诗，呈献朝廷。诗云："睽离已是十秋强，对镜那堪重理妆。闻雁几回修尺素，见霜先为制衣裳。开箱叠练先垂泪，拂杵调砧更断肠。绣作龟形献天子，愿教征客早还乡。"武宗览后，为诗所动，遂敕令张揆还乡，又赐侯氏绢三百匹，既圆了这对阔别夫妻的团圆梦，也借以奖励侯氏过人的胆识和不凡的诗才。类似的事例还有很多，我们就不再一一列举了。

第五十四讲

诗的国度

上一讲，我们谈了唐代文人的世俗生活和他们的婚恋情状，这一讲，我们来谈一下作为诗的国度，唐人上至帝王下至众庶喜诗爱诗的情形。

诗歌，在中国发源甚早，流播极广，是最重要的一种文学体裁。古人对诗歌的重要性早有认识，孔子就说过“不学诗，无以言”的话。不过，把诗当作家训的首推杜甫。杜甫在他的儿子宗武过生日的那天，写了一首诗做礼物，其中说了一句话：“诗是吾家事”。为什么这么说呢？因为老杜认为，“吾祖诗冠古”，他要他的孩子记住：祖先杜审言就是一个著名诗人，作为杜氏之后，不能不把作诗的家风给传下去。这是说出的话，没说出来的话是：不作诗或者作不好诗，就不是杜家的好子孙。别的诗人倒是没有对孩子提出这样的要求。事实上要求了也没用，因为诗人的孩子常常不会作诗，很多都是诗盲。道理很简单，诗人的孩子多是酒精儿，质量不是很高。所以宗武和李白的儿子伯禽一样，也都是诗盲一类。在魏晋时期，曹丕就说过一句话，说文气这种东西，“虽在父兄，不能以移子弟”。父亲有写作诗文的才能，那是不能移植到他的子弟那里去的。当然了，宗武和伯禽是不是诗盲，已经无关紧要，杜家出了一个杜甫，李家出了一个李白，这就够了。杜、李两家，就足以让整个中国文化为之肃然起敬了。

在唐代，文人是诗人，帝王也是诗人。翻开《全唐诗》，我们可以看到它的编纂体例。首先是帝王，接着是后妃、宗室诸王、公主、嫔妃，而后才是各类诗人。依据唐史的序例来编纂诗歌，这是社会地位在总集中的一个反映。不过，这样的编排也透露出一个信息，就是有唐一代诗歌的兴盛，与最高统治阶层的倡导和身体力行是有关系的。中国人有“唯上”的传统，所谓“上有所好，下必甚焉”，所谓“楚王好细腰，宫中多饿死”，说的都是这样一个道理。帝王既然也是诗人，那么他们对诗歌的态度，就会给下层文士们造成很大的影响。下边，我们先来看一下帝王诗人。

唐代开国皇帝李渊之子唐太宗李世民，把皇帝做得有声有色，把诗也写得像模像样。在《帝京篇》的序言里，他说自己“以万机之暇，游息艺文”，虽然各种各样的事情都堆在面前，但他还是抽时间来写诗作文。他的诗，在《全唐诗》中现存 87 题 99 首，数量虽然不算

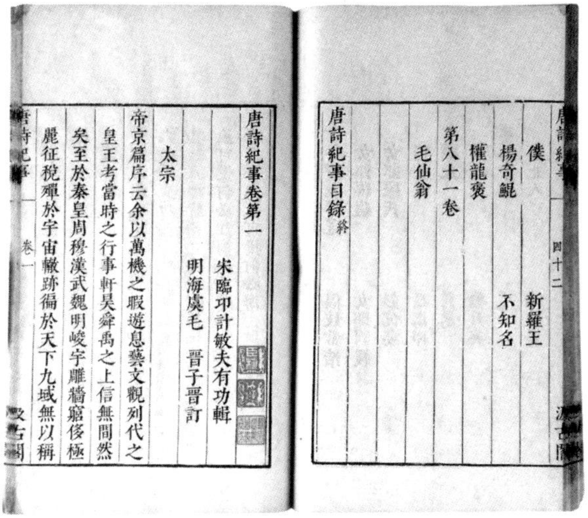

图 139　明毛氏汲古阁刻本《唐诗纪事》书影

太多，但在帝王中已经非常不易了。太宗写的诗好与不好，我们暂且不说，单就影响来讲，这些诗就有其意义。因为皇帝写了诗，文臣们就要来应和；群臣一和，就出现了应制之作。这些应制诗从思想内容看，好的不多，但是有一点可以肯定，那就是为了使辞藻华丽、典故贴切，文臣们必须在平时磨炼诗才，以应对皇帝不时地召宴吟咏。这样一来，就对写诗风气的形成和兴盛，起到了直接的推动作用。太宗的大臣虞世南死后，唐太宗曾经叹息说："今其云亡，石渠、东观之中无复人矣！"（《旧唐书·虞世南传》）然后作述古兴亡诗一首，让褚遂良把这首诗拿着到虞世南的灵前烧掉，并感叹道："钟子期死，伯牙不复鼓琴，朕此诗何所示耶！"（《唐诗纪事》卷一）将他与虞世南的关系比作钟子期、俞伯牙的关系，见出他对这位诗友的尊重。同时，也由此树立起一个爱诗、爱诗人的榜样，对后人产生一种激励的作用。

曾经作为太宗才人、后来成为中国历史上最有作为的一个女皇帝的武则天，就继承了太宗的传统。武则天现在总共留下了 12 首诗。有人说，武后的这些诗大部分都不是她写的，是别人为她捉刀代笔写成的。但这种观点也只是猜测，缺乏过硬的史料支持。想来，聪明过人的武则天，写出这样一些诗作，并不是什么难事。所以我们愿意相信，她是一个没有掺假的女诗人。而且，武后特别爱诗，也重视能诗之人。唐代唯一一次诗歌锦袍赛，就是她一手组织实施的。时间是在春天，地点是在东都洛阳。《唐诗纪事》记载，武则天率文武百官到洛阳的龙门游览香山寺，命令群臣各赋一诗以纪此游。当时，东方虬先写完，交了卷子，武则天读了以后是连声称好，于是就把锦袍给了他，引来众人一片羡慕的目光。可是过了不久，宋之问的诗也写成了，他的诗把如酒的春色写了出来，还巧妙地奉承了武则天，使得武则天心花怒放。于是，东方虬手中的锦袍被夺了回来，赐给了宋之问。以高下优劣进行赏赐，由此带动了宫中创作的风气。

唐中宗的诗才远不能和太宗相比，但他对诗人的感情却不在太宗之下。他先是效法太宗立馆安置诗人的做法，在原有的弘文馆、文学馆之外，于景龙二年另立修文馆。诗史上有名的李峤、宗楚客、赵彦昭、韦嗣立都是大学士，沈佺期、宋之问、杜审言则是直学士。与这些诗人们一起联吟，是中宗的乐事。他还特别注意对诗人给以重赏，赏赐之频，可以称得上唐代帝王之最。他每次出游，总是要给大量的赏赐，也会产生一批诗作。中宗在《九月九日幸临渭亭登高得秋字》序中说："人题四韵，同赋五言。其最后成，罚之引满。"皇帝这时和诗人们一样，抽签分配诗韵，后成者罚，摆不得架子，要不得无赖。

图 140　南薰殿旧藏《历代帝王像册》唐玄宗像

到了盛唐，那位盛世的风流才子，有幸和李白、杜甫同一个时代的唐玄宗，本质上比唐代任何一个皇帝都更像一个诗人。以大道教家司马承祯为例，他在武则天的时候就被召入宫廷，以后又多次被召。当他辞朝归山的时候，武则天、睿宗皇帝都是赐给他金玉宝物，只有唐明皇作诗以赠别。虽然诗没什么实用价值，但对被赠者却是一种巨大的荣耀。州牧上任、大臣出使，明皇送的是诗，甚至连刺史一级也赠诗。他的《赐诸州刺史以题座右》这样写道："眷言思共理，鉴梦想维良。猗欤此推择，声绩著周行。贤能既俟进，黎献实伫康。视人当如子，爱人亦如伤。讲学试诵论，阡陌劝耕桑。虚誉不可饰，清知不可忘。求名迹易见，安贞德自彰。讼狱必以情，教民贵有常。恤茕且存老，抚弱复绥强。勉哉各祗命，知予眷万方。”把为政爱民的道理，借着行行诗句娓娓道来，并让全国的刺史人手一份。唐明皇的诗，虽然水平不是很高，但发挥的影响却不容低估。明皇在位的四十四年（712—756），无疑是中国历史上最繁荣的时代，是名副其实的盛唐，是诗一般的岁月。而且明皇的一生，也应该算是诗化了的人生。

中唐以后的帝王不论会不会作诗，也大都是级别不等的诗迷。其中，代宗、文宗、宣宗这三个皇帝最可称道。王维的弟弟王缙曾经是代宗朝的宰相，王维死了之后，代宗就对王缙说，你的哥哥在“天宝中诗名冠代”，我曾经在诸王的座上听过他奏的乐章，现在不知道他还剩有多少文集，你可把它整理一下，都给我送来。王缙回答说：原有上千篇，但是天宝事变以后绝大部分都散佚了，从家中和亲朋好友那里收到的，只有400来篇。第二天就都献了上去，代宗非常珍爱，特别地褒扬了王缙。唐文宗也爱诗，尤其喜欢卢纶的诗，可是手头上卢纶的诗集不是全本，于是专门派人到山西永济卢纶的家里去查寻，最后得诗500多首。文宗还曾经打算设置诗博士，后来因为李珏的劝阻而打消了这个念头。他很尊敬诗人，甚至到了不愿意让别人直呼诗人之名的地步。有一次，他和翰林学士讨论前代诗文，一位姓裴的舍人多次直呼陈子昂之名。有一个柳舍人知道皇上的习惯，不断使眼色给裴舍人示意，可是裴舍人浑然不觉。文宗就对他说：他的字叫伯玉，应该称他为陈伯玉才好。由此看来，他对诗人确实是非常尊重。文宗驾崩之后，武宗即位。武宗在文化史上除了留下让佛教徒回想起来还心惊肉跳的那场“会昌法难”的灭佛运动之外，其他乏善可陈。不过，他治下有一个人倒是值得一提，这个人就是宪宗皇帝第十三子，当时被封为光王、后来即帝位的李忱。李忱的庙号为唐宣宗，宣宗深为武宗疑忌，于是他就韬光养晦，游山玩水，做方外之游了。在游赏的过程中，他写下一些诗作，很有帝王气魄。如《百丈山》：“日月每从肩上过，山河长在掌中看。”再如《瀑布联句》：“千岩万壑不辞劳，远看方知出处高。溪涧岂能留得住，终归大海作波涛。”这是李忱游庐山的时候和一个禅师的联句，其中后两句就出自李忱之手。他喜欢作诗，也喜爱诗人。在即位之后，他读到白居易的一首诗，就让人把诗里写到的永丰柳取来，种在皇宫后院里。在他被封为皇太叔的那一年，也就是会昌六年，白居易病逝。不少诗人用诗来哀悼这位以诗名传世的诗坛宗师，其中要数宣宗李忱的《吊白居易》最为出色：“缀玉联珠六十年，谁教冥路作诗仙。浮云不系名居易，造化无为字乐天。童子解吟长恨曲，胡儿能唱琵琶篇。文章已满行人耳，一度思卿一怆然。”八句诗写尽了白居易的一生，写尽了作者对白居易的一腔景仰，而对白居易称颂之高、评价之当，在当时是没人能比的。帝王对诗人的悼念之作历代都有，但是写到这个层次的，至今可以说空前绝后。史称宣宗每次宴会的时候都与学士唱和，公卿出镇的时候也赋诗饯行。可惜的是，我们今天能读到的只有寥寥 6 首，其余的都消失在了茫茫的历史烟尘里。

在帝王的倡导和其他多种原因的合力推动下，唐人对诗的钟爱，可以说到了无以复加的地步，以至普通民众也加入了诗国的阵营，形成一个庞大的诗歌接受群体，由此成为文人诗化人生的有力铺垫。

晚唐范摅所著《云溪友议》卷下记载了一个诗与剪径盗贼的故事，说的是中唐时期身为太常博士的诗人李涉，前往江西九江看他的弟弟，船行途中，忽然刮起大风，随风出现一条大船，船上数十人拿枪执棒，向李涉喝问。李涉的随从回答说：是李博士的船。群盗的首领听了这话，就说：如果真是李涉李博士的船，我们就不抢他的金钱财物了。我们早就听说过李博士的诗名，希望他能给我们留下一首诗。

图 141　明黄凤池《唐诗画谱》之李涉《题开圣寺》诗意图

李涉没有办法，便口占一诗，题名《赠豪客》："春雨潇潇江上村，绿林豪客夜知闻。他时不用逃名姓，世上如今半是君。"盗贼听后很高兴，就给李涉送上酒肉。由此一事，可见社会对诗和诗人的普遍尊崇。这个故事还有下文：多年以后，有个从岭南番禺来的举子李汇征客游闽越，走到循州的时候，恰逢下雨，李汇征来到路旁一个住户处求住。被他借宿的这个庄主姓韦，此时已 80 多岁。韦氏听说有客来，穿上鞋、拄着杖，延客入门，两个人就海聊起来。李汇征在此留宿数日，二人谈论的话题由当代数十位诗人，说到了李涉。李汇征就背诵了那首广为人知的《赠豪客》。哪知韦老汉一听，立马变色说道：我老汉年轻时真不是个东西，我浪游江湖，交结了不良子弟，干剪径劫财的勾当。后来遇上李涉博士，承蒙他送我这首诗。从那以后，我就金盆洗手，到罗浮山隐居了十二年。现在李博士去世了，他是不会再来了。说着，两眼流出了浑浊的老泪。最后，二人端起酒杯，遥奠魂魄不知游于何处的李涉。据范摅说，此事是他亲耳从李汇征口中听来的，应该说是有相当真实性的。

除了江洋大盗，那些街头地痞也喜欢诗，也有被诗感动的时候。据《唐诗纪事》卷七〇载：乾宁进士王毂在未及第时作了一首题为《玉树曲》的诗，其中有几句这样写道："璧月夜满楼风轻，莲舌泠泠词调新。当行狎客尽居禄，直谏犯颜无一人。歌舞未终乐未阕，晋王剑上粘腥血。君臣犹在醉乡中，一面已无陈日月。"诗直面现实，点穿了唐末朝廷的腐朽，所以广为流传。有一回，这位王毂在街头见到友人被地痞殴打，就冲上前去，厉声喝道：不得无礼！你们认识我是谁吗？我就是"君臣犹在醉乡中，一面已无陈日月"的作者！据说，地痞听了之后，脸带愧色，溜之乎也。这说明当时社会已养成尊重诗人的普遍风气。

更有甚者，连贼人也能作诗。许州舞阳有一个王建，排行第八。唐人往往以行第来称对方，如李十一、元九等。依据王建的排行，人们称他为"王八"。由于王建早年以偷盗为生，人们又把他叫作"贼王八"。就是这个贼王八，在《全唐诗》里还留下了一首诗。如果我们要算起唐代诗歌作者的话，谁也不能把他排除在外。

从上面所说这些事例，我们可以看到唐代上自帝王，下至百姓，乃至不入流的盗寇小偷，都爱诗喜诗乃至作诗。整个社会，形成了由诗歌笼罩的浓厚氛围。人们生活在这样的氛围中，其生活不能不带有或强或弱、或隐或显的诗化特点。所谓的诗化人生，从这一侧面已显露出来，而在诗人群体中，它更是得到了全方位的展现。

第五十五讲

诗化人生

文人是诗歌创作的主体，在他们的生活中，诗是不可或缺的必需品，他们在诗中找到了安身立命的处所。简言之，唐代文人的生活，乃是一种诗化的人生。

崔立之是文学史上很少提到的诗人，却爱诗如命。在元和八年做蓝田丞的日子里，每天嘴里吟的都是诗。有人找他问事，他就说，我正在办公事，你姑且离开。把作诗当成了办公事，可见对诗的痴迷程度。此事载于韩愈《蓝田县丞厅壁记》。顺便提一句，韩愈的《赠崔立之评事》说立之“朝为百赋犹郁怒，暮作千诗转遒紧”，可见其才思敏捷，但《全唐诗》中他的诗仅存3首，看来他的多数作品已经亡佚了。

像崔立之这样爱诗如命的人，在唐代非常多，以至于在中唐时期，还形成一个被后人称为“苦吟诗派”的诗人群体。孟郊是较早的苦吟诗人，他“一生空吟诗，不觉成白头”（《送卢郎中汀》）；他描述自己的作诗状况是“夜学晓未休，苦吟神鬼愁。如何不自闲，心与身为仇”（《夜感自遣》）。到了50岁时，他好不容易谋得一个溧阳县尉的职务，却因难遂大志，便整天放迹山林间，吟诗度日，以致公务多废。贾岛是另一个出了名的苦吟诗人，他“一日不作诗，心源如废井”

（《戏赠友人》）。相传他曾在长安街头因“僧敲月下门”还是“僧推月下门”之“推”“敲”二字反复琢磨，拿捏不定，因过于投入，竟然撞了京兆尹的车驾。而在其《送无可上人》之“独行潭底影，数息树边身”二句下，他自注道：“二句三年得，一吟双泪流。知音如不赏，归卧故山秋。”短短两句诗，竟花费三年时间冥思苦想，可见他对诗歌沉迷到了何种程度。与孟郊、贾岛相似，中晚唐还有一批诗人以《苦吟》为题，表述他们苦心为诗的态度。如卢延让的《苦吟》：

莫话诗中事，诗中难更无。吟安一个字，捻断数茎须。险觅天应闷，狂搜海亦枯。不同文赋易，为著者之乎。

杜荀鹤的《苦吟》：

世间何事好，最好莫过诗。一句我自得，四方人已知。生应无辍日，死是不吟时。始拟归山去，林泉道在兹。

崔涂的《苦吟》：

朝吟复暮吟，只此望知音。举世轻孤立，何人念苦心。他乡无旧识，落日羡归禽。况住寒江上，渔家似故林。

这些诗中，诗人们描述自己的为诗态度是“吟安一个字，捻断数茎须”，是“生应无辍日，死是不吟时”，是“朝吟复暮吟，只此望知音”，直是将诗歌创作视作了自己生命之所系，是他们人生中第一等的大事。用方干的话，就是“吟成五字句，用破一生心”（《贻钱塘县路明府》）；用裴说的话说，则是“莫怪苦吟迟，诗成鬓亦丝。鬓丝犹可染，诗病却难医”（《寄曹松》）。

还有一些诗人，由于诗写得好，传播于众人之口，所以得到了人们普遍的尊敬。比如当时一个节度使叫罗绍威，非常喜欢浙江诗人罗隐，便尊罗隐为叔父。两个人虽然都姓罗，实际上却没有关系。罗隐自号“江东生”，罗绍威索性给自己的诗集起名为《偷江东集》。这个集子共5卷，可惜现在已经亡佚了。

罗绍威认罗隐为叔父，有同姓作为前提条件。白居易要做比自己小41岁的李商隐的儿子，则纯粹是出于爱其诗文才华了。据《蔡宽夫诗话》记载：白居易晚年非常喜欢李商隐的诗，曾经说过，如果有来生，让我做李商隐的儿子，我也知足了。后来李商隐真的生了儿子，便给他起了个小名叫“白老”。李商隐写过一首《骄儿诗》，一开篇就夸奖儿子说：“衮师我骄儿，美秀乃无匹。”从相貌到聪慧，把小小的儿郎夸成了一朵花，说他如果生在重视风度容貌的六朝时代，可以和第一流人物相比。就是这样一个儿子，长大了以后却略无文性。后来温庭筠就拿李商隐之子开玩笑了，说以你为乐天后身，这不是糟蹋白居易了吗？故事的真假无从查考，不过从年龄上推测，有可能发生。李商隐生于公元812年，白居易公元846年去世。李商隐出名很早，白居易活着的时候，听说并读到李商隐的诗文，应该是合乎情理的。而爱才的人说一些过头话，也不是没有可能。

唐代人由于喜欢诗，所以也就有些人偷诗。上面提到罗绍威的“偷”，只不过是“学”的另一种表达。还有一个叫张怀庆的，却真敢下手去偷，或者说是剽窃。比如高宗时曾经有一位李义府，曾上书请立武则天为皇后。后来他当了宰相，写过一篇《堂堂词》：“镂月成歌扇，裁云作舞衣。自怜回雪影，好取洛川归。”那位叫张怀庆的，做过枣强县尉，喜爱这首诗，便在每句前加了两个字，变成：“生情镂月成歌扇，出性裁云作舞衣。照镜自怜回雪影，来时好取洛川归。”把五言

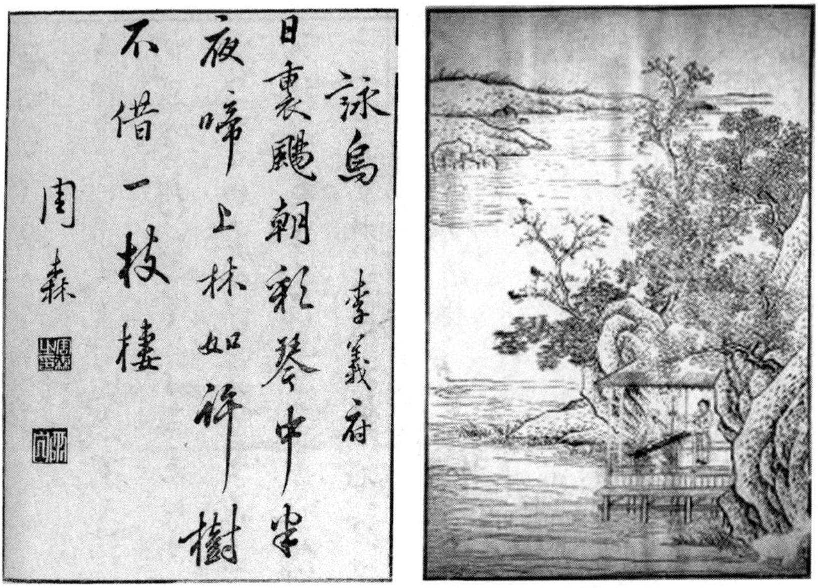

图 142　明黄凤池《唐诗画谱》之李义府《咏乌》诗意图

变成了七言，也把著作权挂在了自己名下。《全唐诗》卷八六九记录了这首诗，诗题下就署着张怀庆的大名。张怀庆善偷敢偷，当时就出了名，人们还为此编了一句谚语：“活剥王昌龄，生吞郭正一。”由这句话来看，张怀庆偷的不只是李义府一人，起码王昌龄、郭正一的诗，都曾经是他剽窃的对象。

唐代诗人因为著作权问题，还引起过一些纠纷。比如，国子监生辛弘智有一首五言诗：“君为河边草，逢春心剩生。妾如堂上镜，得照始分明。”他同宿舍的学友常定宗看了之后，认为最后一句的“始”字用得不妥，就把这个“始”改成了“转”。经此一改，变成了“得照转分明”，比原作精彩了不少。常定宗很得意，认为此诗应挂自己的名字，因为是他用这个字使全诗生辉的，否则原诗就根本不叫诗。辛弘智当然不服了，于是两个人争执不下，只好上诉到国子博士罗为宗那里。罗为宗一听就乐了，对常定宗说：你用一个字，就想把整首诗占

图 143　颐和园长廊彩绘《张敞画眉图》

为己有，岂非天下奇闻。于是挥笔写下判词：“昔五言定表，以理切称奇；今一言竞诗，取词多为主。诗归弘智，‘转’还定宗。以状牒知，任为公验。”（《唐诗纪事》卷三五）诗还是人家辛弘智的，你常定宗如果不满意，就把那个“转”字拿回去。我们知道，国子监生，也就是进士预科班的学生，是要应进士举的。而举子登第与否，很大程度上由名声来决定。明白了这一点，就能够理解辛、常两个人争诗的目的了。

唐代诗人既苦心为诗，又享受着诗歌带来的生活赐予，有时一首好诗就可以让一个人名扬天下。前面提到朱庆馀写给张籍的那首《近试上张水部》，以及张籍回复他的那首《酬朱庆馀》，一个将对方比作画眉的张敞，问他“画眉深浅入时无”，一个将对方比作镜湖边西施般的美人，说他“一曲菱歌抵万金”，由此使得朱庆馀名声大振，一举登科。与这个例子相反，有些诗人喜欢作诗讽人、损人，则使得不少人特别是权贵之家避而远之。如苏州人归处纳喜好嘲谑，因有诗名，常常一言定是非。《鉴戒录》载，一次，他看见街上有人衣着鲜丽，骑马而行，便口吟一诗：“昂藏骑马出朱门，服色鲜华不可论。尽是杀人方始得，一丝丝上有冤魂。”人家穿件好衣服，他说是杀人以后得到的，衣上带有冤魂，结果害得不少官宦人家穿个好衣服出门都觉得这衣服来路不正，心里七上八下的。

诗在唐代的作用，可以说是非常之大，用它可以换取官职，也可以得到不少物质上的好处。《诗话总龟》记载：零陵人史青非常聪明，开元初年就上表自荐说：“臣闻曹子建七步成章，臣愚以为七步太多。若赐召试，五步之内，可塞明诏。”当年曹植七步成诗，史青只需五步；曹植是被逼作诗，史青则是主动请试。本身是诗人的唐明皇一看，说还真有这样的稀奇动物？于是就下令召史青到皇宫，亲自给他出了几个试题，比如《除夜》《上元观灯》《竹火笼》等题目。史青一一照作，果然都是五步成诗。其中数《除夜》写得最好：“今岁今宵尽，明年明日催。寒随一夜去，春逐五更来。气色空中改，容颜暗里摧。风光人不觉，已入后园梅。”明皇对这首诗称赏不已，马上就授给他一个官职——左监门将军。

得到物质利益的人也不少，如那位诗名满天下的白居易，便体验到了诗歌给他带来的实际好处。《云仙杂记》记载：长安的夏天非常炎热，没有空调的长安人有时就用冰雪来作人工降温。由于没有制冷设备，冰块非常昂贵。可是白居易可以白拿，而且不用付钱，因为他的诗名太大了。同书还记载，开成年间，物价不是很高，村落里一般是胡绢半尺换一斤鱼，可是士大夫用自己抄写的白居易的一首诗，就能换两斤。这样一来，诗就成了有价证券了。

中晚唐时期，白居易诗传播得极为广远，他的粉丝也遍布各地。白诗以通俗上口为基本特色，常常被谱成歌曲传唱，连歌妓也以多唱得白诗为傲。据白居易在《与元九书》中自述，长安歌妓即向人自夸“我诵得白学士《长恨歌》”，并因此而身价大增。有一次，白居易去参加友人的宴会，被主人请来陪酒的歌妓认出，这个歌妓就把白居易

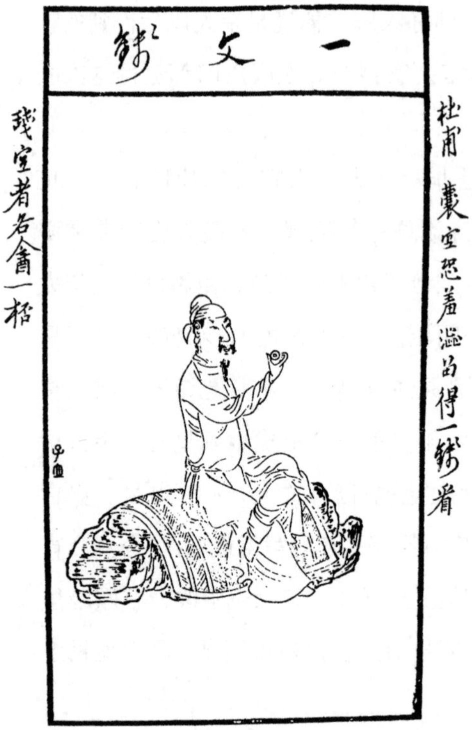

图 144　清陈洪绶《博古叶子》（酒牌）之杜甫

介绍给另一个歌妓说：“此是《秦中吟》《长恨歌》主耳。”由于敬仰白居易的诗名，有人甚至将白诗刺在身上，荆州人葛清就是一个显例。据说他从颈部以下遍身刺三十余诗，试想一下，一首篇幅最短的五言绝句，就有 20 个字，30 首就是 600 个字；何况还有七绝，还有五律和七律，当然不可能刺太长的诗，如果刺《长恨歌》的话，那一首恐怕就刺满了。葛清在身上刺诗还很有特点，有些诗句还要插图。如“不是此花偏爱菊”，他就画一个诗人举着酒杯，面对着菊花在观赏。如此一来，就极具观赏性了。他走到哪里，就展示到哪里，简直是一个游走的白居易诗的选本，时人称为“白舍人行诗图”。据段成式《酉阳杂俎》记载，段成式当时听说了此事，便和友人一起去看葛清，见到他的时候，问他哪一首诗，他可以随手就指出诗的位置。由这一记述，我们可以知道，白居易的诗在当时的影响是何等之大了。

不独白居易，其他一些有名的诗人也都拥有一些铁杆粉丝，这些粉丝中也有人将诗人的诗篇刺在身上。他们或刺王维的《辋川集》，或刺罗隐诗，表明自己对诗人的喜爱。蜀小将韦少卿在胸部刺一树，树梢有乌鸦数十只，下面悬一镜子，有人以绳牵镜，借此表示张说张燕公诗句“挽镜寒鸦集”的意境，可谓用心良苦。这些例子，固然还只是少数人的行为，但它却表明了唐代诗人在当时受尊重的程度，表明了唐诗影响之大。

我们常说，唐代是一个诗的国度，不仅拥有一批创作优良的诗人群体，而且拥有数量更为庞大的诗的接受者。优秀的诗歌借助传播培养了高水平的受众，而高水平的受众反过来影响诗人们创作出更有质量的诗歌，在创作者和接受者之间，形成了一种良性互动，并由此营造出全民喜诗爱诗的浓厚氛围。生活在这样一个时代，无论诗人还是受众，可以说都不同程度地展示出了一种诗化的人生。

上面，我们利用了一些时间，讲述了唐代文人读书山林、漫游干谒、从军边塞及宦海浮沉的生涯，讲述了唐代文人的世俗生活、婚恋情状、书画乐舞、节俗酒趣、诗化人生。其中挂一漏万，并不全面。但片言可以明意，管中足以窥豹，倘若上述生活片段和创作情形，能够带领我们梦回大唐，一定范围、一定程度地领略那个早已逝去的辉煌时代，体悟唐代诗人的悲欢情感、起伏人生及其诗歌创作的永恒魅力，我们的目的也就基本达到了。最后，谢谢各位！